ASTRID KORTEN
EVA-MARIA SILBER

OVER KILL

NO-NAME GIRL

THRILLER

Impressum

Bibliografische Information der Deutschen Nationalbibliothek:
Die Deutsche Nationalbibliothek verzeichnet diese Publikation in der Deutschen Nationalbibliografie; detaillierte bibliografische Daten sind im Internet über http://dnb.dnb.de abrufbar.

Umschlaggestaltung: Kristin Pang
Umschlagabbildung: © Stephen Carroll / Trevillion Images und shutterstock.com
Korrektorat/Lektorat: Silber/Korten

ISBN: 9798392278763
Imprint: Independently published

Für Poppy, in ihrem Himmel,
und all die anderen verschleppten, geschändeten
und gequälten Kinder

Über das Buch

Ein vermisstes Mädchen
Ein monströser Psychopath
Ein Cold Case
Eine Ermittlerin
und
die Dämonen der Vergangenheit

Ende März verschwindet in München die zwölfjährige Greta spurlos. Sie ist nicht die Erste, wissen Polizeihauptkommissarin Mo Celta und ihr Kollege Nico Braun von der Kripo München. Als wäre das nicht genug, werden die Ermittler mit über die Stadt verteilten seltsam inszenierten Skeletttteilen konfrontiert. Stammen einige vielleicht von Mos 1996 verschwundener Schwester? Zeitgleich taucht ein Teenager in der Fußgängerzone auf, gekleidet wie ein Obdachloser und völlig ausgehungert. Und das, obwohl er viel Geld in seinem Rucksack hat. Geld, das die Ausreißerin Peggy dringend braucht. Was ist das Geheimnis des autistisch anmutenden Teenies? Hat er etwas gesehen, was er nicht sehen sollte?

In dem Thriller **NO-NAME GIRL**, Band II der Serie OVERKILL, nimmt Mo Celta es nicht nur mit einem monströsen Psychopathen auf, sondern muss sich auch den Dämonen ihrer Vergangenheit stellen.

Kapitel 1

Johanniskirchener Moos

Samstag, 9. November 1996

Durch die offenen Fenster des Wagens strömte kühle Luft herein. Nichts deutete mehr darauf hin, dass es vor ein paar Stunden noch so schön und warm im Fahrzeug gewesen war. Im Grunde war nichts mehr von den vergangenen Stunden übrig geblieben. Die Nacht hatte alles verschlungen wie ein gefräßiges, kaltes Monster.

Der Wagen bewegte sich holpernd vorwärts, als könnte jeden Moment ein Rad aus seiner Halterung springen, wie ein überbeanspruchter Oberschenkelknochen aus einer müden Hüfte. Aber das alte Metallgerippe hielt stand und setzte seine Fahrt auf dem Feldweg fort, wobei seine Insassen im Rhythmus der Bodenwellen und Böschungen durchgeschüttelt wurden. In der Fahrgastzelle war kein Geräusch zu hören, das dem Stottern des Motors entgegenwirkte. Kein Wort, die der Stille eine Pause gönnte, keine Musik, um den Fahrer zu begleiten. Nur der stotternde Diesel des alten Transporters hallte zwischen den Bäumen wider.

Ein Mann lenkte den Wagen. Der Vollmond zeichnete blaue Schatten auf sein Gesicht, die eingefrorenen Gesichtszüge erinnerten an eine Maske.

„Meinst du nicht, dass du zu viel Lärm machst?“, wisperte sein Fahrgast.

Er blickte zur Seite. „Hier ist doch niemand, der uns hören könnte, du Weichei.“

„Bin ich niemand?“

Ihm ging die jämmerliche Stimme im absurden Sopran auf die Nerven.

„Hör auf, du nervst! Ich bringe das hier zu Ende!“ Der Mann hatte sich noch nie so stark gefühlt wie heute. „Und

du wirst mir beweisen, dass du kein Jammerlappen bist."
„Bin ich nicht!"
„Sicher?" Die tiefe Stimme des Fahrers bekam einen bedrohlichen Klang. „Gut. Ich behalte dich im Auge."
Der Wagen setzte den Weg noch etwa zehn Minuten fort und bog dann nach links ab, um in den Wald zu gelangen. Von nun an war es nur noch ein kaum befahrbarer Pfad. Der Fahrer fuhr im Schritttempo weiter.
„Bist du sicher, dass es hier ist?"
Wieder schaute der Fahrer zur Seite. „Ich kenne die Gegend, vertrau mir."
Der Fahrgast lachte laut auf. „Ha! Dir vertrauen? Das hat *die Tüte* auf der Ladefläche auch getan."
„Du wolltest doch mitkommen!", entgegnete der Fahrer verächtlich.
„Mir war langweilig."
Farne und Brombeeren kratzten an den Blechen – vergebliche, lächerliche Waffen, um den Eindringling aus Metall aufzuhalten. Dieser Teil des Pfades kam dem Fahrer stets endlos vor. Dann tauchte wie aus dem nichts vor ihm ein verlassener, heller Fleck zwischen den hohen Bäumen auf: Ein einsames Haus, dessen Steine im Mondlicht glänzten und das seit Ewigkeiten seine Zwillingsschwester im Spiegel des Sees betrachtete.
Die ausdruckslosen schwarzen Augenhöhlen der Fassade starrten die Eindringlinge an. Der Fahrer brauchte noch einen Moment, wie vor einem Sprung in das kalte, dunkle Wasser eines Sees im Hochsommer. Niemand sagte ein Wort, sie starrten auf die Überreste des verlorenen Hauses. Unzählige Unwetter hatten einen Teil des Daches zerstört. Der untere Teil der Mauern war von Unkraut und Efeu befallen, als versuchte das Pflanzengewirr das Gemäuer zu verschlingen. Die Zeit hatte ihm nach Jahren des heroischen Widerstands in die Hände gespielt, das Mineral kapitulierte langsam.
„Was glotzt du denn so?", fragte der Fahrer. „Wir haben

keine Zeit zu verlieren. In ein paar Stunden wird es hell."

Als Antwort erhielt er ein Kichern. Er legte den ersten Gang ein und fuhr langsam auf das Haus zu. Der Pfad war nicht mehr da, das Fahrzeug wälzte das hohe Gras nieder, hinterließ Spuren der nutzlosen Ernte. Obwohl es bis zur Fassade des Hauses nur zweihundert Meter waren, brauchte er einige Minuten, bis der Transporter zum Stehen kam und der Motor verstummte. Die Stille der Nacht kehrte zurück.

Aus der Nähe betrachtet, sah man dem Haus den Zahn der Zeit deutlich an. Die Wände zeigten überall Risse. An einem Fenster im Obergeschoss hingen noch zwei Fensterläden, die sich an rostigen Angeln festklammerten und verzweifelt versuchten, den unvermeidlichen Sturz abzuwenden. Dachziegel und Steine lagen verstreut herum.

Der Mond warf sein Licht im Fahrgastraum auf die Gesichter der Insassen. Ihre Mimik war regungslos, sie wussten, weswegen sie hier waren. Der Fahrgast hüllte sich in Schweigen.

Schließlich stiegen sie aus. Ihre Anwesenheit wirkte unpassend an diesem *Lost Place*, an dem Pflanzen und Steine im Verborgenen einen stillen Krieg führten. Der Fahrer ging ein paar Schritte nach hinten, wo sich eine Art Plattform befand, hob eine Luke hoch und blickte einen Moment lang wie versteinert in das finstere Loch. Dann kehrte er in die Realität zurück und griff nach einer Schaufel und zwei Fackeln.

„Warum nicht hier, warum im Haus?", fragte sein Fahrgast.

„Weil es im Haus besser ist. Da geht nie jemand rein, nicht einmal ein Tier. Diese verdammten Mauern werden ohnehin irgendwann einstürzen. Ich gehe allein rein!"

„Nein!"

„Okay, dann komm mir. Aber mach dir bloß nicht in die Hose."

Es waren nur noch wenige Schritte, die sie von der Haustür trennten. Dann drückte der Mann die Tür mit aller Kraft auf.

„Gemütlich hier", provozierte der Fahrer mit hämischem Blick zu seinem Fahrgast.

Ein großer Raum, kalt und dunkel, öffnete sich vor ihnen. Die beiden Fenster waren von Efeu und Dornenbüschen weitgehend verdeckt, es roch modrig. Am Ende des Raumes zeichnete sich ein noch schwärzerer Umriss ab. Der Fahrer zündete die Fackeln an. Die Öffnung führte in einen kleineren Raum, vermutlich ein ehemaliges Schlafzimmer. Der Lehmboden verströmte denselben Geruch wie der Rest des Hauses.

„Hier ist es perfekt", sagte er und fing langsam an zu graben. Das Licht der Fackeln, die er in den Boden gerammt hatte, verliehen der Szene ein gespenstisches Aussehen. Nur das Geräusch des Spatens, der sich mit unkoordinierten Hieben in den Boden grub, und das Atmen, das immer schneller und lauter wurde, waren zu hören. Nach einer Stunde hatte der Fahrer über zwei Drittel des Raumes ausgehoben und richtete sich auf. Dann verließ er das Haus, ging zum Fahrzeug und wuchtete das längliche, mit schwarzem Plastik überzogene Paket über seine Schulter. Mit vor Anstrengung erschöpften Schritten ging er zurück in den Raum und legte das schwarze Paket und einige Kleidungsstücke in die Grube.

Der Fahrgast schwieg, als ob jedes Wort grausame Folgen haben könnte. Schließlich legte der Fahrer die Schaufel auf den Boden und stand regungslos vor der finsteren Tiefe. Wäre das Licht der Fackeln nicht erloschen, hätte man zweifellos Schweiß über seine erdverschmierten Wangen rinnen sehen können.

Die Zeit stand still. Es lag etwas Schauderhaftes in dem Ausheben des Totengräbers und dem Schweigen des anderen, in dem was sie taten, weil sie es tun mussten: Eine Leiche begraben. Sekunden später nahm der Fahrer die

Schaufel wieder zur Hand, schaufelte die Erde über den Sack, bis der Boden wieder genauso aussah wie zuvor.

Im Haus war es still wie bei ihrer Ankunft, als hätte es die Anwesenheit der Totengräber akzeptiert, als würde es sich zum Komplizen machen und das Geheimnis der beiden bewahren.

Als sie sich wieder in den Wagen setzten, spiegelte sich die silbrige Scheibe des Mondes noch immer im kleinen See. Während der Fahrer den kleinen Transporter startete, warf er einen Blick zur Seite. „Hast dich gut gehalten. Kannst du schweigen und damit leben?“

Ein heftiges Nicken, dann ein unerwartetes Schluchzen. „Schon …“

„Was erwartest du eigentlich. Wir hatten doch unseren Spaß. Bist du immer noch nicht zufrieden? Das Leben ist uncool, wenn man nicht über den Tellerrand schaut.“

Er kurbelte das Fenster herunter und spuckte hinaus in die Dunkelheit. „Leute, die an einem Montag, dem wohl verfluchtesten Wochentag aller Zeiten, zur Welt gekommen sind, an einem erbärmlichen Montagmorgen, jammern nicht. Sie sind mutig und voller Tatendrang.“

Dann wurde es still in der Fahrgastzelle.

„Geht doch! Es warten doch noch andere kleine Abenteuer. Bin stolz auf dich, *Right*!“

Sein Fahrgast schenkte ihm ein kleines Lächeln. *„Right*?“

„Ja, right wie rechts. Du sitzt rechts neben mir und du warst meine rechte Hand. So werde ich dich fortan nennen. Right.“ Sie fingen an zu lachen, konnten kaum aufhören.

Es hatte wieder zu regnen begonnen, als das Geräusch des alten Wagens sich entfernte. Nach und nach kehrte die Stille wieder ein.

Eine eisige, beängstigende Stille.

Kapitel 2

Aschheim

Sonntag, 10. November 1996

Draußen hatte es zu regnen begonnen, lautlos, friedlich. Ein schwarzer, trauriger Regen, wie ihn der November hervorbringt, wenn die Nacht jeden Baum und jede Wand zu ihrer eigenen macht. Nichts verriet seine Anwesenheit, außer den glänzenden Schlieren auf den Fenstern.

Mo Celta löffelte schweigend ihre Suppe, eine Gemüsesuppe, die sie ekelig fand. Mit ihren fünf Jahren mochte sie Vermicelli lieber. Heute Abend hielt Mo oft inne und zählte die Karos auf der Plastiktischdecke, die die Resopalplatte schützte.

Im letzten Jahr hatten ihre Eltern die alten Möbel weggeworfen die sie in den ersten Jahren nach ihrem Einzug zusammengetragen hatten. Mo erinnerte sich an die Besuche in den Geschäften, in denen sie nichts anfassen durfte. Dabei fand sie dort alles, was es normalerweise auch in Zuhause gab. Sofas, Sessel und sogar Betten, auf die sie sich auf keinen Fall legen durfte, es sonst was setzen würde, wenn sie wieder draußen waren. Ein rundlicher Verkäufer mit einem gewinnenden Lächeln hatte über eine Stunde lang geredet, Schubladen geöffnet und wieder geschlossen und auf die Oberflächen gehauen um zu zeigen, wie widerstandsfähig das Mobiliar war. Ihr Vater war skeptisch geblieben, ihre Mutter hingegen begeistert und am Ende hatte sie das letzte Wort. Der Verkäufer nahm ihre Eltern mit in den hinteren Teil des Ladens, um einen Haufen Papiere zu unterschreiben, während ihre Kinder in der Mitte der Ausstellungshalle sich in zwei orangefarbenen Skai-Sesseln lümmelten. Niemand wagte es, sie von dort zu vertreiben.

Einen Monat später fuhr ein Lastwagen vorsichtig rückwärts in die kleine Einfahrt. Zwei Männer in blauen Latzhosen luden einen Berg Kartons in verschiedenen Größen aus. Ihre Mutter war ganz aufgeregt gewesen und hatte nach ihrer ältesten Tochter gerufen.

„Elisa, hol deinen Vater! Die Möbel sind angekommen!"

Mo saß damals mit einer Handvoll Kirschen in der Hand auf der Schaukel und beobachtete aus der Ferne das Geschehen. Während ihr Vater mit Hilfe der beiden Männer die Kisten auspackte, entstanden mitten im Hof bunte und glänzende Möbel, die dann vorsichtig ins Haus getragen wurden. Als Mo die Kirschen aufgegessen hatte, sprang sie von ihrem Hochsitz und rannte zum Haus. Auch sie wollte sich die neuen Möbel aus der Nähe ansehen.

„Mo, wasch deine Hände und fass nichts an!"

Sie lief zum Waschbecken. Die Flecken der Burlat-Kirschen ließen sich nur schwer entfernen, obwohl sie ihre Finger reichlich einseifte. Als sie das Ergebnis zufriedenstellend fand, sprang sie von dem Hocker, den sie benutzte um an den Wasserhahn heranzukommen, und näherte sich dem neuen Tisch und den Stühlen. Mit großen Augen strich Mo über die kalten, glänzenden Oberflächen und ließ ihre Finger über die Lehnen gleiten.

Später hatte Elisa ihrer kleinen Schwester alles über das Resopal erklärt. Mo hatte nichts kapiert. Elisa hatte gelacht und gespottet: „Mo, unser Baby, das nichts versteht."

Nein, was Mo an den neuen Möbeln gefiel, war die sanfte grüne Farbe, die sich durch die ganze Küche zog. Sie hatte viel Zeit damit verbracht, die feinen Streifen zu betrachten, die in den Oberflächen erkennbar waren und sich ein ums andere Mal gefragt, welcher Maler diese Tausende von Spuren so gleichmäßig aufgebracht hatte. Und dann waren da noch diese glänzenden Metallfüße, in denen sie ihr kleines Gesicht verzerrt sehen konnte, wenn sie ganz nah heranging. Das war wirklich komisch...

Ihre Mutter holte Mo aus ihren Gedanken, als sie mit dem Löffel auf ihren Tellerrand klopfte. Der Bildschirm des Fernsehers war heute Abend schwarz geblieben, ein schlechtes Zeichen, wie ihre Schwester in solchen Fällen stets behauptete. Sie blickte auf und sah Elisa, die in den Inhalt ihres Tellers vertieft war. Doch nach einigen Sekunden traf ihr Blick den ihrer kleinen Schwester. Sie lächelte.

„Esst zu Ende, Mädchen, es wird Zeit", beendete ihre Mutter den Blickwechsel.

Natürlich war es an der Zeit. Das Glockenspiel einer italienischen Kirche würde bald acht Stunden schlagen. Das Hochzeitsgeschenk einer entfernten Tante, deren Gesicht Mo vergessen hatte, thronte an der Wand zwischen einem kleinen Ölgemälde, das so dunkel war, dass man die Landschaft kaum erkennen konnte, und einem bunten, emaillierten Fisch, wie man ihn auf Souvenirbasaren an der Adria kaufen konnte. Die Uhr war der einzige Gegenstand in der Küche, der das Prädikat ‚antik' für sich beanspruchen konnte.

„Es ist ein bisschen so, als wären wir in Rom", hatte ihre Mutter oft mit einem Lächeln im Gesicht gesagt.

Aber heute Abend würden diese Worte wohl nicht sprudeln. Aus irgendeinem Grund spürte Mo, dass ihrer Mutter nicht nach Lachen zumute war. Als sie fertig war, räumte sie sofort ihren Teller und das Besteck ab und legte alles in das weiße Spülbecken. Dann drehte sie sich langsam um, ging zu ihrem Vater, der sie auf beide Wangen küsste, dann zu ihrer Mutter, die es ihm gleichtat. Dann nahm Mos Gesicht zwischen beide Hände, wie sie es immer tat. Doch heute Abend waren sie eiskalt. Das war ungewöhnlich.

„Gute Nacht, Bambina."

„Gute Nacht, Mama."

Sie verließ die große Wohnküche und ließ ihre Schwester und ihre Eltern zurück. Elisa durfte noch ein wenig länger aufbleiben. Das Privileg der Älteren, wie ihre Mutter ihr einmal erklärt hatte. Da Elisa fünf Jahre älter war als

Mo, konnte sie hin und wieder kleine Annehmlichkeiten wie diese beanspruchen. Doch heute Abend beneidete Mo sie nicht. Die Stimmung am Familientisch war ihr nicht geheuer.

Mo machte sich daran, die Treppe zu ihrem Zimmer im ersten Stock vorsichtig hinaufzusteigen. Die gewachsten Holzstufen hatten sich schon oft als tückisch erwiesen, ihr Hintern erinnerte sich noch gut daran. Auf dem Treppenabsatz angekommen, ignorierte sie das Bad samt Zähneputzen und entzog sich damit kühn den mütterlichen Anweisungen. Sie spürte, dass heute Abend niemand auf die Idee kommen würde, ihr Vorwürfe zu machen.

Mo ging den Flur entlang, an dessen Ende sich zwei identische Türen gegenüberlagen. Auf der rechten Seite befand sich der Dachboden, vor dem sie sich so fürchtete, auf der linken Seite das ihr Schlafzimmer. Sie hob den Riegel der alten Tür an und stieß sie auf. Ihre Hand tastete die Wand ab und fand den Lichtschalter. Sie spürte die kalte, runde Form des Porzellans und drehte den Vorsprung in der Mitte um eine Vierteldrehung. Das Licht schoss von der Decke. Ein großes Wort für die einzige Glühbirne, die den großen Raum ausleuchten sollte. Jeder Winkel schien sich ins Unendliche zu erstrecken und blieb doch hartnäckig im Schatten. Lediglich das Bett in der Mitte wurde von dem gelben Glühfaden ausreichend angestrahlt.

Mo flüchtete schnell dort hin, um sich von der Helligkeit trösten zu lassen. Der Raum war kalt, wie immer. Der große Ofen im Vorraum des Eingangs verteilte seine Wärme überall sonst, aber kaum in ihrem Zimmer, das viel zu weit vom Rest des Hauses entfernt lag. In Windeseile zog sie den Schlafanzug an und schlüpfte unter die Decke. Dort kauerte sie sich zusammen, um der Kälte möglichst wenig Angriffsfläche zu bieten. Schnell würde ihre Körperwärme das Bett erwärmen, sie musste nur Geduld haben. Der Schlaf übermannte sie schon vorher.

Ein Klatschen riss Mo aus ihren Träumen. Ihre Sinne waren sofort wach, sie achtete auf jedes Geräusch, aber im ganzen Haus war es still. Aber das Geräusch konnte sie sich nicht eingebildet haben, ganz bestimmt nicht. Einen Moment über-legte sie mit klopfendem Herzen, nach ihrer Mutter zu rufen. Doch dann hörte sie die Stimmen der Eltern im Erdgeschoss. Sie unterhielten sich in der Küche. Mo konnte nur kurz eingeschlafen sein.

Mo hörte nur ein paar Wortfetzen, was sicherlich daran lag, dass die Tür geschlossen war, wie immer, wenn ihre Eltern nach dem Zubettgehen der Kinder unten blieben. Der Fernseher war immer noch stumm. Sie wurde neugierig, denn ihre Eltern hielten sich nie unnötig in der Küche auf. Ihr Vater ging manchmal ins Büro, um Angebote und Rechnungen zu ordnen, ihre Mutter schaute fern oder las ein Buch.

Dieser Abend war wirklich seltsam. Und alles, was anders war, zog die Aufmerksamkeit des fünfjährigen Mädchens auf sich. Mo spitzte die Ohren und konzentrierte sich darauf, besser zu hören.

„Es ist schrecklich, sie haben das Mädchen ... noch immer nicht ....“

Die Äußerungen ihrer Mutter ergaben für Mo keinen Sinn, ihre Neugier gewann die Oberhand. Sie entschloss sich, ihr gemütliches Nest zu verlassen, schlug die Decke zurück und sprang aus dem Bett. Dann eilte sie in den Flur. Trotz ihrer Bemühungen, leise zu sein, knarrten die Dielen des alten Holzbodens manchmal unter ihren nackten Füßen. An der Treppe stieg sie vorsichtig zwei Stufen hinunter, setzte sich und achtete darauf, unsichtbar zu bleiben, falls die Küchentür geöffnet wurde. Diesen Trick hatten sie und ihre Schwester schon oft angewandt, um die Gespräche der Eltern über die Weihnachts- oder Ostervorbereitungen zu belauschen. Doch heute Abend war die Aufregung der Sorge gewichen. Von ihrem Platz aus waren die Stimmen viel besser zu hören.

„Wir müssen sie schützen, Thomasz." Die Stimme ihrer Mutter klang verzweifelt.

„Solche Dinge passieren immer wieder. Man kann niemand vor allem bewahren. Es ist wie ein Krieg, man weiß nie, wann er kommt. Wir können nur vorsichtig sein."

Mo konnte sich nicht daran erinnern, ihren Vater schon jemals so ernst sprechen gehört zu haben. Selbst als sie sich das Spielzeugauto ihres Cousins Johann ‚ausgeliehen' und vergessen hatte, es ihn zurückzugeben.

Mo glaubte, ihre Mutter weinen zu hören, ein leises, kaum hörbares Schluchzen, vermischt mit Klagen. „Es ist schlimm ..."

Mos Herz klopfte schneller. Sie hatte das Gefühl, dass etwas Schreckliches passiert war, ohne den Schimmer einer Ahnung, was es war. Ein Stuhl scharrte über den Boden und warnte Mo, dass ein Elternteil aufgestanden war. Sie sprang hastig auf und schlich zwei Stufen hinauf.

„Ich glaube, Elisa hat es in der Schule gehört."

„Das wundert mich nicht. Im Ort wird auch schon darüber geredet, Mina."

„Wir müssen die Mädchen warnen, Thomasz."

Ihr Vater schwieg einen Moment, als würde er über den nächsten Satz nachdenken. „Ohne Einzelheiten zu nennen, aber so, dass es sie es verstehen."

Mo hatte das Gefühl, als würde sich ihre Welt in der Dunkelheit des Treppenhauses auflösen. Alle wussten etwas, wovon sie nicht die geringste Ahnung hatte. In der Küche war es still geworden. Sie ging mit schnellen Schritten zurück in ihr Zimmer und schlüpfte unter die Bettdecke. Sekunden später hörte sie, wie die Haustür geöffnet und geschlossen wurde. Ihr Vater hatte das Haus verlassen. Dann vernahm sie die Schritte ihrer Mutter auf der Treppe.

Mo lag unter ihrer Bettdecke und wartete, dass ihre Mutter den Treppenabsatz erreichte, durch den Flur ging, in ihr Zimmer kam und einen Kuss auf ihre Stirn drückte. Und tatsächlich erreichte sie der zarte Duft ihrer Mutter, ein Geruch, den ein Kind nie vergisst, der nie verblasst.

„Schlaf gut, Bambina, hab süße Träume."

Mo spürte einen Tropfen in ihrer Halsbeuge. Dann hörte sie ihre Mutter das Zimmer verlassen. Mo wischte den salzigen Tropfen weg und stand wieder auf. Das Fenster lockte sie mit seinen kalten, schwarzen Scheiben. Was sie dann sah, verstand Mo an diesem Abend nicht.

Erschüttert schlüpfte wieder unter die Bettdecke und schlief weinend ein. Sie wachte weder auf, als ihr Vater spät in der Nacht zurückkehrte, noch nahm sie den geisterhaften Ruf einer Eule auf dem Dach des Hauses wahr.

Der Regen hatte aufgehört. Im Zimmer war es ruhig und still, nur Mos leiser Atem war zu hören. Ab und zu kam ein gleichmäßiges Knarren des Schaukelstuhles hinzu, den Großmutter ihr geschenkt hatte, sie aber nicht aufweckte.

Elisa saß darin mit einem Stofftier auf dem Schoß und starrte auf ihre kleine Schwester.

Zwei Tage später verschwand Elisa.

27 Jahre später

Die Toten schlafen mit offenen Augen. Sie beobachten uns aus der Vergangenheit.

(Vincent Coccotti)

Mittwoch, 29. März 2023

Kapitel 3

Greta

Zuerst nahm das Mädchen den Geruch von frischem Kiefernholz wahr. Dann schlug es mit dem Kopf gegen die Decke. Vor Gretas Augen war alles schwarz, als wäre sie blind. Nicht ein Fitzelchen Licht drang zu ihr. Vorsichtig tastete sie um sich. Rundum Holz, unter sich eine dünne Wolldecke. Sie tastete weiter. Nach einem Griff oder Schloss. Und fand nichts dergleichen.

Schlagartig bekam sie keine Luft mehr. Hechelte gegen die leeren Lungenflügel. *‚Tief ein- und ausatmen'*, hörte sie ihre Mutter. *‚Ganz langsam und gleichmäßig atmen. Du kannst das. Mach einfach weiter'.* Dabei hatte ihre Mutter ihr rhythmisch über den Rücken gestrichen und damit das Tempo ihres Atmens vorgegeben. Das hatte immer funktioniert, wenn sie in Panik geriet. Doch jetzt war sie nicht da. Niemand, der ihr sagte, wie sie zu atmen habe. Ihr wurde schwindelig.

Sie schloss die Augen, horchte in sich hinein, bis sie die Stimme ihrer Mutter wiederfand. Endlich gelang es ihr, die Lunge vollständig mit Luft zu füllen und öffnete erleichtert die Augen. Doch sie sah nichts, absolut nichts. Sofort kehrte die Panik zurück.

Mit ihren Fäusten hämmerte sie gegen die Holzdecke. Lag sie in einem Sarg? Eingegraben unter der Erde?

„Hilfe, Hilfe", rief sie so laut sie konnte. Doch nur die Stille antwortete ihr. Und ein leises, gleichmäßiges Brummen.

Plötzlich rollte sie gegen die rechte Wand, nur einen kurzen Moment, dann fiel sie wieder auf den Rücken. Also bin ich nicht unter der Erde, dachte sie erleichtert. Sie musste sich in einem Fahrzeug befinden. Einem fahrenden.

Wie war sie nur hierhergekommen? Es fiel ihr schwer,

sich zu konzentrieren. Ein Erinnerungsfetzen zeigte ihr einen Wagen, auf den sie zugegangen war, ein freundlich lächelndes Gesicht, ein hübsches Gesicht. Das ihr gefiel. Dann wurde alles dunkel. Was war nur geschehen?

Nun wurde sie nach links geworfen und rutschte mit ihrem Kopf gegen das Ende der Kiste. Hoffnung keimte in ihr auf. Das Fahrzeug hatte angehalten, nun würde man sie wieder rauslassen. Bestimmt war das nur ein Spaß gewesen. Ein übler Scherz, aber eben doch harmlos. Gleich würde man sie freilassen.

Glaubte sie das wirklich? Nein. So dumm war sie nicht. Sie musste sich verteidigen, sobald der Deckel aufging. Wenn er aufging. Sie tastete um sich, suchte ihren Rucksack mit den Schulsachen. Und ihr Handy. Warum hatte sie nicht früher daran gedacht?

Die Kiste war zu niedrig, sie konnte sich nicht aufrichten. Hastig tastete sie nach ihren Sachen. Nichts. Sie bewegte die Beine wie damals, als sie als Kind im Schnee einen Engel erzeugte. Kein Widerstand bis zu den Holzwänden. Mist, kein Rucksack.

Sie klopfte ihre Jackentaschen ab. Stieß auf einen vergessenen Kugelschreiber, schloss fest ihre Faust um ihn und zog ihn raus. Besser als nichts.

Es war totenstill. Selbst das Brummen hatte aufgehört. Doch nichts passierte. Wollten die sie hier drin sterben lassen? Wer auch immer. Sie wusste nicht, was schlimmer war: hier drin zu ersticken oder rausgeholt zu werden von irgendwem, der sicher nichts Gutes mit ihr im Sinn hatte. Endlich hörte sie ein leises Schnappen, erst am Kopfende, dann am Fußende. Der Deckel wurde angehoben. Doch es wurde nicht heller.

Bevor sie reagieren, sich auch nur aufsetzen konnte, spürte sie einen Einstich am Arm und sackte weg.

Als sie erneut erwachte, lag sie zusammengekrümmt und nackt in einem Käfig. Ein diffuser Lichtschein von einer nur angelehnten Tür zeigte ihr das silberfarbene Gitter um sich. Wieder konnte sie sich nur gekrümmt aufrichten. Doch diesmal war der Boden unter ihr eiskalt und feucht. Erdig, wie sie beim Tasten feststellte. Und es stank um sie herum. Hektisch krabbelte sie den halben freien Meter zu einem im Gitter eingelassenen Türchen. Erst als sie ganz dicht mit ihrem Gesicht dran war, entdeckte sie das Vorhängeschloss an der Außenseite. Sie rüttelte und zerrte an der Tür, doch sie bewegte sich keinen Millimeter.

„Aber, aber, das wollen wir doch ganz schnell lassen“, hörte sie eine hohe Männerstimme an der Tür, von einem Lichtschein umgeben. „Oder soll ich das Wasser wieder mitnehmen?“

Erst jetzt spürte sie ihren Wahnsinnsdurst. Schon die Vorstellung, kaltes Wasser durch ihren trockenen Mund in die Kehle hinunterfließen zu spüren, machte sie fast verrückt vor Verlangen.

„Bitte, bitte, Wasser“, flehte sie das gesichtslose Wesen an, das sie nur schemenhaft erahnen konnte.

„Nur wenn du brav bist. Bist du brav?“

„Ja, ja, ich bin brav. Bitte, Wasser“, flehte sie. Dafür hätte sie sich umbringen können. Dieses Monster anzuflehen. Aber ihre Kehle sagte etwas anderes.

„Bitte, ich werde alles machen, was sie wollen.“

„Na bestens, das ist doch schon mal ein Anfang.“ Er drehte sich um. „Hast du das gehört, Right? Aber weißt du was? Ich glaube ihr nicht. Ich denke, ihr Durst ist noch nicht groß genug.“

Greta konnte im diffusen Licht niemanden erkennen. Mit wem sprach der Mann?

„Nein, ich denke, wir werden noch ein wenig warten. Damit unsere Greta auch wirklich dankbar ist.“

Kapitel 4

„Sohn“

Ich stehe vor der Eingangstür und versuche, den Schlüssel zu drehen und den Messinggriff runterzudrücken. Bei Vater sieht das ganz einfach aus. Er legt seine Hand auf den Griff und drückt ihn nieder. Dann zieht er daran und die Tür schwingt nach innen auf. Und draußen ist er. Als sei es das Einfachste der Welt. Ein Schritt, der zwischen drinnen und draußen, hier und dort, Sicherheit und Gefahr entscheidet. Und mir unmöglich ist. Ich bin noch nie durch diese Tür gegangen.

Vater hat mir erklärt, dass die Tür aus Eichenholz ist. „Dadurch ist sie massiv, keiner kann sie einrammen, Sohn.“ Ja, das hat er gesagt und: „Egal, mit welchem Werkzeug sie es versuchen. (*Wer auch immer*). Nur Dynamit kann das.“

Vater ist der Herr der Tür. Niemand darf den Schlüssel drehen. Nur er. Was das bedeutet, ist mir klar. Niemals und unter keinen Umständen darf ich das tun. Er muss mir nicht mit Prügeln drohen. Die sind bei weitem nicht so schlimm wie mein Schicksal jenseits dieser Tür. Sagt er.

Vater hat auch gesagt, dass da draußen Chaos herrsche. Das nur er abwenden könne. Das habe ich nicht verstanden. Stunden habe ich deswegen in unserer Bibliothek verbracht, um die Bedeutung des Wortes *Chaos* zu verstehen. Ich fand die Erklärung im Brockhaus: *Chaos (von altgriechisch χάος cháos)* der unendliche leere Raum, die gestaltlose Urmasse des Weltalls; in der antiken Naturphilosophie: *das Gähnende, Klaffende, der sich öffnende Abgrund.*

Da habe ich es begriffen. Und gewusst, dass ich das nicht will. Nicht ertragen würde. Mein Leben muss klar sein, der Tagesrhythmus immer der Gleiche. Keine Abweichung.

Kleinste Änderungen bereiten mir Magenschmerzen. Rauben mir den Schlaf. Machen mich kribbelig als krabbelten Heerscharen von Ameisen über meine Arme. Obwohl ich das noch nie tatsächlich gespürt habe. Ich habe es in einem Buch gelesen. Wie alles, was ich nicht verstehe oder kenne. Es bedeutet, dass man tausende von winzigen Füßen auf der Haut spürt, die gar nicht da sind. Ich habe noch nie eine echte Ameise gesehen. Nur ihr Bild im *Brockhaus*. Sie sieht so ähnlich aus wie eine Fliege in klein, nur ohne Flügel. Es kitzelt, wenn eine Fliege über meine Haut läuft. Dann muss ich sie verscheuchen und mich kratzen. Wenn ich kribbelig bin, hört es trotz kratzen nicht auf zu jucken, es sitzt tiefer unter der Haut. Da, wo ich nicht drankomme.

Es hat mich nie nach draußen gezogen. Wozu auch. Hier habe ich alles, was ich brauche. Hier drinnen ist alles klar. Und einfach. Ich stehe auf, wenn es hell wird, mache Essen, lese ein Buch – jeden Tag eins. Unsere Bibliothek umfasst Tausende. Für die „Sprachpflege in der Berufsschule" habe ich nur einen halben Tag gebraucht.

Jetzt stehe ich vor der Eingangstür, weil ich Hunger habe. Nicht erst seit heute. Seit Tagen schon ist da dieses ziehende Gefühl im Magen und das Blubbern im Darm. Ich habe gelesen, dass man zwei Monate ohne Essen auskommen kann, wenn man genügend trinkt. Also habe ich getrunken. Anfangs vor zehn Gläser Wasser über den Tag verteilt, alle zwei Stunden eins. Dann jede Stunde. Aber es half nicht, es hat nur stärker geblubbert in meinem Bauch. Jetzt halte ich es nicht mehr aus.

Vater ist noch nie so lange weggeblieben. Ich habe die Tage gezählt, jeden Tag im Kalender markiert. Um keinen Fehler zu machen. Wenn man Hunger hat, kommt einem die Zeit doppelt so lange vor. Das weiß ich von früher. Das habe ich schon erlebt. Aber noch nie so lange. Zwei Wochen sind es nun. Zwei Monate werde ich das nicht durchhalten.

Ich verstehe nicht, wo er ist. Ihm muss etwas passiert

sein. Vielleicht ein Unfall. Als wir einmal im Auto unterwegs waren, *(nur darin darf ich das Haus verlassen)* kamen wir an einem anderen Fahrzeug vorbei, das im Graben lag. Ganz zerknittert war es vorne. Und es hatte gequalmt. Vater hat mir gesagt, dass das ein Unfall sei und das so was häufig auf den Straßen vorkäme. Dabei könne man umkommen, hat er gesagt. Das bedeutet, dass man stirbt. Ich habe Vater gefragt. Auch davor müsse er mich schützen. Hat er gesagt.

Was aber, wenn ihm ein Unfall passiert ist? Er im Krankenhaus liegt, wie der Mensch, der neben dem verunglückten Auto gelegen hat. Ein großes rotes Auto, mit blitzenden blauen Lichtern auf dem Dach hat danebengestanden. Zwei Männer in ebenfalls roten Anzügen mit seltsamen Streifen drauf knieten neben dem Menschen auf dem Boden.

„Der kommt jetzt ins Krankenhaus, Sohn."

„Was ist ein Krankenhaus?"

„Stell dich nicht so dumm an", pflaumte Vater mich an. „Das kannst du dir doch denken."

Also habe ich nachgedacht. Ein Haus und Kranke waren in dem Wort enthalten. Und dass man dorthin gebracht wird, wenn man auf der Straße liegt.

„Ein Haus, wo Kranke hinkommen?", fragte ich am Ende der Gedanken.

Vater hat nur genickt.

Vater kann es nicht ausstehen, wenn ich dumme Fragen stelle. Alles andere darf ich fragen. Aber nichts Dummes. Dann wird er böse. Also versuche ich immer, die Antworten selbst zu finden.

Aber was soll man glauben, wenn man gar nichts weiß? Wie jetzt. Fest steht: Er kommt nicht zurück. Das Auto ist weg. Sein Rucksack, auf den ich unbedingt aufpassen soll, ist aber noch da.

Ich weiß nicht, was das alles bedeutet, muss die Antwort

aber selber finden. Denn Vater, den einzigen Menschen, den ich hätte fragen können, ist nicht da.

Und ich habe Hunger.

*

Ich habe es nicht an der Haustür ausgehalten. Die Angst hat mich vertrieben. Nun stehe ich am Fenster im ersten Stock hinter der Gardine und versuche, den Mut aufzubringen, rauszugehen. Doch schon der Blick hinaus bereitet mir Ameisenkribbeln unter der Haut.

Eigentlich darf ich hier gar nicht stehen. Vater sagt, das sei gefährlich. Wenn mich jemand sieht, werden sie mich holen *(Wer auch immer).* Weg von Vater. Und dann sei mein Schicksal besiegelt. Hat er gesagt. Dann komme ich in ein Heim, in dem mich andere Kinder quälen. Das würde ich nicht überleben. Hat er gesagt. Das war nicht wirklich notwendig, war es mir doch auch so schon klar.

Doch wie soll ich es nun schaffen, nach unten zu gehen, die Tür zu öffnen, rauszugehen und Essen zu besorgen? Angezogen für draußen habe ich mich schon. Über meine Latzhose Vaters Wolljacke gezogen. Denn es liegt Schnee, obwohl wir schon Ende März haben. Wenn Schnee liegt, ist es kalt. Das weiß ich. Also habe ich auch meine warmen Schuhe angezogen. Sie sind ein wenig zu groß, haben vorher Vater gehört. Ich musste mehrere Paar Socken übereinander ziehen, bis sie passten und meine Füße nicht mehr hin und her rutschen. Dann Vaters Fellmütze aufgezogen – die mit den langen Pelzohren – und den Rucksack auf den Rücken, so wie Vater ihn trägt.

Langsam wird mir heiß, ich schwitze in der dicken Kluft. Schaffe es aber trotzdem nicht, zur Haustür zu gehen. Obwohl mein Darm krampft. Das kommt vom Hunger, habe ich gelesen.

Während ich die vorbeifahrenden Autos betrachte, hält eins vor unserer Tür. Es ist so ein blau-weißes wie das, das neben dem Unfall stand. Nur dass diese Lichter auf dem Dach jetzt nicht blau rotieren. Zwei Männer steigen aus.

Auch sie in Blau, beide mit Mützen auf dem Kopf. Ihnen muss kalt sein.

Sie sehen zur Haustür. Ich werde unruhig. Vater hat mich vor ihnen gewarnt. Als wir an dem Unfall vorbeikamen, hat er gesagt: „Wenn du die siehst, dann lauf schnell weg. Das sind ganz schlimme Menschen. Die wollen uns trennen. Wollen dich mir wegnehmen. Wollen uns töten."

Die Männer kommen zur Haustür. Einer drückt die Klingel, die ich hinter mir hört.

Nun bleibt keine Zeit mehr zum Nachdenken oder Zaudern. Ich muss hier weg. Raus aus unserem Haus. Ganz schnell. Durch die Hintertür. Der andere Weg ist versperrt von ihnen. Über die Mauer. Vater hat mir beigebracht, wie man das schafft. Man nimmt seitlich Anlauf, greift die Wandoberkante mit der Hand, stößt sich mit dem Fuß der gleichen Seite an der Wand hoch und hakt sich mit dem anderen Fuß oben ein. Dann lässt man sich hinüberrollen.

Vater hat extra eine Holzwand gebaut, damit ich das üben konnte. In unserem Hof, der rundum zugemauert ist. Damit mich niemand sieht. Hat er gesagt. Damit ich geschützt bin. Damit ich sicher sei. Deswegen musste ich auch jeden Tag trainieren. Zweihundert Liegestützen machen und hundert Klimmzüge.

Mit einem Satz bin ich auf der anderen Seite.

Ich weiß nicht, was ich erwartet habe. Wahrscheinlich ein Höllenfeuer oder ein Jaucheloch. Doch ich lande auf einem Betonboden, ganz ähnlich wie dem in unserem Hof. Doch hier ist er gequadert. Lauter Quadrate, die sich nahtlos aneinanderfügen und zusammen eine Platte bilden. Mir bleibt keine Zeit, darüber nachzudenken. Ich höre hinter mir das laute Donnern an der Haustür. Und Rufe. Und Klingeln.

Ich drehe mich um und stehe vor einem Menschen. Einer Frau. Einer alten Frau. Sie hat ihr graues Haar zum Dutt gezwirbelt, ein schwarzes langes Kleid bis über ihre Knie und ein weißes Spitzending im Haar. Und dunkle Haut. Sie musste eine Schwarze sein. Noch nie habe ich eine gesehen außer in Büchern.

Sie starrt mich an wie ich sie.

„Was machst du hier?“, fragt sie mich.

Vater hat mir verboten, mit anderen Menschen zu sprechen. „Die drehen dir doch nur das Wort im Mund um und wollen dich dazu bringen, etwas zu verraten.“

Hat er gesagt, mir aber nie erklärt, was es zu verraten gäbe.

Doch ich will nichts riskieren, also antworte ich nicht, sondern drehe mich seitlich weg zur nächsten Mauer, nehme Anlauf und stürme über sie hinweg. Hinter ihr liegt eine Straße, an deren Rand Autos parken. Ein Stück weiter entdecke ich den blauen Wagen vor unserer Tür. Doch die blau gekleideten Männer sehe ich nicht. Gut, dann können sie mich auch nicht sehen. Ich drehe mich um und entferne mich gemessenen Schrittes (*das habe ich aus Tolstois Krieg und Frieden*), in die andere Richtung.

Die Straße hat vier Fahrspuren, auf denen mir jeweils auf zweien Autos entgegenkommen oder von mir wegfahren. Ich will auf die andere Seite, um schneller von den blauen Männern wegzukommen, aber es gibt keine Lücke zwischen den Fahrzeugen. Sie sind so schnell, dass ich keine Chance habe, zwischen ihnen durchzulaufen, ohne dass mich eins erwischt. Also folge ich der Straße bis ich auf eine Gruppe Menschen stoße, die mit dem Gesicht zur anderen Straßenseite gewandt vor weißen Querstreifen auf dem Asphalt warten. Auf der anderen Straßenseite steht eine Ampel, aber keine mit rot, gelb, grün wie die, die ich gesehen hatte, wenn Vater mit mir in unserem Wagen unterwegs war. Auf dieser sind kleine Männchen zu sehen. Das rote steht, das grüne geht. Das rote leuchtet hell. Vater hatte bei Rot angehalten. Also stelle ich mich in die Nähe der Menschen. Als das grüne Männchen aufleuchtet, gehen die Menschen zur anderen Straßenseite. Ich gehe mit. Mittendrin. Auch wenn mir diese Nähe zu den Menschen unangenehm ist. Aber so können mich die blauen Männer nicht sehen.

Auf der anderen Straßenseite wende ich mich nach rechts in Richtung eines breiten Flusses. Ich habe noch keinen Kilometer von zu Hause geschafft und bin doch schon in einer fremden Welt. Und friere. Es ist eisig. Die Luft dringt durch meine dünne Latzhose. Hätte ich doch wenigstens Vaters Wollhandschuhe mitgenommen. Ich puste und puste warme Atemluft in die zur Muschel geformten Hände, aber es wird nicht besser.

Ein paar junge Leute rennen in hautenger neonfarbener Kluft am Flussufer entlang. Wieso tun sie das? Wenigstens scheinen sie nicht zu frieren. Vielleicht muss man hier laufen? Ich renne los. Doch nach wenigen Metern lande ich auf dem Hintern. Bin ausgerutscht auf einer gefrorenen Pfütze. Ein älterer Mann in einem langen Mantel kommt auf mich zu.

„Kann ich dir helfen?"

Ich darf nicht reden. Nicht mit fremden Menschen. Hier sind mir alle fremd. Ich drehe mich auf die Knie und wuchte mich hoch. Schüttele den Kopf und renne los. Vorsichtiger, ich will nichts riskieren. Will trotzdem so schnell wie möglich Abstand bringen zwischen mich und diesen Mann mit seinem scheinheiligen Lächeln.

Als ich mich umdrehe, steht der Mann kopfschüttelnd noch immer an der gleichen Stelle. Aber er folgt mir nicht. Ein Glück!

Ich gehe weiter auf eine Brücke zu. Sie ist zu schmal für Autos, aber viele Menschen begegnen mir auf ihr. Sie bleiben stehen, halten ein flaches rechteckiges Ding hoch, lächeln es an. Manche haben so ein Ding auf langen Stöcken montiert und stellen sich dicht beisammen zu Gruppen. Diese Menschen haben schmale Augen wie Briefkastenschlitze, dunkles, glattes Haar, und sie sind sehr schlank.

Am anderen Ufer angekommen, muss ich mich entscheiden. Hier entdecke ich nirgends eine Möglichkeit, mir etwas Essen zu beschaffen. Nur Menschen, Menschen, Menschen. Gehend, rollend auf einem Brett, laufend. Ich nehme eine Straße auf die Häuser zu. Muss wieder an einer Ampel mit rotem Männchen warten.

Dann komme ich an einem großen Wagen vorbei, der an der Seite geöffnet ist. Ein Mann steht darin und es duftet nach Wurst.

Mir läuft das Wasser im Munde zusammen. Kann ich ihn um eine bitten?

Dann muss ich ihn aber ansprechen. Aber das darf ich nicht. Ich beschließe, mir anzusehen, wie andere das machen und setze mich auf eine Bank gegenüber. Es dauert eine Weile, dann nähert sich ein Junge, stellt sich vor den Wagen und verlangt eine Wurst mit viel Senf. Der Mann nimmt mit der rechten Hand eine Zange, in der linken hält er ein Brötchen. Er legt eine Wurst hinein, nimmt eine Plastikflasche und drückt Senf auf die Wurst.

„Einsfuffzig", sagt der Mann.

Der Junge nimmt die Wurst, schüttelt dem Mann die Hand und geht. Das kann ich auch. Ich gehe zu dem Wagen.

„Eine Wurst bitte mit viel Senf."

Der Mann nimmt das Brötchen in die linke, die Zange in die rechte Hand, legt die Wurst in das aufgeschnittene Brötchen, drückt aus der Flasche Senf auf die Wurst und reicht sie mir. Ich nehme sie mit der linken Hand und greife mit der rechten seine, um sie zu schütteln. Der Mann sieht mich komisch an. Ich nickt nochmals um zu zeigen, dass ich weiß, wie man sich benimmt. Dann drehe ich mich um und gehe die schmale Gasse weiter. Der Mann schreit hinter mir her. Ich drehe mich um, er fuchtelt mit den Händen und brüllt, ich solle bezahlen. Was meint er nur?

Jetzt eilt er zur Seite des Wagens, reißt eine Tür auf und rennt auf mich zu. War ich nicht höflich genug? Dabei habe ich es doch genauso gemacht wie der Junge vor mir. Ich warte nicht ab, bis er mich erreicht. Die Wurst lasse ich mir nicht mehr wegnehmen. Mein Hunger ist zu groß.

Also renne ich los. Nach ein paar Ecken bleibt der Mann zurück. Ich eile noch ein paar Ecken weiter, dann bleibe ich stehen und beiße hinein. Sie schmeckt himmlisch. Ich schließe die Augen, um sie besser genießen zu können, schlucke, öffne den Mund zum nächsten Biss, da werde ich von hinten angerempelt. Die Wurst fällt auf den Boden, ein Hund an einer Leine, der direkt hinter mir an die Hauswand gepinkelt hat, schnappt sie sich und schlingt sie in wenigen Bissen runter.

Meine Wurst! Ich könnte schreien. Der Rempler geht ohne ein Wort weite. Und ich bleibe hungrig zurück. Tränen schießen mir in die Augen. Ich dachte, es wäre ganz einfach, sich eine Wurst zu holen. Doch nach der Erfahrung von eben ahne ich, dass ich etwas falsch gemacht hatte.

Nur was?

Durch unzählige schmale Straßen bin ich gegangen, an breiten Straßen voller hupender und blinkender Autos vorbeigekommen, habe sie hin und her überquert. Aber eine Möglichkeit, mir Essen zu besorgen, habe ich nicht entdeckt.

Inzwischen ist es dunkel geworden. Und noch kälter. Ich bin auf einer Straße unterwegs, an der viele hell erleuchtete Häuser mit großen Fenstern stehen, in denen alles Mögliche aufgebaut ist: lebensgroße Puppen in bunten Kleidern. Reihenweise kleine rechteckige Dinger, wie sie die Menschen auf der Brücke, aber auch hier überall anlächeln.

Manche drücken darauf herum. Manchmal piepen die Dinger. Sie scheinen sehr wertvoll zu sein. Alle halten sie ganz fest. Wahrscheinlich lösen sie den Blick nicht von ihnen, weil sie ihnen so viel bedeuteten.

Mir sind sie egal. Ich will nur etwas zu essen. Ich komme

an flachen Häusern vorbei, die wie der Wagen mit den Würsten aus einem geöffneten Fenster Essen an Leute verteilen, die sich wie der Junge mit Handschlag bedanken. Was habe ich nur falsch gemacht?

Ich traue mich aber nicht, es noch einmal zu versuchen. So viel Glück wie vorhin hat man nicht immer. Und was nützte mir mein Glück? Der Hund hat die Wurst gefressen. Nein, es muss anders gehen.

Doch ich bin müde vom vielen Rumlaufen. Und wo soll ich schlafen? Zurück nach Hause kann ich nicht. Dort warten vielleicht noch die blauen Männer.

Ich schaue mich um. Die erleuchteten großen Fenster mit den bunten Sachen sind inzwischen nicht mehr so hell. Vor den breiten Glastüren, durch die Menschen rein und raus gegangen sind, befinden sich Gitter. Keiner kommt mehr rein. Warum wohl? Und was ist mit denen, die noch drin sind? Vor manchen der Einlässe haben sich Menschen gelegt. Unter ihnen entdecke ich Pappe, auf ihnen Wolldecken undefinierbarer Farbe. Man erkennt kaum die Gesichter. Ich würde mich auch zu gerne hinlegen. Aber ich besitze weder Wolldecken noch Pappen. Meinen Versuch, mich ohne diese Sachen hinzulegen, gebe ich schnell auf. Die Kälte zieht durch meine Kleidung bis auf die Knochen.

Also stehe ich auf, um mich warm zu laufen. Renne durch die Straßen, die inzwischen von Laternen erleuchtet sind. Begegne Menschen, die vermummt an mir vorbeieilen. Andere, die hin und her wanken, als wären sie auf einem Schiff bei Sturm. Mir fällt nicht ein, woher ich die Parabel habe. Das muss aber aus einem meiner Bücher stammen. Ich kann nicht mehr klar denken vor Hunger und Müdigkeit.

Nun stehe ich wieder vor dem breiten Fluss. Neben mir, unter einer breiten Brücke über die Autos fahren, entdecke ich weitere liegende Menschen unter Wolldecken um eine Tonne, in der ein Feuer brennt. Das sieht einladend aus. Das Feuer. Ich sehne mich nach Wärme und Licht.

Vorsichtig nähere ich mich.

Die Männer sehen schmutzig aus. Haben lange, ungepflegte Bärte und zottelige Haare. Sie riechen nicht gut. Einige halten mir Flaschen entgegen und rufen „Prost". Ich weiß nicht, was das bedeutet, aber sie lachen mich dabei freundlich an.

Ich gehe ein paar Schritte näher. Einer winkt mich zu sich heran. Meine Angst vor anderen Menschen ist mit jeder Schneeflocke, die seit dem Nachmittag gefallen ist und jeder Stunde, in der mein Magen leerer wurde, falls das bei leerem Magen überhaupt möglich ist, kleiner geworden. Wenn ich nichts unternehme, werde ich heute Nacht sterben. Das weiß ich. Also nähere ich mich langsam dem Feuer, strecke die Hände danach aus, genieße die durchdringende Wärme und höre auf, zu zittern. Dankbar lächele ich den Mann an, der mich näher gewinkt hat.

Nun lacht er laut auf. „Wo kommst du denn her?"

Ich zucke die Schultern.

„Das weißte net?" Er lacht noch lauter.

Ich zucke wieder die Schultern.

„Willste 'nen Schluck aus meiner Pulle?"

Ich nickte, ergreife die angebotene Flasche und nehme einen tiefen Schluck, denn seit heute Mittag habe ich nichts mehr getrunken. Und speie ihn im hohen Bogen aus. Widerlich. Ekelhaft. Es brennt wie das Feuer vor mir im Mund und Hals. Hängt gallebitter in meinem Rachen und nimmt mir die Luft zum Atmen.

Will er mich vergiften? Ich drehe mich um, will wegrennen. Doch er ruft: „Halt, halt" hinterher. Ich bleibe stehen. Nur wenige Meter weg vom Feuer beißt die eisige Kälte wieder in mein Gesicht.

Ich habe die Wahl: vergiftet werden oder erfrieren. Das Vergiften kann ich vermeiden, indem ich nichts mehr von dem trinke, was mir der Mann anbietet. Ein überschaubares Risiko verglichen mit dem sicheren Erfrierungstod. Habe ich eine Wahl? Weglaufen kann ich immer noch.

Kapitel 5

Polizeipräsidium München

Es ist erstaunlich, wie viel einfacher die Dinge mit einem Blaulicht auf dem Dach sind, dachte sie. Polizeihauptkommissarin Mo Celta fuhr im Zickzack zwischen den Autos hindurch, die wie Beute vor einem höllischen Raubtier zur Seite wichen. Bei diesem Tempo würde sie nur noch wenige Minuten über die Effnerstraße bis zum Stadtteil Johanniskirchen brauchen.

Mo erinnerte sich noch genau an den Abend im September 2008, als sie zum ersten Mal diese drei Kilometer langen Straße in Richtung Innenstadt benutzte, die als Verlängerung der Bülowstraße vom Effnerplatz am Mittleren Ring nach Nordosten parallel zum Englischen Garten zum Föhringer Ring führte. Sie bildete ein Teilstück des nur teilweise vollendeten Äußeren Rings. An ihr lagen der *Arabella-Park* mit seinen Restaurants, Geschäften, Firmen und Wohnungen, die Villenkolonie *Am Priel-Hof* sowie das Baudenkmal *Ziegelei August Haid*.

Sie war damals achtzehn Jahre alt und ihr Kopf gefüllt mit einer Mischung aus Überzeugungen und Zweifeln, aber die vergangenen Jahre hatten ihren Zweck erfüllt: Emanzipieren, aufbauen, manchmal die sichersten Überzeugungen für immer erschüttern, aber immer etwas verändern. Sie war nicht unversehrt aus diesen Studentenjahren hervorgegangen. Damals trug sie ihr braunes Haar kurz geschnitten und ihr ovales Gesicht schmückte eine farbenfrohe Brille. Heute wurde ihr langes Haar als Pferdeschwanz gebändigt und sie trug Kontaktlinsen.

Von den Abenden, die sie damit verbracht hatte, die Welt neu zu gestalten, bis zu den Ausschreitungen im Hörsaal, den Hungermahlzeiten am Wochenende, den Underground-Konzerten, bei denen sie bereute, den Ratschlägen von seltsamen Gestalten gefolgt zu sein, all diese Momente des Lebens hatten sich in ihr Gedächtnis gebrannt.

Mo bog mit heulender Sirene nach rechts in die Johanniskirchener Straße. Um den Kollegen, die bereits vor Ort waren, die Absperrung zu erleichtern, brachte sie den Wagen quer über die Fahrbahn zum Stillstand. Ein Bienenstock von etwa fünfzehn Polizisten war zehn Meter entfernt beschäftigt. Unter ihnen befanden sich die Kollegen aus dem Viertel, eine Handvoll Stadtpolizisten und einige Schaulustige, die durch das übliche rot-weiße Band auf Abstand gehalten wurden.

Mo ging auf die Gruppe zu. Ihr Kollege, Nico Braun, der bereits vor Ort war, kam auf sie zu. Die Polizisten traten einer nach dem anderen zur Seite und grüßten die Hauptkommissare der Mordkommission. Sie erhielten nur ein vages Handzeichen zurück. Als sie näher kamen, war die Szene, die sich ihnen bot, ziemlich verwirrend. Es waren nicht die drei Männer der Spurensicherung, die um eine weiße Plane herum arbeiteten, auch nicht die rot-weißen Markierungen oder das Blitzlichtgewitter eines der Polizeifotografen. Nein, überraschend war die geringe Größe des Fundes, der unter einer Abdeckung verborgen war. Und dann der grobe Holzdeckel, der daneben lag.

Mo runzelte die Stirn. „Guten Morgen, Costa. Was haben wir?“

Rechtsmediziner Costa Tsimbiridis hob den Kopf. „Eine Leiche im Ikea-Stil“, antwortete Costa, der sich maulend wieder den Körperteilen widmete.

„Mensch, Costa“, schnauzte Mo. „Muss das sein!“

„Entschuldigung, Mo, hallo, aber solche Fälle berühren selbst den hartgesottenen Rechtsmediziner Tsimbiridis. Schau es dir selbst an. Scheußlich.“ Der Rechtsmediziner hob die Plane hoch und sah Mos verblüfften Blick und das entsetzte Gesicht ihres um zwei Jahre älteren Kollegen Nico Braun. Unter der Plane lagen zwei komplette Skelettbeine, sauber abgetrennt am oberen Ende des Oberschenkels, in einer grob zusammengesetzten Kiste, Stoffreste und Reste einer Plastikfolie.

Mo bekam einen Würgereiz und nickte. „Verdammt. Ist das alles? Wo ist der Rest? Keine weiteren Körperteile?"

„Zumindest nicht im Moment."

Sie wandte sich an ihren Kollegen. „Nico, sag den Männern, sie sollen die Gegend für alle Fälle absuchen. Ich will, dass im Umkreis von 200 Metern alles durchkämmt wird. Jeden Mülleimer, jeden Karton, jeden Obdachlosenplatz. Ich will nicht, dass ein Kind, ein Mensch oder ein Tier auf eine weitere Kiste stößt." Sie senkte ihre Stimme. „Wurde die Gegend schon abgesichert?"

„Selbstverständlich, kurz nachdem die Kollegen über den Fund informiert wurden."

Mo wandte sich wieder an den Rechtsmediziner. „Und diese Knochen, was kannst du mir darüber sagen, Costa?"

„Da der Rest des Körpers fehlt, ist es schwierig, sich überschwänglich darüber zu äußern."

„Ist das alles?"

Costa grinste. „Das würde ich nicht sagen. Zunächst einmal wirst du feststellen, dass die Gliedmaßen frei von Schmutz und Blutspuren sind."

„Die Knochen wurde gesäubert?"

„Ja, das ist sicher. Dann habe ich das in der Kiste gefunden. Hab's vorsichtshalber hier vor Ort eingetütet, nicht dass mir noch etwas beim Transport in die Rechtsmedizin verloren geht."

Der Rechtsmediziner holte drei Beutel aus seiner Aktentasche, die für die Entnahme und Aufbewahrung von Spuren verwendet wurden. Er reichte Mo den ersten Beutel.

Mo krauste die Stirn. „Steinchen?"

„So ist es."

Der zweite Beutel enthielt einige kleine dunkelgrüne Zweige.

„Ebenso dieses weiße Pulver." Er zeigte Mo und Nico den

dritten Beutel.

„Drogen?", schnaubte Nico.

„Nein. Es ist Salz, einfach nur Salz, das in jedem Haushalt verwendet wird."

Mo gab dem Rechtsmediziner den Beutel zurück und sah ihren Kollegen Nico an. Sein blasses Gesicht verriet, dass er sich unwohl fühlte.

„Was glaubst du, was könnte das deiner Meinung nach bedeuten, Costa?"

„Da sind alle Hypothesen möglich. Eine Symbolik, die sich mir entzieht. Ich bin nur der Rechtsmediziner. Das ist dein Territorium, Mo Celta."

„Kannst du uns etwas zu den Beinen sagen? Wie alt war das Opfer?"

„Es sind die Beine eines Kindes, so um die zwölf bis dreizehn Jahre. Ich kann mich natürlich irren, aber ich denke nicht." Der Rechtsmediziner fuhr mit seinem latexgeschützten Zeigefinger über den Knochen. „Bei der Länge der Beine kann man davon ausgehen, dass das Opfer knapp zweiunddreißig bis vierzig Kilogramm wog bei einer Größe von ein Meter vierzig. Aber das muss ich im Institut genau überprüfen."

Mo seufzte. „Komm schon, Costa. Ich kenne dich, so ein alter Hase hat doch mehr drauf."

„Ein Bein ist kurzer als das andere. Entweder hatte sie in der Jugend einen Unfall, oder..."

„Oder?"

„Jedenfalls waren die Beine, als sie noch gehen konnten, nicht gesund. Später mehr."

„Okay." Mo gab auf, sie kannte Costa seit zehn Jahren. Wenn der Rechtsmediziner nicht mehr sagen wollte, war es sinnlos, darauf zu bestehen. „Danke. Keine Zeugen, nehme ich an?"

Costa deutete auf eine Frau, die etwa zehn Meter vom Fundort entfernt neben dem Polizisten auf einer kleinen Mauer saß. Während das Alter undefinierbar war, ließ die

Aufmachung wenig Zweifel an ihrem Zustand.

Die zerlumpte Alte bot einen seltsamen Anblick in ihren alten, bodenlangen Röcken und ihrer grauen Wolljacke, die sie mit Sicherheitsnadeln zusammenhielt. Die Beine rechts und links weit von sich gestreckt, den Oberkörper nach vorn gebeugt, hielt sie den Blick starr auf den Fundort gerichtet. Aus der Ferne wirkte sie nachdenklich, geradezu apathisch, in sich selbst versponnen, geistig verwirrt, weit weg vom Geschehen um sich herum. Doch Mo spürte, dass der Alten nichts entging.

„Eine Obdachlose? Wurde sie schon vernommen?"

Costa zuckte mit den Schultern. „Keine Ahnung, sie ist vollkommen zugedröhnt. Stockbesoffen! Sie lallte, dass sie gesehen hätte… aber frag den Polizisten, falls der nicht schon von ihren Ausdünstungen alkoholisiert ist. Der Arme hat alles aufgeschrieben."

„Also, Nico. Machen wir uns an die Arbeit. Bis später, Costa." Mo drehte sie sich um und gab Anweisungen, das Viertel zu durchkämmen. Bald würde jeder Winkel von den Polizisten durchsucht werden.

Wenig später näherten sie sich der Obdachlosen und dem Polizisten, der sich große Mühe gab, die Alte, die inzwischen lauthals rumlallte, zu besänftigen, aber die Hilfe, die diese Frau brauchte, war ganz anderer Natur. *Ein Schluck aus der Flasche wird gewiss Wunder bewirken*, dachte Mo.

Plötzlich zuckte Mo zusammen und drehte sich um. Das war es wieder, dieses Gefühl beobachtet zu werden: Sie hatte ein Gesicht vor ihrem inneren Auge, das von den Erkennungsmerkmalen völlig losgelöst war, keine Reflexion. Nur Verzweiflung. Wut. Wahnsinn. Mo konnte es sehen, fühlen, riechen. Sie sah sich um – kein Beobachter.

Als die Obdachlose die beiden Polizisten auf sich zukommen sah, lächelte sie breit und enthüllte dabei ein beängstigend klapperndes Gebiss.

„Hallo, ihr Hübschen, ihr werdet Georgina *bestimmt* verstehen. Dieser Junge neben mir will mir einfach nicht helfen."

„Was soll es denn sein?", fragte Nico.

„Ein kleiner Schluck… oder zwei, das ist besser! Ich hatte heute Morgen Angst. Also, Sie Hübscher, sei jetzt bitte nett zu Georgina."

Mo konnte sich ein Lachen nicht verkneifen. „Nico, da hinten ist eine Trinkhalle. Hol Georgina doch bitte mal eine Flasche Obstbrand." Sie ahnte, dass die von der Obdachlosen ohne einen Schluck aus der Flasche nichts erfahren würde.

Nico sah sie entsetzt an. „Aber, Mo…"

„Das geht in Ordnung, Nico", erwiderte sie und wandte sich dann an die Obdachlose.

„Während mein Kollege Ihr Mittagessen holt, möchte ich mich gerne ein bisschen mit Ihnen unterhalten. Was haben Sie denn genau gesehen, Georgina?"

„Ich habe dem anderen schon alles erzählt. Ihr seid also kein Team?"

„Doch, doch, aber ich würde es vorziehen, wenn Sie es mir noch einmal erzählen."

Georgina beglückte sie erneut mit einem breiten Lächeln. „Es ist besser, sich auf Gott zu verlassen als auf seine Heiligen. Ist auch mein Motto." Sie schien ihre Gedanken zu ordnen. „Ich schlief in meiner Ecke, als es vier Uhr schlug…", begann sie nach einem Zungenschnalzen.

„Moment, wo ist denn Ihre Ecke?"

Sie sah Mo an, als ob sie nichts verstand.

„Na, da, an der Ecke, nicht weit entfernt von der Kiste mit den Knochen. Gleich da drüben am Supermarkt."

Sie drehten beide den Kopf und sahen auf einen Haufen Kartons und zwei oder drei Supermarkttüten, die auf dem Boden neben den Mülltonnen standen.

Nico kam mit einer Flasche Obstbrand zurück und reichte sie Georgina.

„Das hat aber lange gedauert, junger Mann." Sie riss ihm die Flasche aus der Hand, öffnete sie und nahm schnell einen Schluck.

Nico rollte mit den Augen, während Mo eine weitere Frage wagte. „Wieso sind Sie sich bei der Uhrzeit so sicher?"

„Die Kirchenuhr. Was für eine dämliche Frage." Sie schwieg, machte ein mürrisches Gesicht und nahm schnell einen zweiten Schluck. „Polizeifragen machen immer durstig."

„Ich weiß, ich weiß, Georgina, wir können den Leuten ganz schön auf die Nerven gehen."

Die Alte sah Mo mit einem halb geschlossenen Auge an, nahm noch einen Schluck und fuhr dann schließlich fort.

„Ich konnte nicht mehr schlafen, erst waren da zwei fiese, dreckige Typen, ich bin misstrauisch, eine einsame Frau…" Sie brach in Gelächter aus. „Und dann habe ich ihn gesehen! Er ist an mir vorbeigegangen!"

„Wer? Einer der Typen mit dem Hund?"

„Nein. Ein anderer Typ. Er hatte einen alten Mantel wie in alten Zeiten an, ohne Ärmel, mit einer Kapuze auf dem Kopf."

„Einen Umhang? Hatte er einen Umhang?"

„Ja, genau, das ist es. Ein ganz schwarzer Umhang." Georgina begann zu zittern.

„Kein Gesicht. Da war nichts zu sehen."

„Und dann?", bohrte Mo weiter.

„Er trug eine große Holzkiste." Sie zeigte auf die Männer der Spurensicherung. „Genau dort legte er sie hin. Ich hatte verdammt viel Angst. Der Typ hatte nichts Gutes im Sinn."

„Wieso dachten Sie das?", fragte Nico ungeduldig.

„Junge, Georgina ist alt und trinkt gerne einen über den Durst, aber ich habe in meinem Leben schon jede Menge fiese Typen gesehen. Ich bin doch nicht blöd!"

Nico sah Mo an. „Ist Ihnen sonst noch etwas aufgefallen?“

„Ja. Die Kiste war voller Erde. Der Typ muss sie irgendwo ausgebuddelt haben. Echt gruselig.“ Georgina tat, als würde sie frösteln. „Hab ich alles gesehen. Hab eine kleine Taschenlampe. Bin hingegangen, als der Typ weg war. Und dann hab ich die Bullen gerufen.“

„Sie sind ein kluges Mädchen, Georgina“, sagte Mo.

„Sag ich doch.“

Mo nickte. „Haben Sie zufällig auch gesehen, aus welche Richtung der Mann kam?“

Georgina nahm schnell einen Schluck aus der Flasche. „Er kam dahinten aus dem Wald. Früher war das hier alles Wald. Ja, und dann kamen die Bierbrauer, wurden nebenher geldgeile Bauherren wie dieser Schörghuber und Co. Haben alles zugepflastert.“ Georgina rülpste. „Sehen Sie sich doch um, überall verwahrloste Kids, obdachlose Jugendliche, Junkies. Das ist eine Welt geworden. Kann man nur im Suff ertragen.“

„Ist Ihnen sonst noch was aufgefallen, Georgina?“

„In den vergangenen Tagen lungerte hier so ein komischer, feiner Pinkel rum. Stand nur da. Das könnte der Typ gewesen sein. Starrte immer zum Wald. Ging dann wieder. Der war auch echt gruselig. Böse dunkle Augen. Ich hatte verdammt viel Angst, hätte fast in die Hose gepinkelt…“

„Ist das alles, was er getan hat? Zum Wald starren.“

„Ja … äh, nö, hat noch was gesagt …“

Mo und Nico hingen an Georginas Lippen. Die alte Frau schien in den Tiefen ihres vom Alkohol benebelten Geistes zu graben. „Bekomme ich erst noch eine Pulle?“

Mo lächelte. „Nein, Georgina. Das trägt die Staatskasse nicht.“

„Okay. Okay. Dann gib mir ein bisschen Kleingeld, junge Frau.“

Mo holte einen Fünf-Euroschein aus ihrem Portemonnaie. „Das reicht nur für eine halbe Flasche. „Gib mir noch einen, Süße."

„Also gut, Georgina", sagte Mo und kam der Forderung nach.

Georginas Gesicht erhellte sich. „Ich war nicht immer obdachlos. Und Englisch verstehe ich auch."

„Ja, und?" Nico wurde ungeduldig.

„Gefahren tummeln sich vor dem Mäuseloch, Right." Sie nickte heftig. „Ja, das hat der feine Pinkel gesagt!"

Kapitel 6

Mo

Mo setzte sich auf das Sofa und schaute seufzend zur Decke. *Was für ein Tag!* Langsam ließ sie die letzten Stunden noch einmal Revue passieren.

Der unglaubliche Fund in der Johanniskirchener Straße hatte die Kripo in einen Zustand spürbarer Anspannung versetzt. Vom Streifenpolizisten bis zu den Kollegen ihres Dezernats waren die Zungen damit beschäftigt, der zumindest verwirrenden Aussage der alten Frau auf der Straße einen Sinn zu geben. Mo ihrerseits hatte einen Teil des Vormittags mit der Überprüfung von Georginas Angaben verbracht. Noch einmal las sie ihre Notizen und die unterstrichenen Stellen: *Wald, Gefahren, Mäuseloch. Feiner Pinkel. Right.* Auch hatte sich der Staatsanwalt bei ihr gemeldet, der ihr immer wieder sein volles Vertrauen zusicherte, den heiklen Fall zu Ende zu bringen. Was mit anderen Worten bedeutete: „Beweisen Sie mir, dass ich Recht habe, Ihnen zu vertrauen."

Gefahren tummeln sich vor dem Mauseloch, Right …

Was bedeuteten die Worte? Ein Versteck? Noch mehr Körperteile? Johanneskirchen lag am nordöstlichen Rand des Stadtbezirks Bogenhausen und gehörte damit zur Stadt München. Wie im ganzen Nordosten Münchens gab es gegen Ende des 19. Jahrhunderts auch in Johanneskirchen viele Betriebe, die aus dem hier gewonnenen Lehm Ziegel brannten für die rege Bautätigkeit in München. Das Katasteramt hatte ihr eine E-Mail mit dem Bebauungsplan zukommen lassen. Die Gartenstadt Johanneskirchen wurde von 1984 bis 1986 erbaut. Zwischen den Einfamilien-, Doppel- und Reihenhäusern waren ausgedehnte Grünflächen entstanden. Dort lagen im Johanniskirchener

Moos auch die größten Freiflächen des Stadtbezirks, die überwiegend landwirtschaftlich genutzt wurden. Es gab demnach viele *Mäuselöcher*, in denen man eine Leiche hätte verstecken können. Das half ihr überhaupt nicht, sich Klarheit zu verschaffen. Und wen rief der Mann mitten in der Nacht herbei? Offensichtlich niemanden. War die Botschaft nur dazu gedacht, die Angst einer alten Frau zu schüren? Ein Klima der Angst in der Stadt zu verbreiten? Vielleicht war er nur ein schnöder Allerweltstäter, der ein wenig Zeremonie brauchte. Aber warum die Zerstückelung? Costa Tsimbiridis hatte wahrscheinlich Recht, als er den praktischen Aspekt betonte.

„Kannst du dir vorstellen, am frühen Morgen einen *ganzen* Körper durch die Stadt zu schleppen? Und dann, hallo, das Gewicht. Nein, der Psycho hat sich die Knochen geschnappt und wird sie sukzessiv verteilen. In München wird wieder heftig gebuddelt, neue Häuser entstehen. Der Täter wollte kein Risiko eingehen, dass das Opfer vollständig entdeckt wird. Und ... um euch in die Irre zu führen", hatte Costa beteuert.

Das Gewicht war ein Argument, aber warum hatte man die anderen Teile nicht in der Nähe des Fundorts gefunden? Die systematische Durchsuchung des gesamten Viertels hatte nichts ergeben und kein Anruf hatte von einem weiteren grausigen Fund berichtet. Der Gedanke, eine Leiche zu entsorgen, schien ohnehin unangebracht. Der Mörder hätte sein Opfer unauffällig verschwinden lassen können. Hier hatte er sich für die Zurschaustellung entschieden. Die Bedeutung der Vorgehensweise kam Mo komplexer vor.

Sie hatte sich am Nachmittag mit Nico zur Rechtsmedizin begeben, wo Costa mit einer Bilanz auf sie wartete, die fast identisch war mit seinen ersten Feststellungen vor Ort.

„Mo, ich habe kaum zusätzliche Informationen für euch. Keine Identifizierung möglich, das versteht sich von selbst. Was das Todesdatum angeht, würde ich sagen, dass es fünfundzwanzig bis dreißig Jahre zurückliegt."

„Hinweise, die der Mörder hinterlassen hat?"

„Keine Fingerabdrücke, keine Fasern, keine Haare, weder auf den Knochen, noch auf den Gegenständen, die in der Kiste gefunden wurden. Das war saubere Arbeit. Nur die Schmutzpartikel an der Kiste geben Aufschluss. Die Bodenprobe sagt mir, dass die Leiche etwa hier gelegen haben muss." Costa zeigte auf eine Karte von München und Umgebung und tippte auf das Naturschutzgebiet Panzerwiese und Hartelholz. „Der Boden ist von Kalk-Magerrasen bewachsen, etwa ein Drittel ist Heidefläche der Münchner Schotterebene. Das erklärt Salz, Steinchen und Grünzeugs."

„Okay. Da werden wir dann die Leichenhunde einsetzen. Danke. Was wissen Sie über das Opfer?"

„Der Knochen gehört tatsächlich einem Kind vom europäischen Typ. Das Knochenwachstum ist noch nicht abgeschlossen und schließlich sind degenerative Prozesse an den Gelenken kaum sichtbar..."

„Costa, bitte einfach und verständlich."

„Im Klartext heißt das, dass das etwa zwölf Jahre alt war, vielleicht auch ein bisschen älter. Da wir etwa 2,6 Mal so groß sind wie unser Oberschenkelknochen, schätze ich ihre Größe auf etwa 1,40 m und ihr Gewicht auf ... aber dazu gleich mehr."

Mo betrachtete die Knochen und versuchte, sich vorzustellen, dass sie Teile eines lebendigen Körpers gewesen waren und nicht nur nutzlose, fast lächerliche Gliedmaßen, die dort auf dem Edelstahltisch lagen.

Costa kratzte die grauen Haare an seinem Kinn. Fünf Cent für deine Gedanken, dachte Mo.

„Wie ich dir bereits gestern gesagt hatte, handelt es sich nicht um eine Amputation, die Spuren deuten nicht daraufhin."

„Hm...", ließ Nico verlauten.

Mo drehte sich um, grinste ihren Kollegen breit an, setzte dann aber ihren Dialog mit dem Rechtsmediziner fort.

„Andererseits ist es unmöglich, die genaue Todesursache ohne die anderen Körperteile zu bestimmen. Der Akteur hat seine Arbeit mit Sorgfalt ausgeführt."

„Was bedeutet?"

„Die Gliedmaßen wurden mit einer kleinen Säge, wahrscheinlich einer elektrischen, abgetrennt. Die Zinnen sind sehr fein und gleichmäßig. Nein, wirklich, das ist eine sehr ordentliche Arbeit."

„Gut ... ist das alles?"

„Bring mir die anderen Puzzleteile und wir machen es besser, liebe Mo."

Mo und Nico schlossen bereits ihre Jacken, um den Obduktionsraum zu verlassen, als die Stimme des Gerichtsmediziners erneut ertönte.

„Aber ich habe vielleicht noch ein letztes Detail, das euch interessieren wird."

„Es hätte mich auch gewundert, wenn es nicht so wäre, lieber Costa. Du wärst sonst nicht der Beste deiner Kaste. Und?"

„Man sieht sie kaum, weil die Gliedmaßen flach aufliegen, aber wenn ich das Bein so ..." Der Gerichtsmediziner hob den Knochen an und stellte es auf die Knochen des Fersenbein. Es war nicht einfach, das Bein aufrechtzuerhalten, aber Mo und Nico konnten sehen, was Costa entdeckt hatte.

„Was bedeutet das, Dokter Tsimbiridis?", fragte Nico.

„Junger Mann, jeder nennt mich hier Costa. Okay?"

Nico nickte schmunzelnd.

„Und was deine Frage betrifft, es bedeutet, dass die Leiche angesichts ihrer Größe und ihres Körperbaus eine geringe Knochendichte aufweist. Aber sie litt nicht an Osteogenesis imperfecta, kurz OI genannt, die Glasknochenkrankheit."

Mo seufzte. „Spann uns nicht auf die Folter, Costa. War das Opfer älter?"

„Nein. Das hier ist etwas anderes. Es sieht so aus, als hätte sie gehungert, und zwar über einen ziemlich langen Zeitraum. Sie kann zum Zeitpunkt des Todes nicht mehr als dreißig Kilogramm gewogen haben, was angesichts der Körpergröße extrem wenig ist."

Mo hob eine Augenbraue. „Eine Diät? Fasten?"

„Nein, das glaube ich nicht. Welche Mutter würde ihr Kind in diesen Zustand versetzen wollen? Ich glaube, dass dieses Mädchen ..."

Nico unterbrach den Rechtsmediziner: „Es war ein Mädchen?"

„Hatte ich das noch nicht gesagt? Ja, es ist ein Mädchen."

Mo sah Nico an und realisierte, dass er in diesem Moment an seine kleine Tochter Kelly dachte.

„Das Mädchen litt unter Nahrungsentzug", fuhr Costa fort, „aber nicht so sehr, dass es zum Tod geführt hätte. Der Knochen ist nicht intakt. Sie muss sehr lange ohne Licht gewesen sein und sich kaum bewegt haben. Ich gehe davon aus, dass sie unter einem chronischen Vitamin-D- und Calcium-Mangel litt. Die Laboranalysen werden Aufschluss geben. Verstehst du, worauf ich hinaus will?"

„Sie wurde gefangen gehalten?"

„Ja, über einen sehr langen Zeitraum und mit Nahrungsentzug gefoltert."

Mo spitzte die Lippen bei der Vorstellung. „Das ist grausam. Aber es ändert die Sachlage erheblich. Wie lange hat dieser Nahrungsentzug wohl gedauert?"

„Schwer zu sagen. Aller Voraussicht nach einige Jahre. Zwischen vier und fünf, vielleicht länger. Ich weiß, dass du es gerne präziser hättest, Mo."

„Wir suchen also nach einem Mädchen, deren Verschwinden mehrere Jahre und nicht nur ein paar Tage zurückliegt. Korrekt?"

„Korrekt, Mo", antwortete Costa.

Nico kritzelte in sein Notizbuch.

„Was ist mit den anderen Hinweisen?“, fuhr sie fort.

„Ich habe alles zur Analyse ins Labor geschickt, das wird ein wenig dauern.“

Mit einem kurzen Gruß verabschiedeten sie sich von dem Rechtsmediziner. Als sie draußen waren, atmete Nico tief durch. Die letzten Hinweise des Arztes ließen den Fall in einem ganz anderen Licht erscheinen.

„Was meinst du, Mo?“, fragte er.

„Nahrungsentzug bedeutet, dass wir es mit der finsteren Entschlossenheit eines üblen Täters zu tun haben, Nico. Er hat nicht aus einem Impuls oder aus Emotionen heraus getötet. Ich frage mich auch, warum die Überreste des Kindes erst jetzt auftauchen? Der Täter muss doch damit rechnen, dass die Rechtsmedizin nicht von gestern ist. Wenn dieses Mädchen eingekerkert war, was war dann der Grund? Wir sollten die Cold-Cases checken und die Vermisstendatei durchsuchen. Der Mörder muss ein Motiv für das jetzige Handeln haben, wir müssen es finden, dann finden wir auch den Täter.“

Bevor Mo in ihr Auto stieg, wandte sie sich noch einmal an Nico.

„Geh allein zur Dienststelle zurück. Ich werde dem Staatsanwalt Bericht erstatten, bevor er die Dienststelle belagert und uns von der Arbeit abhält.“ *Eine Notlüge.*

Wenig später betrat Mo wieder die Rechtsmedizin.

Costa Tsimbiridis drehte sich um. „Ich hätte mich auch gewundert, Mo.“

„Es schmerzt noch immer, Costa.“

„Ich weiß. Was hast du denn für mich?“

Sie holte eine Plastiktüte mit einer Haarlocke aus ihrer Jackentasche. „Die Locke hat Elisa mir geschenkt.“

Costa nahm sie entgegen. „Das reicht. Ich mache einen Abgleich mit der DNA des Skeletts.“

„Weiß Nico von der Sache mit deiner Schwester?“

„Ja, Costa.“

„Sehr gut. Er wäre ohnehin beim Durchforsten der Vermisstendateien darauf gestoßen. Teile den Schmerz mit ihm. Er ist ein sympathischer Kerl."

„Du bist ein echter Freund." Mo umarmte den Rechtsmediziner. „Ruf mich an, wenn du etwas weißt."

Das Ende des Tages brachte keine weiteren Erkenntnisse, aber im Dezernat brodelte es. Jeder verkündete seine Hypothesen, von denen es unzählige gab. Niemand erinnerte sich an einen Fall wie diesen. Schließlich verließen alle am frühen Abend erschöpft das Dezernat.

Als Mo wieder zu Hause in der Ruhe ihrer gemütlichen Wohnung war, konnte sie die Beine in der eisigen Atmosphäre des Leichenschauhauses nicht vergessen. Ihr schwirrte der Kopf vor seltsamen Bildern wie aus Kinostreifen herum. Mörder vom Filmtyp *Dexter*, verängstigte Opfer, verzweifelte Detektive. Müde schloss sie Augen und fiel in einen Dämmerschlaf aus Erinnerungen ...

Die lauwarme Luft umschmeichelte ihren Körper. Ihr Moped nahm die letzte Kurve des Anstiegs, der kleine Motor spielte seine Partitur mit einem perfekten Stakkato.

Sie dachte an ihre Eltern, an den Zorn ihres Vaters und die Sorge ihrer Mutter. Sie hätte nicht sagen können, ob das der Grund war, dass ihre rechte Hand den Griff ein wenig nach vorne drehte. Sofort verringerte sich die Geschwindigkeit. Sie war ohnehin schon fast am Ziel. Der rot-weiße Pfosten, der die Kreuzung markierte, kam immer näher. Mo betätigte gleichzeitig den Bremshebel und das Bremspedal, während sie jeden Gang herunterschaltete. Im Leerlauf bog sie nach links ab, in die kleine weiße Kieselsteinallee ein, die zu Fred Kellers Elternhaus führte. Mo sah bereits die massive Front des Hauses und das große, mit Bäumen bewachsene Grundstück, das es umgab. Sie kam nicht oft hierher, aber es gefiel ihr bei Fred. Bei ihm herrschte eine Atmosphäre der Freiheit, wohl verursacht durch die Tatsache, dass der Siebzehnjährige in einer völlig unabhängigen Einzimmerwohnung im Erdgeschoss des Familienhauses lebte. Nichts war vergleichbar mit dem, was Mo von zu Hause kannte.

Vieles trennte sie, doch seit jeher existierte ein inniges Band zwischen ihnen, das sie wie die zwei Seiten einer Münze zusammenhielt. Fred war selbstbewusst, gierig nach Eroberungen und Bewunderung, ein Hasardeur und Charmeur, während sie introvertiert und schüchtern war und nicht in der Lage, ihre Persönlichkeit zur Geltung zu bringen. Wie sie das hasste! Manche hätten gesagt, dass Fred in ihr ein leichtes und fügsames Opfer sah. Andere sagten, dass man sich nicht im Schatten von charismatischen Menschen entwickeln kann. Mo war das egal.

Fred und sie waren unterschiedlich und das war auch gut so. Mo war in der Schule schon immer erfolgreich. Sie sammelte Glückwünsche und Auszeichnungen für ihre hervorragende Leistungen. Ihre Mutter Mina war stolz darauf. Dagegen war Lernen nie Freds Sache gewesen. Seine Leistungen hielt er so gut wie möglich auf einem Niveau, das nicht zu Einschränkungen seiner Freiheiten oder Budgetkürzungen führte. Nein, sein Spezialgebiet waren die hübschen Mädchen. Er war groß, schlank und blond. Als Stürmer im Fußballverein Aschheim wusste er, dass er sich auf sein gutes Aussehen verlassen konnte und nutzte das schamlos aus. Mo kannte kaum ein schönes Mädchen, die Freds leicht provokantem Charme widerstehen konnte. Und obwohl ihre Beziehung aufgrund der unterschiedlichen Schulen nicht mehr so eng wie zuvor war, wusste Mo, dass seine Eroberungen noch immer zahlreich waren.

Mo konnte sich nicht erklären, warum Mädchen einen Macho wie Fred so attraktiv fanden. Er hatte sich nie wirklich um eine von ihnen gekümmert, die Mädchen ohne Reue betrogen und nicht einmal echte Gefühle für die eine oder andere gehabt. Sein Interesse war rein sexuell. Manchmal fantasierte Mo darüber, wie viel ihr Freund schon über die *weibliche Anatomie wissen musste, obwohl sie bis dahin nur an der Oberfläche gekratzt hatte.*

Sie hielt mit dem Motorrad vor dem Haus und schaltete die Zündung aus. Schon kam Fred die Außentreppe herunter. Die Strähne quer über den blauen Augen, der willensstarke Kiefer und die athletische Figur waren die Antwort auf ihre Fragen. Genau das war der Grund für seinen Erfolg.

„Ich habe mich schon gefragt, was du machst. Kommt deine Kiste nicht mehr voran?“, begrüßte Fred sie.

Mo nahm ihren Helm ab. „Besser als dein Mofa auf jeden Fall.“

„Komm schon, Süße, gehen wir nach oben, damit wir unsere Party zu Ende planen können.“

„Ach ja, ich wollte dir noch sagen, dass ich keine Getränke mitbringen konnte.“

„Macht nichts, es gibt alles, was du brauchst.“

„Werden deine Eltern das nicht merken?“, fragte Mo.

Fred brach in schallendes Gelächter aus. „Von wegen, bei dem Konsum meines Vaters ist das kein Problem.“

Mo holte einen Stapel Kassetten aus ihrer Tasche. „Aber ich habe Musik mitgebracht.“

„Cool! Und ich habe ein kleines Extra für heute Abend…“

„Ach ja?“

Fred lächelte geheimnisvoll. „Wie wäre es mit äh… Joints?“

„Ich weiß nicht, ich habe es noch nie versucht, bin mir nicht sicher, ob ich Lust dazu habe…“

„Komm schon, sei kein Angsthase, Mo.“

Genau das war das Problem mit Fred. Nichts war jemals ernst, nicht einmal die Dinge, die hätten ernst sein sollen. Mo fühlte sich nicht wohl, wollte aber nicht als Feigling dastehen.

„Ich habe keine Angst. Ich habe Freunde, die es versucht haben, ich hätte es auch gekonnt, wenn ich gewollt hätte…“

„Nun, heute Abend wird es deine Premiere sein.“

„Wir werden sehen.“

„Sag mal, glaubst du wirklich, dass Dany sie nie angerührt

hat? Wie wirst du dastehen?"

Bingo! Das saß. Fred hatte das Argument gefunden und sah sie spöttisch an. Sie saß in der Falle. Während ihr Freund noch immer lachte, tauchte hinter ihm ein Schatten auf. Er wurde größer und größer, als das Lachen immer lauter wurde, bis es keinen Sinn mehr machte, bis die schwarze Gestalt den ganzen Raum einnahm und Möbel und Gegenstände verdunkelte. Mo hatte das Gefühl, in ein tiefes Loch zu stürzen, aus dem die Klarheit unaufhaltsam floh. Die Silhouette ihres Freundes war verschwunden, aber sie hörte noch den Klang seiner Stimme.

„Dany ... Dany ..."

Im allgegenwärtigen Schatten zeichnete sich nach und nach eine schwarze Tür ab. Mo wäre am liebsten losgerannt, um diesen Ort zu verlassen. Aus ihrer Angst wurde Panik, dass die Tür aufgehen könnte. Als der Riegel des schweren Holzflügels mit einem metallischen Geräusch ins Schloss fiel, begann sie zu schreien. Ihre Beine verweigerten ihr den Gehorsam. Der Schrei wurde zu einem Wort, das als einziges ihren Mund verließ. Mo verstand nicht, warum es ihr in diesem Moment eingefallen war, aber sofort riss es den Schatten auf. Mo fühlte sich von einer unsichtbaren Kraft nach hinten gezogen. Die zurückkehrende Helligkeit wurde begleitet von einem rhythmischen Geräusch, während sich die Schreckensvision langsam auflöste.

Ein grässliches Geräusch peitschte an ihr Ohr. Mo öffnete die Augen, das Geräusch folgte ihr in die Realität. Sie kannte es gut. Das Telefon vibrierte ungeduldig auf dem Couchtisch. Sie schüttelte den Kopf, um die Reste des Albtraums, der sie vierzehn Jahre in die Vergangenheit geschickt hatte, loszuwerden. Ihre Hand griff nach dem Hörer.

„Hallo."

„Mo?"

Mo erkannte die Stimme sofort und hätte sich fast verschluckt. Sie träumte nicht mehr, aber dennoch hätte sie es glauben können.

„Ich bin es, Fred. Ich muss dringend mit dir reden."

Kapitel 7

Peggy

Peggy hockte auf ihren drei Wolldecken auf ihrem Stammplatz vor McDonald´s. Den ganzen Tag schon. Viel verkauft hatte sie nicht. Ihre Freunde mit den schrägen, kunterbunten Frisuren thronten nur wenige Meter entfernt auf dem gemauerten Geländer des U-Bahn-Zugangs. Das hatte sie ihnen eingebläut. Ihr nicht zu nahe zu kommen. Sonst verschreckten sie ihr die Kunden. Obwohl sich die jungen Leute, die sich bei ihr fleißig mit den handgeflochtenen bunten Armbändern eindeckten, kaum von ein paar Punks abschrecken ließen. Die wenigen Touris, die sie als Andenken kauften, aber schon. Peggy hatte alle im Blick. Wusste genau, wer kaufen würde und wer nicht.

Nur den schlaksigen Jungen, der schon seit einer Stunde in die Scheibe von McDonald´s starrte, konnte sie nicht einordnen. Die alberne Pelzmütze auf seinem Kopf ließ ihn russisch wirken. Dazu passte auch die blaue Arbeitshose unter der viel zu großen schwarzen Cabanjacke. Und die Schuhe erst. Charlie Chaplin artig. Das zarte Gesicht, ein hübsches Gesicht, wie Peggy fand, passte nicht zu dem Outfit. Auf dem Rücken hatte er einen übergroßen Rucksack. Ob er auch abgehauen war?

Der Junge starrte zurück. Sie hatte wohl zu offensichtlich hingesehen. Fast wäre ihr das peinlich gewesen. Aber nur fast. Auf der Straße durfte man sich solche Gefühle nicht leisten. Dann schaffte man es nicht. Wie so viele ihrer Freunde, die gekommen und wieder verschwunden waren. Unzählige. In dem einen Jahr nur, dass sie selbst unterwegs war. Manche fehlten ihr, vermisste sie. Die meisten nicht. Trotzdem fragte sie sich, was aus ihnen geworden war. Waren sie nach Hause gegangen, zurück zu ihren

Eltern, die sie missbraucht, geschlagen oder zu sehr verhätschelt hatten? Hatten sie einen Dauerfreier gefunden, bei dem sie untergekommen waren gegen widerlichen Sex? Oder waren sie einfach weiterzogen, in eine andere Stadt, die ihnen schöner, heimeliger, sicherer erschien? Oder von der sie gehört hatten, dass sie das Paradies sei. Das Paradies. Aber das gab es nicht. Nicht in Deutschland.

In Spanien wohl. Sie hatte von einem Ort gehört – Cadaqués – wo immer die Sonne schien und man für wenig Geld eine Wohnung mieten konnte. Wo niemand fragte, wo man herkam. Ein Mädchen, das ihr viel bedeutet hatte, hatte ihr von diesem Traum erzählt. Nun sparte Peggy fleißig, um Theresa folgen zu können. Aber das Geld würde noch lange nicht reichen für den weiten Weg und den Pass, den sie brauchte.

Peggy wusste nicht, wo die anderen abgeblieben waren. Außer Theresa hatte sich keiner von ihr verabschiedet. Einige der Verschwundenen lebten vielleicht nicht mehr. Die, die unbedingt auf Trip gehen wollten. Die den letzten Kick anstrebten, von dem es kein Zurück gab. Oder die an den Falschen geraten waren bei dem Versuch, hinter dem Hauptbahnhof ein paar Euro in einer dunklen Ecke zu verdienen.

Nie hatte sie gehört, dass eine Leiche gefunden worden war. Aber gestern hatte Georgina ihr gesteckt, die sie Kinderknochen gefunden hatte. Jetzt wimmelte es hier nur so von Bullen.

Du kommst noch unter die Räder...

Verdammt, wann endlich verschwand das sulzige Geschwafel ihres Stiefvaters aus ihrem dämlichen Schädel? Dieser Vollpfosten mit seiner ewigen Besserwisserei, mit der er ihr unsäglich auf den Sack gegangen war. Irgendwann musste sie es doch loszuwerden.

Der Junge starrte sie noch immer an. Vielleicht hatte er trotz seines Aussehens Geld in der Tasche. Vielleicht könnte sie ihn überreden, ihr einen Hamburger zu spendieren.

Peggy beschloss, ihr Glück zu versuchen. Sie gab Benny ein Zeichen, auf ihre Ware aufzupassen und stand auf. Der fremde Junge trat einen Schritt zurück. Aha, er war tatsächlich abgehauen, er zeigte die typische, unsichere Reaktion. Und noch neu auf der Straße, so schreckhaft und ängstlich, wie er reagierte. Ein prima Opfer. Meistens hatten die zu Hause noch schnell Muttis Portemonnaie geleert.

Sie hatte kein schlechtes Gewissen bei dem Gedanken. So war das eben auf der Straße. Und sie war bestimmt nicht die Schlimmste. Ihr reichte es, einen Hamburger ohne Gegenleistung ausgegeben zu bekommen. Fast alle waren ebenso arm dran wie sie. Deshalb gab sie manchmal Essen ab, wenn sie zu viel hatte. Aber nur leicht verderbliches. Schließlich war sie keine Heilige. Und auch das nur ganz selten. Wann hatte sie schon mal mehr als genug? Aber immerhin. Andere kamen gar nicht auf die Idee. Da konnte man betteln und flehen.

Jetzt hatte sie Hunger und der Junge vor ihr sah aus, als ginge es ihm nicht besser. Sie verstand nur nicht, warum er nicht hineinging und sich einfach etwas kaufte.

„Hey“, begrüßte sie ihn. „Schon lange unterwegs?“

Der Junge, etwa im selben Alter wie sie selbst, nein jünger, kleiner, starrte sie nur an. Und roch. Peggy unterdrückte das Naserümpfen. *Puh, ein Niveaulimbo.* Wenn man etwas von jemandem wollte, dann verscherzte man es sich besser nicht durch unbedachte Mimik. Das wusste sie, hatte es leidvoll erfahren.

„Was ist los? Ich wollte nur nett sein.“

Der Junge stierte sie weiter an.

„Kannst du nicht reden, oder willst du nicht? Oder bist du gaga?“

Nach einem Moment des Zögerns nickte der Junge. Oh weh. Als Stummer würde er nicht lange überleben auf der

Straße.

„Stehst du deswegen schon so lange hier und traust dich nicht rein?"

Wieder dieses Zögern, gefolgt von einem Nicken.

„Ok, pass auf. Ich habe auch einen Bärenhunger. Du spendierst mir einen Hamburger und ich bestell für dich. Einverstanden? Geld hast du doch?"

Der Junge zuckte die Schultern. Wusste er es nicht? Oder wollte er es einfach nicht zugeben? Recht hätte er damit. Zuzugeben, dass man Geld besaß, war auf der Straße riskant. Geradezu gefährlich.

„Hm, ohne Geld brauchen wir nicht reingehen. Du solltest dich besser entscheiden, bevor wir da drinnen Ärger bekommen."

Der Junge zog seinen Rucksack von den Schultern, stellte ihn auf dem Gehweg ab, zog das Verschlussband auf, öffnete ihn und hielt ihn ihr hin.

Peggy wäre fast in Ohnmacht gefallen. Mehrere Rollen Geldscheine konnte sie sehen, viele Rollen. Alle grün. Bevor sie genauer schauen oder zählen konnte, zog der Junge die Öffnung zu sich und warf ihr böse Blicke zu. Kein Wunder, Peggy hatte nicht widerstehen können und nach einer Geldrolle gegriffen. Hastig zog sie die Hand zurück.

„Schon gut, schon gut. Keine Aufregung. Ich will dir nix wegnehmen. Oder von dir. Höchstens einen Hamburger. Haben wir einen Deal?"

Der Junge schaute sie nur an. So blöd konnte man doch nicht sein. Na ja, wer wusste schon, woher er gekommen war. Vielleicht tatsächlich aus Russland. Oder Rumänien. Vielleicht auch Polen. Nein, die sahen inzwischen aus wie Deutsche. Deutsch sprachen die wenigsten, bestenfalls verstanden sie einzelne Begriffe.

„Ok. Gib mir einfach einen Schein aus einer der Rollen und dann gehen wir endlich rein was futtern."

Nur zögerlich wandte der Junge den Blick von ihr ab und in den nur noch wenig geöffneten Rucksack. Verblüffend lange fummelte er an einer Rolle, bevor er einen Schein, einen der vielen Hunderter rauszog.

Peggy blieb die Luft weg. Hatte sie doch tatsächlich richtig gesehen. Mit dem vielen Geld könnte sie es nicht nur nach Cadaqués schaffen, sondern auch dort fernschimmeln. Gut und lange leben. Bis sie die Schnauze voll hatte. Obwohl sie bezweifelte, dass der Tag kommen würde.

Doch sie war auf der Straße zur Schauspielerin mutiert. Also setzte sie ihr nettestes Lächeln auf, nahm ihm den Schein aus der Hand und schritt durch die sich automatisch öffnende Glasschiebetür.

Sie hatte den Jungen auf ihre Wolldecke eingeladen. Während sie gemeinsam an ihren Hamburgern kauten und sich aus der gemeinsamen Tüte Pommes bedienten, dachte Peggy nach. Angestrengt. Ununterbrochen von dem stummen Typen ihr gegenüber. Was auch gut war. Denn ihre Gedanken nahmen allen Denkraum in ihr ein.

Sie musste unbedingt herausfinden, wie viel Euro der Junge in seinem Rucksack hatte. Würde es reichen? Wäre sie schweinisch genug, das durchzuziehen? Würde sie jemals eine andere Chance bekommen, an genügend Geld für Cadaqués zu kommen, bevor die Bullen sie schnappen und zu ihren *Eltern* zurück verfrachten würden? Nein. Niemals!

Klar war aber auch, dass dieser misstrauische Schweiger es ihr nicht freiwillig geben würde. Wie weit wäre sie zu gehen bereit, um dranzukommen? Sie wusste es nicht. War aber sicher, dass er es ohnehin nicht lange behalten würde, wenn irgendein anderer das mitbekam.

Die Zeit verging, der Junge blieb einfach bei ihr sitzen. Was gut war. So hatte sie ihn im Blick. Und das Geld. Das viele Geld.

Es wurde dunkel. Die geschmückten, hell erleuchteten Schaufenster tauchten den Platz in ein blitzendes und flirrendes Feuerwerk aus Farben. Auch in der Dunkelheit. Gerade in der Dunkelheit. Doch es war schweinekalt. Die vereinzelten Schneeflocken machten kaum Hoffnung auf ein warmes Osterfest zunichte. Wenigstens schmolzen die Flocken noch bevor sie den Boden erreichten und sich dort mit den Pfützen der letzten Tage zu unansehnlichem grau vereinten. *Ostern und Schnee! Ätzend.* Die Osterhasen, die in allen Schaufenstern zu dem Kauf von Geschenken motivieren sollten, waren aus Plastik. Keine flauschigen Kuscheltiere, die man streicheln konnte. Hübsch, aber eben unecht. Wie alles in dieser Stadt, die mit den Dekorationen um die Wette glänzten. Nur eins war real: Die zu eisig Kälte für diese Jahreszeit. Sie fror. Zeit, nach Hause zu gehen.

Der Junge hatte im Laufe des Tages mehrfach an ihrem Ärmel gezupft und auf McDonald´s gewiesen. Zusammen hatten sie Nachschub geholt. Mal einen Apple Pie, mal einen Milchshake. Dann einen Big Mac mit Cola. Unersättlich war er gewesen. Und spendabel. Sie bekam jedes Mal etwas ab.

Das reichte aber nicht. Sie wollte alles! Dahin gab es nur einen Weg: Sie musste ihn in der Nähe behalten. Noch nie hatte sie jemanden mit zu sich genommen. Nicht mal ihre Punk-Freunde. Das Risiko, ihre jetzige Bleibe weggenommen zu bekommen, war zu groß. Zu genial war ihr Versteck. Da konnte sie niemandem trauen.

„Wo schläfst du heute Nacht?", fragte sie. „Hast du eine Bleibe?"

Der Junge, richtig niedlich sah er von Nahem aus, schüttelte den Kopf.

„Wenn du willst, kannst du bei mir pennen. Nur schlafen, nicht mehr, klar?"

Der Junge zögerte. Peggy grübelte. Weil er nur die Nacht bei ihr und nicht mit ihr verbringen durfte? Oder weil er ihr gegenüber misstrauisch geworden war? Sie war keine gute Lügnerin, Das wusste sie. Und war überzeugt, dass der Junge das schlechte Gewissen in ihren Augen lesen konnte.

Doch er nickte.

Von der Hanauer Straße fuhren sie mit der U-Bahn nach Harthof, stiegen dort um in den Bus bis zur Kämpferstraße. Von dort liefen sie die wenigen Meter bis zur Kleingartenanlage Nord-West 59 am Trenkleweg.

Peggy hatte da im letzten Herbst, ihrem ersten auf der Straße, in der Schrebergartenkolonie ein verlassenes Gartenhäuschen entdeckt. Aufgefallen war es ihr, weil der Garten verwahrlost war. Im Gegensatz zu allen anderen. Bei Dunkelheit hatte sie sich zurückgetraut und die Umgebung inspiziert. Kein Mensch war zu sehen gewesen. Alle hatten die Anlage bei Einbruch der Dunkelheit verlassen. Schließlich war es auch verboten, sich dann noch dort aufzuhalten – stand auf einem Schild am Eingangstor. Und der deutsche Kleingärtner hielt sich daran. Ebenso wie an die Pflicht, jedes Unkräutchen auszureißen. Bei Nichteinhaltung drohte der Schrebergartenentzug, da war sich Peggy sicher. Ein Wunder, dass das bei dem verlassenen Garten noch nicht geschehen war.

Sie war froh darüber. Wenn es dunkel wurde, konnte sie in ihr kleines Heim. Blöderweise musste sie morgens noch bei Dunkelheit auch wieder raus, damit sie nicht von den Frühgärtnern entdeckt wurde. Sie liebte die Winterzeit, die ihr ein paar Stunden mehr in ihrem Häuschen verschaffte.

Der Schlüssel hatte, ebenso urdeutsch, auf der Türlaibung gelegen. Die Hütte war gut ausgestattet, wenn auch muffig. Seit Jahren war der kleine Kaminofen nicht angeheizt worden, obwohl hinter der Hütte unter deren Dach ein großer Vorrat Brenn- und Anzündholz gelagert war. Erstaunlich, dass das vernachlässigte Grundstück den Argusaugen des örtlichen Schrebergartenblockwarts entgangen war.

Ab neun Uhr machte sie jeden Abend das Feuer an und auf dem kleinen Ofen eine Dosensuppe heiß. Jeden Cent drehte sie dreimal um, um genügend Geld für Cadaqués zusammen zu bekommen, doch bisher hatte sie nur etwas über hundert Euro geschafft, die sie unter einem lockeren Bodenbrett in einer Plastiktüte verwahrte. Auch so ein bekanntes deutsches Versteck. Aber ihr fehlte eine Alternative.

„Kannst du das Feuer anmachen?", fragte sie ihren Gast.

Der sah sie hilflos an und schüttelte den Kopf. *Eigentlich sollten Russen sowas können*, dachte Peggy genervt. Doch es half nichts, sie stapelte selber das Holz im Ofen. Wenigstens war sie heute pappsatt. Und todmüde.

„Das das klar ist: Du schläfst auf diesem Sessel", sie wies auf den Ohrensessel vom Sperrmüll, den sie mühsam hierher gewuchtet hatte, „und bleibst in dieser Ecke. Wehe, du wagst dich zu mir rüber. Dann fliegst du hochkant raus und kannst dir woanders ein Plätzchen suchen. Klar?"

Wieder dieser irritierte Blick. Als wüsste der Knabe nicht, wovon sie sprach.

Oder hatte er sich eingebildet, sie wolle was von ihm? Das konnte er sich nicht ernsthaft einbilden. Egal, Hauptsache er blieb hier mit seinem Geld – ohne sie anzugrabschen.

„Übrigens heiße ich Peggy. Und du?"

Der Junge starrte nur.

„Ach ja, sorry, du kannst ja nicht reden. Dann nenne ich dich ab sofort Justin." Sie grinste. „Wie meinen kleinen Bruder."

Der Blick ihres Besuchers wurde weicher. Gut, endlich fing er an, ihr zu vertrauen. Nur so hatte sie eine Chance, an seine Geldrollen zu kommen.

Kapitel 8

Greta

Greta wachte auf, weil sie musste. Obwohl ihre Kehle von der Trockenheit einem Reibeisen glich, musste sie pinkeln. In ihrem Käfig gab es nichts, was sie als Topf hätte verwenden können.

War es denn überhaupt gut, das bisschen Flüssigkeit, das sich noch in ihrem Körper befand, einfach so rauszulassen? Würde sie dann noch schneller verdursten? Oder sollte sie es machen wie die Menschen, die in der Einsamkeit mit einem Flugzeug abgestürzt waren und einfach ihren Urin tranken? Zumindest das bisschen, was sie mit den Händen auffangen konnten.

Nein, sie ekelte sich zu sehr und die Blase drückte wie verrückt. Ihr schossen Tränen in die Augen. Wie ein Tier, ein Hund oder Affe, hockte sie hier in dem Käfig. Schlechter behandelt als die, die bekamen wenigstens etwas zu essen oder trinken. Und was drohte ihr? Der Tod oder dieses Monster, von dem sie nur ahnen konnte, was er von ihr wollte. Doch warum steckte er sie dann in diesen Käfig? Um sie zu quälen?

Niemals hätte sie für möglich gehalten, dass sie selbst in eine solche Situation geraten könnte. Niemals. Und doch war es ihr passiert. Tränen stahlen sich aus ihren Augenwinkeln. Was sollte sie nur machen?

Sie hockte sich auf mit nach vorne geneigtem Oberkörper, eine andere Haltung erlaubte der niedrige Käfig nicht, und ließ ihren Urin unter sich laufen, wo er eine kleine Pfütze bildete, bevor er im Boden versickerte, nur schwach sichtbar im diffusen Licht hinter der Tür.

Mit Grausen wurde ihr klar, dass daher der Gestank um sie herum stammen musste. Schon andere mussten hier gewesen sein. Ihre Tränen flossen schneller, als der Urin nur noch einen dunklen Fleck auf dem Boden bildete. Es war sicher ein Fehler gewesen, ihn nicht zu trinken. Doch sie hatte sich nicht überwinden können.

„Was sind wir doch für ein Ferkel“, hörte sie hinter sich.

Vor Schreck sackte sie auf den Boden, mitten auf die Pisse. Sie versuchte, von der Stelle weg zu robben, weg von dem Urin und weg von dem Mann, doch das Käfigende drückte sich nach nur wenigen Zentimetern in ihren Rücken.

„Aber, aber, wohin denn so eilig?“

Ihr entschlüpfte ein Stöhnen.

„Tja, eigentlich wollte ich dir das hier“, er hielt ihr ein Glas Wasser hin, „geben. Aber wenn du dich so schlecht benimmst, muss ich es wieder mitnehmen. Es geht doch nicht, dass du hier alles vollpinkelst. Was glaubst du denn, wo du bist?“

„Bitte, bitte, geben Sie mir das Wasser. Ich verdurste“, flehte sie den Schatten an. Mehr konnte sie nicht von ihm erkennen. Das Glitzern des Wassers im Glas, das das Licht aus dem Flur brach, wenn er es bewegte, hielt ihren Blick gefangen.

„Oh, Right, sie kann nicht mehr. Hörst du das?“

„Ich kann nicht mehr. Ich will hier raus!“, entschlüpfte es Greta voller Hass, dass sie selbst nicht glauben konnte, dass es von ihr kam.

Sie hörte ein leises Lachen und ein Plätschern. Entsetzt erkannte sie, dass nicht der Mann, sondern die Hand einer Gestalt hinter ihm, die sie nicht deutlich erkennen konnte, das Glas auskippte.

„Du bist noch nicht dankbar genug!“

Kapitel 9

Mo

Die Abendsonne versank in einem goldenen Licht und verwandelte die Straßen in eine Mischung aus Schatten und Honig, eine Lüge, wie Mo fand. Denn die Luft war eisig geworden und als sie den Hof des Polizeipräsidiums verließ, atmete sie kleine Dampfwolken aus. Am Marienplatz nahm sie die Straßenbahn. Um diese Uhrzeit waren nur wenige Fahrgäste unterwegs, aber die Gerüche, die sich tagsüber von den Passagieren eingenistet hatten, hielten sich hartnäckig. Parfümspuren, Schweißgeruch und kalter Tabak stiegen ihr in die Nase.

Mo stieg in Bogenhausen aus. Fred wohnte eine Viertelstunde von der Haltestelle entfernt, aber sie hatte Lust ein paar Schritte zu Fuß zu gehen und verzichtete auf ein Taxi. Während sie in Richtung Memeler Straße ging, fiel ihr ein, dass sie seit einem Jahr nicht mehr hier gewesen war. Sie betrachtete die Fassaden der Prachtvillen, die sich aneinanderreihten, ein Paradebeispiel für die Münchner Architektur. In den letzten Jahren war die Begeisterung für diese Stadthäuser stetig gewachsen und hatte eine galoppierende Wertsteigerung ausgelöst. Aber all das kümmerte Fred wenig. Er wohnte in einer majestätischen Doppelvilla, die er nach dem Tod seiner Großmutter als ihr einziger Enkel geerbt hatte. Mo wusste nicht einmal, ob er sich des Wertes seines Besitzes bewusst war. Warum auch? Ihm hatte es nie an etwas gefehlt, alles war ihm immer leicht und in den Schoß gefallen.

„Den Unschuldigen gehören die Hände gereicht", dachte Mo. Sie ärgerte sich sofort über ihren Gedanken. Sie war nicht neidisch und Fred nicht böse, nur verhielt er sich manchmal ein bisschen dumm, das war alles. Keine große Sache.

Was er wohl er von ihr wollte? Wahrscheinlich ging es wie so oft um einen Strafzettel für eine Geschwindigkeitsüberschreitung. Meistens kam Fred auf dem Polizeirevier vorbei oder er traf sich mit ihr in einem Münchener Wirtshaus, eine willkommene Gelegenheit für ein gutes Essen und ein oder zwei Bier. Aber heute hatte er sie gebeten, bei ihm zuhause vorbeizukommen.

Als Mo sich der Haustür näherte, spürte sie, wie ein Kloß in ihrer Magengrube immer größer wurde. Irgendetwas musste passiert sein. Sie blieb einen Moment regungslos vor der dunkelblauen Doppelflügeltür stehen, ihre rechte Hand nur wenige Zentimeter von der Klingel entfernt. Es kam ihr vor, als ob sich hinter dieser Tür etwas verbarg, eine Erinnerung, die zum Vergessen verdammt war, sich aber weigerte, zu verschwinden.

Mos Ratio gewann die Oberhand und sie legte den Zeigefinger auf den Knopf. Wenige Sekunden später öffnete Fred die Tür, als habe er auf das Läuten gewartet.

„Ah, da bist du ja endlich! Sag mal, gibt es in München so viele Ganoven, dass du nicht zu anständigen Zeiten den Saftladen verlassen kannst?"

„Zu viele schräge Vögel und zu wenig Polizisten. Such's dir aus. Hallo, Fred."

„Hey, Bohnenstange."

Mo trat ein und lächelte über die Begrüßung. Freds Worte waren von Zuneigung geprägt. In der Grundschule hatte sie zu viele Pfunde auf den Rippen gehabt, was ihr häufig den Spott ihrer Mitschüler eingebracht hatte. In der Mittelstufe hatten die Schikanen und Sticheleien in den Pausen noch zugenommen. Doch irgendwann war ein blonder Junge ihr zur Hilfe geeilt und hatte dem Spötter des Tages etwas ins Ohr geflüstert. Wenige Sekunden später kniete der mit den Händen auf dem Bauch, grinste und versprach, es nicht wieder zu tun. Seitdem hatte keiner mehr das rundliche Mädchen verhöhnt. Das war der Beginn ihrer Freundschaft.

Im Wohnzimmer ließ sich Fred in einen großen Ledersessel fallen. „Bitte setz dich, Mo. Schön, dich zu sehen. Wie lange ist es her?“

„Ich würde sagen fast ein Jahr“, antwortete sie.

„Zur Taufe von Lydia? Du musst sie heute sehen, meine Tochter ist ein richtig kleiner Wirbelwind. Weißt du, dass sie neulich unsere Katze waschen wollte? Meine Frau drehte fast durch! Du kennst doch Suzy! Ihre Tierliebe nimmt pathologische Züge an.“

Mo schüttelte mit einem Lächeln den Kopf. Suzy war impulsiv, leidenschaftlich und temperamentvoll. Die schrille Blondine hatte sich Fred sechs Jahre zuvor dank zweier großer Vorteile geangelt: Ihre Figur mit der unaufhörlichen Einladung ihres Dekolletés, aber vor allem war es Suzys Charakter, der es ihr ermöglicht hatte, den unzähligen Eskapaden des großen blonden Jungen ein Ende zu setzen. Mehr brauchte es nicht, um aus dem reuelosen Womanizer einen sesshaften Ehemann zu machen.

Körperlich hatten die Ehejahre Fred nicht besonders gutgetan. Der athletische Körperbau war einem prallen Bierbauch gewichen, den Fred nicht einmal mehr zu verbergen versuchte. Volle Wangen und dunkle Augenringe zeichneten das Gesicht des einstigen Adonis. Er wirkte vorzeitig gealtert und erschöpft. Schade, fand Mo. Offensichtlich tat nicht jedem die Ehe gut.

Fred öffnete ein Fach im Couchtisch, holte zwei Gläser und eine Kristallkaraffe heraus. „Cognac, Mo?“

Sie lächelte. „Ja, wunderbar.“

Fred füllte die Gläser und reichte ihr eins.

„Auf dein Wohl, alla tua salute, Bohnenstange.“

„Alla tua salute, Fred.“

Die Vergangenheit holte Mo wieder ein. Die Universität, die Partys und die Gespräche mit Freunden. Damals hatte sie Fred von ihren italienischen, genauer gesagt sardischen Wurzeln erzählt. Von ihrem Namen *Celtana* war nur der Name Celta geblieben. Das hatte ihr Großvater entschieden, während er wie viele andere Einwanderer die Alpen überquert hatte.

Mo spürte, wie die goldene Flüssigkeit ihre Kehle hinunterlief. Sie hatte das Gefühl, dass die warme Luft Sardiniens ihre Wangen streichelten, obwohl sie die Insel nicht kannte. Doch durch die Erzählungen ihre Mutter Mina hatte sie sie oft vor Augen. Mo konnte das Licht und die Intensität der Farben erahnen. Sie wusste alles über die wohlhabenden Häuser mit Blick auf den Golf von Cugnana, die von traumhaften Gärten umgeben waren. Von der klaren Luft, in der Adler über Hirschen und Wildpferden kreisten, von den smaragdgrünen Buchten, die von weißem Sand gesäumt waren und zum Baden einluden. Das Dorf Bosa im Süden von Alghero, mit seinen pastellfarbenen Häusern, die sich am Fuße der mittelalterlichen Festung ausbreiteten. Das Viertel Castello in Cagliari, wo sie in Gedanken auf der Bastion San Remy ein Bier trank. Eines Tages würde sie dorthin fahren und vielleicht sogar für immer bleiben.

Fred räusperte sich. „Hast du im Moment einen Fall?"

„Eine üble Sache, um ehrlich zu sein. Ein Mädchen wird vermisst, wir haben Teile einer Mädchenleiche gefunden und mich beschäftigt außerdem ein alter Fall."

„Ach ja? Das Tauber-Drama in der Johannisgasse. Ist Psycho aus der Klapsmühle entlassen worden? Los, erzähl."

„Du weißt, dass ich das nicht darf, Fred."

„Berufsgeheimnis! Schade. Du hast ja immer geglaubt, dass es noch nicht zu Ende war. Und schon taucht der nächste Irre auf. Deinen Job möchte ich wirklich nicht haben. Na ja, was soll's, du kannst es mir ja davon erzählen, wenn er abgeschlossen ist."

Mo nickte. „Aber jetzt zu dir. Warum sollte ich unbedingt vorbeikommen?"

Fred runzelte die Stirn und richtete sich in seinem Sessel

auf. „Puh, das bringt mich ins Schwitzen, aber gut... Erinnerst du dich an David, meinen Cousin?“

„David Kowalski? Sicher, wie könnte ich den vergessen?“ Mo zog mit gespielter Bewunderung die Augenbrauen hoch. „Siehst du ihn noch, diesen armen Kerl?“

„So selten wie möglich, aber er ist mein Cousin.“

„Er muss heute eine beachtliche Crime-Statistik haben?“

„Du bist in einer besseren Position als ich, um das zu wissen. Das ist der Grund, warum ich dich angerufen habe.“

Mo blickte auf. „Nein, warte, sag mir nicht, dass du willst, dass ich ihm einen Gefallen tue? Hast du etwa alles vergessen?“

Sie ärgerte sich sofort über ihre Worte. Wie konnte er das vergessen haben? Freds Blick sprach Bände.

„David hat mich vor drei Tagen angerufen, er ist in einen Drogenschlamassel, eine Beschlagnahmung in einem Lagerhaus, geraten. Angeblich hat man dort seine Fingerabdrücke gefunden. Er sagt, er habe nichts damit zu tun, er habe die Pakete nur transportiert...“

Mo hob die rechte Hand und winkte ab. „Die Pakete transportiert? Scheiße, willst du mich für dumm verkaufen, Fred?“

Freds Blick flatterte. Sie wusste sofort, dass er ihr noch nicht alles erzählt hatte.

„Was verschweigst du mir? Hast du etwas mit der Sache zu tun, Fred? Komm schon, spuck‘s aus.“

„Er ist zwar auf Kaution frei, aber ... Hat einen guten Anwalt, ein gewisser von Tatzenhayn. Also ... David hat mich in der Hand“, sagte er leise.

Fred, ihr großer blonder Junge, der ihr immer so überheblich und selbstbewusst vorgekommen war, sah plötzlich wie ein ertapptes Kind aus.

„Vor einem Jahr lief es mit meiner Frau nicht so gut. Du verstehst, das passiert in Beziehungen manchmal und dann mit den Kindern...“

Mo winkte ab. „Ja, ja, schon gut. Und dann?“

„Also ging ich ein bisschen aus, zuerst mit David, dann mit ein paar Kumpels von ihm. Er machte mich mit ein paar Typen bekannt, die Poker spielten."

„Oh nein, nicht das, Fred..." Mo erkannte die Falle, in die ihr Freund getappt war.

„Doch, doch. Und es gab auch Mädchen. Vor allem eine, Natascha ... Ich habe sie ... äh ... wiedergesehen ... ein paar Mal. Du weißt schon."

„Ja, ich habe es deutlich vor Augen. Was ist mit Suzy?"

„Sie weiß nichts davon."

„Und was hat David gegen dich in der Hand?"

Fred lehnte sich zurück. „Fotos von mir mit Natascha und ein Schuldschein über fünfhunderttausend Euro."

Mo sprang auf und klatschte laut Beifall. „Verdammt, Fred, wirst du denn nie erwachsen? Er hat dich drangekriegt, der Bastard! Das kann doch nicht wahr sein. Und was erwartest du jetzt von mir?"

„Ich dachte, du könntest dich vielleicht privat mit den Jungs treffen, die den Fall untersuchen. David hat gesagt, dass er mir die Originale zurückgeben wird, wenn sie ihn in Ruhe lassen."

„David lügt, das weißt du genau! Nichts wird er dir zurückgeben, gar nichts. Und außerdem kann ich nichts tun. Nicht nur, dass ich nicht bei der Drogenfahndung bin. Ich kann ja wohl kaum zu den Kollegen gehen und sagen: ‚Entschuldigung, Jungs, aber ihr ermittelt gegen den Cousin eines Freundes. Wenn ihr ihn ein bisschen vergessen könnt... Ich werde sowas nicht mal für dich machen, verstanden?" Mo setzte sich wieder und schaute ihren Freund an, der jetzt um zehn Jahre gealtert schien. Sofort tat er ihr leid. Sie holte tief Luft.

„Hör zu, ich werde mich darüber informieren, was man ihm vorwirft. Aber lass den Bastard wissen, dass er nichts weiter erwarten kann."

„Okay, ich danke dir. Ich weiß, es ist alles meine Schuld."

„Lass es gut sein."

Fred leerte sein Glas ein weiteres Mal. Mit einem Mal ahnte sie die Gründe für seinen körperlichen Verfall.

„Wie geht es Suzy? Ist sie nicht da?"

Fred sank noch tiefer in seinen Stuhl. „Sie ist mit den Mädchen ein paar Tage zu ihrer Mutter gefahren. Eigentlich haben wir in letzter Zeit nicht mehr viel miteinander gesprochen. Ich glaube, sie will eine Pause von der Ehe."

„Fred, du musst dich zusammenreißen, es muss besser werden. Suzy wird es verstehen, sie ist ein Schatz. Du hast doch schon andere Probleme überstanden."

Fred schwieg eine Weile. „Denkst du manchmal daran zurück, Mo?"

„Woran?" Sie hatte reflexartig geantwortet, dabei wusste sie nur zu gut, wovon Fred sprach.

„An diese Nacht, an das, was geschah."

„Natürlich, die ganze Zeit, fast jeden Tag."

„Ich glaube manchmal, dass es ein Albtraum war, dass es nie passiert ist."

Das Telefon klingelte im Flur. Fred stand mühsam auf, seine Schritte waren unsicher und unkoordiniert, was Mo dem Alkohol zuschrieb.

„Entschuldigung, Bohnenstange, das ist bestimmt Suzy." Er verschwand in der Eingangshalle.

Mo stand auf, ging im Wohnzimmer ein paar Schritte auf und ab, trat von dem Persianerteppich auf den massiven Parkettboden, der jeden ihrer Schritte mit hallen ließ. Über dem Kamin mit dem weißen Marmorsturz hingen ein Dutzend Bilderrahmen, die von dem Licht der großen Fensterfront angestrahlt wurden. Dahinter lag ein wundervoller Garten, ein ungeahnter Schatz, den viele Stadthäuser erst nach dem Passieren der Eingangstür preisgaben. Doch die Bäume und Sträucher schossen ungebändigt in die Höhe und Breite und der Rasen war ungeschnitten. Fred und Suzy hatten weder Ahnung noch Interesse von der Gartenpflege. Ein großer Schuppen säumte das Ende des Gartens.

Mo betrachtete die Fotos. Ein Hochzeitsfoto von Fred und Suzy, Fotos der Kinder, Freds Eltern, ein Angelfoto, auf dem er einen Hecht in der Hand hielt, zusammen mit einem anderen Typen. Mos Blick blieb an einem vergilbten Foto hängen, sie erkannte es sofort. Sie besaß das Gleiche. Auf dem Foto waren drei Kinder an einem Teich zu sehen. Im Hintergrund stand ein altes, verlassenes Haus.

Fred und David hatten eine Angelrute in der Hand, Strohhüte auf dem Kopf und sie waren mit Unterhemden und Shorts bekleidet – als wären sie einer Erzählung von Mark Twain entsprungen. Wie alt waren sie damals? Zehn und fünfzehn Jahre? Zwischen ihnen stand ein Mädchen, das lächelnd einen Arm um Mos Schultern gelegt hatte. Mo konnte ihren Blick nicht von diesem wissend lächelnden Gesicht und diesen klaren Augen lösen. Die verblassten Farben konnten ihr Gedächtnis nicht täuschen, sie erinnerte sich sowohl an das ungewöhnliche Blau der Augen, als auch an das tiefe Blond der langen Strähnen. Ihre Kehle war wie zugeschnürt und sie spürte, wie ihre Sicht verschwamm.

Fred hatte gerade aufgelegt. Mo ballte die Hände zu Fäusten. Mühsam nur konnte sie ihre Aufregung verbergen.

„Das war ein Freund im Rathaus. Er hat zufällig erfahren, dass Davids Akte schon zur Staatsanwaltschaft weitergeleitet wurde, also müssen wir uns doppelt anstrengen.“

Fred fiel offenbar ihr Blick auf. Seine Augen glitten zu dem kleinen Foto in dem schwarzen Rahmen. „Es tut mir leid, ich sollte es nicht hier lassen. Aber es tut mir gut, mich an diese Zeit zu erinnern. Wir waren damals so glücklich, David brachte uns immer zum Lachen. Erinnerst du dich? Wir hatten die Kamera auf einem Stein aufgestellt, sie ist zweimal runtergefallen, bevor es geklappt hat.“

Ein müdes Lächeln umspielte Mos Lippen. „Ich bin dir nicht böse, Fred. Außerdem sind es genauso deine Erinnerungen wie meine. Es ist nur schon so lange her.“

„Gerade mal siebenundzwanzig Jahre, Bohnenstange. Du warst damals fünf und zuckersüß."

Sie blieben eine Weile in der Vergangenheit gefangen, dann brach Fred endlich das Schweigen. „Hast du etwas von Ben gehört?"

„Eine Karte eine Woche nach seiner Abreise, dann nichts mehr. Ben hat mir klar zu verstehen gegeben, dass ich von ihm nichts zu erwarten habe. Er hat seine Wahl getroffen."

„Hm, alte Geschichten bleiben alte Geschichten. Er war ohnehin ein Idiot." Fred klopft ihr tröstend auf die Schulter, was Mo nicht im Geringsten tröstete. Warum sollte ein kurzer Körperkontakt auch Trost bedeuten?

„Isst du mit mir?"

„Nein danke, Fred, ich muss kurz nach Hause und fahre dann zu meinen Eltern. Meine Mutter wird es mir nicht verzeihen, wenn ich wieder nicht auftauche."

Tatsächlich fuhr sie nur am Wochenende zu ihren Eltern. Schon jetzt hatte sie ein schlechtes Gewissen, dass sie ihren Freund anlügen musste, aber die Idee, einen Abend mit Fred zu verbringen, der unweigerlich der Erinnerung und dem Alkohol gewidmet war, stieß sie ab.

„Dann einen Schlummertrunk, Bohnenstange?"

„Ich glaube, wir haben schon genug getrunken, Fred."

„Drückeberger! Also gut, grüß deine Eltern von mir."

„Mach ich und halte mich auf dem Laufenden."

Fred begleitete sie zur Tür, umarmte sie, dann fiel die Tür ins Schloss. Die Einsamkeit holte Mo wieder ein. Und die Sorge um Fred: Allein in seinem leeren Haus würde ihr Freund die Whisky-Karaffe leeren, bis der Rausch ihn jenseits aller Reue überwältigte. Sie tauchte in die verlassenen Straßen ein, die von der Nacht und der Erinnerung überschwemmt wurde.

Große blaue Augen tanzten in ihrer Erinnerung. Wieder einmal hatten sie einen alten Schmerz geweckt, einen Schmerz, der aus dem tiefen Abgrund immer zum Unglück der Menschen führte.

Donnerstag, 30. März 2023

Kapitel 10

„Sohn“

Das Mädchen weckt mich im Morgengrauen. „Aufstehen Langschläfer. Wir müssen raus.“

Obwohl ich noch hundemüde bin, wurschtle ich mich aus den zwei Wolldecken, die mir Peggy gegeben hat. Das Häuschen inmitten der vielen kleinen Gärten hat mich mit seiner makellosen Sauberkeit und Behaglichkeit überrascht. Das habe ich nicht erwartet. Schließlich hockt das Mädchen den ganzen Tag auf der Straße im Dreck. Für mich ist es das Paradies. Obwohl es wirklich sehr klein ist. Und aus Holz. Ganz anders als unser Haus, das fünfundzwanzig Zimmer hat und aus Stein erbaut ist. Gewundert habe ich mich auch über den Blumenkranz mit der großen Eierkerze auf dem kleinen Tisch. Doch ich bin zu müde, um mir darüber Gedanken zu machen. Eine weitere Nacht bei den stinkenden Männern unter der Brücke mit ihrem brennenden Fass wäre schwer zu ertragen gewesen.

Froh bin ich auch, endlich wieder etwas im Magen zu haben. Erst hatte ich mich über das komisch belegte warme Brötchen gewundert, doch es schmeckte, ebenso wie die dünnen knusprigen Kartoffelstifte.

„Du bleibst schön in deiner Ecke. Trau dich ja nicht rüber zu mir, sonst fliegst du hochkant raus, verstanden?“, hatte Peggy mehrfach ihre Drohung wiederholt, die ich nicht verstand. Warum sollte ich zu ihr rübergehen? Was sollte ich da? Ich zuckte die Schultern, mehr aus Gleichgültigkeit als aus Unverständnis. Hauptsache, sie kam nicht zu mir rüber. Und meinem Rucksack, den ich zwischen den Sessel und die Wand eingeklemmt hatte, damit sie nicht drankam.

Nachdem Peggy gestern Abend mit einem dünnen Seil

an ihren Zähnen rumgemacht hatte, hatte sie sich hingelegt und nicht mehr um mich gekümmert. Doch trauen darf ich ihr nicht. Das hat Vater mir eingebläut. Immer wieder. „Traue niemandem. Du wirst nur betrogen und ausgenutzt. Bestenfalls. Schlimmstenfalls findest du dich tot wieder.“ Dabei hat Vater immer gelacht. Was ich nicht verstanden habe. Im Duden steht, dass das ein Zustand ist, in dem die Lebensfunktionen erloschen sind. Wie kann man sich dann finden? Und wieso darüber lachen? Doch ich habe mich nie getraut, Vater danach zu fragen. Habe stets Angst vor dem Kabel gehabt. Ich bin wohl wieder zu dumm zum Verstehen gewesen.

Aber das Mädchen hat mir geholfen. Mir Essen verschafft, mir ein Dach für die Nacht gewährt. Und ich brauche weiter Hilfe. Hilfe dabei, Vater wiederzufinden.

Was wird er wohl sagen? Ich bin mir fast sicher, dass er mich warnen wird. Also beschließe ich, vorsichtig zu sein und abzuwarten. Zumal heute Morgen mein Rucksack anders lag, als ich ihn hingelegt hatte. Und der Knoten des Verschlussseils nicht mehr so fest zugezogen war. Ich habe das überprüft, ungesehen von Peggy.

Aber sicherlich hätte ich es mitbekommen, wenn sie dran gewesen wäre. Andererseits habe ich tief und fest geschlafen – kein Wunder nach dem Tag. Ich schwöre mir, noch vorsichtiger zu werden. Heute muss ich anfangen, Vater zu suchen. Doch wo und wie?

„Was hast du heute vor?“, fragt mich Peggy, als hätte sie meine Gedanken gelesen.

Ich zucke die Schultern. Das scheint mir am sichersten. Einerseits will ich bei ihr bleiben, andererseits traue ich ihr nicht.

„Wenn du willst, kannst du wieder mitkommen und mir helfen. Was meinst du?“

Dankbar nicke ich.

„Spendierst du mir ein Frühstück?“

Wieder ein Nicken. Frühstück mag ich. Das will ich auch.

Auch wenn ich sie gestern genau beobachtet habe, wie das mit dem Besorgen von Essen funktioniert, traue ich mich nicht, allein Essen zu bestellen. Ich muss noch viel lernen. Und Peggy ist die beste Lehrerin, die für mich erreichbar ist.

Der Weg durch die Stadt ist einfacher als gestern Abend. Nur wenige Menschen sind unterwegs auf den Wegen, auf denen keine Autos fahren, und links und rechts die großen Fenster mit lebensgroßen Plastikpuppen und Osterhasen mit glitzernden Eiern und vielen Lichtern erleuchtet sind. Die wenigen Menschen haben enge schwarze Hosen oder Röcke an, mit kniekurzen ebenfalls dunklen Mänteln. Alle sind jung und haben Gesichter wie die Puppen in den Fenstern. Ganz starr und bleich. Unbewegt. Nicht nach links und nicht nach rechts schauend. Nur stur geradeaus. Sie hasten an uns vorüber, als wären wir nicht da. Wenn einer uns versehentlich doch anschaut, rümpft er oder sie die Nase und schaut schnell wieder weg.

Ich bleibe vor einem großen Fenster stehen, in dem die schönen Puppen seltsam verrenkt mit roten Lippen lächeln. Sehe mich selbst wie in einem Spiegel. Nur durchsichtig. Schemenhaft. Und erschrecke.

Vor ein paar Jahren hatte ich das Buch *‚Die dumme Augustine'* gelesen. Auf dem Cover war ein Clown abgebildet, wie ich in dem Buch gelesen habe. Das Mädchen auf dem Cover ist ähnlich gekleidet wie ich jetzt, nur bunter. Und hat eine rote Kugel auf der Nase. Die rote Nase habe ich zwar auch von der Kälte, aber nicht so rund. Ich schiele zu Peggy. Mit ihren lila Haaren und der schwarzen Kleidung aus Leder, die eng anliegt und überall geschnürt ist, sieht sie genauso exotisch aus wie ich. Nur hübscher.

Schlagartig fühle ich mich unwohl. Unauffälligkeit geht anders. Selbst unter diesen vielen Menschen fallen wir auf. Stechen aus der Masse hervor, als brüllen wir laufend „hier". Dabei bin ich am liebsten mucksmäuschenstill und unsichtbar.

Peggy scheint das nicht zu stören. Sie winkt mich zu sich. Ein letzter Blick in das Glas bestätigt mir, dass ich was ändern muss. Dann folge ich ihr.

Der Tag verläuft wie der Gestrige. Nur machen wir uns früher auf den Weg zurück zu Peggys Haus. Sie meint, es reicht, sie hat genug Armbänder verkauft. Sie hustet schon eine ganze Weile. Und ihre Nase tropft. Das nennt sich Erkältung. Die hatte ich auch schon einmal. Zwei Wochen habe ich im Bett gelegen und mich elend gefühlt.

Unterwegs stoppen wir bei einem großen Laden, an dessen Eingang Metallwägelchen wie offene Kinderwagen stehen. Wir gehen durch eine Glastür, die sich in der Mitte teilt, als wir uns ihr nähern, und seitlich verschwindet. Gleich dahinter liegen Obst und Gemüse auf großen Tischen, dann folgen in langen Regalen bis unter die Decke Packungen und Dosen.

Am liebsten hätte ich sofort davon gegessen. Mein Hunger ist mir zu gut in Erinnerung und ich will auf Vorrat essen. Ob das klappt, weiß ich nicht, gedenke aber, es sicherheitshalber auszuprobieren. Wer weiß schon, wann es das nächste Essen gibt. Niemand. Das habe ich gerade erst gelernt.

Doch Peggy hält meine Hand fest, als ich eine Packung Cornflakes aufreißen will. „Erst zahlen, das solltest selbst du inzwischen wissen."

Mein Gesicht wird heiß vor Scham. Vater hätte mir einen Schlag auf die Hand gegeben. Mit dem Elektrokabel, das immer griffbereit liegt. Peggy grinst mich aber nur an. Ich stelle die Packung zurück. Doch sie nimmt die Cornflakes wieder aus dem Regal.

„Wenn du die so gerne magst, nehmen wir sie mit. Zahlen musst ohnehin du!", erklärt sie grinsend. Mir ist das recht, solange ich bloß nicht reden muss.

Nachdem Peggy den Drahtkorb, den sie am Eingang mitgenommen hat, mit Dosen und Tüten gefüllt hat, gehen wir weiter zu einer Schlange von Menschen, alle in Reih und Glied, alle mit den seltsamen Metallkinderwagen voll mit Lebensmitteln. Wer soll das alles essen? Allein von den Lebensmitteln in dem Wagen vor uns hätte ich mich drei Wochen ernähren können, mindestens. Also haben auch die anderen Menschen Angst zu verhungern.

Neben uns steht ein Regal, in dem Zeitungen und Zeitschriften aufgereiht sind. Manchmal, sehr selten, hat Vater auch so eine mitgebracht. In ihnen waren viele bunte Autos abgebildet oder große Schwarz-Weiß-Bilder mit vielen Texten. Groß waren die. Unpraktisch zum Lesen. Doch lesen durfte ich sie ohnehin nicht. Nur mal in die Hand nehmen, wenn Vater sie durchblätterte.

„Das ist gefährliches Wissen. Das macht dich nur unruhig. Und unglücklich. Also lass die Finger davon", hat er immer gesagt.

Deswegen will ich gleich den Blick abwenden. Nicht, dass es mir ergeht wie Lots Frau und ich zur Salzsäule erstarre, wenn ich einen Blick riskiere. So steht es in der Bibel.

Doch ich reagiere zu spät. Habe meinen Blick zu lange verweilen lassen auf den bunten Bildern. Ich erstarre tatsächlich. Alles Blut weicht aus meinem Kopf und meine Beine werden weich. Ameisen laufen unter der Haut meiner Arme. Ist das gemeint? Werde ich gerade eine Salzsäule?

Ich habe das Foto von Vater erst auf den zweiten Blick erkannt. Er sieht so fremd aus. Sein Blick ist starr nach vorne gerichtet, sein Haar eng am Kopf anliegend wie ein Helm und die Augen zusammengekniffen. Doch es ist Vater. Eindeutig.

Ich traue mich nicht, in der Zeitung zu lesen, ich muss ja erst zahlen. Vorsichtig nehme ich sie in die Hand und schaue fragend zu Peggy.

„Ist was?", fragt sie erstaunt. „Was hast du denn? Was ist los?"

Sie streckt den Arm in meine Richtung, hält mich am Ellbogen fest. Das gibt mir die Kraft, mich wieder aufzurichten und ihr die Zeitung hinzuhalten.

„Sollen wir die auch kaufen, oder was?"

Ich nicke etwas zu heftig, mir wird schwindelig.

„Okay, okay. Reg dich nicht auf. Schon gut. Geht ja das auf dein Nacken!"

Wir haben ein Laufband auf Bauchhöhe erreicht. Peggy legt alles aus dem Korb darauf und es wandert automatisch zu einer Frau am anderen Ende, die die Sachen vor ein Glas hält und es nach einem Piepen weiterschiebt. Dort packt Peggy alles in eine Papiertüte, die sie als erstes auf das Band gelegt hat.

Ich beobachte den Vorgang, noch immer höchst verwirrt über das Foto meines Vaters. Erst mit Verzögerung bemerke ich die fragenden Blicke von Peggy und der fremden Frau.

Peggy zeigt auf meinen Rucksack. Ich starre verwundert zurück.

„Das Geld. Nun mach schon."

Endlich kapiere ich. Ich öffne den Verschluss, ziehe aus einer der Rollen ein grünes Blatt Papier und reiche es der Frau, die es mit einem Kopfschütteln entgegennimmt. Als ich gehen will, ruft sie mich zurück und zeigt auf eine Vertiefung, in der runde Metallscheiben und andersfarbige Zettel liegen.

„Nun nimm schon das Wechselgeld. Wir halten hier den ganzen Betrieb auf", schimpft Peggy.

Noch immer verwundert darüber, dass die Frau auch mich bezahlt, ich ahne nicht wofür, stecke ich das „Wechselgeld" in meine Jackentasche und folge Peggy ins Freie.

Das alles verwirrt mich. Zumal ich noch nicht wieder in der Lage bin, klar zu denken. Warum ist Vaters Foto in der Zeitung? Am liebsten hätte ich sie aus Peggys Papiertüte gerissen und den Text sofort gelesen, der daneben seht. Vielleicht verstehe ich dann. Doch ich muss warten.

Und wenn ich etwas in meinem bisherigen Leben gelernt habe, dann ist es geduldig zu sein. Dafür hat es nie eine Alternative gegeben.

Kapitel 11

Peggy

Der Junge war noch nie so aufgeregt gewesen wie im Supermarkt. Schon dass er eine Zeitung aus dem Regal nahm, hatte Peggy verwundert. Mehr noch sein plötzliches Blasswerden und Zittern. Sie hatte schon befürchtet, er würde in Ohnmacht fallen. Doch er hatte sich wieder gefangen.

Peggy war froh, zurück in ihrer kleinen Hütte angekommen zu sein und den Kamin zum Brennen gebracht zu haben. Ein elender Schnupfen hatte sich in Form von Kopfschmerzen, Husten und verstopfter Nase festgesetzt. Sie brauchte dringend einen heißen Tee gegen die anrückenden Halsschmerzen und die Linsensuppe, die sie gekauft hatten. Mit Würstchen. Ein seltener Luxus. Auf dem Kaminofen konnte sie alles erhitzen. Aber zunächst brauchte sie ihren warmen Kaschmirpullover, den sie bei H&M geklaut hatte, und ihre Jogginghose samt dicken Handstricksocken und Wollschal.

„Dreh dich um", forderte sie Justin auf. Sie hatte keine Lust, Pin Up Girl für einen Fremden zu spielen, auch wenn er noch so ein Süßmo war. Brav drehte sich der Junge um. Vermutlich hätte er ohnehin nicht hochgeschaut, so konzentriert wie er das Titelblatt des *Münchener Abendblatts* studierte. Peggy fragte sich, was so interessant sein könnte. Im Grunde war es ihr aber schnurzegal. Endlich war das Wasser heiß für ihren Tee.

„Willst du auch einen, Justin?"

Der zuckte nur mit den Schultern. Gut, dann eben nicht, beschied Peggy und stellte ihren Topf mit der Suppe auf den Brennofen.

„Kannst du bitte den Tisch decken? Die Servietten liegen da in der Kommode und das Besteck im Kasten drüber."

Sie hörte die Lade aufgehen und wusste, dass Justin brav

machte, was sie von ihm forderte. Gut so. Auch wenn sie lieber nicht wie ihr Stiefvater geklungen hätte. Wann würde sie das endlich hinter sich lassen? Sie schwor sich, nicht mehr so gestelzt zu reden. Das passte einfach nicht auf die Straße und nicht zu ihr.

Gemächlich stiegen Blasen vom Boden des Topfes. Peggy hielt ihre eiskalten Hände darüber, um sie zu wärmen. Bevor die Frankfurter Würstchen platzen konnten, nahm sie den Topf runter.

„Bist du so ..." Peggy versteinerte. Was war denn jetzt los? „Hey, bist du verrückt? Zieh dich sofort wieder an. Spinnst..." Weiter kam sie nicht vor Empörung. Ihr gingen die Worte aus. Der Junge, nur noch in Unterhose, drehte ihr seinen Kopf zu.

„Hast du sie noch alle?", fuhr sie nach einem Moment des Luftholens fort. „Ich bin doch keine Nutte, die für ´nen blöden Hamburger die Beine..."

Sie verstummte. Wieder fehlten ihr die Worte. Tatsächlich und wahrhaftig. Das war ihr noch nie passiert. Was hatte sie da vor sich? Erst jetzt wurde ihr klar, dass Justin Brüste hatte. Flache, aber nicht zu übersehende Mädchentitten.

„Scheiße, ´ne Lesbe bin ich schon gar nicht. Ist ja eklig, zieh dir sofort wieder was über. Was soll das?"

Das Gesicht des Mädchens oder was auch immer sie war, war ein einziges Fragezeichen: die Stirn gekräuselt, die Augen aufgerissen, der Mund offen. Fast tat sie Peggy schon wieder leid.

„Warum hast du mir nicht gesagt, dass du ein Mädchen bist? Oder bist du so ein Zwitter? Wie heißen die noch neudeutsch? Divers? Pervers? Keine Ahnung. Ich will das auch gar nicht wissen. Warum hast du dich ausgezogen?"

Fassungslos setzte sie den Topf wieder auf den Ofen in Ermangelung einer anderen Abstellfläche.

„Verdammte Scheiße, was ist los mit dir?"

Justin, oder besser *Justina*, stand fast nackt vor ihr beim

Tisch und sah sie mit Riesenaugen an.

„Zieh dich sofort wieder an, dann pack deine Klamotten und verschwinde. Hast du verstanden? Raus hier. Lügner kann ich nicht brauchen."

Langsam, ohne Peggy aus dem Blick zu lassen, nahm das Mädchen ihr Herrenunterhemd vom Sessel und zog es wieder an. Es folgte die Latzhose und der dicke braune Wollpullover. Langsam. Zu langsam für Peggys Geschmack.

„Nun mach schon."

„Was hab ich denn falsch gemacht?", kam leise von dem seltsamen Mädchen.

„Ach, reden kann die Madame also auch. Na bestens. Dann kannst du mir ja vielleicht mal erklären, was das sollte? Tust so, als wärst du ein Junge, und stumm. Ziehst dich plötzlich nackicht aus, während ich für uns koche. Erklär mir das mal. Und wehe, du hast keine vernünftige Rechtfertigung für dein perverses Verhalten. Dann bist du hier schneller raus, als du gucken kannst. Und spar dir diesen Opferblick. Das zieht bei mir nicht, kapiert?"

Das Mädchen ließ sich auf den Sessel sinken, auf dem eben noch ihre Klamotten gelegen hatten.

„Ich", setzte das Mädchen an, „ich ..."

„Los jetzt, hab ich gesagt. Oder du verschwindest auf der Stelle."

Das Mädchen zuckte die Schultern und starrte Löcher in den Holzfußboden.

„Los, mach endlich. Ich bin nicht sehr geduldig!"

Endlich sah es Peggy an. Ihr Blick war erstaunlich klar. Sie schluckte, richtete sich auf. „Ich weiß nicht, wieso du gedacht hast, dass ich ein Junge bin. Entschuldige bitte, Peggy. Aber dafür kann ich nichts. Und dass ich nichts gesagt habe, liegt daran, dass ich so verwirrt war. Ich wusste einfach nicht, was ich sagen sollte."

Peggy musste ihr recht geben. Sie hatte nie etwas gesagt oder getan, um ihr vorzutäuschen, dass sie ein Junge war.

Das hatte sie einfach aus der Kluft und Frisur geschlossen. Hätte sie von Anfang an geredet, hätte ihre helle, hohe Stimme Peggy stutzig gemacht. Hatte sie aber nicht. Auch das konnte sie dem Mädchen nicht vorwerfen.

Schubladendenken. Genau das war ihr passiert. Dabei war sie auch vor dieser Denke aus ihrem Elternhaus geflüchtet. Und nun dachte sie selbst in diesen Kategorien. Schon verabschiedete sich die Wut, die schlagartig zurückkehrte, als Peggy an den Stripp dachte.

„Und warum hast du dich eben ausgezogen? Hast du dir eingebildet, ich sei eine Lesbe, oder was?"

Das Mädchen zuckte erneut die Schultern und sah Peggy offen in die Augen. „Was ist das? Ich weiß nicht, was du meinst."

„Na Lesbe eben, vom anderen Ufer, schwul meinetwegen. Du willst mir doch nicht erzählen, dass du nicht weißt, was das ist?"

Wieder zuckte das Mädchen die Schultern.

„Egal, dann eben nochmal von vorne. Warum hast du dich eben ausgezogen?"

„Aber das macht man doch so, damit man seine Kleidung nicht vollkleckert beim Essen!"

„Wie bitte? Wie kommst du denn auf so einen Quatsch. Ich lach mich tot." Doch nach Lachen war Peggy nicht zumute. Irgendwas stimmte nicht mit der seltsamen Göre. „Auf der Straße hast du dich doch auch nicht ausgezogen!"

„Das ging doch nicht, weil es so kalt war."

Das ist ein Argument, fand Peggy.

„Und wer hat dir das beigebracht?"

„Mein Vater."

„Dein Vater?" Peggy war fassungslos. „Ist der ein Perverser?"

„Was ist ein Perverser?"

„Du weißt nicht, was ein Perverser ist?"

Das Mädchen schüttelte den Kopf.

Peggy verstand immer weniger. „Wie heißt du eigentlich?"

„Sohn."

„Wie bitte? Ein *Sohn* ist man, so heißt man nicht!"

Wieder dieser verstörte Blick.

„Wie alt bist du denn?"

„Dreizehn."

Wusste ich es doch. Peggy holte tief Luft. *Sie ist fast zwei Jahre jünger als ich und zehn Jahre dümmer.* Bei dem Mädchen war einiges schiefgelaufen, das war klar. Doch konnte sie ihr glauben? Wären da nicht die Geldrollen gewesen, hätte sie spätestens jetzt aufgegeben. Das war ihr zu kompliziert. Genau genommen hatte sie genug mit sich und ihren eigenen Problemen zu tun. Andererseits hatte sie fast Mitleid mit dem Mädchen. Doch das Gefühl musste sie ganz schnell beiseiteschieben. Dann hätte sie vielleicht Skrupel, diesem verrückten Ding das Geld zu stehlen.

In den Augen des fremden Mädchens funkelten Tränen. Sie sah so hilflos aus. Nein, verbot sich Peggy erneut jeden weiteren Gedanken in diese Richtung.

„Gut, wenn du also keinen Namen hast, dann heißt du ab sofort Justina oder besser Justy. So werde ich dich nennen. Justy. Das passt zu dir. Und ein Perverser ist jemand, der mit anderen Sachen macht, die verboten sind. Sexuelle Sachen. Was Sex bedeutet, weißt du aber schon?"

Justy schüttelte mit großen Augen den Kopf.

„Oh Gott, ich bin doch keine Sexualkundelehrerin." Gab es die überhaupt noch? Egal. „Also, Sex ist, wenn man einem anderen an Stellen fasst oder leckt. An bestimmte Stellen." Das sollte erst mal zur Verdeutlichung genügen.

Stirnrunzelnd nickte Justy.

„Und damit das klar ist: Dein Vater ist ein Perverser! Kein normaler Vater lässt seinen Sohn, äh Tochter, nackt am Esstisch sitzen!"

„Das stimmt nicht. Mein Vater ist ein guter Vater. Er beschützt und ernährt mich. Er gewährt mir Unterkunft in seinem Haus und sorgt dafür, dass die bösen Menschen draußen bleiben."

Wieder dieser hilflose Blick, der Peggy langsam zum Hals raushing. *Aus welchem Loch ist dieses Mädchen denn nur gekrochen?*

„Wo hast du denn den Scheiß her? Aus der Bibel? Hey, wir leben im 21. Jahrhundert und du hast einen Anspruch darauf, dass dich dein Vater ernährt und beschützt. Und die Pfoten von dir lässt! Väter dürfen das nämlich nicht mit ihren Töchtern machen. Dass das klar ist. Bist du deswegen abgehauen?"

„Was bedeutet das? Pfoten von mir lassen."

„Na dich begrapschen, dir an die Titten fassen. Dich befummeln. Sex mit dir macht."

„Aber Vater darf mich doch anfassen. Er ist doch mein Vater."

„Da ist was dran. Aber nicht überall. Väter dürfen einem nicht an den Busen fassen, um sich aufzugeilen. Oder dir zwischen deine Beine fassen und dort rubbeln. Jetzt kapiert?"

Nun wird Justy-Naiv doch tatsächlich rot.

„Vater ist nicht pervers: Er fasst mir nicht an die Brust. Ich bin einfach so ungeschickt und kleckere mich immer voll. Deswegen. Vater ist ein guter Vater."

„Na toll. Und wo ist dein toller Vater jetzt? Na? Wo ist er? Lässt dich allein ohne Ahnung von tuten und blasen auf die Menschheit los. Und das in München. Das macht kein guter Vater."

Justy wurde blass.

„Was ist denn jetzt schon wieder? Kannst du mal aufhören, ständig deine Farbe zu wechseln? Das nervt! Du bist doch kein Chamäleon."

Peggys Halsschmerzen verschlimmerten sich vom vielen lauten Reden, was ihre Laune nicht gerade verbesserte.

„Er ist verschwunden. Ich bin auf der Suche nach ihn.

Deswegen bin ich unterwegs."

Das musste Peggy erst einmal verdauen. Sie war heilfroh gewesen, als sie ihren besserwisserischen Stiefvater endlich hinter sich gelassen hatte.

Was hat der Typ Justy nur angetan?

Im Grunde konnte ihr das egal sein, solange Justy nicht durchdrehte, wie die Irren in der Klapse und das Mädchen für sie eine Gefahr darstellte. Wenn sie Justy so anschaute, waren eher die anderen eine Gefahr für sie. Obwohl die Bizepse, die sie vorhin für einen kurzen Moment von hinten für muskulöse Männeroberarme gehalten hatte, nicht gerade für Schwäche sprachen.

Justy kam ihr vor wie ein neugeborenes Kind. Ohne Ahnung davon, was im Leben, vor allem im Leben auf der Straße abging. Nun denn, das Risiko, eine für sie gefährliche Irre vor sich zu haben, schien Peggy eher gering. Die Chance dagegen, an ihr Geld zu gelangen, groß. So ahnungslos wie Justy war. Sie beschloss, das Mädchen in der Nähe zu behalten. Natürlich nur wegen dem Geld. Warum auch sonst.

Vielleicht weil ich sie auch mag? Scheiße, so ein Gefühl darf nicht aufkommen.

„Hast du eine Idee, wo dein Vater stecken könnte, Justy?"

Erst ein Schulterzucken. Dann hielt sie ihr zaghaft die Zeitung hin. Die, die sie unbedingt im Supermarkt haben wollte. Peggy nahm sie entgegen.

„Was soll ich jetzt damit?"

Justy wies auf das Foto eines erstaunlich attraktiven Mannes auf der Titelseite. „Das ist er."

„Wer?"

„Mein Vater."

Peggy sah sich das Foto genauer an. Der Mann war älter, als sie sich Justys Vater vorgestellt hatte. Schlank, der Blick maskenhaft. Ein schönes Gesicht, das musste Peggy zugeben. Wenn auch ein wenig zu feminin für ihren Geschmack. Ähnlichkeit zu Justy konnte sie keine erkennen.

Dann las sie den Text daneben.

„Ich hab´s doch gleich gesagt: Dein Vater ist ein Perverser!“

Kapitel 12

Greta

Noch zweimal war der Mann zu ihr gekommen: Einmal hatte er ihr eine Flasche Wasser gebracht und einmal Essen. Obwohl sie sich beherrschen wollte, einen Teil für die Tage aufheben wollte, an denen er nicht kam, hatte sie alles geleert, aufgegessen. Nichts übriggelassen. Jetzt bereute sie das zutiefst.

Seit drei Tagen blieb er ganz weg. Hatte sie Angst vor seinem Erscheinen gehabt, so fürchtete sie sich jetzt noch viel mehr vor seinem Wegbleiben. Was, wenn er nicht mehr käme? Ihr nichts mehr brachte? Sie hier sterben ließe, verdursten oder verhungern. Verrecken in ihrer eigenen Scheiße, die sie versucht hatte, durch das Gitter nach draußen zu schieben. Ohne zu bedenken, dass sie sich die Hände nicht waschen konnte. Es war ein Reflex gewesen. Ein unbedachter, den sie nun bereute. An den Gittern hatte sie ihre Hände abgerieben, bis sie brannten, doch im diffusen Licht von vor der Tür sah sie noch immer das Braun daran.

Ihr leerer Magen rebellierte. Bloß nicht auch noch kotzen, dachte sie.

Wann hatte sie begonnen, solche Worte zu denken, die sie früher, vor dem hier, bestenfalls als kleines Kind im Spaß und um die Grenzen bei ihren Eltern auszutesten, benutzt hatte?

Und was dachte sie überhaupt für einen Quatsch? Sie würde sterben. Das war ihr inzwischen klar geworden. So oder so, das Ergebnis wäre stets das Gleiche.

Kapitel 13

Peggy

Sie hatte in der Nacht dreihunderttausend gute Gründe dafür gefunden, Justy trotz ihres perversen Vaters, der auf solch fulminante Weise wieder aufgetaucht war, nicht blitzartig aus ihrem Leben zu verbannen. Jeder Euro im Rucksack galt als einer.

An Schlaf war dank des Triefens ihrer Nase nicht zu denken gewesen, obwohl sie todmüde gewesen war. Justy hatte leise vor sich hin geschnarcht. Irgendwann hatte Peggy den Beschluss gefasst, sich zu vergewissern, dass das Geld im Rucksack das mögliche Risiko mit Justy aufwiegen würde.

Justy hatte so tief geschlafen, dass sie nicht gemerkt hatte, wie Peggy den Rucksack geöffnet und eine Rolle Geld herausgeholt hatte. Sie hatte nicht lange gebraucht, um es zu zählen. Eine Rolle hatte fünfzigtausend Euro umfasst, sechs Stück hatte es davon gegeben. Damit könnte sie nicht nur einen Pass bezahlen, sondern auch nach einer bequemen Reise ohne die Risiken des Anhaltertums, glücklich und reich bis zum Ende ihres Lebens in Cadaqués leben. Nun gut, vielleicht nicht ganz so lange. Aber doch schon sehr lange.

Das war es wert. Eindeutig. Sie musste eben gut aufpassen, dass sie da nicht in eine Sache reinrutschte, aus der sie nicht mehr rauskam. Und das würde sie. Zunächst galt es, mehr darüber zu erfahren, was genau los war. Mit dem Mädchen, das als Junge getarnt gewesen war, und seinem perversen Vater.

Peggy war ja hart im Nehmen, aber die Infos am gestrigen Abend waren sogar für sie eine echte Herausforderung gewesen. Vor allem, dass Justys Vater unter dem Verdacht, ein Mädchen entführt zu haben, verhaftet worden war, machte sie sprachlos. Soweit sie verstanden hatte, war sein Wagen in der Nähe des Ortes geblitzt worden, wo vor drei Wochen Greta Bleibtreu, eine dreizehnjährige Schülerin des Oskar-von-Miller-Gymnasiums, verschwunden war. Wie es der Zufall wollte, war ihm zwei Monate zuvor nahe dem Entführungsort eines anderen Mädchens entwischt. Dem Richter hatte das für einen Haftbefehl gereicht, was Peggy verblüffte. Aber etwas wusste sie schon. Der Mann hatte dieses Gerichtsdings schließlich studiert, er musste es wissen.

Jetzt wurde mithilfe des Zeitungsartikels nach Zeugen gesucht, die den Mann und seinen Wagen, einen weißen Caddy mit Münchener Nummernschild, im fraglichen Zeitraum, der immerhin über zwei Monate umfasste, beobachtet hatten. Das stand da!

„War dein Vater so lange weg? Über zwei Monate?", fragte sie Justy.

„Nein, die letzten zwei Wochen."

„Ist das öfter vorgekommen?"

„Ja, nein."

„Was denn nun?"

„Also er war schon öfter ein paar Tage weg, aber nie so lange, dass mir das Essen ausging. Er hätte mich nie hungrig zurückgelassen. Er hat immer gut für mich gesorgt."

„Ja, ja, nimm ihn nur in Schutz, diesen Perversling."

„Red nicht so über meinen Vater!"

„Warum sollte ich nicht?" Peggy ging das Geschwafel über den wunderbaren Vater, der seine Tochter nackt am Esstisch hocken ließ, gründlich auf den Zünder.

„Mein Vater ist nicht pervers. Er ist ein guter Vater!"

„Und warum lässt er dich dann nackicht am Tisch sitzen und hat offenbar eine junge Frau entführt?"

„Ich hab dir das doch gestern schon erklärt: Ich bin ein Trampeltier. Er muss mich vor meiner Kleckerei schützen. Und das Mädchen hat er auch nicht entführt. Warum auch? Er hat doch einen Sohn."

„Eine Tochter! Söhne sind Jungs. Merk dir das endlich. Ich hab dir das gestern auch schon dreimal erklärt. Es ist schon an sich pervers, dass er dir beigebracht hat, dass du ein Junge, ein Sohn seist, obwohl du ein Mädchen bist. Aber die Tochter dann auch noch nackicht am Tisch sitzen zu lassen, ist für mich hochgradig pervers. Mal im Ernst. Hat er dir schon mal an die Titten gefasst?“

„An die was?“

„Na Titten, Busen, Brust.“ Sie wies auf ihren eigenen Brüste. „Hierhin halt. Als du am Tisch gesessen hast oder sonst irgendwann.“

„Nein.“

„Er hat nie deinen Busen berührt?“

„Nie mit der Hand. Und wenn auch nur, wenn ich gekleckert habe.“

Peggy schüttelte fassungslos den Kopf. Wie naiv konnte man in Justys Alter sein, um das nicht zu checken? Sie hingegen hatte mit vierzehn schon alles gesehen.

„Und wie oft ist das passiert?“, fragte sie Justy.

„Oft. Ich hab es nur selten geschafft, nicht zu kleckern, wenn er mir beim Training an dem Arm stieß. Ich musste das lernen, weil ich sonst im Leben nicht durchkommen würde, hat Vater gesagt.“

„Heißt das, er hat dich angestoßen, damit du kleckerst?“ Peggy war fassungslos.

„Nicht damit ich kleckere. Damit ich lerne, es nicht zu tun, wenn mich jemand anrempelt.“

„Und du hast dich dann saubergewischt.“

Justy errötete.

„Nein, er hat mich saubergeleckt.“

Peggy sprang auf. „*Was*? Sauberge…?“

Justy nickte.

„Ist dir klar, was er da gemacht hat? Dass macht kein einziger anständiger Vater dieser Welt!“

„Mein Vater ist anständig! Hör auf, so über ihn zu reden. Ich war selbst schuld.“

„Das warst du nicht! Dein Vater ist ein Perverser. Das sollten wir der Polizei mitteilen, bevor er sich an anderen austoben kann. Wie an dem verschwundenen Mädchen."

„Hör auf. Damit hat er nichts zu tun. Er ist ein guter Mensch, mein ein und alles, wie ich für ihn. Das hat er immer gesagt!"

„Dein Ein-und-alles-Perverser!"

Justy hielt sich die Ohren zu. „Sei still. Ich lasse nicht zu, dass du so über Vater redest. Wenn du ihn so beleidigst, dann geh ich."

Justy schnappte sich ihren Rucksack. *Den Rucksack.* Mit dem vielen, vielen Geld. Mit den dreihunderttausend Gründen, den perversen Drecksack nicht mehr pervers zu nennen. Das konnte Peggy nicht zulassen. Doch Justy war schneller aus dem Haus, als Peggy sich eine Jacke überwerfen konnte.

„Bleib hier. Ich hab das nicht so gemeint. Ist schon okay. Tut mir leid. Wahrscheinlich hat er das wirklich nicht so gemeint. Wahrscheinlich ist er Mitglied irgend so einer komischen Sekte, bei der das zum Ritual gehört", verkündete sie wider bessres Wissen.

Justy blieb stehen. Drehte sich langsam um. „Glaubst du das wirklich? Eben hast du noch ganz anders geredet."

Dreihunderttausend Gründe, gut zu lügen. „Ja, das glaube ich."

„Hilfst du mir, ihm zu helfen?"

Peggy nickte.

Die Halsschmerzen hatten sich verflüchtigt, die Nase lief noch. Zeit, an die Arbeit zu gehen, beschloss Peggy. Schließlich war Samstag und noch eine Woche bis Ostern. Üblicherweise einer der verkaufsstärksten Tage des Jahres. Den durfte sie nicht verpassen. Selbst ihre Armbänder fanden dann reißenden Absatz an verliebte Teenager, die kein Geld für Gold oder Silber hatten.

Die guten Geschäfte fielen allerdings dem Dauerregen

zum Opfer, der die wenigen Schneeflocken der letzten Tage vertrieben hatte. Er hatte nicht nur die Kauflaune ruiniert, sondern eine Polizistin hatten Peggy von ihrem günstigen Stammplatz vor dem Supermarkt vertrieben.

Georgina hatte die Polizei gerufen, weil sie Leichenteile gefunden hatte. Es wimmelte nur so vor Polizisten. Sie musste hier verschwinden. Dringend! Gerne wäre sie in eine U-Bahn-Station oder eine Passage ausgewichen, aber dort war der Andrang von anderen Straßenhändlern, die gezeichnete Porträts oder Blechkettchen anboten, zu groß. Wenn die sie nicht fortjagten, dann die Bettler oder Straßenmusikanten. Außerdem riskierte sie, von Polizisten kontrolliert und geschnappt zu werden. Die Polizisten hatten sie schon einmal aufgegriffen. Weil sie randaliert und um sich geschlagen hatte, war sie in die Klapse gebracht worden, die dann ihre Eltern verständigt hatte. Ihre Mutter hatte sie ein paar Tage dort schmoren lassen. Die Ehe war ihr wichtiger gewesen als ihr Kind. Als Peggy das kapiert hatte, war sie nach München, in die große Stadt, geflohen, kaum dass sie endlich abgeholt worden war. Um nichts in der Welt wollte sie dorthin zurück oder nach Hause gebracht werden.

Wenn ihre Punkfreunde mit ihren zwei großen Mischlingsrüden in der U-Bahn-Station gewesen wären, hätte sie es mit Justy zusammen vielleicht gewagt. Aber die ließen sich nicht blicken bei dem Wetter. Ihr blieb nichts anderes übrig, als in den Eingang eines Hauses in einer Seitenstraße auszuweichen. Natürlich verirrte sich keiner der wenigen potenziellen Kaufinteressenten in diese dunklen Gassen.

Zu allem Unglück tauchte eine Gruppe nordafrikanischer Balseros auf. Die hatten ihr schon einmal ihre gesamten Tageseinnahmen weggenommen. Sie hatte damals Glück gehabt, dass nur einer ihr an den Busen gegrapscht hatte. Schnell raffte Peggy ihre Sachen samt Wolldecke, auf der sie die Bänder ausgebreitet hatte, zusammen und gab Justy Zeichen, mit ihr zu kommen. Doch sie waren zu langsam. Die drei spindeldürren, kleinen Männer umzingelten sie.

„Give me your money“, verkündete der Anführer.

Peggy breitete die Arme aus. „No money. Ich hab keins“, konterte sie trotzig.

Der Typ rückte näher, so nah, dass sich ihre Nasenspitzen fast berührten. Wäre doch nur Toni mit ihren Hunden hier. Vor denen hatten die Typen höllischen Respekt. Peggy trat einen Schritt zurück. Weiter kam sie nicht, ein anderer Typ hatte sich unbemerkt hinter sie gestellt.

„Okay, Jungs.“ Peggy zückte ihre abgenutzte Brieftasche. Öffnete sie und zeigte den Männern ihren Inhalt, der aus ein paar Euromünzen bestand. „Das könnt ihr gerne haben. Mehr hab ich nicht zu bieten.“ Sie kippte die Geldbörse um und ließ ihre Münzen auf die Straße fallen.

Prompt schoss die Hand des Anführers vor und legte sich um ihren Hals. Sanft streichelte er mit dem Daumen die nackte Haut.

„Give me your money“, wiederholte er mit einem Lächeln, das Peggys Muskel gefrieren ließ. Sie konnte sich nicht bewegen.

„Lass das“, flüsterte sie, mehr Luft bekam sie nicht herausgepresst.

Doch der Typ kam noch näher. Seine Brust berührte ihre, seine zweite Hand tastete in Richtung Hintern.

„Was macht der da?“, hörte sie Justys erstaunte Stimme.

„Mich gleich vergewaltigen. Verdammt, hilf mir!“

Justy trat näher und schubste den Typen weg von ihr.

„Lass das“, wiederholte sie in höflichem Tonfall Peggy.

Der Grapscher hatte sich nach einem Moment des Wankens ob des unerwarteten Schubsers wieder gefangen.

„Who are you?“, fragte er ebenfalls nicht unfreundlich.

„Lass das Mädchen in Ruhe.“

Peggy war verblüfft. Eigentlich hatte sie erwartet, dass Justy abhauen würde. Oder sich neutral verhielt. Auf einen netten Plausch war sie nicht gefasst gewesen. Schon spürte sie die Hand des Arschlochs zwischen ihren Beinen, während er weiter Justy freundlich anlächelte.

„Verdammt, nun mach doch endlich was“, herrschte sie Justy an.

Mit einer Bewegung, die zu schnell für Peggys Augen war, rammte Justy dem Anführer zwei Finger ihrer rechten Hand in die Augen. Der ließ Peggy sofort los. Dann drehte Justy sich mit Schwung um die eigene Achse, hob das angewinkelte Bein und stieß es dem zweiten Typen in die Seite. Der kippte nach Luft schnappend ab. Den dritten erwischte Justy mit einem Doppelhopser, bei dem sie ihr linkes Bein auf seine Brust schnellen ließ.

Peggy starrte Justy fassungslos an. Dann fasste sie das Mädchen am Arm und zog sie mit sich. „Wo hast du das denn gelernt, Justy?“

„Hat mir Vater beigebracht. Für den Fall, dass mich doch die bösen Menschen erwischen.“

„Tight! So cool!“

Peggy wollte nur noch nach Hause. Zu viel war in den letzten Tagen geschehen. Und ihr Kopf dröhnte, als würde ein Güterzug durch ihn fahren.

Auf dem Heimweg kamen sie an einem Kiosk vorbei. Peggy entdeckte wieder das Konterfei von Justys Vater auf einer Titelseite. Neugierig schnappte sie sich ein Exemplar der Bild-Zeitung und fing an zu lesen.

„Das muss man doch erst bezahlen“, empörte sich Justy.

„Prima, dann gib mir was. Mein Geld liegt ja nun auf der Straße, wie du sehen konntest. Überhaupt, hättest du nicht früher eingreifen können?“

„Wieso denn?“

„Du hast doch gesehen, dass ich Hilfe brauche?“

Doch Justy blickte nur verwundert zurück. Daran mussten sie noch arbeiten. Wenigstens hielt sie ihr einen weiteren grünen Schein aus dem Rucksack hin. Peggy zahlte und steckte das Wechselgeld ein. Als Schmerzensgeld sozusagen, weil Justy ihr nicht früher geholfen hatte, und es das Mädchen nicht zu stören schien.

Der graue Himmel hatte den Vorteil, dass sie früher in ihre Hütte zurückkehren konnten. Bei dem Wetter trieb sich nicht mal der Blockwart auf dem Schrebergartengelände herum. Sie beschloss, ein Feuer zu riskieren. Sie brauchte dringend Wärme. Als das Holz im Ofen knisterte, setzte sie sich in ihren Ohrensessel und las den Zeitungsartikel.

Greta Bleibtreu weiterhin verschwunden. Caddy des Beschuldigten von einer Radaranlage geblitzt. Wurde der Entführer auf frischer Tat erwischt? Lesen Sie weiter auf Seite 2.

Peggy blätterte weiter. Und erstarrte. Ein weiteres Foto war zu sehen, offensichtlich aufgenommen von der Blitzlichtanlage. In großer Schrift stand darüber:

Wer kennt den Jungen auf dem Beifahrersitz des Verdächtigen? Hat er einen Helfer?

Das Bild war körnig und unscharf. Doch Peggy erkannte Justy sofort. Sie trug sogar diese unsägliche Pelzmütze auf dem Kopf.

Kapitel 14

Polizeipräsidium München

Mo Celta sah dem Mann vor sich scharf in die Augen. Und schwieg. Damit hatte sie bisher in Vernehmungen gute Erfahrungen gemacht. Die wenigsten Menschen hielten es aus, auf dem harten Holzstuhl vor zwei Hauptkommissaren zu sitzen und nur angesehen zu werden. Die meisten fingen dann ganz von allein an, zu plaudern. Und redeten. Und redeten. Und redeten. Bis sie sich verplapperten. Zuviel erzählten. Der Wahrheit zu nahe kamen.

Das war der nächste Knackpunkt bei überschlauen Lügnern. Sie blieben möglichst nahe an der Wahrheit. Manchmal eben zu nahe. Den Punkt galt es zu erreichen. Auf ihn warteten Mo Celta und Nico Braun bereits seit einer guten Stunde.

So einen knallharten Typen hatte Mo allerdings noch nie erlebt. Urban Hardenhoven, ein 57 Jahre alter Abkömmling einer bekannten Münchener Adelsfamilie. Hatte ebenso den Namen seines Großvaters, eines bekannten Generals aus dem zweiten Weltkrieg, geerbt wie dessen Villa in Münchens Stadtteil Grünwald. Klein war er gewachsen und schlank. Und arrogant. Überheblich. Mo würgte es.

Seit Stunden hatte der Typ ein ernstes Gesicht aufgesetzt, dabei eine Nuance empört. Sein sonst so hübsches Gesicht, das bei Frauen sicherlich gut ankam, litt darunter. Kein Wort kam über seine Lippen. Dafür hatte sein Anwalt umso mehr geredet. Natürlich ebenfalls adelig, hatte Rechtsanwalt Leopold von Tatzenhayn seinem Mandanten seit Tagen verboten, die Fragen der Kripobeamten zu beantworten. Und einen Riesenaufstand geprobt, als sie sein Haus durchsuchen wollten.

Das hatten sie trotzdem. Und nichts gefunden.

Nun klopfte der Anwalt mit seinem Kugelschreiber rhythmisch auf den Tisch. Schaute zu seinem Mandanten. Schaute wieder zu den Hauptkommissaren.

„Sie können meinen Mandanten nicht länger festhalten", verkündete er zum wiederholten Male. Der Kugelschreiber klopfte entnervend weiter seinen unbekannten Takt. „Seit zwei Wochen ziehen Sie sich daran hoch, dass er in der Nähe von scheinbaren Entführungsorten, ich betone: scheinbaren, geblitzt wurde. Sie haben sein Haus durchsucht. Nichts! Mein Mandant hat Ihnen seinen Wagen zur Verfügung gestellt. Die Spurensicherung hat auch dort nichts gefunden. Kein Haar, keine Hautschuppe, die nicht zu ihm gehört. Schon gar nichts von dem Mädchen, das angeblich darin entführt wurde und an einer Ampel aus dem Caddy springen konnte. Das Mädchen, diese Petra Seifert, erzählt Ihnen Lügenmärchen. Das hat sie sich ausgedacht, nachdem sie in der Zeitung von den unbegründeten Anschuldigungen gegen meinen Mandanten gelesen hat. Wie lange soll das her sein? Zwei Monate? Und damit wartet sie so lange um es anzuzeigen? Die will meinen Mandanten auf Schmerzensgeld verklagen, verspricht sich viel Geld von der Sache. Und wenn das nicht mit meinem Mandanten klappt, dann kriegt sie es von der Presse. Das kennen wir doch. Ist doch kein neuer Trick."

Von Tatzenhayn stach damit in die wunde Stelle ihrer Beweisführung. Mitten hinein. Das wussten Mo Celta und Nico Braun ebenso wie dieser Anwalt. Noch hatte der Haftrichter den Worten des Mädchens im letzten Haftprüfungstermin geglaubt. Wenn sie aber nicht schnellstens mehr lieferten als diese eine Zeugenaussage, dann würde Hardenhoven freikommen.

Mo war felsenfest davon überzeugt, einen Psychopathen vor sich zu haben. Einen Mädchenentführer, vielleicht sogar einen Mörder, der womöglich schon seit Jahren sein Unwesen trieb. Noch konnten sie ihm nichts nachweisen, der Mann agierte sehr vorsichtig. Vielleicht war er der Mann, den Georgina gesehen hatte? Sie könnte eine Gegenüberstellung veranlassen.

Und mit dem Wagen, dem weißen Caddy, hatte der Anwalt recht. Gar nichts hatten die Kollegen von der Spurensicherung darin gefunden. Nicht ein Staubkorn, das beweisen könnte, dass Petra sich darin befunden hatte.

Trotzdem glaubte Mo ihr. Und spürte in allen Knochen, in allen Hirnwindungen und allen Zähnen, die wie bei einer Zahnwurzelentzündung anfingen zu ziehen, dass der Mann etwas plante. Etwas Übles.

Doch auch mit Petras Aussage zu dem Jungen mit der seltsamen Pelzmütze auf dem Beifahrersitz waren sie nicht weitergekommen. Wie vom Erdboden verschluckt war er. Selbst die Veröffentlichung des Radarfotos hatte sie nicht weitergebracht. Sonst fand sich immer jemand, der etwas wusste, etwas gesehen hatte. Irgendetwas. Diesmal nicht. Unheimlich war das fast schon.

Mo und Nico blieben nur wenige Tage bis zum nächsten Haftprüfungstermin. Am Montag war es soweit. Sie warf Nico einen Blick zu. Ihr Kollege hatte zwar nicht resigniert, sprühte aber auch nicht wie sonst vor Leben und Tatendrang. Nico war es gewesen, der die alten Fälle aus den 90er Jahren gefunden hatte, die dem versuchten Entführungsfall von Petra stark ähnelten. Und zu dem Knochenfund passen könnten. Niemandem war aufgefallen, wie viele Mädchen von Münchens Straßen verschwunden waren. Kein Wunder. Bei den meisten handelte es sich um Ausreißer, die nach wenigen Tagen auf der Straße die Nase voll hatten und demütig nach Hause zurückkehrten. Andere zogen in eine andere Stadt. Dann meldete sie keiner als verschwunden. Sie waren ähnlich angreifbar wie Prostituierte. Und doch war Nico auf drei weitere Fälle gestoßen von Mädchen, ebenso blond wie Petra und Greta, ebenso schlank. Ebenso wie ihre Schwester Elisa vor siebenundzwanzig Jahren. Und alle Mädchen etwa im gleichen Alter. Mo fürchtete, dass das nur die Spitze des Eisbergs war.

Sie hatte Nico von Elisa erzählt.

„Wie bitte?"

„Sie verschwand 1996 spurlos. Wir haben nie wieder etwas von ihr gehört. Sie ist eines Tages nicht mehr von der Schule nach Hause gekommen. Niemand hat damals etwas gesehen oder gehört. Elisa ist von einem Tag auf den anderen wie vom Erdboden verschwunden, als hätte es sie nie gegeben."

Ihren Schmerz und den ihrer Eltern erwähnte Mo nicht. Aber Nico hatte ihn gespürt.

„Das wusste ich nicht", sagte er leise. „Ich wüsste nicht, wozu ich imstande wäre, wenn das meinem Kind passieren würde."

Nico war nach dem Tod seiner Ehefrau, die bei der Geburt vor zwei Jahren gestorben war, fast zugrunde gegangen. Heute hatte er sein Leben mit Tochter Kelly perfekt organisiert. Mo hatte ihn unterstützt so gut sie konnte und ihn dafür bewundert. „Ich wollte, dass du es von mir erfährst, damit du dich nicht wunderst, wenn du auf ihre Akte stößt."

Nico hatte ihre Hand genommen, sie kurz umarmt und gesagt: „Es tut mir sehr leid, Mo." Es war ein selten inniger Moment voller Intimität gewesen.

Nicht zum ersten Male legte sie die Fotos vor Hardenhoven.

Der Anwalt stöhnte theatralisch auf. „Wie oft wollen Sie meinen Mandanten noch damit belästigen?"

„So lange wie es eben nötig ist. Bis Ihr Mandant sich endlich äußert!"

„Das hat er getan. Er hat über mich ausgesagt, dass er die Mädchen noch nie gesehen hat. Mehr gibt es dazu nicht zu sagen."

„Okay. Lassen wir das mal so stehen. Aber was ist das für ein Junge, der neben Ihrem Mandanten auf dem Radarfoto zu sehen ist und von dem Petra ausgesagt hat, dass er auch bei ihrer Entführung dabei war? Tatenlos auf dem Beifahrersitz gehockt hat er und sie nur vertrauenserweckend angelächelt, nachdem er Petra an die Tür gelockt hatte. Ohne ihn wäre sie nie so nahe an den Wagen rangegangen, dass Ihr Mandant sie erwischen konnte."

„Alles reine Fantasie eines pubertierenden Teenagers. Ich bitte sie, das kennen Sie doch auch. Die Mädchen sind völlig von Sinnen. Interpretieren manches falsch und denken sich den Rest aus, um wichtig zu sein. Haben Sie eine Tochter?"

Als Mo nicht reagierte, fuhr von Tatzenhayn fort: „Ich schon. Im gleichen Alter wie diese Petra. Und genauso durchgeknallt. Ich sage Ihnen, ich bin heilfroh, dass sie bei ihrer Mutter, meiner geschiedenen Frau, lebt. Mir reichen völlig diese Wochenenden, an denen sie übergangslos von einem Extrem ins andere fällt. In denen sie in einem Moment tanzend und singend durchs Haus schwebt, um mir im nächsten heulend vorzuwerfen, sie in der wichtigsten Entwicklungsphase ihres Lebens verlassen zu haben. Gottlob muss ich das nur alle vier Wochen aushalten."

„Mag ja alles sein, Herr von Tatzenhayn. Trotzdem wüssten wir gerne von Ihrem Mandanten, wer das auf dem Beifahrersitz ist."

„Ach, Frau Celta. Zum wievielten Male nun. Mein Mandant kann sich nicht erinnern. Es muss wohl ein Anhalter gewesen sein, an den er sich nur dunkel erinnert. Er nimmt viele Anhalter mit – aus Fürsorge. Um sie zu schützen vor den Bösen, den Kriminellen und Brutalen. Das habe ich Ihnen doch schon hundertmal erzählt."

„Und warum kann Ihr Mandant das nicht selbst sagen?"

„Damit ich mein Geld, viel Geld, glauben Sie mir, bei dieser Vernehmung auch wirklich verdiene. Nein, Spaß beiseite. Sie wissen genau, dass ich ihm davon strikt abgeraten habe. Und sie wissen auch genau, warum ich das tat."

Klar, damit dein Mandant sich nicht verplappern kann, dachte Mo genervt.

Demonstrativ warf von Tatzenhayn einen Blick auf seine Armbanduhr. Eine Patek Philippe. Eine Nautilus, wie Mo feststellte. Nicos einzige Leidenschaft waren besondere Uhren, ihre die italienische Küche. Doch wichtiger als ihre Leidenschaften waren Mo und Nico ihre Arbeit bei der Kripo.

Sie atmete tief durch. „Fangen wir nochmal von vorne an …"

Kapitel 15

Justy

Ich verstehe Peggy nicht. Sie muss nett sein, sonst würde sie mir nicht helfen. Mich nicht mit zu sich nach Hause nehmen. Aber sie ist immer so unruhig, redet so viel und so schnell. Das macht mich nervös. Ich komme kaum mit. Am schlimmsten aber ist, dass sie so schlecht über Vater spricht. Genau davor hat mich Vater immer gewarnt. Dass Alle schlimme Dinge über ihn erzählen werden, wenn ich ihnen die Chance dazu gebe. Deswegen hat er mir ans Herz gelegt, mich von Menschen fernzuhalten. Aber das geht nicht. Ich weiß, dass ich ohne Peggy verloren wäre.

Aber sie ist nicht ehrlich. Ich habe sehr wohl bemerkt, dass sie nachts an meinem Rucksack gewesen sein muss. Der Verschlussknopf über dem Reißverschluss war offen. Ich knöpfe ihn aber immer zu. Vater hat also recht gehabt, mich vor denen da draußen zu warnen.

Aber ich verstehe nicht, warum sie einerseits nett ist, andererseits aber an meine Sachen geht. Wie passt das zusammen? Menschen sind gut oder böse. Sagt Vater. Wir beide, er und ich, sind die Guten, die da draußen die Bösen. Ganz einfach. Ganz klar. Doch Peggy scheint irgendwie beides zu sein.

Außerdem benutzt sie oft Ausdrücke, die ich nicht kenne, die ich mir auch nicht zusammenreimen kann. Ihre Frage, nachdem wir den Zeitungsartikel gemeinsam gelesen haben, gehört dazu.

„Hast du zusammen mit deinem Vater ein Mädchen entführt?"

Wie bei Vater schweige ich und warte auf eine Erklärung. Dann gehe ich auch nicht das Risiko ein, es mit dem Kabel zu tun zu bekommen.

„Nun sag schon, habt ihr ein Mädchen entführt?"

Ent und *führt*. Was das wohl bedeutet? Ich werde sie doch lieber fragen.

„Das wird ja immer doller mit dir, Justy. Willst du ernsthaft behaupten nicht zu wissen, was es bedeutet, einen Menschen zu entführen?"

Ich nicke nur. Sie muss mich inzwischen wirklich für einen Vollidioten halten. Wie Vater. Aber was hilft es, ich weiß wirklich nicht, wovon sie spricht. Glaube aber, dass ich das dringend wissen sollte.

„Okay. Bei einer Entführung wird ein Mensch gestohlen. Also, wie soll ich sagen, geklaut wie ein Pulli im Laden. Eben seiner Freiheit beraubt. Er darf nicht mehr machen, was er will, er darf nicht mehr dahin, wo er hinwill. Klar?"

„Ja, aber warum macht man das?"

Peggy stöhnt mit zur Decke gerichteten Augen.

Oh je, ich muss noch dümmer sein, als ich angenommen habe.

„Na, weil man was von ihm will. Geld oder Sex oder was weiß ich."

Ich grübele. Warum sollen Vater und ich ein Mädchen entführen und es daran hindern, wegzulaufen? Warum sollte ich Geld haben wollen? Wozu? Und auf Sex habe ich keine Lust, wenn es dabei um das Anfassen oder Ablecken meiner Brüste geht. Ich verehre Vater und was er macht, ist immer richtig. So einfach ist das, ist mein Leben. Ist alles, was ich weiß. Wenn er aber die Suppe von meiner Brust oder meinen Beinen ableckt, gefällt mir das nicht . Überhaupt nicht. Mir wird davon schlecht. Und wenn Vater das sieht, holt er das Kabel. Warum also soll ich ein Mädchen entführen, um sowas mit ihr zu machen?

„Das würde ich nicht wollen, Peggy. Wieso sollte ich ein Mädchen entführen? Wie kommst du darauf?"

„Na schau mal. Das bist doch du!" Peggy hält mir die aufgeschlagene Zeitung hin, auf der ein unscharfes Foto von mir zu sehen ist. Wenn man die Augen fest zusammenkneift, erkennt man mich ganz deutlich. Ich sitze neben

Vater in seinem Auto. Es ist dunkel, also Nacht. Oben rechts im Bild steht eine Zahl, die mir nichts sagt.

Plötzlich kommen mir die Tränen. Ich weiß nichts von der Welt hinter unserer Mauer. Muss das Leben völlig neu lernen.

Kapitel 16

Peggy

Verblüfft schaute Justy sie an. „Du musst nicht weinen. Wir kriegen das alles schon wieder hin."

Was rede ich da für einen Scheiß! Keine Gefühle. Ich will nur ihre Kohle.

Sie nahm dem Mädchen die Zeitung aus der Hand und fing an, den Text noch einmal laut zu lesen.

„Kein Lebenszeichen von der verschwundenen Greta." Sie nickte Justy zu. „Das ist die Überschrift. Nach dem Verschwinden der zwölfjährigen Greta B. aus Karlsfeld, äußert sich der Verdächtige Urban H. weiterhin nicht zu den Tatvorwürfen. Sein Anwalt verwies auf die schwierige Beweislage.

‚Mein Mandant wurde zufällig von einer Überwachungskamera in der Nähe der Stelle, an der die junge Schülerin zuletzt gesehen wurde, geblitzt. Er konnte der Polizei triftige Gründe für seine Anwesenheit vor Ort liefern. Zudem hat er sein Fahrzeug für eine Untersuchung zur Verfügung gestellt. In dem nichts gefunden wurde! Mehr Kooperation kann die Justiz nicht von meinem Mandanten erwarten, deswegen wird er sich auch nicht weiter zu den Vorwürfen äußern. Er folgt damit meiner ausdrücklichen Empfehlung'.

Nun sucht die Polizei den jungen Mann, der den Beschuldigten am Tag der Entführung, an dem er in der Nähe des Entführungsortes geblitzt wurde, begleitet hat. Die Polizei nimmt sachdienliche Hinweise unter ....."

Weiter kam sie nicht.

„Was bedeutet das alles?", fragte Justy.

Sie sah das Mädchen neben sich an, war auf der Hut. Nochmals wollte Peggy nicht riskieren, dass Justy verschwand. Mit dem Rucksack und den dreihunderttausend guten Gründen.

„Dass du auch gesucht wirst. Weil du mit deinem Vater in seinem Wagen unterwegs warst, als er ein Mädchen entführt haben soll."

„Oh."

„Lass dieses bescheuerte ‚Oh'. Was mich zu der Frage führt, ob du tatsächlich daran beteiligt warst." Es klang provokant, ihrem eigenen guten Vorsatz zum Trotze. „Hast du deinem Vater dabei geholfen, ein Mädchen zu entführen?"

„Nein, natürlich nicht. Warum sollte ich? Hab ich doch schon gesagt."

„Und wie kommt dann dein Gesicht auf das Foto neben dieser Halbglatze mit Rotzbremse?"

Justy zuckte die Schultern und schaute sie wieder aus großen, fragenden Augen an. „Manchmal sind wir in Vaters Auto gefahren. Nachts. Vielleicht bin ich so auf das Foto gekommen."

Konnte man das glauben? *Justy-Naiv* schon. Was sollte sie jetzt tun? Aus dem Mädchen bekam sie garantiert nicht mehr heraus. Selbst wenn Justy wusste, was passiert war, so konnte sie es bestimmt nicht richtig einordnen. So blauäugig, wie sie war. Daran zweifelte Peggy inzwischen nicht mehr. Sie hatte ein zu groß gewachsenes Baby vor sich. Wichtig war aber, das Geld zu retten. Also durfte Justy auf keinen Fall geschnappt werden.

„Okay, dann beginnen wir mit deiner Verwandlung in ein Mädchen, damit du nicht auch noch geschnappt wirst."

Zwei Stunden später stand eine Punkerin vor Peggy. Mit Igelfrisur in blau, ihrem besten Wollminikleid und blickdichter schwarzer Strumpfhose. Dazu Peggys Ersatz-Ankle-Boots zum Schnüren, die Justy erstaunlich gut passten. Kajal hatte die großen blauen Augen in schwarze Höhlen verwandelt.

Als Junge hatte ihr Justy besser gefallen. Da war sie richtig schnuckelig gewesen. Peggy atmete tief ein. Ihre Augenbrauen schossen Richtung Haaransatz. Schade.

„Ist was? Sehe ich so schlimm aus?", fragte Justy.

„Nein, nein. Alles okay. Schau selbst." Peggy hielt ihr einen kleinen Spiegel vor. Erschrocken hüpfte Justy einen Schritt zurück.

„Das bin ich?"

Peggy lachte laut auf. Das war mit Sicherheit die dümmste Frage des Tages. Die dümmste von vielen dummen, nein, von naiven Fragen.

„Was passiert jetzt mit Vater? Ich muss ihm doch helfen. Was kann man tun, damit er wieder zu mir zurückkommen kann?"

Peggy zuckte die Schultern. „Keine Ahnung. Die Polizei hat ihn festgenommen. Einen Rechtsanwalt hat er immerhin."

„Was ist ein Rechtsanwalt?"

„Das ist jemand, der einem hilft, wenn man verhaftet wird oder vor Gericht muss. Er steht einem Täter in Rechtsfragen zur Seite. Und bevor du mir Löcher in den Bauch fragst: Ein Gericht entscheidet über Recht und Unrecht und vor allem darüber, ob dein Vater ins Gefängnis muss."

„Oh. Aber wenn mein Vater doch einen Rechtsanwalt hat, warum ist er dann noch bei den Blauen?"

„Weil es einen Unterschied gibt zwischen Recht haben und Recht bekommen."

„Das verstehe ich nicht. Müssen wir dann nicht mit denen reden, um ihnen klarzumachen, dass Vater unschuldig ist?"

Peggy nickte. „Vielleicht könntest du ja zur Polizei gehen und sagen wer du bist und wie und was war, als du mit ihm zusammen im Wagen geblitzt worden bist. Du kannst doch bezeugen, dass ihr in der Nacht kein Mädchen gekidnappt habt."

Justys Augen wurden groß. „Gekidnappt?"
„Entführt" übersetzte Peggy mechanisch.
„Ja gut, das machen wir."
„Na ja, also das mit dem *Wir* klappt nicht. Ich bin von zuhause abgehauen, und aus der Klapse, kann also nicht einfach so ins nächste Polizeipräsidium marschieren und mich dort vorstellen. Ich habe keinen Ausweis, bin minderjährig und habe keinen festen Wohnsitz. Die bringen mich schneller zu meinen Möchtegerneltern nach Hause, als ich gucken kann. Oder in die Klapse."
„Was ist eine Klapse?"
„Da sind lauter Bekloppte. Verrückte. Drogensüchtige."
„Oh."

Bis zur Ettstraße war es nicht weit. Peggy hielt auf der anderen Straßenseite respektvollen Abstand zum Polizeipräsidium. Die Straße war nach ihrem Geschmack zu schmal, um sich sicher zu fühlen.
Sie wies auf die breite Fassade mit den beiden Holztüren, die von einem Betonrahmen betont wurden. „Da musst du reingehen. Am besten lässt du den Rucksack bei mir, den nehmen sie dir sonst garantiert gleich ab."
Nur deswegen war sie überhaupt bereit gewesen, Justy hierher zu begleiten. So nah an ihren größten Feind: der Polizei. Schon der Anblick der blau Uniformierten davor ließ ihren Magen krampfen. Der Plan sah vor, Justy den Rucksack abzuschwatzen und dann wie der Teufel den Zug nach Spanien besteigen. Mit ordentlicher, warmer Kleidung und viel Geld im Gepäck. Aber dafür brauchte Sie einen Pass.
Justys Augen wurden plötzlich kreisrund und mit einem Satz versteckte sie sich hinter Peggy. „Aber da sind ja die blauen Männer!"
„Ja klar. Das sind Polizisten. Hier wolltest du doch hin. Nun gib mir den Rucksack und rein mit dir. Rette deinen Vater. Ich warte hier."

Zu einer richtig guten Lügnerin bin ich in den letzten Tagen mutiert, staunte Peggy über sich selbst. Etwas, was sie nie sein wollte. Offenbar ließ einem das Leben keine Wahl.

Justy schüttelte ihren Kopf so heftig, dass die hoch gegelten Haare ins Wanken kamen. „Das geht nicht. Das darf ich nicht."

„Natürlich darfst du das. Du musst sogar. Du willst doch deinem Vater helfen. Ihn rauspauken." Peggy fühlte sich schon ein wenig mies. Aber hier galt: sie oder Justy. Das Leben ließ einem nicht nur keine Wahl, sondern war auch knallhart.

Justy schüttelte weiter den Kopf und zog nun an ihrem Arm. So auffällig, dass sich bereits einige der das Gebäude bewachenden Streifenpolizisten in ihren Einsatzfahrzeugen nach ihnen umschauten.

„Pst, sei ruhig. Wir fallen auf. Dann schnappen sie mich auch noch."

Doch Justy war nicht zu beruhigen. Hektisch atmend zerrte sie weiter an Peggy herum. Ihr blieb nichts anderes übrig, als unauffällig weiterzugehen. Endlich blieb Justy stehen und hörte auf zu schlottern. Zu dämlich war das. Dabei war sie so nahe dran gewesen. Mist.

„Und, was jetzt, Justy? Ich dachte, du willst deinem Vater unbedingt helfen? Und dann scheißt du dir in die Hose wegen ein paar Polizisten? So wird das nix. Dein Vater wird im Gefängnis schmoren bis zum Ende seines Lebens. Wegen dir. Und du wirst allein sein."

Justy stiegen Tränen in die Augen.

Ich bin gemein, sagte sich Peggy. Aber Herrgott nochmal, sie war eben keine Heilige. Und soeben war ihr bisher bester Plan, an das viele Geld zu kommen, geplatzt. Da konnte man schon mal schlechte Laune bekommen, fand sie. „Okay. Beruhige dich. Warum wolltest du da eben nicht rein?"

„Vater hat mich gewarnt. Die blauen Männer sind ganz böse. Sie wollen mich einsperren, fernhalten von ihm. Sie können mir nicht helfen, ihn da aus dem schrecklichen Gebäude zu holen. Vater hat immer gesagt: Hüte dich vor den Blauen. Komm nicht in ihre Nähe!"

So ganz war das nicht von der Hand zu weisen. Zumindest für Ausreißer mochte das gelten. Nicht aber für normale Töchter mit normalen Vätern. Was sich der Mann nur dabei gedacht hatte? Selbst ihre Versager-Eltern hatten ihr beigebracht, dass `die Polizei dein Freund und Helfer´ war. Immer mehr setzte sich in Peggy die Erkenntnis fest, dass der Vater von Justy nicht nur Dreck am Stecken hatte, sondern auch seine Tochter vor der Polizei, wenn nicht gar vor der ganzen Welt, versteckt halten wollte. Warum nur? Ob er wirklich einer komischen Sekte angehörte?

Nun liefen die Tränen, die sich zuvor in den Augenwinkeln gesammelt hatten, über Justys Gesicht. „Was kann ich sonst machen, um ihm zu helfen? Es muss doch noch andere Möglichkeiten geben."

Peggy hätte sich lieber einen anderen Plan ausgedacht, um an die dreihunderttausend wunderbaren Gründe zu kommen. Doch um daran zu gelangen, musste sie für Justy einen Weg zu ihrem Vater finden – ohne Rucksack. Ihr den Rucksack einfach zu klauen, kam nicht in Frage. Nach der Selbstverteidigungsakrobatik in der Stadt war ihr klar, dass sie keine Chance gegen die bestens trainierte Justy hatte.

Also musste sie ihr Hirn anstrengen. Aber nicht hier in der Kälte. Nieselregen hatte wieder eingesetzt. Typisches März-wedelt-seinen-Wetterschwanz.

„Gehen wir in mein Haus und denken nach."

Kapitel 17

Greta

Sie lebte immer noch, hatte den Durst, den Hunger und den Schmerz ausgehalten.

Greta fasste an ihre Taille und zuckte zusammen. Dieses Monster hatte ihr bei seinem letzten Besuch einen Elektroschocker in die Seite gedrückt, als sie nicht getan hatte, was er wollte. Nicht hatte tun können, was er wollte.

Sie sollte auf allen vieren kriechen und wie ein Kätzchen miauen. Trotz des Grauens um sich, trotz des Durstes und der Angst war ihr ein Kichern entschlüpft. Sie lag hier in ihrem eigenen Dreck und dieser Sadist wollte, dass sie ihm das Kätzchen machte. Doch das Kichern war ihr ganz schnell vergangen, als er ihr eine Flasche Wasser und ein Brötchen zeigte. Sofort kroch sie auf allen vieren und fing an, wie eine Verrückte zu miauen.

Und dieser Irre hatte laut gelacht. „Schau mal, Right. Jetzt ist sie soweit", hatte er zu dem Schatten gesagt und zu ihr: „Lass den Scheiß und setz dich wieder."

Greta gehorchte sofort, setzte sich in die hintere Ecke, den Rücken ans Gitter gekrümmt, da sie wegen der Höhe des Käfigs nicht aufrecht sitzen konnte.

„Braves Mädchen. Willst du das hier haben?" Er hielt ihr die Wasserflasche und das Brötchen hin.

„Bitte, bitte, ja", hatte sie krächzend hervorgebracht.

„Gut. Dann spiel an dir."

„Was?"

„Spiel an dir! Das kennst du doch schon. Hast es bestimmt schon tausendmal zuhause heimlich gemacht. Oder hast du es sogar schon mit einem Jungen getrieben? Wie war das? Erzähl, während du an dir spielst."

Meinte der das ernst? Das konnte nicht sein. Sie starrte ihn hilflos an. Unfähig, irgendetwas zu sagen.

„Nun mach schon, wir haben nicht ewig Zeit."

Sie war wie versteinert gewesen. Unfähig etwas anderes zu tun, als auf die Flasche zu starren. Dann hatte er durch das enge Maschengitter ein Gerät gedrückt, das lang und dünn war und einem Schlagstock ähnelte. So weit, dass es ihre Hüfte berührte.

Sie hatte geglaubt, es könne nicht mehr schlimmer werden. Großer Trugschluss, wie ihr klar geworden war. Ihre Muskeln versteiften bis zur Starre, ein brennender Schmerz jagte durch ihren Körper, sie fing an zu hecheln. Dann wurde alles schwarz.

Als sie wieder aufwachte, waren sie fort.

Verhungern. Verdursten. Tod durch Hunger und Durst. Ein langsames, grauenvolles Sterben. Das wusste Greta. Dreißig Tage würde es dauern ohne Essen, fünf Tage ohne Wasser.

Endlich begriff sie.

Die Flasche und das Brötchen lagen im Käfig.

Freitag, 31. März 2023

Kapitel 18

Prinzregententheater München

Die Musik ließ die Wände im synkopierten Rhythmus von *Crazy* tanzen. Mo richtete sich auf und blinzelte. Wo war der Typ, den sie in der Nacht abgeschleppt hatte? In ihrem Kopf drehte sich alles, ihre Kehle war trocken. Auf dem Couchtisch entdeckte sie ein Glas Orangensaft und streckte den Arm nach ihm aus. Süß und mild schmeckte er.

Ihr Blick schweifte langsam umher. Die Gegenstände verdrehten und verformten sich ohne jede Logik, manchmal verließen sie ihren Platz an den Wänden, um an anderer Stelle wieder aufzutauchen. *Was hatte der Typ ihr nur gegeben?*

Erinnerungen kamen wie sinnlose Geistesblitze zurück. Alex hieß er, der auf dem Bett gesessen und sich über sie lustig gemacht hatte, jeder einen Joint, dann der Alkohol. Alex, der ihr ein Tuch um das Haar gebunden, ihre Brüste gestreichelt hatte. Sein Lächeln, ihre Lust. Sie hatten Sex gehabt, aber etwas war nicht in Ordnung gewesen. Warum hatte sie ihn sonst beleidigt? Sie war allein aufgewacht. Ohne blonden Schopf neben sich.

Sie stand zu schnell auf, torkelte und fiel auf den Teppichboden, raffte sich wieder hoch und öffnete die Balkontür: Keine Nacht, keinen Himmel, nur der unerträgliche Geruch von feuchter Erde, der ihr das Herz gefrieren ließ. Ein schwärzeres Rechteck zeichnete sich in der Dunkelheit ab. Vor Panik gelähmt, schaffte sie es nicht, umzukehren. Das Rechteck zog sie an, es kam ihr immer näher. Etwas verbarg sich dahinter und versetzte sie in Angst und Schrecken. Dann sah sie die Augen. Sie schrie, als gäbe es keinen Ausweg mehr, bis sie erneut zu Boden stürzte.

Wie war sein Name nochmal? Urban...?

„Oh, Scheiße, der Typ verfolgt mich schon in meinen Träumen", flüsterte Mo.

Nasse Laken umhüllten ihren Körper, sie fror. Die vertrauten Gegenstände im Zimmer signalisierten das Ende des Albtraums, aber sie keuchte heftig. Alex' Gesicht – nicht das von Urban – vor ihrem inneren Auge war immer noch präsent. Die Süße seines Kusses kam ihr wieder in den Sinn. Langsam stand Mo auf und setzte ihre Füße auf den Boden. Die roten Ziffern des Radioweckers zeigten zehn nach sechs. Zu spät, um wieder ins Bett zu gehen. Sie entschied sich für einen starken Kaffee.

Zehn Minuten später versuchte das starke, schwarze Gebräu, die turbulente Nacht zu verdrängen. Es war nicht ihr erster Albtraum, aber die Intensität und die Angst hatten sie erschüttert. Wieso hatte sie Urban Hardenhovens Augen gesehen? Verdammt. Ein hoher Klingelton unterbrach ihre Gedanken. Sie nahm den Hörer ab und meldetet sich.

„Nico hier. Schon aufgestanden, Mo?"

„Ganz richtig."

„Sehr gut. Das Team erwartet dich im Prinzregententheater. Es gibt Neuigkeiten zu unserem Fall."

„Zu welchem?"

Seit achtundvierzig Stunden fragten sich die Ermittler, zu wem die amputierten Beine gehörten und wo das Mädchen Greta sein könnte. Zu den Knochen hatte die Vermisstenabteilung nichts Sinnvolles beitragen können und die DNA war in keiner Datenbank vorhanden.

„Sie haben wieder ein Körperteil gefunden. Diesmal ist es *ein* Arm", kam zur Antwort. Mehr war nicht nötig.

„Bin schon unterwegs."

Mo stöhnte, als sie ihren Kaffee austrank. Vergessen war ein entspannter Morgen, an dem sie sich vor dem Besuch bei ihren Eltern bei einer alten Vinylplatte einfach nur ausruhen wollte. Die Dusche war eine reine und kurze Formalität und weniger als eine Viertelstunde nach Nicos Anruf fuhr ihr Wagen in Richtung Innenstadt.

Als Mo unten an der Prinzregentenstraße ankam, hatte sie das Gefühl beobachtet zu werden. Wie neulich auf dem Heimweg von einer Party. Immer wieder hatte sie sich umgedreht, glaubte, dass sich jeden Moment eine weiße, eiskalte Hand auf ihrer Schulter legen könnte.

Mo fielen sofort drei Polizeiwagen auf, die einen Teil der Straße abgesperrten. Sie parkte direkt vor dem Theater neben Nicos Golf. Die Stadt erwachte langsam. Schon scharten sich morgendliche Schaulustige neugierig um das Absperrband.

Nico besprach mit zwei Polizisten geeignete Maßnahmen, um Passanten und Journalisten fernzuhalten. Was letztere Kaste betraf, wurde es immer schwieriger. Die These, dass es sich um einen Scherz von Medizinstudenten handeln könnte, die ein Grab ausgeschaufelt hatten, kursierte munter weiter.

Mo eilte zu ihrem Kollegen, der das Gespräch beendet hatte und gerade das Theater betreten wollte. „Hallo, Nico."

Der nickte zur Begrüßung zurück. Schweigend betraten sie durch den Haupteingang das Prinzregententheater.

„Wusstest du, dass das Prinzregententheater ein perfektes Beispiel für ein Theater im Stil von Ludwig der II. ist? Das Gebäude ist die eindrucksvolle Kombination aus Architekturelementen des Jugendstils und des Klassizismus: Auge und Ohr werden verwöhnt, Dekoration und Funktion verschmelzen hier zu einer sinnlich-sinnigen Einheit", dozierte Mo.

„Nein, das wusste ich nicht." Eigentlich wusste Nico nicht einmal, was ein Element des Klassizismus war, aber das erwähnte er nicht. Es gab diese Augenblicke, in denen es besser war, Mo nicht zu unterbrechen. Er wusste, dass dies ein solcher Moment war.

„Die große Ära des Hauses begann erst nach dem Zweiten Weltkrieg, als es von 1944 bis 1963 die Bayerische Staatsoper beherbergte. 1963 wurde es wegen Baufälligkeit geschlossen. Mit Hilfe vieler Privatspenden wurde das Theater aber saniert und feierlich wiedereröffnet mit ‚Tristan und Isolde'. Eine kleinere, ähnliche Bühne befand sich übrigens in der Nähe des Baudenkmals *Ziegelei August Haid*, nur wenige hundert Meter von der Stelle entfernt, an der man die ersten Körperteile…" Mo hielt inne, schien über ihre letzten Worte nachzudenken.

„Glaubst du, dass es da einen Zusammenhang gibt?", fragte Nico.

„Johanniskirchen und dieses Theater? Das sehe ich noch nicht."

Nico betrachtete die majestätische Treppe, die über eine Reihe gerader Stufen aus der Eingangshalle herausführte. In der Mitte des großen Treppenabsatzes teilte sich der Raum in zwei auseinanderlaufende Treppenläufe, einen rechten und einen linken. Mo ging nach links, Nico folgte ihr und streichelte mit seiner Handfläche über das monumentale Steingeländer. Eine letzte Tür und das Theater enthüllte seine ganze Pracht.

Mo nickte Nico zu. „Wunderschön, nicht wahr?"

Ohne seine Antwort abzuwarten, ging sie auf die Bühne zu, wo sich zwei Polizisten der Spurensicherung über etwas beugten. Als sie bei ihnen eintrafen, erkannte Mo den Arm eines Kindes. Nur gut, dass sie auf das Frühstück verzichtet hatte.

„Nico! Mo, die Frau meiner schlaflosen Nächte. Guten Morgen, meine Traumfrau", begrüßte sie Mike Kremer, der stellvertretende Rechtsmediziner.

„Guten Morgen, Mike. Haben Sie getrunken?" Mo reichte dem Kollegen genervt die Hand. Das war nicht der Moment für Banalitäten.

„Wer hat den Arm gefunden?"

Mike rollte mit den Augen. „Der Reinigungsdienst. Die

arme Frau wurde ohnmächtig."
„Um wie viel Uhr war das?"
„Kurz vor sechs Uhr. Der Hausmeister rief die Polizeiwache an und die haben uns sofort verständigt."
„Hm. Ist Costa nicht da?"
„Er ist auf dem Weg. Er war bei seiner Familie in Starnberg, glaube ich. Wir konnten ihn aber erreichen."
Mo stand nun einen halben Meter von dem in einer fast senkrechten Position aufgestellten Arm entfernt.
„Was riecht denn hier so, Mike?"
„Das hier!" Mike Kremer zeigte ihr einen Plastikbeutel mit schwarzem Pulver. „Die Pulverreste wurden auf dem Sockel gefunden. Dem Geruch nach würde ich auf Weihrauch tippen." Er reichte Mo ein Paar Einweghandschuhe.
Nico zeigte auf den Arm. „Und wie zum Teufel hält sich der Knochen in dieser senkrechten Position?"
Kremer grinste. „Wir waren genauso überrascht, bis wir den Arm gedreht haben. Schau mal…" Er drehte den Arm langsam um. Ein langes Stück Metall hielt den Arm. Die massive, breite Basis sprang aus einer schwarzen Halterung hervor, das schmale Ende glitzerte an der Fingerkuppe. Kremer leuchtete mit seiner Lampe auf den Metallstab, er war mit dünnen Lederbändern am Knochen befestigt, die Mo in der Dunkelheit nicht sofort bemerkt hatte. Von oben nach unten verlief eine Linie, die die Klinge in zwei völlig identische Hälften teilte.
„Das ist ein Schwert", brachte Mo vor. „Der Arm ist an einem Schwert befestigt?"
Kremer nickte und stieß Nico an. „Sie *ist* die Frau meiner Träume."
Mo musste nun doch grinsen. „Vergiss es, Klops."
„Klops?" Nico hob fragend die Augenbrauen.
„Sein Spitzname", antwortete Mo. „Was meinst du dazu, Nico?"
„Ein Schwert, unbedingt."
Nico wirkte gedankenverloren, fahrig, was sonst nicht

seine Art war. Mo fiel auf, dass er seine übliche Krawatte weggelassen hatte, was wohl dem überstürzten Aufbruch am Morgen geschuldet war.

„Auf dem Blatt steht nicht zufällig der Name des Besitzers?", fragte Nico auf ein vergilbtes Stück Papier in einem Plastikbeutel weisend.

„Nein, leider", antwortete Kremer. „Es steckte zwischen den gekrümmten Skelettfingern." Er zog es vorsichtig aus dem Beutel und reichte es Nico.

„Leuchten Sie bitte mal mit Ihrer Taschenlampe, Mike."

Mo und Nico beugten sich über die handgeschriebenen Zeilen.

Parare. Inimici, heroes, varia negotia solve, casus casus, hostes superare, res reperire, difficultates superare et inde famam et experientiam mereri. Nullus erit modus. Non erit terminus.

Mo wandte sich an Nico. „Sagt dir das etwas?"

„Ich glaube, dass das ist lateinisch ist. Klingt wie aus dem Mittelalter."

„Mittelalter? Ja, warum nicht. Das würde zu der altertümlichen Schrift passen."

„Da muss man ganz schön geübt sein, um das so gleichmäßig hinzubekommen. Aber die Bedeutung, hm, keine Ahnung..."

Mo seufzte. „Okay, Lass mich versuchen, den Text sinngemäß zu übersetzen. *Feinde, Helden, löse verschiedene Aufgaben, gehe Risiken ein, überwinde Feinde, finde Dinge, überwinde Schwierigkeiten und verdiene dadurch Ruhm und Erfahrung. Es wird keinen Weg geben. Es wird keine Begrenzung geben.*"

„Wow, ich bin beeindruckt."

„Musst du nicht. Es ist ein einfacher Text. Ich verabscheue aber solche Botschaften. Sie bedeuten nichts Gutes. Trotzdem denke ich, dass der Verfasser wollte, dass diese Botschaft verstanden werden soll."

Nico hob die Augenbrauen. „Wie kommst du denn darauf?“

„Es stimmt zwar, dass wir den Wortlaut der Botschaft verstehen, aber sie nicht interpretieren können. Ich kann nicht sagen, ob es ein Hilferuf, eine Warnung, ein Hinweis oder das Geschwafel eines Irren ist. Aber es gibt keine weitere Verschlüsselung oder andere Tricks. Jeder Buchstabe ist leicht zu erkennen. Schau mal: a, m, f, s.“

„Mit anderen Worten: Wir brauchen die Interpretation eines Spezialisten“, stellte Nico fest.

„Ganz genau.“

„Ich glaube, ich habe eine Idee, wer uns weiterhelfen könnte. Ich kenne jemanden an der Ludwig-Maximilians-Universität, Fakultät für Mittelalter und Renaissancestudien…“

„Na, dann los, Nico.“

„Äh… ich möchte dich daran erinnern, dass heute Freitag ist und wir bis Montag niemanden auf dem Campus antreffen werden, abgesehen vielleicht von paar Studenten.“

„Okay, das kann bis Montag warten.“

Mo wandte sich an einen Kollegen von der Spurensicherung. „Sie analysieren den Papierfetzen auf Fingerabdrücke und so weiter, das volle Programm. Wir brauchen auch einige Aufnahmen. Ich schicke Ihnen jemanden, der die Aussagen der Putzfrau, des Hausmeisters und aller anderen, die heute Morgen da waren, aufnimmt.“ Dann sah sie Mike Kremer an. „Was ist mit der Position des Arms und der Hand? Haben sie eine besondere Bedeutung, Mike?“

Stille. Alle blickten zum Gewölbe des Theaters hoch. Vor dem Hintergrund des blauen Himmels spielte Apollon immer noch mit seinen Musen.

„Die Liebe hat ihre Gründe, die die Vernunft nicht kennt, aber von da an ist es ein großer Schritt bis zu einem Schnitt ins Fleisch“, verkündete Mike.

„Wusste ich es doch. Nico, haben wir es hier mit einem

Perversling zu tun?“

Nico lächelte. Er wusste, dass Mo seinen scharfen Verstand oder seine Schlussfolgerungen nicht wirklich brauchte, aber das half ihm beim Nachdenken.

„Komm schon, Nico, erzähl mir die Geschichte!“

„Wenn man alles so Revue passieren lässt, würde ich ja sagen.“

„Ich denke, das genügt, um unser Gehirn in Schwung zu bringen.“ Mo hielt einen Moment inne, bevor sie zum Ausgang ging. „Wenn die Journalisten von dieser haarsträubenden Geschichte erfahren, wird sie morgen auf die Titelseite stehen. Ich habe die Überschrift der Boulevardpresse schon vor Augen: *Schwarzer Ritter reitet durch die Stadt, verteilt Kinderknochen und die Polizei versagt*!“

„Ich verstehe… Dann könnte in der Stadt Panik ausbrechen, insbesondere dann, wenn Georgina ihre Beobachtungen wegen einer Pulle Schnaps noch ein wenig ausschmückt.“

„Vielleicht. Aber ich bin mir sicher, dass viel mehr hinter diesen Szenarien steckt.“

Nico hielt plötzlich inne. „Was hast du gerade gesagt, Mo?“

Sie sah ihren Kollegen erstaunt an, zuckte die Schultern.

„Schwarzer Ritter reitet durch die Stadt und verteilt Kinderknochen. Das hast du gerade gesagt. Ob Psychopath Hardenhoven etwas damit zu tun hat?“

„Du denkst an Georginas Aussage, die des ‚feinen Pinkels‘?“

„Richtig.“

„Hol sie aufs Revier. Wir machen eine Gegenüberstellung!“

Die morgendliche Hektik sprang ihnen ins Gesicht, als sie wieder ins Freie traten. München war erwacht. Das Herz der Stadt raste, die Straßen waren voller Menschenmassen und ihre Lungen bereits mit Abgasen gefüllt. Mo dachte an all jene Menschen, die sorglos auf einer Caféterrasse oder beim Bummel durch Boutiquen und den Tag verbrachten. Hatte Nico recht? *Konnte das kippen und sich Angst in der Stadt verbreiten?*

Zweifelsohne. Irgendwo in München hatte irgendjemand begonnen, Skeletttteile zu verteilen, in Szene zu setzen. Warum?

Eine Ablenkung von etwas Größerem?

Kapitel 19

Justy

In der Nacht habe ich kein Auge zugetan. Verzweiflung hat mich wachgehalten. Da war ich Vater so nahe, und konnte doch nicht zu ihm. Meine Angst hielt mich umklammert.

Was soll ich tun? Vater hat mir strikt verboten, den Blauen, wie er die Polizisten nennt, zu nahe zu kommen. Mich nicht schnappen zu lassen. Und nun soll ich freiwillig in die Höhle des Löwen gehen, wie *Alfred Kandle*r das in seinem Buch nennt. Mir zittern die Beine bei der Vorstellung.

Was wird Vater dazu sagen, wenn ich ihm helfe? Oder wird er mich mit dem Kabel bearbeiten, wenn wir nach Hause kommen? Ich weiß es nicht.

Es muss einen anderen Weg geben.

„Kannst du nicht reingehen zu den Blauen und sagen, du wärst das auf dem Foto?“, frage ich Peggy am nächsten Morgen. Die Idee ist mir im Morgengrauen gekommen, als sich die Schatten in den Ecken des Hauses langsam zurückzogen und das Licht der kalten Aprilsonne die Wand hinter Peggys Liege in helles grau verwandelte.

Peggy lacht auf. „Bist du verrückt? Erstens würden sie mir nicht glauben, schließlich sehe ich völlig anders aus als du…“

„Ich habe vorher auch anders ausgesehen. Du könntest dir doch meine alten Sachen anziehen. Dann würdest du aussehen wie ich vorher.“

„Bist du verrückt?“, wiederholt Peggy. „Weißt du nicht mehr, was ich gestern gesagt habe? Wenn ich da reingehe, werden die mich nicht wieder rauslassen. Auch nicht verkleidet als *Justy-Baby*. Spätestens, wenn sie mich deinem Vater zeigen, werden sie merken, dass ich nicht du bin und dann bin ich geliefert. Kommt nicht in Frage.“

„Es muss doch noch eine Möglichkeit geben, eine andere.“ Ich würde am liebsten heulen. Wegen meiner Angst. Über meine Unfähigkeit, zu ihm zu gelangen.

„Ich habe wirklich keine Idee. Wir könnten natürlich anonym bei der Polizei anrufen und du sagst ihnen, was du weißt. Vielleicht reicht das. Aber ich habe kein Handy. Hast du denn keins in deinem Rucksack?“

Ich zucke mit den Schultern. Was soll das schon wieder sein?

Peggy greift nach ihm, ich ziehe ihn zurück. Was will sie nur andauernd damit? Das gefällt mir gar nicht. Vater hat gesagt, dass böse Leute uns den wegnehmen wollen. Ist Peggy böse? Wenn ich daran denke, dass sie vorletzte Nacht heimlich drangegangen ist, muss ich das annehmen.

Doch ohne sie komme ich nicht weiter. Schließlich gebe ich ihr den Rucksack.

Verblüfft schaut Peggy mich an. Dann stülpt sie ihn um und lässt den gesamten Inhalt auf den Holzfußboden purzeln.

Kapitel 20

Peggy

Es fiel ihr schwer, nicht auf die Geldrollen zu starren, die vor ihre Füße gekullert waren. Sechs Stück. Alle vom Durchmesser einer dicken Kassenbonrolle.

Da war nur noch ein Gedanke, von Anfang an. Nie laut ausgesprochen: *Das Tor zur echten Freiheit.* Wie das Erbe ihres verstorbenen Vaters, das durch den Treuhänder leider bis zu ihrer Volljährigkeit blockiert war.

Sie riss sich los und bemühte sich um eine Bestandsaufnahme: Reisepässe auf drei verschiedene Namen, aber immer mit dem gleichen Mann auf den Passbildern, mal mit Bart, mal blond, mal mit Brille. Der Typ musste wirklich jede Menge Dreck am Stecken haben. Zwei Schlüssel mit Namensschildchen, die Peggy nichts sagten. Einige Travellerschecks, die sie von ihrem verstorbenen Vater kannte, und Visa-Kreditkarten, mit passenden Namen zu den Pässen. Da hatte jemand ordentlich für eine Flucht vorgesorgt. Sogar zwei funkelnagelneue Smartphones steckten mit einem ganzen Bündel Prepaid SIM-Karten in dem Rucksack.

Nach einem fragenden Blick zu Justy, der mit einem Schulterzucken beantwortet wurde, packte Peggy eins der Handys aus und legte eine der SIM-Karten ein. Zum Test rief sie die Festnetznummer ihrer Mutter an. Nur so. Nur, weil sie keine andere Telefonnummer auswendig kannte. Natürlich nicht, um ihre Mutter zu erreichen, die sie bestimmt wieder in die Klapse stecken oder die Polizei verständigen würde. Wie sie diese Frau verachtete. Doch dann schob sich die Erinnerung daran, wie ihre Mutter jeden Tag ihren rundlichen Körper ins Zimmer geschoben und: „Wie geht es dir heute, mein Liebling?“, gefragt hatte. Jeden Morgen dasselbe Ritual. Ihre Mutter war total naiv.

Nicht wie Justy, aber auch sie hatte Peggy immer wieder verblüfft. Wieso hatte sie sich bloß nach Vater diesen Nichtsnutz ins Haus geholt? Seitdem gab es zuhause keine Tränen und keine Trauer mehr um den Tod ihres Vaters, sondern nur noch das Böse.

Niemand hob ab. Enttäuscht legte Peggy auf.

„Funktioniert", sagte sie zu Justy, die ihr erstaunt in die feuchten Augen sah. So ein Mist. Dämlich. Wieso war sie nur so blöde gewesen, ausgerechnet diese Nummer anzurufen? Als ob sie mit ihrer Mutter reden wollte. Ganz bestimmt nicht. Nie wieder würde sie diese Nummer wählen.

Sie hätte viel lieber mit ihrer Freundin Charis aus der Klapse gesprochen, die Vollwaise war. Bestie Charis konnte richtig böse sein, ohne jedes Mitgefühl. Sie hatte ihr anvertraut, dass sie einen Mord plane. Manchmal wünschte sich Peggy einen Hauch von Charis Mut. Dann würde sie ihrem Stiefvater Lebewohl sagen und genüsslich ein Messer in die Brust rammen. Sofort spürte sie tief im Inneren eine brachiale Wut auf diesen Drecksack. Die hatte man ihr auch in der Klapse nicht austreiben können.

„Was ist das?", fragte Riesenbaby Justy.

„Ein mobiles Telefon."

„Ein was?"

„Na, ein Handy. Schon mal gehört?"

Justy schüttelte den Kopf. Wieder einmal. Wie hätte es auch anders sein können. Im Jahr 2023 kannte Justy weder Telefon noch Smartphone? Gott, wusste die das Mädchen denn gar nichts? Unfassbar. *Dumm geboren, dumm gehalten!*

„Also gut, für ganz Blöde", verkündete sie grob. Die Wut steckte ihr noch in der Kehle. „Damit kann man mit anderen Menschen sprechen, also telefonieren, die weiter weg sind."

„Wie weit?"

„Sehr weit."

„Dann kann ich Vater damit anrufen?"

„Klar, wenn er auch ein Handy hat und du seine Telefonnummer kennst. Kennst du sie? Natürlich nicht. Vorausgesetzt natürlich, er hat überhaupt so ein Ding bei sich. Und es in der Untersuchungshaft behalten durfte. Hast du bei ihm schon mal so ein Gerät gesehen?“ Sie hielt Justy das Smartphone zur genaueren Betrachtung hin.

Kopfschütteln, was auch sonst.

„Aber wir könnten damit die Polizei anrufen“, fuhr Peggy fort. „Dann brauchen wir nicht persönlich hingehen. Problem gelöst! Da stand doch eine Telefonnummer in dem Zeitungsartikel, in dem sie nach dir gesucht haben.“ Sie griff nach der Bild-Zeitung und schlug Seite zwei auf.

„Da, siehst du? Hat dein Vater dir auch verboten, bei den Blauen anzurufen?“

Justys Stirn kräuselte sich. „Nein, das hat er nicht. Er hat immer nur gesagt, dass ich nicht in deren Nähe kommen darf. Mich nicht erwischen lassen darf. Kommt man beim Telefonieren in die Nähe von dem anderen? Können sie einen dabei erwischen?“

Darüber musste selbst Peggy nachdenken. Im weiteren Sinne sicherlich. Die Polizei konnte ein Handy orten. Das wusste sie.

„Also um genau zu sein, kommst du ihnen nicht in die Nähe. Du bewegst dich ja nicht von deinem Standort weg. Aber erwischen können sie einen schon. Wenn man blöd ist. Bin ich aber nicht. Wenn du also dort telen willst, machen wir das und schalten das Handy dann einfach wieder aus.“

Justy nickte. „Aber was soll ich sagen?“

„Einfach wie es war. Dass du dabei warst und dass dein Vater kein Mädchen entführt hat. Aber wir müssen was mit deiner Stimme machen, damit nicht auffliegt, dass du ein Mädchen bist und kein Junge. Vorsichtshalber.“

„Und wie macht man das?“

„Wenn wir Glück haben, hat dein Vater auch Internet bei

den Prepaid Karten gebucht. Dann kann ich das nachschauen."

Peggy kam problemlos in Google und entdeckte nach kurzer Suche `Funny Voice´, mit dem man seine Stimme beim Telefonieren verzerren konnte. Sie lud es auf das Smartphone.

„Perfekt. Jetzt kannst du anrufen, ohne dass sie herausfinden, dass du kein Junge bist." Sie wählte die in dem Zeitungsartikel angegebene Nummer, schob den Regler auf ganz tiefe Stimme, wartete das Freizeichen ab und hielt Justy das Smartphone hin. Lauchstange starrte es an, als wäre es eine Giftschlange. Das dumme Ding starrte es an, als wäre es eine Giftschlange.

„Kriminalpolizei München, Hauptkommissar Braun. Wie kann ich Ihnen helfen?"

Peggy drückte es Justy in die Hand und die samt dem Smartphone näher an deren rechtes Ohr.

„Hallo? Hier ist die Kriminalpolizei München. Melden Sie sich bitte."

Große Augen starrten Peggy Hilfe suchend an. Sie machte Mundbewegungen und deutete auf den unteren Rand des Smartphones.

Justy öffnete den Mund, heraus kam nichts.

Peggy nahm ihr das Gerät ab. „Ja, hallo?"

„Kriminalpolizei München. Sie haben unsere Sondernummer Soko Greta angerufen. Wie kann ich Ihnen helfen."

„Gar nicht. Aber ich kann Ihnen helfen", verkündete Peggy.

„Das freut mich. Aber könnten Sie zuerst bitte den Stimmenverzerrer ausschalten? Ich verstehe sie kaum."

Überrascht verzog Peggy ihr Gesicht. Zu blöde, dass der Polizist das erkannt hatte. Aber trotzdem würde er nicht wissen können, wie hoch die Stimme am anderen Ende des Telefons tatsächlich war.

„Nein, kann ich nicht. Wollen Sie nun meine Hilfe?"

„Natürlich. Aber eigentlich nur von Leuten, die sich mit Namen melden. Darf ich fragen, wer da spricht?"

„Nein, dürfen Sie nicht. Ich wollte auch nur sagen, dass ich der Beifahrer auf dem Polizeifoto in der Zeitung bin. Ich war dabei, als sie meinen Vater geblitzt haben. Und ich kann Ihnen versichern, dass er kein Mädchen entführt hat. Das hätte ich ja schließlich gemerkt."

„Ihren Vater?"

„Ja, meinen Vater. Der hat nichts getan. Lassen Sie ihn jetzt frei?"

„Vielen Dank für den Hinweis. Der ist sehr wichtig. Können Sie nicht vorbeikommen und das schriftlich bestätigen? Dann lassen wir ihren Vater bestimmt frei!"

„Nein, das muss auch so gehen."

Peggy drückte den Anruf weg und schaltete das Handy aus, damit es nicht geortet werden konnte.

„Danke", kam leise von Justy.

Wenigstens gute Manieren, außer beim Essen, hatte der Alte seiner Tochter beigebracht.

Peggy nickte. „Schauen wir mal, was noch so alles im Rucksack ist." Sie wollte zu gerne nochmals das gebündelte Geld in den Händen halten. Doch sie bremste sich und stocherte stattdessen zwischen den Pässen und Schlüsseln herum. Stieß auf einen handschriftlichen Zettel mit dem Namen David Kowalski mit einer Adresse im Problemviertel Am Harthof. Nicht gerade die beste Gegend in München. Ein Ort der Tristesse, hatte ihre Mutter immer behauptet. Auch eine Handynummer stand darauf.

Zuunterst lag ein schwerer Stoffbeutel. Peggy zog den Zip-Verschluss auf und schaute hinein. Und fiel fast um. In dem Beutel war eine kleine schwarze Pistole samt einem Magazin, in dem Peggy die Patronen erkennen konnte. Mit einem leisen Aufschrei ließ sie den Beutel fallen.

„Puh, wieso hat dein Vater eine Pistole?", fragte sie erschrocken. Eine Antwort erwartete sie vom Riesenbaby nicht.

„Damit wir uns gegen die bösen Menschen verteidigen können“, antwortete Justy zu Peggys Verblüffung. „Lass sie nicht so fallen. Auch wenn das Magazin nicht eingelegt ist, kann eine Kugel im Lauf sein, sich lösen und einen von uns verletzen.“

Peggy starrte fassungslos auf das blauhaarige Mädchen. Was steckten noch alles für Überraschungen in dem Naivling?

„Mashallah! Kannst du etwa damit umgehen?“

„Natürlich. Ist doch ganz leicht. Ich habe ein gutes Auge für das Zielen, hat Vater gesagt. Ich treffe neunundneunzig von hundert Schuss.“

„Gut zu wissen. Cool,“ entfuhr es Peggy. „Okay, wir haben genug gesehen. Packen wir sie wieder ein und warten darauf, dass dein Vater entlassen wird, okay?“

Justy nickte.

Peggy sammelte die Gegenstände auf und schob sie zurück in den Rucksack. Bis auf eine Geldrolle. „Schau mal, ob draußen jemand ist, sonst werfen wir endlich den Ofen an.“

Ihr entging nicht der kritische Blick von Justy. Doch sie war zum Gehorchen ausgebildet, das war Peggy inzwischen klar. Und so erhob sich Justy brav und ging an das Fenster, bei dem eine darüber an die Wand genagelte dicke, alte Kommisswolldecke verhindern sollte, dass jemand den Lichtschein in ihrer Hütte sehen konnte.

„Niemand da“, verkündete Justy.

Peggy nickte, die letzte Eurorolle in ihrer Hand hinter ihrem Rücken versteckt, und mühte sich auf die Beine. Was schwierig war mit nur einer Hand.

„Was hast du da?“, kam auch prompt von Justy, die immer im falschen Moment Gedankenblitze hatte. Peggy hätte sie verfluchen können. Oder sich selbst, weil sie so blöde war, für eine Rolle alles zu riskieren. Dämlich. Sie ließ die Rolle fallen.

„Nichts, wieso?“

„Da liegt noch eine Papierrolle."

Peggy drehte sich um. „Ach ja, gut dass du aufgepasst hast. Die hab ich doch glatt übersehen."

„Stimmt nicht. Du hattest sie in der Hand!", sagte Justy fest.

„Willst du behaupten, dass ich lüge?", brauste Peggy auf, während sie die Rolle in den Rucksack packte. Angriff war noch immer die beste Verteidigung.

Bevor Justy antworten konnte, hörten sie in der Ferne Sirenen. Peggy ging zum Fenster, schob ihre zweckentfremdete Wolldecke beiseite und starrte in die Dunkelheit. Noch immer waren die Sirenen zu hören. Das hatte sie hier noch nie erlebt. Sie zuckte mit den Schultern. Gerade, als sie den Vorhang wieder vor das Fenster fallen lassen wollte, entdeckte sie ein gelbes Licht, das hoch und runter wippte. Als würde sich jemand mit einer Taschenlampe bewegen. Direkt auf ihr Häuschen zu. Ein zweiter Schein kam dazu.

„Ach du Scheiße, schnapp den Rucksack und deine Jacke und dann nix wie weg hier."

Kapitel 21

Peggy

„Scheiße, Scheiße, Scheiße!"

Peggy hatte auf das Display gestarrt und ihre eigene Blödheit nicht fassen können. Überschlau hatte sie sein wollen, dabei war sie der größte Trottel auf Gottes Erdboden. Da hatte sie doch glatt vergessen, das Smartphone auszuschalten. Vor lauter Gier. Nur weil sie sich darauf konzentriert hatte, eine Rolle Geldscheine zu klauen.

Jetzt hatte sie kein Zuhause mehr. So ein gottverdammter Mist. Sie hatten gerade noch ihre Winterjacken schnappen und Schuhe anziehen können, dann waren sie wie von tausend Teufeln gehetzt im Zickzackkurs durch die Kleingartenanlage gerannt. Immer in geduckter Haltung, damit die Streifenpolizisten, die sie noch nicht entdeckt hatten, auch keine Chance dazu bekamen.

Über die Fußgängerbrücke waren sie weiter gehastet, wo sie in der Freudstraße die U-Bahn erwischt hatten, die in die Innenstadt fuhr.

„Das hast du ja sauber hinbekommen", beschimpfte sie Justy wider bessres Wissen. Irgendjemand musste schließlich schuld daran sein, dass sie ihr Zuhause verloren hatte. Dahin würde sie die nächsten zwanzig Jahre nicht mehr zurückkehren können. Ihr war zum Heulen zumute. Das Gartenhäuschen war schäbig gewesen. Sicher. Sie hatte es nur in der Dunkelheit nutzen können. Auch klar. Und das Dach war undicht gewesen. Trotzdem. Es hatte ihr immer dann Halt gegeben, wenn sie sich verloren gefühlt oder sich nach einem warmen Zuhause gesehnt hatte. Emotionen, die sie sich zwar strengstens verbot, aber ab und an hatte das nicht geklappt. Warum war sie nicht so abgebrüht wie diese Charis Tauber, mit der sie sich in der Klapse ein Zimmer teilen musste?

Die hatte ihre Mutter einfach sterben lassen und plante nach ihrer Entlassung einen weiteren Mord. Charis hatte auf dem Bett gesessen und sie dabei merkwürdig angesehen, als sie Peggy von dem nächsten Mordopfer, einer gewissen Julia, erzählt hatte, die mit ihrem Vater ein Verhältnis gehabt hatte. Dabei hatte nur eines ihrer Augen geflackert und sich bewegt, dann war es ein kleines Stück zur Seite getanzt und wieder zur Ruhe gekommen. Das Mädchen hatte sie manchmal so angestarrt, was Peggys Herz wie wild rasen ließ. Manchmal hatte sie ihre dämliche Hasenmaske aufgesetzt und ihr ins Ohr geflüstert, dass das Opfer auf sie wartete. Oder gesagt, dass sie Peggy beschützen könnte, wenn sie dieser Julia den Schädel einschlagen würde.

Gütiger Himmel, dieses Mädchen war ein echter Freak.

„Verdammt, was machen wir denn jetzt?“, schniefte Peggy.

Justy schaute sie nur an. Peggy wurde wieder wütend. Die hatte all ihr Hab und Gut im Rucksack bei sich. Hatte alles mitnehmen können. Während Peggy alles hatte zurücklassen müssen. Ihre Klamotten, ihre Schminke. Vom Sperrmüll Gerettetes oder Gefundenes, das sie selbst repariert hatte. Ihre geflochtenen Bänder und damit ihren Broterwerb.

Nicht mal an ihren Kajalstift hatte sie in der Eile gedacht, denken können in der Hektik. Oh Gott, das Haarfärbemittel. Die Packung lag noch im Mülleimer. Und ihrer beider Haare leuchtete in hellstem blau. Das müssten sie als Erstes ändern. Nur wie? Und wo? Es war Freitag, wie Peggy einfiel. Sie mussten irgendwo unterkommen.

Am Marienplatz stiegen sie aus und eilten zu Karstadt. Im Erdgeschoss kaufte sie zwei Beanie-Mützen, die sie von der Kohle im Rucksack bezahlte. Selbst die mühsam gesparten hundertzwanzig Euro, ihre eiserne Reserve für Notfälle, hatte sie unter dem Dielenboden ihres Häuschens zurücklassen müssen. Wie all die anderen Dinge, an denen Peggy so hing. Hatte man kein echtes Zuhause mehr und keine Familie, wurden die kleinen Dinge überwichtig. Die Andenken und Geschenke, die Peggy mitgenommen hatte auf der Flucht vor ihrem Stiefvater. Alles weg. Sie hätte schreien können.

Doch auch das half ja nicht. Immer nach vorne schauen, lautete ihre Devise. Schon immer. Heute mehr denn je, wollte sie nicht in Depressionen verfallen.

„Lass uns zu Mecces, äh… McDonald's gehen", schlug sie Justy vor. „Brauch dringend was zu snacken."

Justy nickte.

Den restlichen Tag hatten sie auf der Suche nach Toni mit ihren Hunden verbracht, die sie und Justy über Nacht mit zur alten S-Bahnbrücke am stillgelegten Olympiabahnhof am Oberwiesenfeld genommen hatte. Es war kalt gewesen und der Boden steinhart. Dann die Angst vor den Anderen, die sich dort versammelt hatten: Süchtige, Perverse und Kranke. Versifftes Pack am Rande der Verzweiflung, bereit, sich zu nehmen, was nicht freiwillig gegeben wurde. Kein Auge hatte Peggy zubekommen. Ihr einziger Trost war gewesen, dass sie bei dem Nieselregen knapp über dem Gefrierpunkt wenigstens trocken geblieben war. Und die Mischlingsrüden von Toni, die jeden, der zu nahegekommen war, mit wütendem Knurren vertrieben hatten.

Peggy hatte ganz vergessen, wie furchtbar das Leben auf der Straße sein konnte und welches Glück sie mit der Gartenhütte gehabt hatte.

Frühmorgens hatten sie sich hochgequält und am Hauptbahnhof ein paar belegte Brötchen gekauft. Und die Bildzeitung, auf der erneut das Konterfei von Justy prangte. Peggy stöhnte auf. Sie hatten dem Bild doch tatsächlich blaue Haare verpasst. Unglaublich, wie man heutzutage Fotos verfälschen konnte. Und wieder die Frage: *„Wer hat den jungen Mann gesehen?"*

Daneben war zu lesen, dass es keine neuen Erkenntnisse und Entwicklungen gab. Also auch keine Freilassung.

Den Tag über waren sie durch München gestreift, immer in der Angst, entdeckt zu werden. Keine weitere Nacht würde sie unter der alten S-Bahn-Brücke verbringen, verkündete sie Justy, die alles klaglos hingenommen und tief geschlafen hatte, den Rucksack als Kopfkissen nutzend. Doch wo sollten sie hin?

„Lass uns noch mal überlegen. Im Rucksack waren zwei Schlüssel mit Adressanhängern. Vielleicht gehören sie zu einem Versteck deines Vaters, das wir nutzen können. Schließlich ist auch alles andere im Rucksack auf Flucht getrimmt. Hol sie doch mal raus."

Am ersten Schlüsselbund befanden sich zwei Schlüssel, ein Haustür- und ein Fahrzeugschlüssel mit dem Logo von VW. Peggy nahm ein anderes Handy aus dem Rucksack, legte eine SIM-Karte ein und schaltete es an. Dann googelte sie die Adresse in Moosach. Mit der S-Bahn fuhren sie bis zur Haltestelle an der alten Pfarrkirche St. Martin, den Rest des Weges zu der Wohnsiedlung aus den 1920er-Jahren mussten sie laufen. Vorbei an biederen Einfamilienhäusern ohne Charme, eilten sie zu der auf dem Display angegebenen Adresse. Und blieben ratlos im Kreisel einer Sackgasse stehen. Sie schauten sich um. Neben zwei Flachdachbungalows, die andere Hausnummern hatten, entdeckten sie drei Einzelgaragen, die von Bäumen und Büschen verdeckt waren. Nur die Seite zur Straße war nicht verborgen vor Blicken. Peggy hatte es zwar befürchtet, war aber trotzdem bitter enttäuscht, dass ihr Ziel keine gemütliche warme Wohnung, sondern nur eine Garage war. Inzwischen war es zu spät, um sich nach einer anderen Unterkunft umzusehen. Auch hatte der Nieselregen wieder eingesetzt.

Peggy vergewisserte sich, dass die Einsichtsmöglichkeit auf den Platz vor den Garagen erfreulich beschränkt war. Sie ging zum hintersten Garagentor. Inzwischen hatte sie gelernt, dass Justys Vater immer auf Nummer sicher ging. Niemals würde er die der Straße am nächsten gelegene Garage wählen. Und sie hatte recht, der Schlüssel drehte sich problemlos, das Tor schwang nach oben auf. Es gab den Blick auf einen weißen Caddy frei, der mit der Schnauze zur Garagenöffnung geparkt war. Das Nummernschild fehlte.

Sie hörte in der Nähe einen Hund kläffen. „Komm rein, wir dürfen hier nicht entdeckt werden, sonst rufen sie gleich wieder die Polizei."

Justy folgte ihr ins Innere. Peggy zog das Tor wieder nach unten. Sofort wurde es stockdunkel. Peggy drückte auf den VW-Schlüssel und das Scheinwerferlicht ging an, ebenso wie die Innenraumbeleuchtung. Die Türverriegelung war mit einem Schnappen hochgegangen. Wegen der Enge in der Garage musste sie seitlich zur Fahrertür gehen und konnte sie nur einen Spalt breit öffnen. Der reichte jedoch, um einzusteigen.

Sie gab Justy Zeichen, es ihr auf der Beifahrerseite gleichzutun. Beide setzten sich auf die Sitze.

„Mist, Gott verdammter Mist. Hätte ich nicht mal Glück haben können? Hätte das nicht eine hübsche Wohnung mit vollem Kühlschrank und Badewanne sein können?", fluchte Peggy vor sich hin.

Sie öffnete das Handschuhfach, das vollständig leer war. Dann drehte sie sich um, doch der Fahrgastraum war vom Laderaum durch eine Platte getrennt. Nur ein kleines Fenster mit Gitter ließ den Blick nach hinten zu. *Fast wie in der Klapse,* schoss Peggy durch den Kopf.

Sie steckte den Schlüssel ein und suchte nach einem Schalter für die Innenraumbeleuchtung im Ladebereich. Doch sie fand keinen. Also stieg sie wieder aus und ging nach hinten. Die Zentralverriegelung hatte auch die Hecktüren geöffnet. Im diffusen Scheinwerferlicht, die noch immer brannten, entdeckte sie mehrere graue Decken und Pappen, Klebebandroller, Werkzeug und eine Holzkiste mit Deckel, die von der Trennwand bis zur Hecktür reichte.

Peggy schnappte ein paar Decken und quetschte sich wieder an der Wand lang nach vorne.

„Gut, dann bleiben wir eben bis morgen früh hier“, verkündete sie Justy, die das in ihrem gewohnten Gleichmut zur Kenntnis nahm und sich in eine der Wolldecken einrollte.

Samstag. 1. April 2023

Kapitel 22

Greta

Greta öffnete mühsam ihre Augen. Die Kälte und der Hunger ließen sie jede Nacht nur unruhig dösen. Ihr Blick wanderte wie bei jedem Hochschrecken daraus über ihre Umgebung. Im diffusen Lichtschein von der Tür stellte sie fest, dass noch immer kein Toiletteneimer mit Papierrolle aufgetaucht war. Wie erniedrigend.

Der Drang zu weinen hatte sich schon vor Tagen als sinnlose Vergeudung von Flüssigkeit verabschiedet. Auch hatte sie gelernt, dass Schreie und Klagen nichts nützen würden. Niemand würde ihr zu Hilfe kommen und es war albern zu glauben, dass sie ihre Kerkermeister damit rühren könnte. Irgendwann hatte sie sich in die Stille geflüchtet. Überleben war ihr einziges Ziel geworden. Nie hätte sie gedacht, dass sie stark genug wäre, der Verzweiflung zu entgehen. Manchmal, wenn der Schatten ihr abends eine Flasche Wasser mit einem Strohhalm hinstellte oder seine unsichtbare Hand in ihren Käfig tauchte, ertappte sie sich dabei, wie sie dann sprach, nur um den Klang ihrer Stimme zu hören und sich zu überzeugen, dass sie noch nicht tot war. Das Monster war seit Tagen nicht mehr gekommen, stattdessen diese Gestalt mit der Kapuze. Zu essen bekam sie nichts, nur ein wenig zu trinken. Gerade genug, um das Sterben hinauszuzögern. Sie konnte nicht anders, als daran zu denken, dass dieser Schatten vielleicht der Ausgang dieser schrecklichen Gefangenschaft sein könnte. Also sagte sie ein Gedicht auf, dessen Verse ihr einfielen, wenn sie an ihre Mutter dachte.

„Ich habe oft diesen seltsamen und durchdringenden Traum. Von einer Frau, die ich liebe, und die mich liebt. Und die versteht mich…“

Unweigerlich spürte sie Verzweiflung bei diesen Erinnerungen. Aber diese Gedächtnisübung half ihr, die Verbindung zu ihrem Leben aufrechtzuerhalten.

Jede graue Wand war zu einem Theater geworden. Jede Ritze war ihr vertraut. Sie kannte jeden Kratzer, jedes noch so kleine Detail. Halluzinierende Kulissen, in denen groteske Figuren durch die Reliefs und Fehler des rohen Gesteins zum Leben erweckt wurden. Manchmal suchte sie lange nach einem Monster dahinter.

In solchen Momenten erinnerte sie sich an die Unbeschwertheit der schönen Tage, die Wärme der Sonne auf ihrer Haut, die Spaziergänge am Strand oder mit ihrer Mutter im Park.

Doch die Müdigkeit, Erschöpfung und Verzweiflung gewannen stets die Oberhand. Ihre Augenlider schlossen sich langsam, sie konnte sie einfach nicht offenhalten.

„Mama, finde mich", war ihr letzter Gedanke, dann dämmerte sie wieder weg.

Kapitel 23

Polizeipräsidium München

„Ihr Sohn hat angerufen!"

Zum ersten Mal entdeckte sie ein unkontrolliertes Zucken und Zwinkern in den Augen Hardenhovens. Mo fragte sich, was mit Hardenhoven los war.

Rechtsanwalt von Tatzenhayn hatte am Telefon laut geflucht, als Mo ihn kurz vor zwölf Uhr über den Vernehmungstermin informiert hatte.

„Ist das Ihr Ernst? Es ist Samstag. Bedienen Sie sich jetzt aus dem Topf der Aprilscherze? Morgen ist Sonntag. Meine Tochter ist bei mir. Wir wollen nachher ein verfrühtes Ostergeschenk kaufen, bevor sie wieder nach Hause fährt. Ich habe versprochen, ihr diesmal nicht nur Geld zu schenken. Und Morgenabend fliege ich in den Urlaub. Ich muss noch einiges vorbereiten und packen. Hat das nicht Zeit bis am Nachmittag?"

Mo wollte den Anwalt nicht unbedingt an seine Ausführungen zu Mädchen in der Pubertät erinnern, insbesondere an das Verhalten seiner Tochter. Wozu auch? Stattdessen hatte sie von dem anonymen Anruf berichtet. „Sie wollen doch, dass Ihr Mandant kommende Woche aus der Haft entlassen wird, um das das Osterfest zu Hause zu verbringen. Korrekt?"

Von Tatzenhayn hatte nur geknurrt: „In einer Stunde bin ich da."

„Mein Sohn?", hakte von Hardenhoven nach.

Mo erkannte die Stimme des Tatverdächtigen fast nicht wieder. Bisher hatte sie sie nur einmal gehört, und zwar am Tag seiner Verhaftung, als Hardenhoven nach seinem Rechtsanwalt, Leopold von Tatzenhayn, verlangt hatte. In Bass-Lage. Diesmal klang die Stimme nach Sopran. Sie warf Nico, der neben ihr saß, einen Blick zu. Auch der schien den Unterschied bemerkt zu haben.

„Ja, Ihr Sohn", fuhr sie fort. „Er hat bestätigt, dass er am Tag des Verschwindens von Greta Bleibtreu mit Ihnen zusammen war und bezeugt, dass Sie das Mädchen nicht entführt haben."

„Na also", gab von Tatzenhayn mit einem selbstgefälligen Grinsen von sich. „Da haben wir also einen Zeugen, der meinen Mandanten entlastet. Bestens. Dann kann ich ihn jetzt mitnehmen?"

„Nicht so schnell. Wir haben da nämlich ein Problem", unterbrach ihn Mo.

„Probleme sind dazu da, gelöst zu werden, Frau Celta. Was sollte das wohl sein, wenn wir einen Zeugen haben?"

„Nun, das Problem ist, dass Herr Hardenhoven keinen Sohn hat. Auch keinen unehelichen."

Der Anwalt verstummte und sah seinen Mandanten fragend an. Hardenhoven rührte sich jedoch nicht, kein Muskel zuckte in seinem schönen Gesicht.

„Oder haben Sie nicht anerkannten Nachwuchs?", hakte Nico nach.

Hardenhoven rang sich ein Kopfschütteln ab.

„Haben Sie eine Idee, wer das am Telefon gewesen sein könnte?", fragte Mo. „Sie wollen doch wohl jetzt nach dem Anruf nicht mehr behaupten, dass das auf dem Radarfoto ein Anhalter war."

Keine Reaktion.

„Der Anrufer hat sie mehrfach *Vater* genannt. Wollen Sie das vielleicht mal hören?"

„Ich bestehe darauf", verkündete von Tatzenhayn.

Mo ließ das mitgeschnittene Band ablaufen. Zu hören war eine tiefe verzerrte Stimme. Sie beobachtete die Mimik Hardenhovens. Nichts rührte sich, der Mann hatte sich verdammt gut im Griff. Am Ende der Sprachaufnahme drückte sie die Off-Taste.

„Der Anrufer hat sich große Mühe gegeben, damit man

seine Stimme nicht erkennt. Aber ‚*Vater*' war deutlich zu verstehen."

Alle Blicke richteten sich auf den Beschuldigten. Doch er schwieg eisern weiter, war jedoch einen Hauch blasser um die Nase geworden, nur erkennbar für geschulte Augen. Wie die von Mo Celta.

Erwischt, dachte sie.

„Vielleicht können Sie ja Ihren Mandanten dazu bringen, uns das zu erklären. Wenn es hilfreich ist, hat er immerhin die Chance, noch pünktlich zu Ostern nach Hause zu kommen."

„Wie ich Sie kenne, haben Sie noch mehr in petto, Frau Celta", erwiderte von Tatzenhayn nach einem schnellen Blick zu Hardenhoven.

Mo nickte. „Wir konnten das Handy orten. Das geht bei uns inzwischen automatisch. Es wurde von der Kleingartenanlage Nord-West 59 am Trenkleweg angerufen."

Sie nickte Nico zu, der in einer Akte blätterte.

„Angetroffen haben die Kollegen zwar niemanden mehr", sagte er, „aber dort gestern ein Gartenhäuschen entdeckt, in dem noch kurz zuvor jemand gewesen sein muss. Im Mülleimer fanden sie das benutzte Handy. Interessant war auch die Bekleidung, die bei der offensichtlich überstürzten Flucht zurückgeblieben ist: Neben einigen Kleidungsstücken für Mädchen fanden sie Make-up, einen Herrenarbeitsoverall, Herrenschuhe in Größe 44 und ein Herrenpullover in Größe 50. Muss schon ganz schön groß sein, Ihr *Sohn*."

Hardenhoven hatte aufmerksam zugehört, weniger gelangweilt wie beim ersten Verhör.

„Und ein blaues Haarfärbemittel. Seltsame Kombination, finden Sie nicht auch?"

„Ich möchte mit meinem Mandanten allein sprechen."

„Wie Sie wünschen, Herr von Tatzenhayn", erwiderte Mo und stand auf.

„Und lassen Sie den Lautsprecher aus! Das kleine rote

Licht da oben in der Ecke werde ich immer im Blick haben."

Mo und Nico verließen den Befragungsraum.

Es war ein langer Tag gewesen. Für Mo Celta und ihr Kollege Nico Braun, war er noch lange nicht vorüber.

„Wie denkst du darüber, Nico?", fragte Mo.

Nico zuckte mit den Schultern. „Der Typ ist ernsthaft gestört. Aber wir müssen ihm die Taten nachweisen."

Sie standen einander im Korridor gegenüber, jeder mit einem Plastikbecher lauwarmen Automatenkaffee in der Hand. Mo sah ihren Kollegen aufmerksam an. Sein messerscharfer Verstand hatte sie schon einige Male vor schwerwiegenden Fehlern bewahrt.

„Ich bin mir sicher, Nico, dass er Übles getan und geplant hat. Ist nur ein Bauchgefühl. Aber wenn ich das Staatsanwalt Berger sage, wird er mich für verrückt erklären. Wenn er mir im Gang über den Weg läuft, läuft er jetzt schon rot an."

Nick grinste. „Ach was?"

„In den vergangenen dreißig Jahren sind in München und Umgebung zahlreiche Mädchen im Alter zwischen elf und fünfzehn Jahren verschwunden", fuhr Mo fort. „Diejenigen, die nach einer gewissen Zeit wieder zuhause auftauchten, waren alle dunkelhaarig, die blonden Mädchen blieben verschwunden. Wie meine Schwester." Sie spürte, wie ihre Augen feucht wurden. „Es bricht mir das Herz, wenn ich sehe, wie meine Mutter noch immer darunter leidet."

Nico tätschelte ihren Arm. So überrascht, wie sie über seine Geste der Zuneigung war, so schnell war der intime Moment wieder vorüber.

„Wenn der Typ da drin etwas mit der entführten Greta zu tun hat, Mo, dann kriegen wir dieses Schwein." Er warf ihr einen sanften Blick zu. „Wir werden diesen Fall lösen."

„Hoffentlich. Denn dieser Fall ist wesentlich komplexer,

als wir vermutet haben. da bin ich mir sicher. Hardenhoven ist raffiniert."

„Wir sind klüger!"

„Die Medien sind anderer Meinung. Die Presse wird aus dieser Sauerei einen verdammten Zirkus machen." Sie seufzte. „Kann man ihnen nicht verdenken, es ist eine große Story und sie müssen ihren Job machen."

„Das müssen wir auch." Nico deutete auf die Tür am Ende des Korridors. „Da kommt sein Rechtsverdreher. Lass uns wieder reingehen."

„Nein, geh du rein, Nico. Der Provider des Prepaid-Handys hat uns die Telefondaten übermittelt. Wenn es um Kinder geht, sind die mittlerweile ganz fix. Mit dem Handy wurde eine zweite Nummer angerufen und da rufe ich jetzt mal an. Danach werfe ich nochmals einen Blick auf die Vermisstenanzeigen der letzten Monate."

Rechtsanwalt von Tatzenhayn verkündete Nico mit zusammengepressten Lippen und gerunzelter Stirn, dass sein Mandant sich auf seinen Ratschlag hin nicht weiter äußern würde. Dabei warf er Hardenhoven einen missbilligenden Blick zu.

„Nun gut, er muss ohnehin noch länger hierbleiben", sagte Nico. „Schade, es hätte der Wahrheitsfindung dienen können, wenn er uns einen Hinweis auf diesen jungen Mann gegeben hätte."

Von Tatzenhayn schaute auf den Boden, sein Mandant inzwischen wieder festen Blickes in Nicos Augen.

Sie waren kurz davor gewesen, etwas aus diesem Schweinhund, diesem eiskalten Psychopaten herauszuholen. Was war schiefgelaufen? Wieso war er plötzlich wieder selbstbewusst? Irgendwas hatte ihn beruhigt, doch Nico kam nicht darauf, was das sein konnte.

Nach drei Wochen waren die Chancen, das vermisste Mädchen Greta lebend wiederzufinden, mies. Und mit Hardenhoven kamen sie nicht weiter.

Sie mussten dringend das blauhaarige Pärchen finden.

Kapitel 24

Polizeipräsidium München

Am anderen Ende wurde abgehoben.

„Münkner."

„Kriminalpolizei München, Mo Celta am Apparat. Sie sind Frau Münkner?"

„Ja, ist was passiert? Die Kripo ruft mich doch nicht grundlos an."

Mo seufzte. „Nein, nein, alles gut, Frau Münkner. Wir überprüfen zurzeit ein Handy, mit dem Sie angerufen wurden, und versuchen herauszufinden, wer Sie angerufen haben könnte", beruhigte Mo die Frau am anderen Ende des Apparats.

„Wann soll denn der Anruf gewesen sein?"

„Laut Auskunft des Providers war der Anruf gestern. Getätigt von einer Prepaid-Karte, die wir im Rahmen einer Ermittlung überprüfen."

„Ich erinnere mich, dass eine Handynummer als verpasster Anruf angezeigt wurde. Warum ruft deswegen die Polizei an? Geht es um meine Tochter?" Am Ende klang die Stimme panisch.

Mo wurde hellhörig. „Wieso kommen Sie auf Ihre Tochter?"

„Ich habe sie doch vor einem Jahr als vermisst gemeldet."

Jetzt klingelten bei Mo alle Alarmglocken. „Ihre Tochter ist verschwunden?"

„Ja, wissen Sie das denn nicht? Und ich dachte, Sie wollten mir sagen, dass meine Tochter tot aufgefunden wurde. Gott sei Dank! Da bin ich aber erleichtert. Bei einem Anruf von der Polizei bekommt man immer erstmal Angst."

„Ist schon okay. Das bin ich gewohnt. Sie kennen die

Nummer also nicht, vermissen aber Ihre Tochter? Wo leben Sie noch gleich?"

„In Dortmund."

„Dann können wir es auch nicht wissen, weil der Vermisstenfall nicht von uns bearbeitet wird. Sicher ist die Suchmeldung auch bei uns eingegangen, aber sie glauben nicht, wie viele wir pro Tag bekommen. Gerade hier in München. Ausreißer sehen in unserer Stadt ihr Eldorado. Dabei landen sie nur am Hauptbahnhof. Ist ihre Tochter durchgebrannt, Frau Münkner?"

„Na ja, wie soll ich sagen. Wir hatten eine schwierige Zeit. Peggys Vater ist drei Jahre zuvor gestorben. Bei einem Autounfall. Sie hat das nur ganz schwer verkraftet. Als ich dann Peter kennenlernte und wir geheiratet haben, zugegeben etwas schnell nach dem Tod meines ersten Mannes, reagierte sie mit völlig überzogener Eifersucht. Dazu passte in meinen Augen, dass sie plötzlich damit ankam, mein zweiter Ehemann würde sie misshandeln, also schlagen, wenn ich bei meinem Frauenstammtisch war. Erst habe ich ihr nicht geglaubt. Das hat sie mir unheimlich übelgenommen. Man kann doch so jungen Dingern nicht alles glauben. Und damals hätte ich noch meine Hand für meinen Ex ins Feuer gelegt."

„Damals?"

Die Antwort ließ auf sich warten. „Frau Münkner?"

„Ja, damals", kam mit leiser Stimme.

„Was ist passiert?"

Nach einem weiteren Moment des Schweigens sagte sie: „Mein Ex-Mann und ich sind Lehrer am Gymnasium. Ex-Mann, weil wir mittlerweile in Scheidung leben. Da haben wir uns auch kennengelernt. Ein knappes halbes Jahr nachdem Peggy verschwunden war, wurden von einer Schülerin aus Christians Klasse Vorwürfe laut, er hätte sie geschlagen. Zuerst dachte ich, das sei ein Versuch, sich für schlechte Noten zu rächen. So hatte mir mein Mann das erklärt. Aber dann meldeten sich weitere Schülerinnen und irgendwann wurde er suspendiert. Da konnte selbst ich nicht mehr die Augen verschließen. Ich habe mich sofort von ihm getrennt."

„Das tut mir leid", erwiderte Mo halbherzig. Sie konnte Frauen, Mütter, nicht verstehen, die ihren Kindern in solch einer Sache nicht vertrauten, sondern nur auf die Rettung ihrer Ehe bedacht waren.

„Mir erst. Ich vermisse mein Kind so sehr. Ich hatte doch geglaubt, dass sie nur eifersüchtig war auf mein Glück. Kein Tag vergeht seitdem, an dem ich meine Reaktion nicht zutiefst bereue."

„Also gehen Sie davon aus, dass Peggy abgehauen ist?"

„Ja. Und es ist meine Schuld. Oh Gott, wie ich mein Verhalten verfluche. Meinen Sie, das am Telefon könnte Peggy gewesen sein?" Hoffnung ließ ihre Stimme schrill werden.

„Das wissen wir nicht. Wir suchen jedenfalls den Anrufer unter Hochdruck."

„Sagen Sie ihr, dass ich sie vermisse, dass sie nach Hause kommen soll, wenn sie sie finden? Ich komme überall hin, um sie zu holen. Sagen Sie ihr das? Sagen Sie ihr, dass ich diesen Drecksack rausgeworfen habe! Dass wir wieder zu zweit sein werden. Dass mir alles ganz furchtbar leidtut!"

Bis zum nächsten Mal, dachte Mo, antwortete aber: „Ja, das werde ich machen. Aber ich kann Ihnen nicht versprechen, dass wir Ihre Tochter tatsächlich finden, dass sie überhaupt die Anruferin war. Bisher haben wir nur Ihre Nummer auf dem Handy. Vielleicht hat sich da auch nur jemand verwählt."

Sie wollte ihr, dieser Rabenmutter, trotz ihres Versagens keine falsche Hoffnung machen. „Wie lautet denn der komplette Namen Ihrer Tochter und wann genau ist sie geboren? Damit ich mir die Vermisstenanzeige raussuchen kann."

„Margaret Maria Münkner, geboren am 07.06. 2008. Wir nennen sie aber Peggy."

„Gut, ich sehe zu, was ich machen kann."

„Oh bitte, bitte, bringen Sie mir mein Kind zurück!"

Sonntag, 2. April 2023

Kapitel 25

Aschheim

Der Duft Italiens breitete sich im ganzen Haus aus. Rosmarin mit frischen Tomaten verband sich in ewiger Ehe, die Sonne Italiens schwebte über dem Herd und ein Lächeln umspielte Mos Lippen, als sie neben ihrer Mutter in der Küche stand. Heute war sie glücklich. Der erste Besuch seit vier Wochen.

Sie betrachtete ihre Mutter, die sich eine Träne von der Wange, die von zu vielen Prüfungen faltig geworden war, wischte. Das Zweibelschneiden machte ihr zu schaffen. Manchmal fühlte ihre Mutter sich aber auch einsam, als wäre sie eine Insel zwischen zwei Meeren, zwei großen Tränenflächen, symbolisch für eine Mutter und eine verschollene Tochter. Das Haar schien noch weißer, die zu hellen Augen von den zahlreichen Tränen waren noch matter geworden. Die Freude, die sie ihr heute zeigte, war wie ein Sonnenaufgang, auch wenn sie die alten Wunden nie ganz verbergen konnte.

Mo ging es ähnlich. Auch sie vermisste ihre Schwester Elisa. Geblieben waren ihnen nur einige Fotos und die Erinnerung geblieben.

„Seit Elisas Verschwinden habe ich die Hälfte meines Herzens verloren, Bambina. Du bist das einzige Geschenk, das mir geblieben ist", hatte sie Mo einmal anvertraut.

„Wie geht es dir, Mama?", fragte Mo zärtlich .

„Sehr gut, Bambina. Du bist hier, also ist alles in Ordnung."

Mo hob einen Deckel, tauchte einen Finger in die Soße und führte ihn grinsend zum Mund.

„Du böses Mädchen, wirst du denn nie damit aufhören? Wenn du das machst, habe ich stets das kleine, pummelige

Mädchen, das in der Küche herumlungerte, vor Augen", tadelte ihre Mutter mit gespielter Entrüstung.

„Wenn die Soße nicht schmeckt, bleibt mir immer noch genug Zeit, um die Flucht zu ergreifen."

Mo sah sich um. „Wo ist Papa?"

„Im Garten. Geh zu ihm, ich bin noch nicht ganz fertig mit den Vorbereitungen. Du weißt ja, dass er sich sonntags gerne in seinem Gemüsegarten aufhält. So könnt ihr euch vor dem Essen noch ein bisschen unterhalten."

Mina nahm den Kochlöffel wieder in die Hand. „Also raus mit dir!"

Mo ging an der Fassade des Hauses entlang. Die vor einigen Jahren sorgfältig verfugten Feldsteine verliehen dem Gebäude einen Hauch von Romantik und Süden. Neben ihm befand sich die Tischlerei ihres Vaters. Im Vorbeigehen weckte der berauschende Holzgeruch alte Erinnerungen. Eine kleine rot-blaue Eisenbahn, die Akazienscheiben für ein Damespiel, ihre mit Spänen und Sägemehl bedeckte Kleidung, für die sie von Mutter getadelt wurde.

Sie bog um die Ecke. Dahinter lehnte sich der große Schuppen an das Hauptgebäude. Dieser Ort hatte ihr als Kind immer Angst eingeflößt. Im Winter war es dort schon am späten Nachmittag kalt und finster. Wenn es dann dunkel wurde, verwandelte der Schuppen sich in ein dämonisches, schwarzes Maul, das alles Mögliche ausspeien könnte. Sie stellte sich oft vor, dass dort seltsame Kreaturen in der Dunkelheit auf sie lauerten. Irgendwann kam dann die Zeit, in der ihre Mutter ihr schlichtweg verbot, sich dem Ort zu nähern. Sie musste damals fünf oder sechs Jahre alt gewesen sein.

„Es ist schmutzig und ... gefährlich", hatte sie gesagt. „Du kannst dich an dem alten Schrott verletzen, den dein Vater dort herumliegen lässt."

Nach einigen Monaten gehörte das Verbot aber wieder der Vergangenheit an. Heute wusste Mo, dass der Grund für das Verbot Elisas Verschwinden gewesen war.

Der Gemüsegarten hatte sich seit ihrem Umzug nach München kaum verändert. Ebenso wie ihr Vater, der noch immer in seiner blauen Latzhose und mit einem seltsamen Schlapphut auf dem Kopf mittendrin stand.

Mo wurde warm ums Herz. „Wird es ein gutes Jahr, Papa?“, fragte sie mit sanfter Stimme.

Er drehte sich um. „Die Erde ist nur großzügig zu denen, die das verdienen. Aber ich glaube, es reicht, um die Einweckgläser deiner Mutter damit zu füllen“, fügte er lachend hinzu. „Guten Morgen, mein Mädchen.“

„Hallo, Papa.“

Sie umarmten sich. Seine breite, schwielige Hand tätschelte ihr Gesicht. An der rechten fehlte der Zeigefinger, der in einem Moment der Unachtsamkeit von einer elektrischen Säge erfasst worden war. Maschinen waren schon immer gierig nach Menschenblut, behauptete ihr Vater oft, als wäre es normal, einen Tribut für die Hilfe zu zahlen, die sie leisteten.

Ihr Vater war der Sohn eines transalpinen Immigranten, der Blut und Wasser geschwitzt hatte, um seiner Familie ein Zuhause in einem neuen Land fern der Heimat zu schaffen. Nach einem kurzen Aufenthalt in Marseille hatten ihre Großeltern sich in Aschheim niedergelassen. Und dann wurde ihr Vater geboren, Thomasz-Domenico Celtana, der aus Gründen der Integration in Thomas Celta umbenannt wurde. Mo kannte die wahren Gründe: Die südländische Herkunft war selbst heute mit Bildern von Gewalt und Kriminalität verbunden, von Mafia und Blutrache geprägt.

Vater war das Holz in die Wiege gelegt worden. Schon früh hatte er geschickte Hände, die mit Sägen und Vorschlaghämmern gut umzugehen wussten. Jahre später übernahm ihr Vater eine kleine Werkstatt, die ein alter Tischler wegen fehlender Erben aufgeben wollte. Als Kind hatte Mo oft beobachtet, wie das Kirschbaumholz seine rohe Form verlor und sich durch Raspeln, Scheren und Hobeln in Tischbeine oder Treppengeländer verwandelte. Und eines Tages brachte er ihr alles über Holz bei.

„Siehst du, Mo“, sagte er, „jedes Holz ist anders. Zunächst einmal die Farbe. Schau dir dieses alte Stück Mahagoni an, es ist rot wie die Erde in den Olivenhainen. Und hier, streichle einmal über dieses Stück Pappel, spürst du ihre Oberfläche? Und dann der Geruch, das ist vielleicht das Entscheidende, das Beste.“

Mo hatte die Freude an den Unterricht ihres Vaters nie verloren. Sie bückte sich, hob eine Handvoll schwarzer Erde auf und ließ sie zwischen ihren Fingern wieder auf den Boden rieseln. Die Realität verschwamm mit einem Mal, ein Schwindelgefühl ergriff sie und ließ sie aus dem Gemüsegarten fliehen. Die längst vergangene, finstere Nacht war wieder präsent ...

Vater drehte sich um und sah sie mit müden Augen und entkräfteten Zügen an. In der Hand hielt er eine Schaufel.

„Du wusstest es schon immer, nicht wahr? Du musst mir verzeihen und vor allem musst du dir selbst verzeihen. Du wolltest es doch nur wissen.“

Das Mädchen sah, wie sein Vater sich in der Dunkelheit entfernte, aber es konnte ihm nicht folgen.

„Papa, warte, warte auf mich.“

„Vergiss es, Mo, und vor allem vergib uns. Ich muss tun, was für uns alle getan werden muss...“

Eine Hand legt sich auf Mos Schulter, die Vision verschwand im Licht des Tages.

„Geht es dir gut, Mo?“, fragte ihr Vater.

„Was sollte ich damals vergessen, Papa?“

„Ich verstehe nicht... du hast da gehockt, die Hände in die Erde gesteckt, dann hast du plötzlich nicht mehr reagiert, obwohl ich mit dir geredet habe. Du hast mir noch nicht geantwortet. Geht es dir gut?“

„Ich glaubte, dich zu sehen. Vor langer Zeit..."

Er sah sie mit ernstem, besorgten Blick an.

Mo hatte aber keine Lust, über ihre Vision zu reden, und wechselte das Thema. „Es ist nichts, Papa. Übrigens habe ich diese Woche Fred getroffen."

„Ihr seht euch noch? Wie geht es ihm?"

„Nicht besonders gut. Ich glaube, er hat ein paar finanzielle Probleme und Schwierigkeiten in der Ehe."

„Halt dich da raus, Mo. Fred und sein Freund David waren schon immer unschlagbar darin, alle um sich herum in Schwierigkeiten zu bringen. Und David bringt nur Unheil."

„Keine Sorge, ich weiß, worauf ich mich einlasse, Papa."

Ihr Vater nickte und legte seinen Arm um ihre Schulter. „Komm, lass uns jetzt ins Haus gehen. Du darfst deine Mutter nicht warten lassen, sie steht schon seit gestern am Herd wegen deines Besuchs."

Das Sonntagsessen verlief wie üblich mit munterem Plaudern über die Vergangenheit und Tellern, die wie von Zauberhand ständig nachgefüllt wurden.

„Nur noch eine einzige Roulade. Die geht doch noch, Bambina."

„Mina, Schatz, du kochst für uns, als hätten wir noch drei Arbeiter."

Mo lächelte. „Mama, es schmeckt alles so köstlich, aber ehrlich, mehr geht nicht. Soviel esse ich sonst in der ganzen Woche nicht."

Ihre Mutter rümpfte die Nase. „Gut, da ihr beide euch gegen mich verbündet. Jetzt der Nachtisch: Tiramisu."

Ihr Vater rollte mit den Augen.

„Was macht die Liebe, Bambina?"

Mo schenkte sich ein zweites Glas Wein ein.

Ihr Vater tätschelte die Hand seiner Frau. „Ich habe mich schon gefragt, wann du unser Mädchen wieder darauf ansprichst."

„Ich habe das Recht, meine Tochter zu fragen, ob sie einen Freund hat, Thomasz Celta! Bambina, du bist jetzt zweiunddreißig Jahre alt. Die Zeit vergeht und kommt nicht wieder. Ich hätte so gerne Enkelkinder, bevor ich wirklich alt und vergesslich bin."

„Du bist noch nicht alt, Mama", entgegnete Mo.

„Oh doch!"

Die Schultern ihrer Mutter sackten herunter. Sie stand auf, ruhig und resigniert. Mo wusste, dass sie Kaffee kochen, ihn in den roten Tassen servieren und sich dann in die Küche zurückziehen würde, um alles wieder in Ordnung zu bringen. Bis zu ihrer Abreise würde sie ihre Mutter nicht mehr sehen. Nichts wirklich Neues. Sie ließ mit ihrem Vater den Rest des Nachmittags träge verstreichen ohne viel zu reden, aber die Stille war wie stets frei von Unbehagen.

„Was ist los, Mo?", fragte ihr Vater unerwartet, während er seine Pfeife stopfte, ohne sie anzusehen. „Dich beschäftigt doch etwas. Ist es ein neuer Fall? Worum geht es da?"

„Das willst du gar nicht wissen, Papa. Es ist ein abscheuliches Verbrechen. Aber das ist es nicht."

„Was ist es dann?"

„Ich glaube, ich werde beobachtet." Sie zuckte die Schultern. „Vielleicht hat es aber auch etwas mit diesem aktuellen Fall zu tun. Keine Ahnung. Es ist nur ein Gefühl." Sie schüttelte den Kopf. „Dabei geht es immer um Kontrolle. Jemand behält dich im Auge, also führt er etwas im Schilde. Aber keine Sorge, Papa, ich kann sehr gut auf mich aufpassen. Außerdem habe ich Nico an meiner Seite."

„Der Grünschnabel?"

Mo lachte laut auf. „Er macht sich nicht mehr in die Hosen, Papa."

„Dann wollen wir mal das Beste hoffen," sagte er lächelnd.

Als es an der Zeit war, sich zu verabschieden, ging sie zu ihrer Mutter und nahm sie kurz in den Arm.

„Pass bitte auf dich auf, Mama."

„Natürlich, Bambina. Kommst du uns bald wieder besuchen?"

„Versprochen", antwortete Mo und küsste sie liebevoll auf beide Wangen.

Ihr Vater stand auf und hielt vor der weiß getünchten Wand inne, an der ein Dutzend Bilderrahmen sorgfältig arrangiert waren. Das Ganze bildete eine Art umgekehrtes Herz, an dessen Spitze ein Foto zu sehen war, das ihre Schwester zeigte. In ihrer Hand hielt Elisa einen Strauß Wiesenblumen. Das glatte blonde Haar und die klaren blauen Augen hatten etwas Faszinierendes. Es fiel ihm sichtbar schwer, seine Augen davon zu lösen. Doch dann drehte er sich um, schenkte ihrer Mutter ein Lächeln und begleitete sie nach draußen.

„Ich mache mir Sorgen um Mama. Sie sieht so traurig aus, Papa."

„Das musst du nicht, sie fühlt sich nur ein bisschen einsam, wenn du wieder gehst. Morgen ist alles wieder besser."

Mo zögerte einen Moment. „Weißt du, Papa, vorhin im Garten habe ich etwas gesehen..."

Stille. Er starrte zum Horizont.

„Eigentlich ist es nicht das erste Mal, Papa. Ich habe dich vor vielen Jahren nachts mit einer Schaufel gesehen. Du hast mir gesagt, ich solle vergessen... irgendetwas vergessen..."

Ihr Vater schwieg eine Weile, dann blickte er ihr mit einem seltsam kalten und harten Blick in die Augen. „Was ich dir jetzt sage, Mo, das sage ich dir nur ein einziges Mal, hörst du?"

Angesichts dieser unerwarteten Härte fühlte sie sich wieder wie ein Kind, das mit der souveränen Autorität des Vaters konfrontiert wurde. Die Frage bedurfte keiner Antwort. Sie nickte.

„Rühre nicht in der Vergangenheit herum, Mo, sondern vergiss sie. Du wirst dort nur Kummer finden. Diejenigen, die uns verlassen haben, kommen nicht zurück. Ihre Erinnerung lebt aber für immer in uns weiter. Es ist ein notwendiges Übel, aber das ist alles, verstehst du?"

„Ich werde es versuchen..."

Er nahm einen Zug an seiner Pfeife. „Elisa ist schon so lange von uns gegangen. Wir müssen leben und sie loslassen. Sie ist tot. Jetzt sollten wir sie ruhen lassen. Auf Wiedersehen, mein Kind."

Mo machte sich mit tausend Fragen im Kopf wieder auf dem Heimweg. Mit jedem Kilometer wurde sie entspannter. Neben ihr saß ein imaginäres junges Mädchen mit sonnenblondes Haar, das mit seinen blauen Augen dem Verlauf der Asphaltstraße folgte.

Kapitel 26

Justy

Mit knurrendem Magen und steifem Genick wache ich in absoluter Dunkelheit auf. Mir ist es schon schlechter ergangen. Den Morgen erahne ich nur am Hunger, den ich verspüre. Wenigstens ein vertrautes Gefühl in dieser Zeit der vielen unbekannten Dinge.

Ich bin es gewohnt, mich im Dunklen zurechtzufinden. Vater hat immer darauf bestanden, dass mein Schlafzimmer komplett abgedunkelt war. „Damit niemand bei uns Licht sieht. Vor allem wenn ich weg bin. Damit niemand merkt, dass du hier bist. Und kommt, um dich zu holen." Hat er erklärt.

Die beleuchtete Uhr vorne im Auto wirft ein gespenstisches Licht auf das Gesicht des Mädchens, dem ich immer weniger traue. Zu offensichtlich will sie an meinen Rucksack, auch wenn ich nicht verstehe, warum.

Doch gestern hat sie mich wieder vor den Blauen gerettet. Das darf ich nicht vergessen. Ich will nicht undankbar sein. Vater hat mich gelehrt, dass ich dankbar für alles sein muss, was ich bekomme: seine Liebe, seine Sorge um mich, mein Leben durch ihn.

Peggy bewegt sich und schlägt die Augen auf. „Oh Mist, mir tut alles weh", sagt sie. Dann wirft sie mir wieder diesen vorwurfsvollen Blick zu, der nun gespenstisch in blau getaucht ist und den ich als: *Du bist an allem schuld!*, interpretiere.

Damit hat sie nicht Unrecht, und ich bin ihr noch dankbarer. Schließlich hat sie durch mich ihr Zuhause verloren, was mir leidtut. Wegen ihres auffallenden Interesses an den grünen Scheinen, dem Geld, wie sie es nennt, öffne ich den Rucksack und ziehe einen Schein aus einer der grünen Rollen und halte ihn ihr hin.

„Was soll das?“, fragt sie.

„Ich bin dir dankbar!“

Nach einem kurzen Moment des Zögerns nimmt sie ihn. „Du hast schnell gelernt“, meint sie mit einem schrägen Grinsen. „Gut, dafür lade ich heute dich zum Frühstück ein. Wenn wir uns hier raustrauen können. Keine Ahnung, wie wir das herausfinden sollen.“ Sie setzt sich auf. „Sag mal, kennst du diesen Wagen?“

Ich nicke. „Ja, das ist Vaters Wagen, mit dem wir manchmal unterwegs sind.“

Peggy hebt das Kinn und nickt. „Hab ich mir schon gedacht. Wohnt ihr auch in der Nähe? Also in München?“

Ich zucke die Schultern. Weil ich es nicht weiß. Ich erinnere mich an den breiten Fluss, als ich unser Haus vor drei Tagen verlassen habe, Tage, die mir inzwischen wie Jahre vorkommen. Den Fluss habe ich gestern Abend nicht gesehen. Ich weiß auch nicht, ob er in der Nähe ist. Außerdem haben wir viele Straßen überquert, die sehr breit waren, so breit wie die Straße am Fluss. Aber die Häuser sehen anders aus. Ich habe keine Ahnung, wo ich wohne.

„Weißt du eigentlich irgendwas?“, faucht Peggy wenig freundlich.

Was soll ich darauf antworten? Ich weiß eine Menge, weil ich viele Bücher gelesen habe. Lesen bildet. Hat Vater gesagt. Nur beantworten sie nicht Peggys Fragen. Das sage ich ihr auch.

„Okay, dann sag mir doch, was ich dich fragen soll.“

Wieder kann ich nur die Schultern zucken. Woher soll ich wissen, was Peggy von mir wissen will.

„So kommen wir nicht weiter“, erwidert sie in dem Tonfall, den Vater benutzt, wenn er unzufrieden mit mir ist. „Dann muss ich wohl auch nicht fragen, ob du eine Idee hast, wie wir weiter vorgehen. Oder kannst du mal was Sinnvolles beizusteuern?“

Kopfschütteln ist nicht nötig. Sie hat am Ende des Satzes die Stimme nicht zur Frage höher werden lassen.

„Nun gut. War da nicht ein Zettel mit einer Adresse in deinem Rucksack?“

Kapitel 27

Peggy

Unter normalen Umständen würde Peggy jetzt auf dem Platz vor McDonald´s sitzen mit ihren Freunden in der Nähe, die auf sie aufpassten, und ihre Armbänder verkaufen. Es nieselte tatsächlich ausnahmsweise mal nicht. Ein Aprilscherz? Sie holte tief Luft und stieg an der S-Bahnhaltestelle Harthof aus. Justy folgte ihr brav wie ein Hündchen.

Was sie genau von diesem Kowalski wissen wollte, überhaupt wollte, wusste Peggy nicht. Irgendwie hatte sie die Hoffnung, dass der Typ ihnen helfen könnte.

Die Adresse entpuppte sich als eine Autowerkstatt. David Kowalskis Name prangte in großen Lettern über dem Einfahrtstor. In dem runtergekommenen Schuppen, vor dem mehrere Gebrauchtwagen mit Preisschild hinter der Frontscheibe parkten, die selbst in Peggys Augen nicht zuverlässig aussahen, war niemand zu sehen.

„Hallo," rief Peggy in die leere Halle.

Niemand antwortete.

„Hallo?", rief sie nochmals.

Ein Mann in den Vierzigern mit Schmiere im Gesicht kam um die Ecke gebogen. „Was gibt´s?"

„Wir suchen David", sagte Peggy.

„Und wer sucht ihn?"

„Na wir", antwortete Peggy.

Der Mann ließ seinen Blick über sie schweifen. Ein unangenehmes Grinsen stahl sich in sein Gesicht. „Okay, ich bin David. Einen Zwanziger bist du mir Wert."

Peggy spürte Hitze in ihrem Gesicht. Was dachte der Mann bloß von ihr? Ihr rascher Blick zu Justy zeigte, dass die mal wieder nichts begriff.

„Äh, also wir sind hier auf Empfehlung von Herrn

Hardenhoven." Den Namen hatte sie aus der Zeitung, er war im Rahmen der Suche nach Justy veröffentlicht worden.

Die Augen des Mannes wurden zu Schlitzen. „Was soll das, Kleine?"

„Na ja, also wir sind hier wegen Herrn Hardenhoven. Den kennen Sie doch?"

Der Typ kam ein paar Schritte auf Peggy zu, die sofort zurückwich. Justy blieb einfach stehen.

„Ich kenne keinen Herrn Hardenhoven. Also verpisst euch, und zwar schnellstens. Capito? Oder muss ich erst meinen Hund holen?"

Peggy verstand nicht, warum der Typ so aggressiv auf sie reagierte, hatte aber auch nicht vor, das herauszufinden. Oder den Hund kennenzulernen, dessen tiefes Knurren sie aus den Tiefen der Werkstatt hören konnte. Sie drehte sich um und eilte vom Hof.

„Hey Kleine, vergiss deine Freundin nicht", erscholl hinter ihr. Peggy drehte sich um. Tatsächlich stand Justy wie angewurzelt da.

„Ich kenne Sie", sagte Justy nun. „Ich habe Sie zusammen mit meinem Vater gesehen. Vor etwa drei Wochen. Warum lügen Sie? Man darf nicht lügen."

Peggy blieb die Luft weg. Warum provozierte Justy diesen Kerl, der aus allen Poren Ablehnung ausschwitzte. Warum nur reagierte sie überhaupt immer falsch? Gott, war das Mädchen blöd. Einen Moment überlegte Peggy, sie einfach stehen zu lassen. Aber dann dachte sie an die dreihunderttausend guten Gründe und ging zurück.

„Dein Vater? Das kann nicht sein. Ich hab einen Jungen bei ihm gesehen, kein Mädchen."

„Das war ich."

„Du?"

Justy nickte.

„Kannst du das beweisen?"

Justy schüttelte den Kopf und sah hilfesuchend zu Peggy.

Die deutete auf den Rucksack. Justy hielt ihn Peggy hin und sie zog einen der Pässe heraus, schlug ihn auf und zeigte David das Passbild.

„Okay. Der ist von mir. Was also wollt ihr?"

Peggy schluckte. Das war die Gelegenheit! „Einen, nein, zwei neue Pässe!"

David nickte. „Habt ihr Passbilder?"

Peggy schüttelte den Kopf.

„Das kostet extra. Macht dreitausend. Habt ihr den Zaster dabei?"

Peggy nickte, ohne Justy anzuschauen. So nah war sie noch nie an einem Pass gewesen. An so einer perfekten Fälschung. Diese Chance ließ sie sich ganz sicher nicht entgehen.

„Okay, dann her damit und rein zum Fotografieren. Ich hab noch ein paar Perücken da, damit diese blauen Haare wegkommen. Was habt ihr euch nur dabei gedacht?"

Peggy fasste sich an den Kopf. Tatsächlich lugten auch bei Justy ein paar blaue Strähnen unter dem Beanie hervor. So was Blödes. Sie griff zum Rucksack, Justy hielt ihn fest.

„Lass los, du hast doch gehört, dass der Mann dreitausend von uns will für die Pässe."

„Was ist ein Pass?"

Peggy zog Justy außer Hörweite von David, der Justy verblüfft anstarrte.

„Hör zu, wir brauchen Pässe. Das sind Ausweise, mit denen man sich legitimiert. Mit einem Pass können sie uns nicht festnehmen, wir können uns frei bewegen. Dein Vater hat drei davon in dem Rucksack. Uns reicht einer für jede von uns. Dann sind wir frei. Der Mann kann uns welche machen, oder hast du einen? Natürlich nicht. Der kann uns darin älter machen, dann gelten wir als Erwachsene und können tun und lassen, was wir wollen. Dann können uns auch die Blauen egal sein. Dann können die nichts mehr machen und uns auch nicht mitnehmen. Hast du das kapiert?"

Das schien Justy zu überzeugen. Sie reichte Peggy eine Rolle.

David bekam große Augen, als Peggy das Geld abzählte.

„Hör mal Kleine. Du hast Glück, dass ihr von Hardenhoven kommt. Sonst würde ich jetzt schwach werden. Lass das keinen anderen sehen, verstanden?"

„Wieso ist das Glück?", konnte sich Peggy nicht verkneifen.

„Kennst du ihn nicht? Dann belass es besser dabei. Gegen den traut sich keiner was." David drehte sich um und winkte sie hinter sich her. „Irgendwelche Sonderwünsche bei den Namen?"

Eine halbe Stunde später verließen sie die Werkstatt wieder.

David versprach grinsend, die Pässe bis zum nächsten Mittag anzufertigen. „Aber holt sie nicht später als fünfzehn Uhr ab. Mein Kleiner kommt zu Besuch. Also seid pünktlich."

Peggy nickte. Erstaunlich, wie die Augen des Typs angefangen hatten zu glitzern bei der Erwähnung seines Sohnes.

„Interessante Freunde hat dein Vater. Wann hast du ihn denn gesehen?", fragte Peggy.

Justy zuckte die Schultern. „Bei unserer letzten Fahrt. Es war aber dunkel. Ich hab ihn nur kurz gesehen, als er mit Vater durch das Fenster von unserem Auto sprach."

„Und, was haben die so geredet?"

Wieder dieses Schulterzucken, das Peggy langsam in den Wahnsinn trieb.

„Von Ostern haben sie gesprochen. Mehr weiß ich nicht. Ich habe nicht zugehört. Das darf ich nicht.."

„Und du dumme Gans machst natürlich alles, was dein Vater sagt", konstatierte Peggy genervt. Ihr wäre das nie passiert.

Was sollten sie jetzt weiter machen? Bänder verkaufen konnte Peggy nun nicht mehr. Und ein Zuhause hatte sie auch nicht. Wo sollten sie hin, wo die Nacht verbringen? Es hatte wieder angefangen zu nieseln.

„Weißt du was? Wir sehen uns jetzt die andere Adresse an. Die, von der wir den zweiten Schlüssel haben. Vielleicht können wir uns da verstecken."

„Was ist Ostern?"

„Also das weiß doch nun wirklich jedes Kind... Hast du noch nie Weihnachts- oder Osterdeko auf der Kaufingerstraße und in den Häusern gesehen? Die vielen Lichter, geschmückten Tannen und bunten Sterne? Weihnachtskugeln. Ostern sind das die bunten Eier und Schokohasen."

„Oder Plastikhasen?"

„Ja, immerhin ist dir das aufgefallen. Schon mal einen Schoko-Hasen gegessen?"

Schulterzucken. „Nein."

„Habt ihr nie Weihnachten oder Ostern gefeiert, du und dein Vater?"

„Nein, was ist das denn nun, dieses Weihnachten und dieses Ostern?"

Puh, jetzt empfand Peggy doch Mitleid mit Justy. Ganz gegen ihren Willen. Dass ein Kind kein Weihnachten und kein Ostern kannte, war unglaublich. Nie die Vorfreude auf Geschenke, den geschmückten Baum, die Plätzchen. Hasen aus Schokolade, bunte Eier. Unvorstellbar. Unfassbar!

Sie streckte ihre Hand aus und legte sie auf Justys Schulter. Eine spontane Geste um zu trösten. Doch Justy schüttelte die Hand ab und trat einen Schritt zurück. „Lass das", fauchte sie Peggy an.

Auch gut, dachte Peggy und schob ihr Mitgefühl dahin, wo es hingehörte: in die hinterste Ecke ihres Bewusstseins.

„Nicht wichtig. Gib mir lieber den Schlüssel aus deinem heiligen Rucksack."

Nach einer weiteren Fahrt mit der S-Bahn standen sie in der Gärtnerstraße 12 im Stadtteil Moosach vor einem Haus mit vier Stockwerken und ganz in der Nähe der Garage. Peggy trat an die vier Klingeln, ein Schild hatte keinen Namen. Peggy drückte drauf. Vorsichtshalber. Niemand öffnete.

„Okay, versuchen wir unser Glück, Justy."

Sie steckte einen von beiden Schlüsseln ins Haustürschloss. Er passte nicht, sie nahm den anderen. Der ließ sich problemlos einstecken und drehen.

Peggy hatte sich gemerkt, dass das unterste Klingelschild namenlos gewesen war. Vorsichtshalber drückte sie auf die Klingel neben der Wohnungstür, zu der sie drei Stufen im Treppenhaus hochsteigen musste. Sie presste ihren Kopf an die Eingangstür, doch es war nichts zu hören. Und niemand öffnete.

Der Schlüssel passte. Die Tür schwang nach innen auf und gab den Blick in einen langen Flur frei, der mit Stabparkett ausgelegt war. Ein stählernes Gestell gleich hinter der Tür entpuppte sich als moderne Version einer Garderobenstange mit Edelstahlspiegel daneben.

„Hallo", rief Peggy in die Wohnung. Als wieder keine Reaktion erfolgte, zog sie Justy hinter sich hinein und schloss die Tür.

Die Wände waren in dezentem Warmweiß verputzt, die alten Zimmertüren ordentlich aufgearbeitet und ebenfalls weiß gestrichen, alle standen offen. Im Raum hing ein angenehmer Duft nach Moschus und Bergamotte. Geschmack hatte der Mann, wie es schien. Ein nobles Versteck, dachte Peggy anerkennend.

Sie schaute in das erste Zimmer. Die Küche war ebenfalls in Weiß gehalten und hypermodern mit glänzenden Oberflächen ohne Griffe und einem Herd, der an Bord eines Raumschiffes gepasst hätte, eingerichtet. Peggy fragte sich, wie man das Prachtstück dazu brachte, eine Suppe zu erhitzen. Die anderen futuristischen Geräte, die in kaltem

Stahl auf der glänzenden Arbeitsoberfläche dekorativ aufgebaut waren, enthüllten Peggy nicht ihren Zweck. Sowas hatte sie noch nie gesehen. Sie öffnete eine der beiden Stahltüren des Kühlschrankes. Milchtüten, Quark, Eier, Gelee. Hinter der anderen Tür verbargen sich Tiefkühlmahlzeiten und eingefrorenes Brot. Der Mann hatte nicht nur Geschmack, er wusste auch, wie man bequem lebte. Eines der außerirdischen Geräte musste eine Mikrowelle sein. Peggy beschloss, schnellstens herauszufinden, welches.

Ein kleiner Esstisch mit zwei mintgrünen Stoffstühlen war an der Wand befestigt. Darauf stand eine ebenfalls mintgrüne Kerze in einem Windlichtglas.

„Puh, dein Alter weiß zu leben", verkündete sie Justy, die ihr wie immer wortlos mit ihrem ewig versteinerten Gesicht gefolgt war.

„Gefällt dir das nicht? Ist doch stark. Echt schick."

Den Anblick des Antwortschulterzuckens ersparte sie sich nach einem kurzen Blick in Justys Gesicht und wandte sich dem nächsten Raum zu. Das Schlafzimmer. Wie nicht anders zu erwarten: weiß mit Doppelbett und Einbauschrank. Alle Türen des Schrankes waren Spiegel.

Es schloss sich das Wohnzimmer an, das eine überdimensionierte Couchgruppe mit Glastisch und einen Flachbildfernseher auf einem Rollenwagen aus Stahl bot. Die hohen Fenster beider Räume, die von Stuckdecken gekrönt waren, wurden von offenen Stores in Terra, die an Messingschienen hingen, eingerahmt. Weiße Rollos waren von unten halbhoch gezogen, damit niemand in die Wohnung schauen konnte – oder auf die Straße blicken musste.

Das Bad war in Natur gehalten mit quadratischen Steinfliesen und einem überdimensionierten Spiegel. Zwei, wie Peggy feststellte, als sie sich umdrehte. Der Mann konnte sich offenbar nicht satt an sich selbst sehen, dachte Peggy.

Die letzte Tür verbarg ein Ankleidezimmer, das größer

war als Peggys Kinderzimmer. Und das war schon groß gewesen. An drei Seiten waren Regalwände angebracht, prall gefüllt mir akkurat gefalteten Hemden und sorgfältig geputzten Schuhen. Anzüge in drei Farben, dunkelblau, schwarz und grau, hingen an Kleiderstangen. Exakt der Farbe nach sortiert. Das Ganze war von oben indirekt beleuchtet.

„Puh, dein Alter hat Geld, das ist klar", verkündete sie Justy. „Kennst du die Wohnung?"

Justy, die mit geöffnetem Mund die Pracht bewundert hatte, schüttelte den Kopf.

„Sieht es bei dir zu Hause auch so aus?"

„Nein, bei uns ist alles dunkel. Nicht so viel Licht. Und alles ist bunt gemustert. Die Teppiche, die Sessel. Einfach alles. Und die Vorhänge sind immer zugezogen."

„Hast du mal in den Schrank deines Vaters geschaut?"

Sie erntete nur einen entsetzten Blick.

„Schon gut, schon klar. Wenigstens können wir hier bis morgen bleiben. Wenn er nicht plötzlich auftaucht."

Mit Schrecken wurde Peggy klar, dass sie in eine fremde Wohnung eingedrungen waren. Obwohl, durfte das Justy nicht? Schließlich war sie die Tochter des Eigentümers. Peggy wusste es nicht. Hatte aber auch keine Lust, dem Mann zu begegnen, der so verschiedene Gesichter hatte. Gut konnte sie sich vorstellen, wie er hier das Leben genoss, während er seine Tochter in dem alten Haus allein zurück- und verhungern ließ. Drecksack.

„Wie lange hat dich dein Vater allein gelassen, Justy?"

„Unterschiedlich, mal ein paar Tage, mal eine Woche. Aber nie so lange wie jetzt."

„Kein Wunder, bei der schicken Wohnung hier."

„Aber unser Haus ist ihm wichtig, hat er gesagt. Das ist unser Traditionshaus. Generationen von uns haben dort gewohnt."

„Hm, und warum hat er dann so eine Wohnung?"

Schulterzucken. Wie gehabt.

Was anderes hatte Peggy auch nicht erwartet.

Montag, 3. April 2023

Kapitel 28

Ludwig-Maximilians-Universität München

Auf dem Weg zur Ludwig-Maximilians-Universität München fuhr Nico, Mo hatte keine Lust dazu. Zu oft war sie während ihrer Studentenzeit die Strecke mit der Straßenbahn gefahren, um zur Fakultät für Rechts- und Wirtschaftswissenschaften zu gelangen. Die althistorischen Lehr- und Forschungseinrichtungen befanden sich unweit des Hauptgebäudes in der Amalienstraße. Auch diese Strecke hatte Mo Dutzende Male zurückgelegt, um sich mit ihren Kommilitonen am Giebel zu treffen und sich im Pala-Spiel zu üben. Die anderen zentralen Einrichtungen und die Mehrzahl der Institute lagen nördlich der Stadtmitte in der Maxvorstadt, im Kunstareal München.

„Möchtest du noch einmal Studentin sein?“, fragte Nico.

„Es war eine turbulente, schöne Zeit, aber sie gehört der Vergangenheit an.“

Nico warf ihr einen Blick zu, den sie nicht deuten konnte.

„Wir sind da“, sagte er und fuhr auf dem Parkplatz.

Sie stiegen aus. Kleine Gruppen von Studenten saßen auf den Bänken im Freien und genossen offensichtlich die Frühlingssonne vor dem Beginn der Vorlesung. Zumindest war es bei ihr so gewesen.

Sie gingen auf das Gebäude zu, das das Museum *Denkstätte Weiße Rose* beherbergte und von der Weiße-Rose-Stiftung e.V. verwaltet wurde, die an die studentischen Aufstände an der Universität im nationalsozialistischen Deutschland erinnerte. In der Eingangshalle des Empfangsgebäudes blieb Nico vor einer Tafel stehen.

„Steh zu den Dingen, an die du glaubst, auch wenn du allein dort stehst. Sofie Scholl“, las er leise vor. „So viel Wahrheit steckt in diesen wenigen Worten. Wie bedauerlich,

dass dieses Wissen heute so weit von modernen Betrachtungen entfernt ist. Ein Mann wie Putin missbraucht mit dem Krieg gegen die Ukraine die Modernität dieses Gedankens und beschmutzt ihn durch seine Handlungen."

„Ich würde sogar noch weiter gehen, Nico, dieser Mann glaubt, er sei ein moderner Sokrates. Denn wenn man ihn fragt, woher er kommt, antwortet er nicht wie Sokrates mit: *‚Ich bin ein Bürger von Welt‘*, sondern mit: *‚Ich bin die Welt‘*. Schluss mit der Philosophie. Wir müssen wissen, was auf dem Zettel steht."

Mo trat an die Konsole, hinter der eine kräftige Frau mittleren Alters stand. „Guten Tag, wir haben einen Termin mit Dr. Cara Xing."

„Guten Morgen! Wen darf ich melden?"

„Mo Celta und Nico Braun, Kripo München."

Die Empfangsdame legte ihren Stift in die Mitte einer Akte und nahm den Telefonhörer mit starrer Mine in die Hand.

Mo drehte sich zu Nico, der sich lustlos Flyer für Studentenvertretungen anschaute. Er sah verdammt gut aus, wie er da stand in seinen engen Jeans und der braunen Lederjacke. Ein dünner Pullover schmiegte sich an seinen durchtrainierten Oberkörper. Plötzlich hob er den Kopf an, sodass Mo keine Zeit blieb, seinem Blick auszuweichen. Sofort schenkte er ihr ein Lächeln, das sie jedoch unbeantwortet ließ. *Nicht, dass er mir noch auf falsche Gedanken kommt*, dachte sie. Seit sie früher als Streifenpolizistin Sexismus und fragwürdige Witzchen hatte ertragen müssen, war sie empfindlicher geworden.

„Frau Dr. Xing erwartet Sie", sagte die Empfangsdame.

Nico zwinkerte ihr zu. „Und wie finden wir die Dame?"

„Im zweiten Stock, Raum 96."

„Danke, einen schönen Tag noch."

Mo schmunzelte. „96. Das sind die Zahlen der Dämonen, des Teufels höchstpersönlich."

Nico grinste. „Passt doch!"

Während sie durch die Gänge eilten, erinnerte Mo sich an die Zeit mit Benn. Wie sie als Studentin mit wehendem Haar, einem dicken ockerfarbenen Wollschal und eingehüllt in einen langen Mantel aus Schurwolle auf ihn zugelaufen war und ihn angelächelt hatte, wenn er am Eingang der Aula Magna – der größte Hörsaal der rechtswissenschaftlichen Fakultät – auf sie wartete. Manchmal trafen sie sich auch im Gedränge der Mensa. Dann schob er seine Hand in ihre. Ohne sich umzudrehen, wusste sie immer, dass es Benn war. Aber auch diese Erinnerung gehörte der Vergangenheit an.

Nico und sie kamen gut miteinander aus. Sie konnten sich aufeinander verlassen und er war für sie mittlerweile ein vertrauensvoller Partner und fast, aber nur fast ein Freund geworden. Selbst in diesem Moment empfand sie so, als er wie ein Treppenlauf-Sportler die Stufen hinaufrannte, und verfluchte ihn bei dem Versuch, mitzuhalten. Im zweiten Stock gab sie auf, weil ihr die Luft ausging. Sie nahm sich vor, wieder mehr Sport zu treiben und bei ihrem nächsten Besuch bei den Eltern weniger Antipasti und Penne zu essen. *Kaum über dreißig und schon Atemnot nach nur zwei Treppen*, dachte sie. *Schäm dich!*

Der lange Flur, in den sie einbogen, wurde auf einer Seite von einer durchgehenden Reihe vanillefarbener Schränken flankiert, die größtenteils mit Schlössern versehen waren. Einige schlossen nicht mehr richtig und gaben den Blick auf Archivordner frei. Der Mangel an Mitteln der Universität war deutlich spürbar. Auf der anderen Seite reihten sich Bürotüren. Der Boden spiegelte die Linien mit dunkelgrauen Fliesen wider, die in regelmäßigen Abständen von einem Feld weißer Kacheln durchbrochen wurden. Das gesamte Gebäude strahlte eine Strenge aus, die perfekt zur Einrichtung passte.

Auf halber Höhe des Flurs lag das Büro von Dr. Cara Xing. Mo klopfte.

„Kommen Sie herein!", sagte eine melodische Stimme.

Mo öffnete die Tür. Hinter dem Schreibtisch erhob sich eine freundlich lächelnde schlanke Eurasierin und kam ihnen entgegen.

„Hallo, ich bin Cara Xing. Entschuldigen sie bitte die Unordnung. Zu viele Ordner und Platzmangel."

Mo reichte ihr die Hand. „Mo Celta. Das ist mein Kollege Nico Braun. Vielen Dank, dass Sie sich so kurzfristig bereit erklärt haben, uns zu empfangen."

„Kein Problem. Bitte setzen Sie sich."

Mo schätze die Dozentin auf fünfunddreißig, vielleicht auch jünger. Die blonden Haare waren zu einem lockeren Dutt hochgesteckt, die haselnussbraunen Augen blitzten hinter einer runden, altmodischen Brille. Der vorstehende Oberkiefer verriet die fehlende kieferorthopädische Behandlung in der Kindheit. Sie trug einen altrosafarbenen Pullover über einer weißen Bluse und eine schlecht sitzende Jeans. Cara Xing war weder eine Modeerscheinung noch altbacken, sondern einfach nur unspektakulär.

„Ich bin erst seit kurzem an der Fakultät und schon ..." Dr. Xing lächelte, „...habe ich die Polizei auf mich aufmerksam gemacht."

„Nein, überhaupt nicht, machen Sie sich keine Gedanken."

„Woher kommen Sie, wenn ich fragen darf?" Nico hatte anscheinend nicht die Absicht, sich auf die Statistenrolle zu beschränken.

Mo schmunzelte. Vermutlich witterte er wieder irgendetwas.

Dr. Xing zog überrascht die Augenbrauen hoch.

„Universität Hongkong", antwortete sie. „Die internationale Ausrichtung von Studiengängen und Forschung ist seit langem ein wichtiges Merkmal geisteswissenschaftlicher Universitäten. Jedes Jahr nehmen sie im Rahmen von Kooperationsprogrammen Hunderte von ausländischen Studierenden, Lehrkräften und Forschern auf. Ich bin eine von ihnen.“ Xing setzte sich wieder hinter ihrem Schreibtisch und wies auf die beiden Stühle auf der anderen Seite. Die Kommissare setzten sich.

„Wie kann ich Ihnen behilflich sein? Heute Morgen wollten Sie das Thema nicht am Telefon besprechen.“

„Wir ermitteln in einem Mordfall“, antwortete Mo. „Letzte Woche wurden in der Stadt an mehreren Stellen menschliche Körperteile gefunden.“

„In der Presse wurde davon berichtet“, ergänzte Nico.

„Ja, davon habe ich gehört. Was für ein Horror!“ Cara Xing machte ein entsetztes Gesicht. „Und ... was hat das mit mir zu tun?“

„Wir haben am Tatort zwei Hinweise gefunden, die wir nicht verstehen. Einige Details lassen uns jedoch vermuten, dass jemand, der in Latein bewandert ist, uns helfen könnte.“ Mo reichte Dr. Xing einige Fotos. „Am ersten Fundort fanden wir das hier.“

Dr. Xing griff nach den Fotos, breitete sie vor sich aus und zog die Augenbrauen hoch. „Oberflächlich betrachtet sind es Steine, Pflanzen und ... ein weißes Pulver.“ Sie atmete tief ein.

Mo beschlich ein seltsames Gefühl. „Salz, es geht um Salz“, sagte sie schnell.

„Das ist in der Tat sehr merkwürdig. Aber bräuchten Sie nicht vielmehr eine Biologin statt einer Historikerin?“

Nico lehnte sich nach vorne, um die Aufmerksamkeit der Dozentin auf sich zu ziehen.

„Es ist vor allem ein weiterer Hinweis, weshalb wir hier sind“, sagte er. „Das hier“, er wies auf die Fotos, „zeigen wir Ihnen, weil wir glauben, dass es eine Verbindung zwischen den Hinweisen gibt.“

„Ich verstehe. Dann zeigen Sie mal, was Sie noch haben!“

Nico reichte der Historikerin den luftdichten, durchsichtigen Beutel. „Wir haben auch das hier gefunden.“

„Hm ... ein Textschnipsel. Haben Sie ihn zusammen mit den anderen Hinweisen gefunden?“

„Warum? Ist das wichtig?"

Dr. Xing zuckte mit den Schultern. „Um ehrlich zu sein, ich weiß es nicht, Herr Braun. Sehen wir uns also diesen Text einmal an. *Parare. Inimici, heroes, varia negotia solve, casus casus, hostes superare, res reperire, difficultates superare et inde famam et experientiam mereri. Nullus erit modus. Non erit terminus."* Im Raum wurde es still, während Dr. Xing die wenigen Zeilen aufmerksam las. *„Macht euch auf die Suche. Feinde, Helden, löst die verschiedenen Aufgaben, besteht die Abenteuer, besiegt Feinde, findet die Objekte, überwindet Schwierigkeiten und erntet dadurch Ruhm und Erfahrung. Es wird keine Begrenzung geben. Es wird niemals enden."*

Schließlich hob sie den Kopf und sah sie beide abwechselnd an. „Es handelt sich in der Tat um eine lateinisches Quest, die in vielen literarischen Werken des europäischen Mittelalters in unterschiedlichem Kontext und unterschiedlicher Bedeutung auftaucht. Sinn der Quest ist die Erfüllung ehrenvoller Pflichten, aber auch die innere Reifung und Reinigung eines Helden. Die Römer übernahmen zunächst einundzwanzig Buchstaben. Zur Zeit des klassischen Lateins und in der Spätantike bestand das Alphabet aus dreiundzwanzig Buchstaben. Der Wortlaut ist allerdings schwer zu datieren."

„Woher könnte dieser Text stammen?", fragte Mo.

„Das lateinische Alphabet stammt vom altitalischen Alphabet der Etrusker ab, das wiederum in dem griechischen Alphabet seinen Ursprung hat. Sicher ist jedoch, dass wir uns hier mitten in der mittelalterlichen Literatur befinden. Sie haben also einen Text, der etwa zwischen dem 14. und 16. Jahrhundert geschrieben wurde."

„Und der Hintergrund: Was bedeuten diese Verse?"

Die Historikerin vertiefte sich wieder in den Text. „Es handelt sich um eine Figur, die zu mehreren Personen spricht, die sie *‚Freunde, Feinde, Helden'* nennt. Der Verfasser sagt, dass der Held einen bestimmten Ort erreichen muss, etwa um ein wichtiges Objekt zu finden, ein Rätsel zu lösen, einen Feind zu besiegen oder eine Person zu befreien. Dabei schart er oft Reisegefährten um sich, die ihm bei der Ausführung seines Auftrags mit ihren speziellen Fähigkeiten zur Seite stehen, aber auch Kosten verursachen können. Häufig werden auch Objekte – etwa Waffen oder magische Gegenstände – eingesammelt, die eine ähnliche Funktion erfüllen. Am Ende mehrerer Quests steht die Überwindung eines besonders schwierigen Gegners oder die Lösung einer kompletten Quest-Reihe, die aus nichtlinear verknüpften Einzelepisoden besteht, bis ....“ Die Dozentin stockte.

„Ja?“ Mo konnte es kaum erwarten, mehr über den Text zu erfahren.

„Bis zum Moment der Rache und seiner Rückkehr zum Ausgangspunkt. Dann wäre der Verfasser wieder er selbst.“

„Seltsam, aber von wem ist die Rede?“, hakte Nico nach.

„Unmöglich zu sagen, bis man den Ursprung und möglicherweise den Verfasser identifiziert hat.“

Mo seufzte frustriert. Sie brauchten dringend weitere Informationen. denn ihre Erfahrung sagte ihr, dass der Mörder bald wieder in den Nachrichten auftauchen würde.

Nico setzte zur nächsten Frage mit seinem strahlendsten Lächeln an, das er immer hervorholte, wenn er mehr von seinem Gegenüber wollte. „Dr. Xing, wir müssen unbedingt mit dieser Untersuchung vorankommen. Können Sie uns nicht ein wenig mehr verraten?“

Die junge Dozentin erwiderte sein Lächeln, dann las sie die Nachricht noch einmal aufmerksam durch.

„Sie haben es mit einem kultivierten, sehr entschlossenen Mann oder Frau zu tun. Der Verfasser trägt eine große Wut und einen unbändigen Rachedurst in sich. Der Verfasser behauptet, dass er Stärke und Edelmut repräsentiert. Es ist definitiv kein Original aus eines der Schriften. Es ist ein Velin d'Arches, nicht mehr und nicht weniger.“

Nico hob fragend die Augenbrauen. „Ich stehe auf dem Schlauch."

„Velinpapier", erklärte sie, „kurz *Velin*, das ist ein gleichmäßig strukturiertes und glattes, dem Pergament optisch ähnliches Papier." Sie räusperte sich. Das Klingeln des Telefons unterbrach ihre Antwort. Cara Xing nahm den Hörer ab und hörte dem Anrufer einen Moment zu.

„Es ist für Sie, Frau Celta. Ein Kollege von Ihnen, glaube ich."

Mo nahm den Hörer entgegen, hörte einen Moment zu und legte wieder auf. „Leider müssen wir aufbrechen", sagte sie und deutete mit dem Finger auf die Akte in Nicos Hand. Er verstand sofort.

Dr. Xing Cara Xing brachte sie zur Tür und reichte Ihnen zum Abschied die Hand. „Ich halte Sie über meine Recherche auf dem Laufenden. Auf Wiedersehen."

Mo fiel auf, dass die junge Historikerin hinkte, wenn auch unauffällig, ein Zeichen für eine gute Rehabilitation oder eine kleine Behinderung.

Im Auto frage Nico: „Wohin jetzt?"

„Zur Benediktinerabtei Bonifaz in der Karlstraße."

„Was gibt es denn da zu sehen?"

„In der Basilika wurde auf dem Hochaltar der zweite Arm gefunden!"

Nico seufzte. „Bravo! Das hat Stil!"

Kapitel 29

Benediktinerabtei Bonifaz, München

Mo Celta und Nico Braun verließen eilig das Universitätsgebäude. Als sie beim Auto angekommen waren, eilte Mo auf die Fahrerseite. „Her mit dem Schlüssel, Nico. Du hast die Hinfahrt übernommen, jetzt bin ich dran."

Der hatte anscheinend keine Lust auf eine Diskussion, sondern warf den Schlüsselbund über das Autodach. „Dich fahren zu lassen, ist in Ordnung ... Ich werde versuchen, nicht seekrank zu werden."

„Hahaha, sehr lustig."

Mo raste mit heulender Sirene los. Im Nu waren sie wieder im Herzen der Stadt.

„Was glaubst du, warum die Basilika Bonifaz?", fragte sie. „Es gibt keine Verbindung zur Bonifaz-Abtei und zum Fundort in Johanniskirchen. Oder ist uns da irgendwas entgangen? Haben wir etwas übersehen?"

„Keine Ahnung. Wir werden sehen."

Wie würde die Inszenierung dieses Mal aussehen? Denn es würde eine geben, dessen war sich Mo sicher. Eine Ahnung drängte sich in ihr Bewusstsein, die gleiche, die sie seit geraumer Zeit spüren ließ, dass dieser Fall einen tiefgreifenden Einfluss auf ihr Leben und auf ihre Person haben würde. Wie die Erinnerungen, die ihr in den letzten Tagen immer wieder Streiche gespielt hatten.

Dieser Abend zum Beispiel, der wieder auftauchte wie der Felsen, den die Flut unaufhörlich freilegte. Er ließ sich nicht verdrängen, sie musste nicht einmal die Augen schließen, um sich daran zu erinnern. Spielte die Tatsache, dass auch Elisa und ein weiteres Mädchen aus Aschheim, dessen Namen Mo nicht kannte, vor vielen Jahren spurlos verschwunden war, eine Rolle? Mo hatte damals das Geflüster ihrer Eltern in der Küche belauscht, konnte sich aber keinen Reim darauf machen. Ein No-Name Girl, hatte Nico sie genannt. Was war damals nur mit ihrer Schwester geschehen?

Der Wagen raste mit Blaulicht durch die Stadt und musste abrupt in der Karlstraße bremsen, wo es von Menschen wimmelte, die sich an den bunten Marktständen vorbeidrängelten.

„Mist, es ist Markttag!“

Nico rümpfte die Nase. „In einer gesunden Mischung aus Farben und Düften und einer atypischen Atmosphäre findet jeder sein Glück“, seufzte er zynisch. „Markttag bedeutet viele Menschen, aber keine Zeugen. Ich denke, uns erwartet eine nette Inszenierung!“

Vor der Bonifaz-Basilika kam der Wagen am Ende der Karlstraße zum Stehen. Sie stiegen aus.

„Ich hoffe nicht, dass die unmittelbare Nähe des Fundorts zum NS-Dokumentationszentrum eine Rolle spielt“, murrte Nico. „Ich verabscheue solche Fälle.“

Mo wies auf die Bonifaz-Basilika. „Mist, die Presse ist auch schon hier. Da hat wohl wieder ein Kollege sein Gehalt aufgebessert.“

Zwei weitere Polizeifahrzeuge standen bereits auf dem Platz. Einige Streifenpolizisten hielten Schaulustige und Journalisten auf Abstand. Von nun an hatte es keinen Sinn mehr zu etwas zu leugnen, die gesamte Presse wusste mittlerweile, dass die Polizei seit über einer Woche eine Schnitzeljagd veranstaltete. Mo und Nico bahnten sich einen Weg durch die Sicherheitsabsperrung. Ein Kollege von der Streife hob das Absperrband. Als sie auf die Basilika zugehen wollten, hielt der Polizist sie zurück und zeigt auf die Abtei Bonifaz. „Nein, Frau Celta, der Fundort ist in der Krypta.“

Mo schaute zum Eingang der Basilika, der eine Tafel mit der Inschrift der Benediktregel schmückte: *Lass dich nicht sofort von Angst verwirren und fliehe nicht vom Weg des Heils.* Wie passend, dachte sie.

Auf der Treppe erregte ein Kunstwerk ihre Aufmerksamkeit: *Homeless Jesus*, stand unter der Statue. Sie betrachtete sie still und drehte sich dann um.

„Dieser Ort wurde nicht zufällig gewählt, Nico. Da bin ich mir absolut sicher."

Gemeinsam gingen sie auf Weisung eines Streifenkollegen auf die Krypta zu, unter den Pfeilern hindurch und passierten eine Holztür. Im Eingangsbereich wartete der Abt auf sie. „Ich bin Pater Mateo", stellte er sich vor, „und werde Ihre Fragen, die unser Kloster betreffen, gerne beantworten. Eine scheußliche Geschichte da unten."

Sie reichten dem Abt die Hand. „Vielen Dank, Pater", sagte Mo. „Wir sind Ihnen für Ihre Hilfe dankbar. Aber bevor wir hinuntergehen, habe ich eine Frage. Mir ist am Eingang der Basilika die Skulptur *Homeless Jesus* aufgefallen. Ich habe eine solche Darstellung noch nie gesehen."

„Es ist eine Skulptur des Kanadiers Timothy P. Schmalz. Sie nimmt auf den wichtigen Aspekt der benediktinischen Gastfreundschaft und das Engagement der klösterlichen Gemeinschaft für Menschen ohne Obdach Bezug. Gemäß diesem Motto engagiert sich die Abtei Sankt Bonifaz für Männer und Frauen ohne festen Wohnsitz. Arme und bedürftige Menschen jeden Alters suchen Hilfe und Rat an den Pforten unseres Klosters, und gerade die Abtei Sankt Bonifaz ist aufgrund ihrer Lage in der Mitte der Großstadt München ein bevorzugter Anlaufpunkt für Menschen in Not."

„Ich verstehe", sagte sie und warf Nico einen vielsagenden Blick zu. Dann gingen sie schweigend die Stufen hinunter, die in die Krypta führten.

Mo blieb in der Mitte des Rundbaus stehen und sah den Abt überrascht an. „Keine Mumien, Pater?"

„Ah, ich sehe, dass Sie sich bereits mit der Geschichte unserer Abtei auseinandergesetzt haben. Nein, nachdem das Gebäude auf einem ehemaligen Massengrab errichtet wurde, entdeckte man drei Jahrhundert später beim Ausheben des Platzes zahlreiche Mumien. Sie wurden exhumiert und in einem anderen Teil der Krypta unter der Basis des Glockenturms ausgestellt. Dieser Teil ist aber für die Öffentlichkeit geschlossen. Respekt ist ein wichtiger Grundsatz der Benediktiner. Und…"

„Was ist mit unserem Fund, Pater?", unterbrach Nico den Abt.

Pater Mateo deutete auf eine Form am Ende der Krypta. „Dort warten drei Kollegen von Ihnen. Ich verlasse Sie hier. Sie finden mich im Büro, falls Sie noch Fragen haben."

Mo nickte. „In Ordnung. Vielen Dank für die Auskunft, Pater."

Der nickte.

„Man kann fast nichts sehen, Nico. Hast du eine Taschenlampe?"

„Wir nehmen unsere Handys."

„Wer hat den Arm gefunden?", fragte Nico, nachdem sie die Kollegen begrüßt hatten.

„Eine Spaziergängerin. Die Tür zur Krypta hätte halb offen gestanden. Das machte sie neugierig und sie ging nach unten. Dort stieß sie auf diesen … Arm. Sie informierte sofort unsere Kollegen."

„Gut, Sie besorgen mir ihre Aussage. Dann wollen wir mal sehen, was wir da haben." Schnell zogen Mo und Nico Einweghandschuhe über.

„Hast du so etwas schon einmal gesehen, Nico?"

„Hm … das ist … es ist sehr speziell", stammelte er.

Der Arm war auf die gleiche Weise wie der erste vom Rest des Skeletts sorgfältig abgetrennt worden. Die halb angewinkelte Position erforderte eine Stütze für den Ellbogen, die aus demselben Holz wie im Theater gefertigt war. Doch um eine ausreichende Stabilität hinzubekommen, war offensichtlich ein weiterer Trick notwendig.

„Ist es wirklich das, was ich glaube?", fragte Mo.

„Was glaubst du denn?"
„Lebt sie noch?", erkundigte sich jetzt Nico angewidert.
„Nein, in diesem Punkt glaube ich sogar, dass es beim Anbringen auch nicht der Fall war."
Das Objekt zog sich von einem Ende des menschlichen Knochens zum anderen und wickelte sich wie eine feine, gerippte Liane um den Arm. Kleine Muster entfalteten sich in einem zarten Relief über die gesamte Länge. Die Spitze wurde schnell dicker, bis sie am Ellbogen einen Durchmesser von der Größe eines Daumens erreichte. Dieser nahm dann bis zur Handfläche langsam ab. Das charakteristische dreieckige Ende war leicht geöffnet und gab den Blick auf eine gegabelte Zunge frei.
„Eine Schlange! Nicht zu fassen", rief Nico. „Selbst in diesem Metier ist sowas nicht alltäglich", knurrte Nico.
Mo strich über den kalten Körper des Reptils. „Schwer zu sagen, woraus sie besteht. Wahrscheinlich Metall. Schau mal hier, die Beschichtung sieht aus, als wäre sie … abgeblättert."
„Ich hasse Schlangen. Sie sind widerlich."
Mo sah Nicos angeekelte Mine. „Sie kann sich nicht häuten…"
Er stieß ihr den Ellbogen in die Rippen.
„Jedenfalls glänzt es darunter. Silber?"
„Möglicherweise. Ich frage mich, wie man es geschafft hat, sie so um den Arm zu wickeln. Kopfzerbrechen fürs Labor."
Mo richtete sich auf und warf einen Blick in die Runde. „Wer hat die Kerze daneben gestellt?"
„Niemand, Frau Celta", antwortete einer der Polizisten. „Sie war schon da."
Mo hob überrascht die Augenbrauen. „Angezündet?"
„Ja. Wir sind zwar nicht in der Mordkommission, aber wir wissen, dass man einen Tatort nicht verändern darf."
„Tut mir leid, ich wollte nichts andeuten."
Sie drehte sich zu Nico um. „Ob sie die Bühne beleuchten

sollte?“

„Nein, das glaube ich nicht. Zu geringe Strahlkraft. Das bedeutet wahrscheinlich etwas anderes. Vielleicht etwas Religiöses. Vergebung für die Sünden, was weiß ich, was in dem Kopf einer Person vorgeht, die das hier veranstaltet hat.“

Von der Treppe war ein Stimmengewirr zu hören uns das Tageslicht wurde diffuser. Drei Personen in weißen Anzügen kamen die Stufen hinunter und setzten ihre Füße auf die ockerfarbenen Steinplatten der Krypta, allen voran Costa Tsimbiridis.

„Rechtsmedizin und Spusi. Verschwindet alle. Das ist jetzt unser Reich“, wandte er sich an die Polizisten. „Hallo ihr Beiden“, begrüßte er Mo und Nico. „Gemütlich habt ihr es hier. So ganz nach meinem Geschmack. Ach ja, und erkundigt euch bloß nicht nach meinem bescheuerten Wochenende“, knurrte der Rechtsmediziner und gab seinen Mitarbeitern erste Anweisungen. „Alles fotografieren, was es zu fotografieren gibt. Alle Details der Krypta. Zack, zack. Ich hoffe, ihr habt die Bühne nicht kontaminiert.“

Offensichtlich war Costa mies gelaunt.

„Das ist wohl der zweite Arm mit einer neuen Inszenierung. Alles andere überlasse ich dir. Wir treffen uns später im Institut Costa.“

„Gut.“

Mo und Nico waren froh, den düsteren Ort verlassen zu können.

Draußen zeigte sie auf die Skulptur *Homeless*. „Erinnerst du dich, was der Abt uns erzählt hat, Nico?“

„Ja. Mich hat es stutzig gemacht, weil ...“

„Weil das die Verbindung ist?“

„Ja. Der erste Fundort war in Johanneskirchen, da wo sich Obdachlose wie unsere Georgina und streunende Kids tummeln. Hier kümmern sich die Benediktiner um Obdachlose. Aber was ist mit dem Prinzregententheater?

Wo ist da die Verbindung?"

„Einsam gemeinsam oder die Willkür des Glücks", erwiderte Mo und holte ihr Handy raus. „Schau mal."

„Ein Theaterprojekt mit ehemals obdachlosen Menschen", las er laut vor, sah sie dann an. „Hm… Obdachlos. Herumstreunend. Menschen, die umherirren. Kids lungern gerne herum. Geht es um ein Mädchen, das womöglich herumlungerte, aufgegriffen, eingesperrt und später getötet wurde?"

„Vielleicht. Vielleicht gibt es da auch eine Verbindung zu Greta Bleibtreu. Ich habe doch mit dieser Frau Münkner gesprochen, die von ihrer Tochter mit dem Prepaidhandy angerufen wurde. Das Mädchen ist abgehauen. Lebt auf der Straße. Die vermissten Kinder, die entführt wurden, wurden alle auf der Straße erwischt, weil sie dort alle herumstreunten. Das kann doch kein Zufall sein."

„Vielleicht hast du recht. Wir gehen dem nach, Mo. Da hinten ist der Kollege, der uns die Zeugenaussage bringen wollte." Nico winkte ihn herbei. „Was sagt denn unsere Zeugin, Herr Kollege?"

„Der Frau, die in die Krypta gegangen ist, ist nichts aufgefallen. Aber es gibt einen weiteren Zeugen. Ein Mann glaubt, dass er in der Nacht jemanden aus der Krypta hat kommen sehen, ist sich aber nicht sicher."

Nico runzelte die Stirn.

„Was heißt das, er ist sich nicht sicher?"

Der Polizist blätterte durch die Seiten seines Notizbuchs. Schließlich hielt er inne und schnippte mit zwei Fingern. „Es war stockfinster. Er hat die Person nicht genau gesehen. Sie hatte einen langen schwarzen Mantel an mit einer Kapuze auf dem Kopf. Deshalb konnte er das Gesicht nicht erkennen. Er hat nur etwas gehört. Sie hätte sich kurz mit einer anderen Person unterhalten, er konnte aber nicht verstehen, worüber sie gesprochen haben. Es war mehr ein Flüstern. Nur einen Namen hat er deutlich vernommen."

Mo nickte langsam. „Lassen Sie mich raten: *Right* wie Rechts?“

Der Polizist nickte.

Kapitel 30

Justy

Immer diese Fragen, die ich nicht beantworten kann. Dabei möchte ich doch selbst die Antworten wissen. Ich verstehe so wenig von dem, was Peggy sagt und tut. Wie dieser komische Mann heute Morgen, dem sie grüne Scheine aus dem Rucksack für Pässe gegeben hat, die sie für wahnsinnig wichtig hält. Die uns vor den Blauen bewahren sollen. Ich kann ihr nur glauben und hoffen, dass das stimmt, habe allerdings so meine Zweifel. Zu sehr ist sie noch immer an dem Inhalt des Rucksackes interessiert. Was darin von all dem wohl so wichtig für sie ist? Vielleicht werde ich das nie erfahren.

Nur eins weiß ich ganz genau: Vater hatte recht mit seiner Warnung. Ich muss auch Peggy misstrauen. Was mir schwerfällt, so nett, wie sie zu mir ist. Aber gibt es nicht Menschen, die nur so tun, als seien sie nett? Ich erinnere mich an das Buch *‚Nach dem Seitensprung‘* von *Janis Spring*. Vieles darin habe ich nicht verstanden. Nur eins: Auch Menschen, die sich lieben, betrügen sich. Warum auch immer.

Das gilt aber auch für Vater. Diese Wohnung kommt mir so fremd und kalt vor. Wie passt sie zu ihm, der immer von unserem Haus geschwärmt hat? Ist das ebenfalls eine Lüge gewesen? Hat auch Vater mich belogen? Nein, das ist unmöglich. Vater und seine Liebe und Ehrlichkeit zu mir sind das einzig Sichere in meinem Leben.

Doch ohne Peggy wäre ich niemals bis hierhergekommen. Aber bringt mich das wirklich weiter? Näher zu meinem Vater?

„Wie schaffen wir es denn nun, meinen Vater von den Blauen zu befreien?“

Peggy zuckt mit den Schultern, hört gar nicht richtig zu.

Schaut nur die Kleidungsstücke an, die ein ganzes Zimmer füllen. So viele habe ich noch nie auf einen Haufen gesehen. Zuhause trägt Vater meistens eine blaue Hose und ein Hemd mit zwei Knöpfen am Kragen und einem kleinen Krokodil auf der linken Brust. Manchmal, selten, auch nur seinen Bademantel.

Ich besitze zwei Overalls, beide blau, beide zu groß für mich, so dass ich die Hosenbeine umkrempeln muss, und drei weiße Hemden mit rundem Ausschnitt und kurzen Ärmeln. Und einige alte Pullover von Vater, wenn es kalt wird. Wozu braucht man mehr?

Ich verstehe diese andere Welt nicht. Sie macht mich ganz wirr im Kopf. Ich sehne mich zurück in unser Haus, nur mit Vater. Keine lauten Töne, keine hektischen Bewegungen. Und alles klar. Niemand fragt mich unsinnige Sachen. Fast kann ich Vaters Wut auf mich verstehen, wenn ich wieder zu blöde bin und nachfragen muss.

„Ach du Scheiße," höre ich Peggy fluchen.

„Das darf man nicht!"

„Was?"

„Fluchen."

„Sagt wer?"

„Mein Vater."

„Du meinst den Drecksack, der kleine Mädchen entführt."

„Ich habe dir verboten, so über ihn zu reden!"

„Richtig, stimmt. Ich erinnere mich. Aber damals konnte ich meine Behauptung nicht beweisen..."

Sie steht vor einer aufgezogenen Schublade. Ich trete näher, neugierig, was sie wohl gefunden hat. Mein Blick fällt auf Unterhosen mit Spitze, in rot, weiß, nur mit einem Bändchen an der einen Seite.

„Was ist das?", frage ich, obwohl ich es ahne und von Vater für so eine dumme Frage mit dem Kabel bestraft worden wäre. Bei Peggy besteht diese Gefahr nicht, das habe ich gelernt.

„Wonach sieht es denn aus? Genau. Nach Damenschlüpfern. Oder glaubst du, dass das hier", sie hält mir ein besonders kleines, durchscheinendes Höschen vor die Nase, „an den Hintern deines Alten passt?"
Die Frage hätte von mir sein können, so dumm ist sie. Ich schüttele den Kopf.
Angeekelt hält Peggy die Hose am ausgestreckten Arm von sich weg. „Und benutzt sind sie auch noch. Widerlich!" Mit Schwung wirft sie sie in eine Ecke.
Mechanisch hole ich sie, lege sie ordentlich zusammen und zurück in die Schublade.
„Was machst du da, Justy? Bist du bescheuert?"
„Ich räume auf. Vater hasst Unordnung."
„Na und? Was für eine Sauerei veranstaltet er denn?"
Wieder so eine unbeantwortbare Frage.
„Wenn du mich fragst", sagt Peggy, was ich nicht tute, „haben wir hier einen starken Beweis dafür, dass dein Vater tatsächlich der Entführer der Mädchen ist. Wer hebt denn sonst Schlüpfer, benutzte wohlgemerkt, seiner kleinen Gespielinnen auf? Der muss doch Dreck am Stecken haben."
„Mir reicht das jetzt, dass du immer so schlecht von Vater redest. Und das nur wegen dieser blöden Unterhosen."
„Prima, mach was dagegen."
„Das mache ich auch." Mir schießen Tränen in die Augen, deswegen wende ich mich rasch ab. Noch so eine Sache, bei der es bei Vater das Kabel geben würde.
Doch mir reicht es wirklich. Wo bin ich nur gelandet? In Vaters Wohnung, von der ich nichts gewusst habe. Bei einem Mann, dem ich Blätter aus einer der Rollen im Rucksack geben musste, obwohl ich nicht weiß, ob das bei Vaters Rückkehr zum Kabel führen wird. In einer Kluft, in der ich mich selbst nicht mehr erkenne. Mir wird alles zu viel. Ich gehe zurück in die Küche und lasse mich auf einen der grünen Stühle fallen.
Warum hat Vater nur diese Wohnung? Unser Haus ist

doch groß genug. Genug für uns beide. Und sein Zuhause, mein Zuhause, wie er immer betont. Warum geht er dann hierhin, statt bei mir zuhause zu bleiben? Und warum ist er so oft weg? Lässt mich allein zurück. Ich habe mich nie gefragt, wo er hingeht, was er da macht und wo er dann ist. Fragen darf ich ihn auf keinen Fall, das steht fest. Überhaupt fällt mir jetzt, seit ich anfange mir Fragen zu stellen, auf, dass ich fast nichts von ihm weiß.

Wie passt diese helle Wohnung zu ihm? Unser Haus hat drei Etagen, die Holzböden sind mit wertvollen alten Persern bedeckt, wie er mir einmal erklärt hat. Ölgemälde von unseren Vorfahren hängen an den Wänden, die mit bunten Tapeten beklebt sind. Die Möbel sind aus dunklem Holz, das reich verziert ist und die Räume werden nie hell, weil die Vorhänge immer zugezogen sind und nur selten Licht angemacht werden darf. Unsere Küche besteht aus einzelnen Schränken, der Herd und der Kühlschrank stehen frei. In der Mitte steht ein riesiger Esstisch, an dem Vater und ich unsere Mahlzeiten einnehmen, wenn er da ist. Bin ich allein, nehme ich meinen Teller mit in mein Zimmer.

Vaters Schlafzimmer habe ich noch nie betreten. Betreten dürfen. Und er kommt kaum in mein Zimmer, das alles bietet, was ich brauche: Bett, Stuhl und den Schrank für meine Kleidung. Ein Nachttisch mit Lampe, auf dem sich die Bücher stapeln. Ich verlasse es selten. Zentrum und Herzstück unseres Hauses ist die große Bibliothek mit tausenden Büchern. Meine besten Freunde. Immer sind sie für mich da. Nie lassen sie mich im Stich, auch wenn ich mich noch so einsam fühle. Dagegen in dieser Wohnung schon. Steril weiß, wenige Möbel, keine Behaglichkeit. Wie passt das zu Vater? Ist er ein anderer, als ich dachte? Ich betrachte die glänzenden Oberflächen und stahlfarbenen Geräte, mit denen ich nichts anzufangen weiß.

Die Kleidung in dem Extraraum erscheint mir unpassend für ihn. Wann und wo trägt er all diese grauen und schwarzen Hosen mit passenden Jacken, die schrecklich schmal und unbequem aussehen? Ich habe ihn noch nie in diesen Sachen gesehen. Mir ist noch etwas aufgefallen, ganz hinten in dem Schrank. Da hängen Frauenkleider. Wem gehören sie?

Weiß ich wirklich, wer mein Vater ist? Ich fühle mich elend. Mein Halt gerät ins Wanken. Wenn Vater nicht der ist, den ich kenne, was sagt das dann über mich aus? Mir wird bewusst, dass ich mich über ihn definiere. Wenn er sagt, etwas sei gut, ist es gut für mich. Schimpft er, weiß ich, dass es schlecht ist.

Doch nun steht alles auf dem Kopf. So sehr, dass mir schwindelig wird.

Kapitel 31

Peggy

Peggy durchwühlte derweil die anderen Schubladen. Krawatten, T-Shirts, Unterhosen, diesmal in der passenden Größe für einen Mann, einen kleinen Mann, Schlafanzüge und Gürtel waren ebenfalls perfekt nach Farben sortiert. Nur in einer Schublade passte etwas nicht. Peggy kam nicht gleich darauf, was es war. Dann fiel es ihr ein: Wer benutzte heute noch Stofftaschentücher? Hardenhoven hatte eine ganze Schublade voll. Seltsam.

Sie nahm die kleinen Taschentücher heraus und legte sie auf eine ausziehbare Platte im Regal. Nichts als Einstecktücher. Sie sah sich die Lade von außen an und dann wieder von innen. Klopfte auf den Boden und fand bestätigt, was sie glaubte, erkannt zu haben: Bei der Schublade, die nicht so tief schien, wie sie von außen betrachtet sein müsste, klang der Boden hohl. Peggy drückte und schob, versuchte an den Rändern mit ihren langen Fingernägeln unter das Bodenbrett zu kommen. Doch erst als sie eine Sicherheitsnadel aus ihrem Ohr zog, die ihr als Ohrring diente, und sie auseinandergebogen zwischen Wand und Boden schob, schaffe sie es, das Brett anzuheben. Darunter kam ein Stapel Zeitungsausschnitte zum Vorschein.

Sie zog sich einen dick gepolsterten, mit Samt bezogenen Schemel vor die ausziehbare Platte, setzte sich und sah sich die Ausschnitte an.

Volltreffer. Sie schob sie wieder zusammen und folgte Justy in die Küche. Das Mädchen saß mit gesenktem Kopf an dem kleinen Esstisch und starrte Löcher in die Tischplatte.

„Ich hatte recht, sowas von recht, schau nur." Sie breitete die Zeitungsausschnitte fächerartig vor Justy aus: angegilbte, knisternde Ausschnitte neben aktuellen Berichten mit den Fotos von jungen Frauen. Alle vermisst. Alle verschwunden in München in den letzten dreißig Jahren. Nur ein Foto war anders: Auf der angegilbten Aufnahme war neben einer Frau ein kleines Kind zu sehen. Peggy schätzte es auf etwa drei Jahre, irgend sowas. Sie zog den Ausschnitt aus dem Fächer und schob ihn Justy unter die Nase, die den Kopf nicht gehoben hatte.

„Lies!"

Justy nahm den Bericht in die Hand. Lange brauchte sie nicht zum Lesen. „Und was soll ich damit?"

„Schau dir das Foto an. Die junge Frau. Sieh genau hin."

Widerwillig schaute Justy das Foto erneut an, dann zuckte sie die Schultern.

„Okay, dann komm mit." Peggy zog Justy am Ärmel hinter sich her ins Bad, den Zeitungsausschnitt noch in der Hand. Nun hob sie ihn vor dem Spiegel neben Justys Gesicht.

„Siehst du jetzt, was ich meine?"

Justy Hals bewegte sich, sie schluckte schwer.

„Glaubst du mir jetzt, dass dein Alter Dreck am Stecken hat?"

Justy stand bewegungslos vor dem Spiegel und ließ ihren Blick zwischen sich und dem Foto hin und her wandern.

„Ich weiß nicht, was du meinst", sagte sie leise und wandte sich ab.

Peggy schnappte sie am Ärmel und zog sie herum, so dass sie wieder ihrem Spiegelbild zugewandt war. „Schau ganz genau und denk dir die blauen Haare blond. Das bist du!"

„Das kann ich nicht sein, das Bild ist schließlich schon alt. Der Bericht ist aus 2013. Da war ich noch ein kleines Kind."

„Richtig. Du bist nämlich das Kind auf dem Foto. Schau dir die Mutter an. Du siehst aus wie sie. Das ist deine Mutter!"

„Das kann nicht sein. Meine Mutter ist tot. Sie ist bei meiner Geburt gestorben."

„Sagt dein Vater."

„Ja, das hat mein Vater gesagt."

„Wahrscheinlich hat er dabei nur ein bisschen gelogen. Wahrscheinlich ist sie nicht bei deiner Geburt, sondern als du zu ihm kamst, gestorben."

„Red keinen Unsinn. Wie soll das denn gehen?"

„Du hast doch den Artikel gelesen. Die junge Frau ist genauso verschwunden wie alle anderen. Nur dass mit ihr zusammen ihre kleine Tochter vermisst wurde. Warum sollte dein Vater die Zeitungsartikel gut versteckt aufheben, wenn sie ihm nichts bedeuten? Und warum bist du der Frau auf dem Foto wie aus dem Gesicht geschnitten ähnlich? Ich sag es dir: Du bist ihr Kind. Dein angeblicher Vater hat dich gestohlen. Vielleicht gehören ihr auch die Kleider in seinem Schrank. Und wenn ich richtig vermute, dann hat er die Wahrheit gesagt und deine Mutter musste dabei ihr Leben lassen. Wahrscheinlich hat er nachgeholfen. Welche Frau überlässt denn schon einem fremden Mann ihr Kind? Außer meiner natürlich, dieser Rabenmutter."

„Wie kannst du nur? Andauernd redest du schlecht über Vater, unterstellst ihm die schlimmsten Dinge. Jetzt behauptest du auch noch, dass er mich gestohlen hat. Bist du verrückt geworden? Vater ist mein Vater. Er war immer gut zu mir. Er war immer für mich da. Warum sollte er das tun, wenn er nicht mein Vater ist?"

Justy drehte sich um und ging wieder in die Küche.

Peggy folgte ihr. „Vielleicht wollte er schon immer eine Tochter haben. Nur eben ohne dazugehörige Frau. Was weiß denn ich? Vielleicht will er auch was von dir, keine Ahnung. Wenn du erwachsen bist, einen Busen bekommen hast. Keine Ahnung. Ansätze dazu hat er doch schon gezeigt. Denk doch nur an das Lecken." Peggys Gesicht verzog sich, als hätte sie in eine Zitrone gebissen. Die Nase zog sich kraus und der Mund berührte fast die Nasenspitze. „Kein Mensch macht so etwas ohne Grund!"

„Und was ist dein Grund, mir zu helfen? Der steckt im Rucksack, stimmt´s? Es sind die grünen Papierrollen. Deswegen machst du das. Deswegen weichst du mir nicht von der Seite. Glaubst du, ich bin so blöd das nicht zu merken?"

Peggys Gesicht verlor alle Farbe.

„Siehst du? Und dabei tust du so, als würdest du für mich Opfer bringen, mich um meiner selbst willen unterstützen."

„Wie kommst du denn darauf?" Peggys Gewissen hatte schon die ganze Zeit rumort. Dann fiel ihr Cadaqués ein und sie bemühte sich, ehrlich zu klingen.

„Klar hat mich interessiert, was in deinem heiligen Rucksack ist. Und natürlich wollte ich wissen, wie viel Geld du mit dir rumschleppst. Das heißt aber noch lange nicht, dass ich es dir wegnehmen will."

Justy warf ihr einen dieser regungslosen Blicke zu. Nichts bewegte sich in ihrem Gesicht. Als hätte sie darin keinen Muskel. Unheimlich war das. Nichts konnte man aus ihrer Mimik ablesen. Und sie sagte nichts. Schaute ihr nur in die Augen. Als könnte sie hindurchsehen bis in Peggys Hirn und alle Gedanken darin lesen.

Peggy schluckte, schaute auf den Boden, dann wieder Justy an. Dann nickte sie langsam, holte tief Luft. „Du hast ja recht. Ich gebe es zu. Aber ich hatte meine Gründe."

„Gründe hat jeder, selbst für die schlimmsten Dinge. Da musst du nur all die Bücher lesen, die ich gelesen habe. Alle hatten darin eine Rechtfertigung. Und sie klangen alle dumm und leer im Verhältnis zu dem, was sie rechtfertigen sollten. Und du redest immer schlecht über meinen Vater? Ohne ihn auch nur zu kennen."

Wieder nickte Peggy. Diesmal breitete sie die Arme dazu aus.

„Hör zu. Ja, ich wollte an dein Geld. Aber ich habe gute Gründe, wirklich gute Gründe. Du hast doch erlebt, wie es auf der Straße zugeht. Das ging noch, als ich meine Hütte hatte. Aber jetzt stehe ich auf der Straße, im wahrsten Sinne des Wortes." Sie winkte ab, als Justy zum Reden ansetzte. „Ja, okay, ich gebe auch zu, dass ich das Geld schon wollte, bevor ich die Hütte verloren habe. Das ist eine lange Geschichte, hast du Zeit?", fragte sie, um die Stimmung aufzulockern. Doch es zog nicht. Justys Gesicht blieb starr.

Also fing Peggy an. Erzählte, wie ihr Stiefvater sie schlug, wenn sie abends allein zu Hause waren. „Nie ins Gesicht, das würde man ja sehen. Ich flüchtete in mein Zimmer, aber er folgte mir und zerrte mich aus dem Bett. Mein Zimmerschlüssel war auch plötzlich verschwunden, nachdem ich angefangen hatte, die Tür nachts abzuschließen. Meine Mutter hat mir nicht geglaubt, als ich mich ihr anvertraute. Was das Schlimmste für mich war. Den Dad raushängen. Darthvadern total und mich schlagen. Und da bin ich dann abgehauen."

Während ihrer Erzählung hatte sie bemerkt, dass Justy erblasste.

„Warum ist das so schlimm? Dass er auf deine Hände schlägt?", fragte das Mädchen.

„Es waren nicht die Hände, Justy. Er hat mir in den Bauch getreten, mich an die Wand geworfen, mir den Arm gebrochen. Ich musste Mama dann sagen, ich sei gestürzt. Wäre ich nicht gegangen, hätte er mich eines Tages zu Tode geprügelt. Ihm ging dabei einen ab!"

„Oh."

„Es ist pervers, ähnlich wie das, was auch dir passiert ist!"

Justys Mimik wurde wieder regungslos. „Mir ist das nicht passiert. Hör auf damit! Ich weiß nicht, warum du damit ein Problem hast. Es ist doch ganz normal, dass ein Vater prüft, wie weit entwickelt sein Kind ist. Um es angemessen zu schützen."

„Ganz wie die böse Hexe in Hänsel und Gretel, die immer

die Dicke der Finger prüfte, um herauszufinden, ob die beiden schon genug Speck angesetzt haben, um gut zu schmecken? Wenn Dummheit Flügel hätte, würdest du die ganze Zeit in der Luft hängen, *Justy-Naiv*."

„Oh."

„Wer sind Hänsel und Gretel? Muss ich das wissen?", fragte Justy nach einer Weile.

„Justy, du solltest dir endlich klarmachen, dass Väter diese Dinge nicht dürfen. Nicht schlagen, nicht begrapschen. Deiner schon gar nicht. Er ist ja noch nicht einmal dein Vater!"

„Das weißt du nicht. Tu nicht so, als würdest du alles wissen. Das ist gelogen!"

„Macht dich das, was wir inzwischen alles über deinen Vater herausgefunden haben, nicht nachdenklich? Diese Wohnung, von der du nichts wusstest, das Foto der Frau, die dir so sehr ähnelt. Die falschen Pässe für ihn in deinem Rucksack und das viele Geld darin. Und keiner für dich! Wenn er hätte abhauen müssen, wollte er dich jedenfalls nicht mitnehmen. *Das heißt es.* Eins kannst du mir glauben: Er hat dich eingesperrt. Du weißt überhaupt nicht, wie das Leben geht!! *Das* ist nicht normal!"

„Was ist schon normal", murrte Justy.

„Okay. Aber du bist nicht blöd und siehst doch sicher ein, dass man das alles überprüfen muss, dass man das alles nicht einfach so akzeptieren kann."

„Ja und?"

„Lass uns herausfinden, was wirklich los ist. Ich helfe dir dabei. Im Gegenzug gibst du mir das Geld aus dem Rucksack. Oder wenigstens die Hälfte, damit ich nach Cadaqués kann."

„Was ist Cadaqués?"

„Mein Ziel. In Spanien. An der Costa Brava. Ich hab da ein paar Leute kennengelernt, die mir erzählt haben, dass es das Eldorado für Leute wie mich ist. Immer Sonnenschein und es geht total cool ab. Ich muss dahin. Ich kann hier nicht bleiben, immer auf der Hut, dass sie mich schnappen und zurück zu meiner Gaga-Familie bringen oder in die Klapse de luxe. Ich halte das nicht aus. Dafür brauche ich das Geld und den Pass. Niemals, da fermentier ich lieber auf der Straße."

Justy zog die Augen zusammen und die Stirn kraus. „Bist du sicher? Das haben dir doch auch nur irgendwelche Leute erzählt. Gesehen hast du den Ort noch nicht."

„Na und? Ich weiß aber, wie es hier ist. Und das reicht mir. Mit einem Pass, der mich volljährig macht und genügend Geld kommt man überall durch. Haben wir einen Deal?"

„Was ist ein..."

„Okay, okay, das Wort kennst du nicht. Wie konnte ich das auch erwarten? Also ein Deal ist eine Vereinbarung, eine bindende. Ich versprech dir was und du versprichst mir was im Gegenzug. Das ist ein Deal."

Justys schaute sich in der Küche um, auf die Stahloberflächen. Ihre Hände wanden sich und die Stirn war krausgezogen. Dann holte sie tief Luft.

„Deal!"

Kapitel 32

Greta

Sie wusste nicht mehr, wie lange sie schon in dem Käfig gefangen war. Die Zeit verschmolz zu einem einzigen endlosen Nichts.

Sie erinnerte sich noch an die Angst, die sie in den ersten Tagen ihrer Gefangenschaft erlebt hatte, als sich die Tür öffnete. Unerträgliche Bilder schossen ihr durch den Kopf, eine Mischung aus Qualen, die nur durch den Tod zu toppen waren. Was sollten diese Gedanken überhaupt noch bringen? Sie würde in diesem Käfig sterben.

Einmal noch, ein einziges Mal, war der Mann bei ihr gewesen. Wie lange das nun her war, ahnte sie nicht einmal. Die kleine Flasche Wasser, die sie sich erbettelt hatte, war auch schon wieder leer. Ob Tage, Monate oder Jahre konnte sie nicht mehr unterscheiden.

Und das Licht war ausgegangen. Der letzte Hoffnungsschimmer, der letzte Bezug zum Leben da draußen, wie sie erst erkannte, als er nicht mehr da war. Als selbst die letzten Schatten erloschen waren mit dem Licht.

Schon lange war ihr egal, ob sie sich in ihrem eigenen Kot wälzte, auf dem von ihrem Urin getränkten Boden lag. Selbst die Kälte, der Durst und die Schmerzen waren ihr einerlei geworden.

Sie wartete auf ihren Tod.

Kapitel 33

Polizeipräsidium München

Mo Celta betrat am Nachmittag dieses beschissenen Tages das Büro. Sie baute sich vor ihrem Team auf und starrte sie der Reihe nach an.

„Gut, ich werde mich kurz fassen. Ich habe gerade mit dem Staatsanwalt Berger gesprochen. Das heißt, wenn ich sage, ich habe mich unterhalten..."

Ihre Kollegen sahen sich schweigend an. Mo war nicht der Typ, die sich über das Verhältnis zu ihrem Vorgesetzten beschwerte. Doch ihre Worte sagten viel über den Inhalt des Gesprächs aus.

„Es gibt nicht den Schatten einer Spur, wer das Skelett sein könnte. Auch wissen wir nicht, wo Greta Bleibtreu steckt. Fazit: Wir brauchen in den nächsten Tagen Ergebnisse, sonst werden wir von der Presse zerfleischt, weil Greta Bleibtreu womöglich stirbt oder schon tot ist. Und ich sage euch hiermit nichts Neues: Wenn Staatsanwalt Berger in Bedrängnis gerät, wird es für uns Tritte geben. Wohin kann ich nur vermuten."

„Mo, wir können die Skelette nicht zuordnen. Noch nicht. Es gibt keine passende DNA in der Datenbank. Ohne sie tappen wir im Dunkeln."

Nico Braun war der Einzige, der mit Mo auf Augenhöhe diskutieren konnte. Das Privileg einer Freundschaft und die besondere Beziehung, die bis in die Zeit des Todes seiner Frau zurückreichte.

„Wir *müssen* Fortschritte machen! Ich denke, dass jeder das hier versteht."

Mo starrte einen nach dem anderen an. Alle nickten stumm. Mo drehte sich um und blickte auf das Whiteboard, auf das Nico Braun die Fakten, Fotos und andere Details des Falls gepinnt hatte.

„Bringe es auf den Punkt, Nico."

„Am vergangenen Mittwoch wurden in der Johanniskirchener Straße in einer Holzkiste die skelettierten Beine eines Kindes gefunden. Eine Obdachlose behauptet, einen Mann in einem schwarzen Mantel gesehen zu haben. Umhang mit Kapuze. In der Kiste befanden sich auch Steine, Pflanzen und Salz. Am Freitag im Prinzregententheater war es der skelettierte Arm eines Kindes auf der Klinge eines Schwertes. Um ihn herum befanden sich Spuren von Weihrauch. Ein Pergamentfragment mit einem Text in Latein steckte zwischen den Fingerknochen. Diesmal gab es keine Zeugen."

Nico sah Mo an, die übernahm. „Der Text war nicht verständlich, also trafen wir uns mit der Wissenschaftlerin Cara Xing. Sie wies uns darauf hin, dass der Text aus dem Mittelalter stammen könnte."

„Wissen wir, was er bedeutet?", fragte Kollege Simon.

„Ja, wirres Zeug, eine Quest – eine Suche."

Nico holte eine Zigarette hervor und begann, sie zwischen Daumen und Zeigefinger zu drehen ohne sie anzuzünden. Jeder auf dem Polizeirevier kannte diese Manie, wenn er mit etwas unzufrieden war.

„Ich komme zum Schluss", fuhr Mo fort. „Heute wurde der zweite Arm in der Krypta der Benediktinerabtei Bonifaz entdeckt. Die dazugehörige Inszenierung: eine Metallschlange, die den Knochen umwickelt hat. Eine Kerze sorgte für besinnliche Stimmung."

„Bis jetzt wissen wir, dass diese Knochen von mindestens einer Person stammen, die zwischen zehn und fünfzehn Jahre alt war, und vor etwa fünfundzwanzig bis achtundzwanzig Jahren getötet. Davor hat sie seit Jahren kein Licht gesehen, sich kaum bewegt und waren mangelernährt. Das hat die Analyse der Knochenstruktur ergeben."

„Das ist heftig. Ein Verrückter!", kommentierte Kollege Simon.

„Nein“, antwortete Mo. „Die ganze Inszenierung ist viel zu komplex, sie ist das Werk von jemandem, der organisiert und durchdacht ist.“ Sie starrte auf die Fotos und Wörter, die die abwaschbare Tafel teilweise bedeckten.

„Was ist, wenn die anderen Knochen nicht gefunden werden?“, hakte Simon nach.

„Glaubt ihr wirklich, dass derjenige, der das Ganze ins Rollen gebracht hat, es dabei belassen könnte? Er hat sich so viel Mühe gegeben mit dieser Schnitzeljagd gegeben, er wird sie bis zum Ende durchziehen. Er will, dass wir alles finden, er gibt uns die Hinweise, aber nach seinen eigenen Regeln.“

Nico steckte die Zigarette wieder in die Schachtel, was Mo lächeln ließ. Sie tauschten einen Blick.

„Vielleicht betrachten wir die Dinge nicht in ihrer Gesamtheit. Nico, reich mir mal den Filzstift.“

Mo dachte einen Moment lang nach und begann dann, Linien auf die Tafel zu zeichnen. Als sie fertig war, trat sie zwei Schritte zurück. Drei Bereiche grenzten die Elemente des Falls horizontal voneinander ab. Der erste enthielt die Körperteile, der zweite das gefundene Beiwerk und der letzte die Tage, an denen die Gliedmaßen gefunden worden waren.

„Was sagt uns das?“

Nico ergriff als Erster das Wort. „Wir haben die beiden Beinknochen zusammen gefunden, dann erst den linken und schließlich den rechten Arm. Die nächsten Knochen könnten aus dem Rumpf stammen.“

„Warum geht er so vor?“, fragte Simon.

„Er wollte die Identifizierung so lange wie möglich hinauszögern. Sonst hätte er uns den ganzen Körper übergeben. So bekämen wir den Kopf als Letztes“, antwortete Mo. „Wir sind uns einig, Simon, dass die Reihenfolge eine Rolle spielt.“

Nico räusperte sich. „Gut, dann bleiben noch die anderen

Hinweise. Sie sind ziemlich zahlreich und sehr unterschiedlich. Steine, Pflanzen, Salz und Kerzen. Weihrauch."

„Was sagt das Labor über die Pflanzen, Nico?"

Er griff nach einer Mappe auf seinem Schreibtisch, aus der er ein Blatt herauszog. „Es handelt sich um Liebstöckel, Petersilie und Salbei. Die Verbindung zwischen den drei Pflanzen muss noch geklärt werden. Ein originelles Rezept? Ein Koch!"

Simon protestiert. „Ein religiöser Spinner. Ein Irrer. Sag ich doch!"

„Sehr witzig. Andererseits könnte es an Dinge erinnern, die uns..." Mo hielt abrupt inne und betrachtete das Bild mit leicht zusammengekniffenen Augen.

„Oder was, Mo?", fragte Nico.

„Ich bin mir sicher, dass man uns den Fundort mitteilen will!"

„Durchaus möglich. Da muss das Labor uns weiterhelfen. Kommen wir zu Greta. Wir haben bei Urban Hardenhoven nichts, aber auch gar nichts gefunden, dass auf eine Beteiligung bei dem Verschwinden hindeuten könnte. Da ist nur dieser seltsame Anruf von einem *Sohn*, der nicht sein Sohn sein kann, weil der Mann keine Kinder hat. Okay, Leute, das wär's fürs Erste. An die Arbeit."

Mo verließ als Erste den Raum, kurz darauf klingelte ihr Handy.

„Ich bin´s Costa. Ich bin mir jetzt absolut sicher, dass es sich um zwei verschiedene, weibliche Kinder handelt. Das vermutete ich ja bereits. Dann habe ich noch die Arme erbgenetisch bestimmt. Hier gab es eine Übereinstimmung mit einem der Beinknochen. Ihr müsst also demzufolge eure Suche ausweiten. Es sind zwei Mädchen, beide etwa im gleichen Alter und den gleichen Misshandlungen ausgesetzt."

„Zwei Kinder? Bist du dir sicher, Costa?"

„Definitiv. Aber da ist noch etwas."

„Was noch? Sag schon!"

„Ich konnte die Blutpartikel auf dem Stofffetzen und eine DNA isolieren. Ich habe sie ebenfalls verglichen. Beim Stofffetzen gab es wieder eine Übereinstimmung."

„Ja, und?"

„Nicht mit den Knochen. Fehlanzeige. Aber ..."

„Aber?"

„Mit der Haarprobe von Elisa, die du mir überlassen hast. Neunundneunzig Prozent Trefferquote. Das Kleidungsstück gehörte deiner Schwester, Mo. Es tut mir so leid. Du wirst dich damit abfinden müssen, dass Elisa nicht mehr lebt."

Als Mo am Abend wieder zuhause und allein war, holte die Realität sie ein. Die Nacht brach an und mit ihr kamen die Dämonen.

Kapitel 34

Justy

„Weißt du was? Gehen wir doch zu dem Rechtsanwalt deines Vaters. Der muss doch wissen, ob sein Mandant ein Kind hat.“

Kann ich Peggy nun vertrauen? Hat sie die Wahrheit erzählt, als sie mir von ihrem Stiefvater und ihrer Mutter berichtete?

Aber was soll ich mit der Schilderung ihrer Gründe für ihre Flucht anfangen? Der brutale Vater und die Klapse? Ich habe es nicht geschafft, zuzugeben, dass Vater mir regelmäßig zwischen die Beine und an die Brust gefasst hat. Das widerliche Gefühl, wenn es geschah. Ebenso wie das Ablecken meiner Beine und Brüste. Das muss sein, hat er immer gesagt. Auch kannte ich mich nicht mit mir aus. War furchtbar erschrocken, als ich plötzlich Blut pinkelte.

Hätte ich das alles zugegeben, hätte Peggy wieder schlecht von Vater geredet – wie sie es immer macht. In diesen Momenten ist mir klar, dass ich ihr nicht vertrauen kann. Wie Vater vorhergesagt hat. Und mich warnte, niemals zu glauben, wenn jemand so über ihn reden würde.

Doch ich habe keine Wahl. Nur Peggy kann mir dabei helfen, Vater da rauszuholen.

„Meinst du?“ Der Rechtsanwalt wird bestimmt klarstellen, dass Vater mein Vater ist. Und er weiß, wie ich Vater helfen kann. Das habe ich inzwischen begriffen.

„Ja, ganz sicher. Dem legen wir auch die Sachen vor, also die Zeitungsausschnitte und Pässe. Nur nicht das Geld. Nicht, dass er das einkassiert. Schließlich schuldest du das mir. Der hat das studiert, der kann uns sagen, was er davon hält. Das ist was ganz anderes, als direkt zur Polizei zu gehen. Er darf uns nicht festhalten oder einsperren. Er ist schließlich Anwalt. Und ihm werden sie glauben. Wenn der meint, dass es deinem Vater hilft, wenn du sagst, dass du bei ihm warst, dann kann er das regeln. Es der Polizei berichten. Einverstanden?"

Ich nicke. Nun, da ich Peggys Beweggründe kenne, an die grünen Bündel im Rucksack zu kommen, akzeptiere ich sie.

Auch wenn ich ihr immer noch nicht ganz glaube. Vertrauen ja, aber nicht glauben, was sie sagt. Vor allem glaube ich ihr nicht, was sie über mich gesagt hat. Vater ist mein Vater. Und Mutter bei meiner Geburt gestorben ist. So wie es mir Vater immer erzählt hat. Der Rechtsanwalt wird ihr das bestätigen.

Bis dahin muss ich umso mehr auf meinen Rucksack aufpassen. Weiß ich doch nun, wie dringend Peggy an die grünen Scheine in den Rollen kommen will.

Kapitel 35

Rechtsanwalt von Tatzenhayn

Leopold von Tatzenhayn saß in seiner Bogenhausener Villa mit einem Glas Ximénez Spinola Liquor de Brandy Tres Mil botellas vor seinem brennenden Kamin. Das Leben konnte so schön sein. Es war zwar noch etwas früh am Tag, aber ausnahmsweise wollte er der Happy Hour frönen. Warum auch nicht. Er hatte es sich redlich verdient.

Der Tag war erfolgreich gewesen, obwohl er eigentlich nicht mehr hatte arbeiten wollen. Schließlich war es eine Woche vor Ostern. Die Geschäfte versprachen sich noch das große Ostergeschäft. Aber was tat man nicht alles für einen alten Studienfreund.

Erst der Erfolg vor Gericht, dann hatte sich seine Tochter doch tatsächlich nochmals bedankt für die drei Tüten Klamotten und das sündhaft teure Gucci-Täschchen aus der Theatinerstraße. Ein teures vorgezogenes Ostergeschenk, aber gut angelegtes Geld. Er sah vor seinem geistigen Auge ihre Mutter, seine Exfrau, schmollen ob seiner Großzügigkeit, mit der sie nach der Scheidung nicht mehr mithalten konnte. Ihr Problem. Warum musste sie auch so kleinlich sein. Seine Affäre mit seiner Sekretärin war längstens beendet gewesen, als sie rauskam. Sogar gekündigt hatte er Lisa. Dabei war sie gut gewesen. Richtig gut. Er atmete tief durch. Schade. Vor allem hatte das Opfer seine Ehe nicht mehr retten können.

Aber egal. Jetzt saß er gemütlich hier. Noch. Um 23:00 Uhr ging sein Flug nach Phuket, die letzte Maschine vor Beginn des Nachtflugverbotes. Seine Taschen waren bereits gepackt, die Buchungsunterlagen und sein Reisepass in seiner Umhängetasche, seine Haushälterin informiert. Einmal im Jahr die Sau rauslassen, das musste auch ihm gestattet sein, der sonst für seine Mandanten überkorrekt sein musste. Und diese Zeit stand kurz bevor.

Es klingelte. Wer mochte das sein? Er erwartete niemanden. Und wollte auch niemanden sehen. Nicht gestört werden.

Es klingelte wieder. Penetrant, dauerhaft. Wer war so unverschämt, so dreist, solche Spielchen mit ihm zu treiben? Hoffentlich kein Mandant, dem die Verhaftung drohte. Alles schon mal dagewesen, erinnerte sich von Tatzenhayn, während er sich aus dem tiefen Sessel hochwuchtete. Diesmal würde er eisern bleiben und ihn an seinen Kollegen Reichert verweisen. Wozu hatte man Vertretungen?

„Schon gut, schon gut, ich komme ja“, verkündete er laut der Haustür, wissend, dass man dank des massiven Holzes nichts davon auf der anderen Seite hören würde. Deswegen ergänzte er, vorsichtshalber nicht ganz so laut: „Arschloch“.

Vor ihm standen zwei Punk-Mädchen. Kurze schwarze Kleider, dicke schwarze Jacken und geschnürte Boots verstärkten die blaue Haarfarbe. Blaue Haarfarbe? Von Tatzenhayn stutzte.

Aber das war unmöglich, die Polizei suchte doch einen Jungen.

„Was gibt´s“, fragte er wenig freundlich. Wenigstens hatten die Gören den Klingelknopf losgelassen.

„Herr von Tatzenhayn?“, fragte die Hübschere.

Er nickte.

„Dürfen wir reinkommen?“

„Nein, natürlich nicht“, verkündete er in seinem strengsten Juristentonfall, den er bei seiner Tochter, die etwa im selben Alter war, noch nie benutzt hatte, vor Gericht aber oft. „Worum geht´s denn? Wollt ihr betteln?“

Er schob die Tür in Richtung Schloss, doch der Fuß der Hübscheren stellte sich zwischen Tür und Angel. Obwohl sie rot geworden war. Ungewöhnlich. Solche Mädchen waren mit allen Wassern gewaschen, Scham kannten sie nicht, wie er wusste.

„Lass das. Mach sofort deinen Fuß da weg. Ich kann auch anders.“

Doch die Göre rührte sich nicht. Die andere starrte ihn nur an, kein Nerv ihres Gesichtes bewegte sich, sie blinzelte nicht einmal.

„Sind Sie der Rechtsanwalt meines Vaters?“, kam nun unerwartet von ihr.

„Nicht, dass ich wüsste. Wer sollte das denn sein?“

„Na, Vater.“

„Herr Hardenhoven“, ergänzte die Hübschere.

Von Tatzenhayn stutzte. Wer stand da vor ihm, fragte er sich verwirrt. Ähnlichkeit zu seinem Mandanten und Freund sah er nicht in dem jungen Gesicht. Andererseits hatte es ja bereits einen anonymen Anruf eines angeblichen Abkömmlings von Urban gegeben. Auf seine direkte Frage hatte Urban geantwortet, dass er kein Kind habe, er, sein alter Freund, wüsste es doch, wäre er doch der Patenonkel geworden. Dabei hatte Hardenhoven ihm jovial auf die Schulter geklopft.

„Auch kein uneheliches Kind, ein nicht anerkanntes Kind?“, hatte er nachgefragt.

„Natürlich nicht. Ich war immer vorsichtig, im Gegensatz zu dir, alter Freund.“

Damit hatte er recht gehabt. Seine Vaterschaft war nicht gewollt gewesen und die Ehe mit Marlies noch weniger. In beides hatte er sich drängen lassen. Und es wenig später schon bereut.

„Hardenhoven hat keine Tochter“, sagte er also in der Gewissheit, es mit einer Betrügerin zu tun zu haben.

„Zeig ihm die Pässe“, forderte die Hübschere die Maskenhafte auf.

Folgsam zog die ihren Rucksack ab, öffnete ihn und entnahm ihm drei Reisepässe, die sie von Tatzenhayn aufgeschlagen hinhielt. Alle drei zeigten Fotos seines Freundes, alle drei lauteten auf einen anderen Namen.

Fassungslos sah er die beiden Gören an. „Kommt rein."

Er ließ sie vor dem brennenden Kaminfeuer Platz nehmen. Zu trinken bot er ihnen nichts an, das wäre zu weit gegangen.

„Also, nun nochmals von vorne. Ich weiß von meinem Mandanten höchstpersönlich, dass er kein Kind hat. Gestern erst habe ich ihn danach befragt, als die Polizei behauptete, der Junge auf dem veröffentlichten Radarfoto sei sein Sohn. War das eine von euch, die angerufen hat?"

Die Hübschere nickte und wies auf die andere. „Justy wollte ihrem Vater helfen. Aber sie hat es nicht so mit dem Reden. Also habe ich für sie mit dem Polizeibeamten gesprochen."

Von Tatzenhayn schaute zu dieser Justy. Die starrte zurück. Ob sie geistig zurückgeblieben war? So verhielt sich doch kein normales Mädchen.

„Wie seid ihr an die Pässe gekommen?"

„Justy hatte sie in dem Rucksack, zusammen mit ein paar Schlüsseln."

„Aha. Nun, der kann geklaut sein. Wahrscheinlich habt ihr irgendwo den Rucksack meines Mandanten mitgehen lassen und dann in der Zeitung von den Vorwürfen gegen ihn gelesen. Und überschlau, wie ihr seid, habt ihr geglaubt, da was rausschinden zu können. Stimmt doch? Gebt es zu. Dann verlasst ihr einfach wieder mein Haus und ich vergesse diesen unerfreulichen Besuch. Ohne euch anzuzeigen. Ohne Folgen für euch."

„Das stimmt nicht. Ich habe noch nie gestohlen. Dieser Rucksack gehört Vater. Er hat mir ans Herz gelegt, darauf aufzupassen wie ein Schießhund", presste diese Justy heraus.

„Pass auf, Mädchen. Urban Hardenhoven ist nicht nur mein Mandant, er ist auch mein persönlicher Freund. Schon sehr lange. Ich wüsste, wenn er ein Kind hätte. Ich weiß nicht, aus welchem Loch du gekrochen bist, aber sicherlich nicht aus einem von ihm geschwängerten."

Er hatte sich ihr entgegengebeugt. Ganz nah. Aus Erfahrung wusste er, dass die meisten Leute spätestens jetzt, wenn er ihnen so scharf in die Augen sah und ihnen auf die Pelle rückte, einknickten.

Das Mädchen starrte zurück, wich keinen Millimeter zurück, verzog keine Miene. Sowas hatte er noch nie erlebt. Ob sie autistisch war? Wie diese Greta Thunfisch?

„Okay. Andersrum. Woher kommst du? Woher weißt du, dass Urban dein Vater ist? Hat dir das deine Mutter erzählt? Mütter lügen manchmal."

Der Blick fokussierte sich nicht, nicht einmal wütend wurde sie. Aber insgesamt strahlte die Göre ab, es mit einem Idioten zu tun zu haben. Langsam irritierte ihn das Verhalten.

„Gut, also ganz einfach: Wieso gehst du davon aus, dass Urban Hardenhoven dein Vater ist?"

„Weil er es mir immer gesagt hat."

„Urban hat es dir gesagt?"

Justy nickte.

„Bei welcher Gelegenheit?"

Wieder dieser Blick, als sei er ein Volltrottel.

„Immer."

„Er hat sie nur *Sohn* genannt", gab die andere von sich. „Ich hab ihr den Namen Justy gegeben."

„Wie?"

Die Hübschere zuckte die Schultern. „Als ich sie kennenlernte, das war vor vier Tagen oder so, und nach ihrem Namen fragte, sagte sie mir, dass sie Sohn heißt. Komischer Typ, Ihr Freund."

„Das passt nicht zu Urban. Wie hat dich denn deine Mutter genannt?", fragte er in Richtung Justy.

„Ich habe meine Mutter nie kennengelernt, Vater hat gesagt, dass sie bei meiner Geburt gestorben ist."

„Und wo bist du aufgewachsen?"

„Bei Vater."
„Also bei Urban?"
Justy zuckte die Schultern. „Bei Vater halt. Ich kenne ihn nur unter diesem Namen. Aber er sieht aus wie auf den Fotos da. Und die waren in Vaters Rucksack."
„Und wo bist du aufgewachsen?"
„In unserem Haus natürlich."
„Und wo ist das?"
Justy zuckte die Schultern.
„Da haben wir den Beweis, dass du lügst! Du weißt nicht einmal, wo das ist, stimmts? Ich war mehrfach bei Urban in der Heckenrosenstraße, in der Villa seiner Familie, in dem er aufwuchs und in dem er lebt. Ich bin dir dort nie begegnet."
Justy zuckte erneut die Schultern. „Vielleicht waren Sie da, als ich in meinem Zimmer war. Oder nachts, wenn ich geschlafen habe. Ich habe nie andere Menschen in unserem Haus gesehen. Vater hat gesagt, dass mich andere Menschen nicht entdecken dürfen, sonst nehmen sie mich ihm weg. Dass ich mich im Schrank verstecken muss, wenn ich fremde Stimmen in unserem Haus höre. Hab ich aber nie."
„Du willst behaupten, dass dich Urban im Haus versteckt hielt? Erzähl mir nicht so einen Blödsinn."
„Hören Sie", sagte Peggy, „ich verstehe ja Ihr Misstrauen. Ich hab´s am Anfang auch nicht geglaubt. Aber Ihr Freund muss sie wirklich völlig isoliert gehalten haben. Sie wusste noch nicht einmal, wie man sich etwas zu essen kauft."
Von Tatzenhayn schüttelte den Kopf. Das konnte er nicht glauben. Das war Unsinn. Die Mädchen wollten ihn verschaukeln.
„Es ist besser, ihr geht jetzt. Das ist so ein Unsinn, nein, damit kommt ihr bei mir nicht durch."
Das hübschere Mädchen zog aus ihrer Jackentasche ein paar Blätter und legte sie vor ihn hin. „Lesen Sie", forderte sie ihn auf. „Die haben wir in seiner Wohnung gefunden,

von der Justy nichts wusste. Neben einem Haufen Schlüpfer, benutzter, wohlgemerkt."

„Ihr habt eine Wohnung meines Mandanten durchsucht?"

Die Kleine wurde doch tatsächlich rot. „Nein, so war das nicht. Und außerdem ist sie seine Tochter. Da darf sie doch in seine Wohnungen gehen", sagte Peggy mit vorgeschobener Unterlippe. Die zeigte seine Tochter auch immer, wenn sie ihm den größten Mist als Wahrheit verkaufen wollte.

„Welche Wohnung? Urban hat nur ein Haus in München-Grünwald."

„Nein, im Rucksack befanden sich Schlüssel mit verschiedenen Adressen. Der eine passt zu dieser Wohnung in Moosach. Die ist echt schick. Dort gab es jede Menge Anzüge, die zu dem Mann auf den Fotos von der Statur passen würden. Er ist ja nicht sonderlich groß, ihr Freund. Und sehr schlank. Zumindest auf den Fotos in der Zeitung. Ist doch so, oder?"

Sie sah ihn fragend an. Natürlich war Urban klein für einen Mann. Geradezu zierlich. Das lag in seiner Familie, wie von Tatzenhayn wusste. Schließlich waren ihrer beider Familien eng befreundet gewesen. Seine Eltern waren oft zu Besuch in der Heckenrosenstraße in Grünwald gewesen. Und hatten ihn mitgeschleppt. Gegen seinen Willen. Noch heute zuckte er zusammen, wenn er an Urbans Vater, diesen Haustyrannen dachte. Gezwungen hatten sie ihn, immer mit Urban zu spielen, später sich um ihn während des Studiums zu kümmern.

Er war froh, nicht dort aufgewachsen zu sein. Deswegen hatte er auch manche Marotte von Urban ignoriert. Hatte ihm geholfen, wenn andere seine körperliche Schwäche ausnutzen wollten. Doch wirklich gemocht hatte er ihn nie. War einfach nicht warm geworden mit Urban. Mit der Zeit hatte sich das Substantiv „Freund" eingeschlichen. Und dabei war es geblieben.

„Und jede Menge Einstecktücher", fuhr die Göre fort und riss ihn damit aus seinen Gedanken. „In allen Farben. Aber alle sahen teuer aus. Wer trägt denn sowas noch?"

Von Tatzenhayn stutzte. Das war eine Macke seines alten Freundes, immer trug er Einstecktücher. „Ist meine ganz persönliche Extravaganz", hatte er von Tatzenhayn angesäuselt anvertraut. Aber auch das war noch lange kein Beweis.

„Und daraus habt ihr geschlossen, dass das Urbans Wohnung ist? Ihr könnt doch wer weiß wo gewesen sein. In der Wohnung eines Freundes meines Mandanten, der solche perversen Sachen sammelt. Von denen Urban gar nichts weiß."

Ratlos sah ihn Justy an. Er hatte sie also erwischt, sie vorgeführt. Gut so. Einen Moment lang hatte er tatsächlich Zweifel an Urban gehabt. Nein, sein Freund war unschuldig verhaftet worden. Und damit basta!

Und doch. Auch wenn die Kleine so durchgeknallt war, wie sie aussah. Er hatte in der polizeilichen Vernehmung, an der er als Anwalt teilgenommen hatte, das Fahndungsfoto von dem Jungen auf dem Beifahrersitz von Urbans Caddy gesehen. Das Mädchen vor ihm sah zwar völlig anders aus. Aber vielleicht lag das an der neuen verrückten Frisur. Und der Kleidung. Was, wenn sie doch die Wahrheit sagte?

„Was für einen Wagen fährt Ihr Mandant", fragte die Hübsche, als habe sie seine Gedanken gelesen. „So einen weißen Kastenwagen? Der steht in einer Garage in Moosach. Dazu passte der zweite Schlüssel aus dem Rucksack. Können Sie sich einen vernünftigen Grund vorstellen, warum Ihr Freund seinen Wagen in Moosach parkt, obwohl er in Grünwald so sein tolles Haus hat, wie Sie behaupten? Hat er da keine Garage?"

Damit hatte sie ihn erwischt. Er hatte sich schon gewundert, warum Urban neben seinem Jaguar einen alten Caddy besaß, der nun allerdings im Polizeihof stand, wo er auf Spuren des verschwundenen Mädchens untersucht worden war. Im Laderaum waren keine gefunden worden. Der war so clean, als wäre er noch nie benutzt worden.

Von Tatzenhayn war ebenso wie die Spurensicherung verblüfft gewesen, wie ein Fahrzeug so sauber, so spurenfrei sein konnte. Klar, im Fahrgastraum waren Spuren von Urban festgestellt worden. Und auf dem Beifahrersitz solche verschiedener, aber unbekannter Personen.

„Du erzählst Unsinn. Urbans Caddy steht bei der Polizei. Hör auf, mir Lügenmärchen zu erzählen."

„Dann kommen Sie mit, wir zeigen Ihnen den Wagen!"

„Kommt nicht in Frage. Ich lass mich von euch doch nicht in eine finstere Ecke locken."

„Haben Sie Angst vor der Wahrheit? Ich weiß, was ich gesehen habe. Vielleicht sollten wir der Polizei noch einen anonymen Tipp geben. Denn wenn ich so nachdenke, kommt es mir reichlich komisch vor, dass er zwei identische Wagen hat, einen bei der Polizei und einen ohne Nummernschilder in einer Garage, von der nicht mal Sie etwas wussten."

„Rede keinen Unsinn. Natürlich kenne ich nicht alle Liegenschaften meines Mandanten. Wieso sollte ich auch?"

„Mag ja sein, aber komisch kommt Ihnen das doch bestimmt auch vor, oder? Seien Sie ehrlich!"

Von Tatzenhayn kam das in der Tat komisch vor. Was mochte es bedeuten, dass Urban zweimal den gleichen Wagen besaß? Und was würde passieren, wenn die Gören das tatsächlich der Polizei mitteilten? Wenn es überhaupt stimmte. War es sein Job, das herauszufinden?

Er musste seinen Mandanten vor der Polizei unterstützen, dafür sorgen, dass er ein ordentliches rechtsstaatliches Verfahren bekam. Mehr nicht. Aber Urban war eben mehr. Er war sein alter Freund, der in der Patsche saß. Wenn auch ein aufgezwungener. Diese Mädchen konnten ihm helfen, ihn vielleicht aber auch ruinieren. Konnte er es darauf ankommen lassen?

Er sah auf seine Patek Philippe. Noch vier Stunden bis zum Einchecken. Nach Moosach brauchte er vom Bogenhausen zehn Minuten, vielleicht eine Viertelstunde. Zurück nochmal dasselbe. Eine Stunde, gab er sich. Dann würde er direkt zum Flugplatz fahren, damit nicht noch einmal was dazwischenkam.

„Okay, wie lautet die Adresse?"

Es hatte zwanzig Minuten gedauert. Aber das war im Rahmen seiner Planung in Ordnung. Vor sich sah er einen weißen Caddy ohne Kennzeichen. Tatsächlich war es exakt derselbe Wagen wie der, der derzeit auf dem Polizeihof parkte. Von Tatzenhayn schüttelte den Kopf.

„Habt ihr etwas darin gefunden, was beweist, dass der Wagen Urban gehört?"

„So blöde ist Ihr Urban nicht. Aber schauen Sie sich mal den Kofferraum an", antwortete die Hübsche, die sich auf der kurzen Fahrt als Peggy vorgestellt hatte.

Von Tatzenhayn quetschte sich zwischen Wand und Wagen bis zum hinteren Ende des Caddys und öffnete die Heckklappe, nachdem er ihn mit dem Schlüssel von Peggy entriegelt hatte.

Vor sich sah er Wolldecken, Klebeband und eine Kiste, ausreichend, um einen Menschen darin zu verstecken. Kabelbinder, Seil und Pappe auf dem Boden.

Wieder schüttelte er unbewusst den Kopf. Konnte das wirklich Urbans Wagen sein? Hier? Mit solchen Sachen im Laderaum? Gesetzt den Fall, es war wirklich so, was wollte sein alter Freund damit?

Nun, zumindest hatten die Gören nicht gelogen. Er musste das mit Urban vor seiner Abreise klären. Nicht, dass der in seiner Abwesenheit aufgrund von neuen Erkenntnissen von der Polizei abgeholt würde. Dazu brauchte es nur einen weiteren Anruf von Peggy.

Wenn es stimmte, dass dieser Wagen ihm gehörte, hätte

die Kripo allen Grund dazu. Sollte er den Mädchen erzählen, dass Urban aus der Untersuchungshaft entlassen worden war? Eher nicht. Er hatte keine Ahnung, wie sie reagieren würden. Vielleicht würden sie gerade deshalb sofort zur Polizei rennen. Schließlich war diese Peggy offensichtlich von Urbans Schuld überzeugt.

Aber er musste Urban unbedingt von den beiden Mädchen erzählen, die seinem Freund gefährlich werden konnten. Wo der jetzt wohl war? Er hatte ihn in der Heckenrosenstraße abgesetzt, nachdem er ihn in der JVA Stadelheim abgeholt hatte.

„Gut, ich habe genug gesehen. Ich muss zurück. Mein Flieger geht in Kürze. Kann ich euch irgendwo absetzen?“

Kapitel 36

Peggy

Es war spät, es war kalt. Es nieselte. Die Geschäfte hatten längstens geschlossen, dachte Peggy mit bitterem Geschmack im Mund.

Sie hatten sich in der Innenstadt absetzen lassen. Peggy hielt es für keine gute Idee, diesen Rechtsanwalt wissen zu lassen, wo sie die Nacht verbringen würden. Wer wusste schon, auf welche Ideen der kam. Vielleicht hetzte er ihnen die Polizei auf den Hals. Er hatte zwar schwer geschluckt, als er den Wagen in der Garage gesehen hatte. Aber gegen seinen Mandanten würde der niemals handeln. Und gegen seinen alten Freund, der Justys Vater offenbar war, schon gar nicht.

Davon abgesehen hatte Peggy selbst keine Idee, wo sie beide die Nacht verbringen sollten. In den Caddy trauten sie sich nicht zurück. Wegen dem Anwalt. Und die alte S-Bahnbrücke am stillgelegten Olympiabahnhof mit seinen Perversen war nur abschreckend. Außerdem, sie schnupperte unter ihrem Arm und stöhnte auf, war eine Dusche oder wenigstens ein Waschlappen dringend nötig.

Sie könnten natürlich in die Wohnung in Moosach zurückkehren. Zu gerne hätte Peggy die Mikrowelle oder das, was sie dafür hielt, mit einem der leckeren Essen aus dem Gefrierfach ausprobiert. Hatten sie dem Anwalt die Adresse genannt? Sie konnte sich nicht erinnern.

Justy zuckte nur die Schultern, als sie sie fragte. Nein, auch das Risiko war zu groß. Was blieben ihnen dann noch für Möglichkeiten?

Ihr kam eine Idee. Eine freche. Eine unmögliche. Eine absurde. Oder doch nicht so verrückt? Hardenhoven war schließlich noch im Knast. Der würde sie nicht stören können, wenn sie einfach …

„Würdest du euer Haus in Grünwald wiedererkennen? Der Anwalt hat gesagt, es ist in der Heckenrosenstraße."

Einen Moment kräuselte sich Justys Stirn, dann nickte sie.

„Kommen wir da rein?"

Justy nickte.

„Okay, dann los."

Mit Justys Geld hatte sie zwei Fahrkarten für die S-Bahn gekauft und waren am Delbolfinger Platz ausgestiegen.

„Irgendeine Idee, wo wir hinmüssen?"

Das altbekannte Schulterzucken, das Peggy langsam den letzten Nerv kostete. Sie war bis auf die Haut durchnässt und hungrig. Und diese Tussi wusste noch nicht einmal, wo sie wohnte. Zu allem Unglück waren fast alle Geschäfte inzwischen geschlossen. Sie konnten noch nicht einmal etwas zu essen kaufen. Ein Stöhnen schlüpfte über ihre Lippen. Justy starrte sie mit ihrem leblosen Blick an.

„Was guckst du so blöd. Darf man nicht mal stöhnen?", fauchte Peggy.

Justy beeindruckte das nicht, sie starrte weiter.

„Also, was fällt dir zu eurem Haus ein? Irgendwelche Besonderheiten? Irgendwelche Auffälligkeiten, an die du dich erinnerst?"

„Es ist groß."

„Aha, also groß. Hast du dich mal umgesehen? Hier gibt es nur große Häuser. Weitere Ideen?"

„Es sieht so ähnlich aus." Sie wies auf einen alten Gründerzeitbau.

„Na, das ist doch schon mal was. Welche Farbe?"

Schulterzucken. Peggy sah sich um. Und entdeckte einen Rossmann. Einen geöffneten Rossmann.

„Okay. Ein Bad habt ihr doch wohl in der Villa?"

Ausnahmsweise nickte Justys Kopf.

„Dann beseitigen wir als Erstes das Blau. Sonst erkennt uns jeder Bulle."

Kapitel 37

Polizeipräsidium München

„Hardenhoven verlässt seine Wohnung in Moosach, Mo. In einem silberfarbenen Jaguar. Wer hat, der hat. Ich verstehe nicht, warum er dann noch so einen schäbigen Caddy fährt. Das muss einen Grund haben. Einen guten Grund. Soll ich ihm weiter folgen? Vielleicht geht er jetzt zum Friseur“, nörgelte Nico Braun.

Vor einer Stunde war er Hardenhoven bis zu einem Lebensmittelmarkt zwei Straßen weiter gefolgt, hatte ihn in den Regalreihen überwacht und war hinter ihm her zurück zu seiner Villa gefahren. Sein erster perfekter Parkplatz war inzwischen belegt und Nico hatte Mühe, einen anderen mit Blick auf Hardenhovens Wohnung zu finden. Das war ihm nicht gelungen, er hatte eine Seitenstraße weiter parken und sich in die Kälte stellen müssen. Entsprechend genervt klang seine Stimme, als er Mo Bericht erstattet hatte.

Mo konnte es Nico als alleinerziehender Vater eines kleinen Tochter nicht verdenken. Nico hatte Mo am Morgen erzählt, dass er wegen des Falles noch keine Geschenke für seine Tochter hatte kaufen können, die morgen Geburtstag hatte und drei Jahre alt wurde. Warum Nico nun freiwillig außer Dienst die Observierung Hardenhovens übernommen hatte, konnte Mo nur ahnen. Nico war zwar ehrgeizig, aber das allein reichte nicht für einen jungen Vater und Witwer, um den Geburtstag seines Kindes zu vernachlässigen. Sie vermutete, dass es die Angst war. Die Angst, Typen wie Hardenhoven könnten eines fernen Tages ein Auge auf seine kleine Tochter werfen. Dass er den Täter nicht hinter Gitter bringen und so ein Kerl einfach weitermachen konnte.

Mo konnte den Beweggrund, warum Nico ihr half, bestens nachvollziehen. Denn sie wollte genau das auch verhindern – und zwar jetzt!

Mo verstand das nicht mit dem Caddy. Solch ein eitler Schnösel wie Hardenhoven, der sich noch in die U-Haft von seinem Anwalt einen neuen Anzug für den Haftprüfungstermin hatte bringen lassen. Obwohl er in der U-Haft die Kleidung nicht gewechselt hatte. Und das mehrere Tage lang. Waren ihm offensichtlich nicht fein genug gewesen, die Gefängnisklamotten. Überhaupt hatten sich alle gewundert, wie sehr sich Hardenhoven gegen die Untersuchung durch einen Arzt gewehrt hatte. Von Tatzenhayn hatte extra wieder anmarschieren müssen. Und sich auf diesen weltfremden Beschluss des Oberlandesgericht München zwei Jahre zuvor berufen. Das hatte gewirkt, sie hatten Hardenhoven seinen Willen gelassen. Sehr empfindlich der Mann. Nach einer Verurteilung, die sich Mo erhoffte, würde er nicht mehr damit durchkommen. Und dieser Mann fuhr so einen heruntergekommenen, schlichten Wagen? Ihr war gleich klar gewesen, dass er noch einen weiteren besitzen musste. Natürlich einen Jaguar, erst zwei Jahre alt, wie die Zulassungsstelle auf ihre Anfrage mitgeteilt hatte.

Ihr Kollege wartete noch auf ihre Antwort. Jetzt wurde es spannend.

„Wo stehst du gerade, Nico?“

„Eine Querstraße weg von der Villa um die Ecke vor einer Rossmann-Drogerie. Wo will der Typ nur hin?“

„Fahr hinterher. Wenn er irgendwo parkt, gibst du mir Bescheid. Ich komme dann und löse dich ab. Dann kannst du nach Hause.“

„Okay, ich häng mich dran!“

„Gib Gas, bleib unbedingt dran. Das ist unsere einzige Chance, den Fall zu lösen.“

„Okay. Aber du kommst dann gleich?“

„Ja, natürlich. Habe ich doch gesagt“, bestätigte sie mit

schlechtem Gewissen gegenüber ihren Eltern, die sie am Wochenende mal wieder mit einem Gruß aus Italien erwarteten. Sei´s drum. Nicht zu ändern. Sie würde es um eine Woche verschieben.

„Gut!"

Mo hatte selten in so einem kurzen Wort so viel Erleichterung gehört. Wieder regte sich ihr schlechtes Gewissen. Aber allein konnte sie das hier nicht durchziehen.

Als Richter Hoffmann am späten Vormittag den Haftbefehl aufgehoben hatte, war Mo aus allen Wolken gefallen. Hoffmann galt als harter Hund, der nicht so schnell einen einmal erlassenen Haftbefehl wieder aufhob. Das musste einen anderen Grund haben. Anders konnte es sich Mo nicht erklären.

Ihr direkter Vorgesetzter hatte strikt die von ihr vorgeschlagene Überwachung abgelehnt. „Nun akzeptieren Sie doch endlich, Frau Celta, dass der Mann kein Mörder ist. Sie kennen Richter Hoffmann. Wenn der einen rauslässt, hat das seine Gründe. Gute Gründe. Und was hatten Sie für Gründe, Hardenhoven festzuhalten? Einen Caddy, in dem er geblitzt wurde? Nur weil er sonst einen Jaguar fährt? Weil er zweimal in der Nähe eines Ortes geblitzt wurde, wo ein Mädchen verschwunden ist? Das hat er erklärt. Und gut begründet. Weil ihn eine Ausreißerin beschuldigte, versucht zu haben, sie in diesen Caddy zu zerren? Das ist eine Ausreißerin. Die sich erst nach Veröffentlichung des Zeugenaufrufes gemeldet hat. Wahrscheinlich um an Geld zu kommen. Ist doch immer so. Das wissen Sie doch alles selbst. Muss ich Ihnen doch nicht extra sagen. Kein Wunder, dass Hardenhoven raus durfte. Finden Sie sich damit ab, Frau Celta. Es gibt in unserer Stadt keinen Serientäter. Alle Fälle, die sie mir vorgelegt haben, können damit erklärt werden, dass es sich um Mädchen handelt, die vorher von zu Hause abgehauen waren. Und dann nochmals abtauchten. Wohin auch immer. Sie kennen doch die Statistiken. Wollen Sie Ihren Kollegen die verdienten Feierabende versauen? Gehen Sie nach Hause. Seien Sie froh und danken es Richter Hoffmann, Luft für andere Fälle zu haben."

Wenigstens hatte ihr Boss ihr das in solchen Fällen übliche Schulterklopfen erspart. Ihr Blick auf die Uhr machte Mo klar, dass sie zu den Kollegen nach Schwabing ins *Weinheim* aufbrechen sollte, die dort mehr feucht als fröhlich, wie Mo wusste, hin und wieder den Arbeitstag ausklingen lassen wollten. Doch ihr war nicht danach zumute. Sie war sich sicher, dass Hardenhoven ein Drecksack war. Einer der ganz schlimmen Sorte.

Nun saß sie in ihrem Clio vor dem Polizeipräsidium und wartete. Wissend, dass das Stress mit ihrer Mutter bedeutete. Wieder Stress. Wie in letzter Zeit so oft. Ihre Mutter wollte keine Hauptkommissarin, die Verbrecher jagte, sondern eine Tochter, die ihr Enkelkinder schenkte. Mo seufzte. Ihr kam es wie eine Ewigkeit vor, bis Nico sich endlich wieder meldete.

„Ich bin jetzt in Bogenhausen. Hardenhoven hat gerade vor einer schicken Villa in der Rudliebstraße geparkt. Nicht so alt wie die von ihm, auch nicht so groß. Aber deutlich schicker. Ich steig gleich mal aus und schaue auf das Namensschild."

„Aber sei vorsichtig. Lass dich nicht erwischen."

„Wird gemacht, Mo."

Wenige Minuten später meldete sie sich wieder. „Es ist die Villa von seinem Anwalt. Von Tatzenhayn. Versteh ich nicht. Der hat ihn doch erst vor ein paar Stunden vor dem Haus in der Heckenrosenstraße abgesetzt. Was will er denn jetzt schon wieder von dem?"

„Keine Ahnung. Bleib da, bis ich komme."

Etwas verwunderlich fand Mo das auch. Hardenhoven war frei. In den kommenden Tagen würde auch nichts mehr passieren. Komisch. Na ja, vielleicht wollte er ihm das Geld für den neuen Anzug vorbeibringen. Im Haftprüfungstermin war noch ein kleines Preisschild am Ärmel des Jacketts des sonst so penibel auf sich achtenden Hardenhoven zu sehen gewesen. War er etwa doch nervös geworden?

Sie brauchte eine Viertelstunde vom Polizeipräsidium bis in die Rudliebstraße. Nico hatte seinen Wagen geschickt zwischen einem Bentley und einem BMW versteckt. Auf Mos Zeichen räumte er den Parkplatz für sie auf das richtige Haus deutend. Ein kurzes, letztes Winken und weg war er.

Mo nutzte die Zeit, endlich ihre Mutter anzurufen.

„Wir rechnen fest mit dir, Bambina. Die Janssens kommen auch."

Mist, das hatte sie völlig vergessen. Das schon lange geplante und immer wieder verschobene Essen mit den neuen Nachbarn ihrer Eltern. Wie kam sie da nur raus? Lügen brachte nichts. Ihre Mutter war die bessere Vernehmerin in der Familie.

„Mama, ich muss diese Woche noch eine Überwachung dranhängen. Ich observiere einen Verdächtigen. Den haben sie heute Mittag aus der Untersuchungshaft entlassen, obwohl das vermisste Mädchen noch nicht wieder aufgetaucht ist."

„Muss das sein? Können das nicht deine Kollegen übernehmen? Wir haben das schon so oft verschoben."

„Das geht nicht. Ich muss das allein durchziehen."

„Und du weißt es natürlich wieder besser als alle anderen zusammen. Spielst du wieder den weiblichen Rambo, Bambina?"

Das Eis in der Stimme ihrer Mutter ließ auf nichts Gutes hoffen. Mo wusste nicht, was sie antworten sollte. „Warte kurz, Mama..."

Das Licht im Haus des Strafverteidigers ging im ersten Stock an. Mo beugte sich vor, um es richtig sehen zu können. Sie entdeckte einen Schatten hinter der zugezogenen

Gardine. Licht flackerte. Das Licht ging wieder aus. Nun leuchtete es im Flur. Die Haustür öffnete sich und Hardenhoven trat vor die Tür, die er hinter sich zuzog. Dann stieg er in seinen Wagen und fuhr los.

Erstaunlich, dass von Tatzenhayn ihn nicht hinausbegleitet, dachte Mo. „Mama, Entschuldigung ... Mama?"

Ihre Mutter hatte das Telefongespräch beendet.

Kapitel 38

Peggy

Bewaffnet mit zwei Packungen Haarfärbemittel, eins für blondes, eins für braunes Haar, und einem guten Dutzend Müsliriegeln verließen Peggy und Justy die Rossmann-Filiale und gingen ein Stück in Richtung Heckenrosenstraße, die nur noch eine Ecke entfernt war. Ein Wagen fuhr rasant von seinem Parkplatz am Randstein an und spritzte Pfützenwasser an Peggys Beine.

„Pass doch auf, Idiot", brüllte sie dem Fahrer hinterher und zeigte ihm den Mittelfinger, die das jedoch ignorierte.

„Scheiße", fluchte sie, nachdem sie ihre Beine abgetastet hatte. „Scheiße, Scheiße, Scheiße. Lass uns endlich dieses gottverdammte Haus finden, damit ich in trockene Klamotten komme. Sonst hol ich mir bei dem Scheißwetter noch den Tod!"

Sie erreichten die Heckenrosenstraße unter lautem Fluchen von Peggy. Justy, mit dem Finger auf einen alten Gründerzeitprachtbau deutend, holte tief Luft. „Das da ist es."

Perplex schaute Peggy auf. „Das gibt´s doch nicht. *Das* ist das Haus deines Vaters?", fragte sie, als sie eine vom Feinstaub angegraute dreistöckige Villa mit vier Erkern, zwei Balkonen und einer mannshohen Steinmauer zur Straße vor sich sah. „Kein Wunder, dass du so viel Geld dabei hast, Justy. Das Ding muss Millionen wert sein."

Justy zuckte die Schultern.

„Und wie kommen wir rein?"

Justy wies auf die Einfahrt des Nachbarhauses, das nicht von einem Zaun umgeben war. „Da bin ich rausgekommen."

„Gut, dann gehen wir da auch wieder rein. Also los!"

Peggy beobachtete zu ihrem neuerlichen Erstaunen Justy dabei, wie das seltsame Mädchen mit Schwung erst auf die mannshohe Mauer zugerannt war, ihren linken Arm und das linke Bein auf die Mauerkrone hochgeschwungen und sich dann mit dem Restschwung auf die Mauer gewuchtet hatte.

Peggy sah sich um, entdeckte einen alten Gartenstuhl und zog ihn in die Nähe von Justy, die noch immer auf der Mauer thronte. Dann stieg sie darauf und versuchte, sich mit den Armen hochzuziehen. Sinnlos, wie sie erkannte. Vorsichtig lugte sie zu Justy, doch von der war kein Lachen zu hören. Dem Mädchen fehlte der Humor, eindeutig.

„Komm, ich zieh dich hoch", war Justys einzige Reaktion. Peggy reichte ihr die Hand. Mit erstaunlicher Kraft, die man ihr nicht ansah, zerrte Justy so lange an ihr, bis sie ebenfalls oben war. Leicht derangiert, aber oben.

Vorsichtig hangelte sie sich auf der anderen Seite runter, nachdem Justy dies mit einem Sprung bewältigt hatte. Angst war keine ihrer Schwächen. Das war klar.

Gemeinsam gingen sie Pfützen ausweichend über einen Hinterhof, der in einen kleinen Park mündete, zu dem stattlichen Haus. Die Tür in die Villa war nicht abgeschlossen. Justy drückte sie auf und Sekunden später standen sie in einer Küche gigantischen Ausmaßes.

„Boah, so groß ist die ganze erste Etage meines Elternhauses", rief Peggy. Der altmodische Herd sah aus, als müsse er mit Holz geheizt werden, das Spülbecken war aus Porzellan und der Boden schachbrettartig schwarz und weiß gefliest. Es roch nach Moschus, altem Fleisch und Staub.

Zwei Türen waren zu sehen. Hinter einer offenen erstreckte sich ein langer, düsterer Flur mit Holzdielen und halbhoher Holzverkleidung. Die andere war geschlossen. Peggy folgte Justy durch den Flur in ein großes Wohnzimmer, dessen Parkett mit bunten Teppichen belegt war. Sicherlich Perser, dachte Peggy, obwohl sie keine Ahnung hatte, woran man solch ein gutes Stück erkannte.

Justy durchquerte den Raum, der mindestens doppelt so groß wie die Küche war, zu einer weißen Doppelflügeltür. Dahinter verbarg sich eine Bibliothek mit zehn Regalreihen übereinander. An allen vier Wänden. Eine Leiter, die am oberen Ende mit Rollen befestigt war, ermöglichte das Herunterholen der Buchbände von den oberen Regalreihen, die nur von einem gigantischen offenen Kamin und fast bodentiefen Fenstern unterbrochen wurden. Hier war es wie in allen Bereichen des Hauses, die Peggy bisher gesehen hatte, ganz anders als in der Wohnung in Moosach: düster, dunkel, altmodische Möbel, abgestandene Luft. Wie konnte ein Mensch zwei Wohnorte besitzen, die gegensätzlicher nicht sein konnten? *Was sagt das über den Besitzer aus*, fragte sich Peggy. Nichts Gutes, fand sie.

„Bleib hier", befahl ihr Justy und verschwand durch eine andere Doppelflügeltür.

Peggy dachte nicht daran. Viel zu neugierig war sie auf die anderen Räume. Außerdem traute sie Justy nicht.

Kann es sein, dass ich ihr in ein Horrorhaus gefolgt bin, in dem nun ich gefressen werde? Peggy kicherte leicht hysterisch in sich hinein. In diesem Haus blieb sie besser in Justys Nähe. Sie sah das Mädchen gerade noch auf dem oberen Absatz einer Treppe, die sich auf beiden Seiten des Flures, der sich zu einer Halle geöffnet hatte, hoch schlängelte, um sich im ersten Stock wieder zu vereinen. Justy ging eine weitere Treppe hinauf, die nicht mehr ganz so prächtig war. Sie verschwand hinter einer für die Verhältnisse der Villa schlichten braunen Holztür.

Peggy folgte ihr.

Oben angekommen lugte Peggy um die Ecke direkt in eine Mönchszelle. Damit hatte sie nicht gerechnet. Karge geweißte Wände, ungehobelter Dielenboden, ein Waschbecken in der Ecke, eine schmale Gefängnispritsche und ein eintüriger Holzschrank. Ein kleiner Schreibtisch vor dem Fenster, das von dichten Vorhängen blickdicht abgedunkelt wurde, mit einem Holzhocker ohne Lehne davor, vervollständigten das Inventar. Farbe brachten nur die vielen Bücher, die sich auf dem Tisch und neben dem Schrank auf dem Boden stapelten, hinein.

Justy stand in Unterhemd und Unterhose in der offenen Schranktür und wühlte in ihm. Peggys Klamotten lagen in einem wirren Haufen auf dem Boden.

„Hier lebst du?"

Justy riss ruckartig ihren Kopf hoch und stieß gegen die Innenoberkante des Schranks. „Ich hab doch gesagt, dass du unten warten sollst", fauchte sie Peggy an. Das war das erste Mal, dass ihre Stimme nicht monoton klang.

Erstaunlich, fand Peggy.

„Schon gut, schon gut. Aber ich brauch trockene Klamotten. Meine sind ja nun unerreichbar in meiner Gartenhütte. Also wirst jetzt du mir etwas leihen müssen."

Justy deutete auf den Schrankinhalt. Peggy ging näher. Zwei identische blaue Arbeitsoveralls, ähnlich dem, in dem sie Justy kennengelernt hatte, hingen im Schrank. Das Regalteil war nicht voller. Nur ein dunkelblauer und ein brauner Pulli, die nach Kratzen aussahen, lagen darin neben ein wenig Unterwäsche.

„Puh, ist das alles?", fragte Peggy bestürzt.

Justy Antwort: ihr altes Nicken.

„Nun, dann lass uns mal schauen, was dein Vater so im Schrank hat."

„Das geht nicht!" Justy wurde rot im Gesicht, das sich zu einer zuckenden Grimasse verzerrte. Peggy wich erschrocken zurück. In den vergangenen Tagen hatte sie Justy noch nie so erregt gesehen. Was war nur mit ihr geschehen? War es das Haus, das sie so verwandelte? Egal. Vielleicht fand sie wenigstens einen Bademantel von diesem unberechenbaren Typen. „Wo ist denn das Schlafzimmer deines Vaters?"

„Nein, das geht nicht. Halt, stopp", rief sie Peggy hinterher, die eine Treppe tiefer stieg. Sie konnte sich nicht vorstellen, dass der Besitzer der schicken Wohnung im Moosach auf dieser Dienstbotenetage übernachtete.

Sie stieß die erste Tür auf und stand in einem Schlafzimmer aus Downton Abbey. Blümchentapete war gepaart mit einem Himmelbett. Wenigstens kam Licht durch die Fenster, die von karierten Gardinen umrandet waren. Nein, zu feminin, befand Peggy und ging zur nächsten Tür. Justy hörte sie im Laufschritt auf der Treppe.

Das Zimmer passte besser. Dunkles Holz, eine getigerte Tagesdecke über einem breiten Boxspringbett mit Rückenlehne. Eine Lamelleneinbauschrankwand bedeckte die gesamte gegenüberliegende Seite. Peggy marschierte darauf zu.

„Bleib stehen. Komm da raus", hörte sie Justys Stimme, die sich leicht überschlug, von der Tür.

„Mach ich gleich. Ich will nur erst schauen, ob ich was zum Anziehen finde. Stell dich nicht so an. Schließlich habe ich dir auch Klamotten geliehen, als du sie brauchtest."

„Du kannst alles haben, was mir gehört. Ich gebe dir auch gleich eine Rolle von dem Geld. Aber bitte, bitte komm raus."

„Die hast du mir bereits versprochen, schon vergessen? Ich komme gleich, einen Moment nur noch." Fast tat Justy Peggy leid. Aber sie war auch neugierig. Neugierig auf den Mann und darauf, warum Justy so panisch reagierte.

Auf den ersten Blick sah sie nur Anzüge, wie in der Wohnung. Auf den zweiten Blick fehlte etwas. Freizeitkleidung. Das war es. Nicht mal ein Bademantel war zu sehen. Alles war auf Business ausgerichtet. Mist! Und ihre Nase streikte. Der ganze Raum war so stark parfümiert, dass sie niesen musste. Sie musste sie zuhalten.

„Bitte, bitte, komm raus da. Lass uns hier sprechen."

Peggy warf einen letzten sehnsüchtigen Blick in das Zimmer. „Okay, ich komme." Wie gerne hätte sie sich einfach in das Bett gekuschelt, um warm zu werden. Aber dieser Geruch...

„Was ist denn?", fragte sie die völlig aufgelöste Justy. Sogar Tränen standen in ihren Augen. Das war noch nie vorgekommen.

„Du darfst nicht in Vaters Zimmer! Das ist verboten."

„Und du machst noch immer alles genauso wie dein Vater es gebietet. Hey, er ist nicht da! Er merkt das nicht. Also warum bist du so panisch?"

Justys Blick sank zu Boden.

„Raus damit? Was ist so schlimm daran, wenn du das Schlafzimmer deines Vaters betrittst? Hey, schau mich an. Was ist das? Was ist mit dir los?"

Justy zog ihre Hände hinter ihrem Rücken hervor und hielt Peggy die Handflächen hin. Sie waren zerfurcht von Narben. Kreuz und quer über beide Hände. Bisher, fiel Peggy im Nachhinein auf, hatte sie die immer vor ihr verborgen.

„Wa... Wie... ist das denn passiert", konnte Peggy nur stammeln.

„Das passiert, wenn ich Vater nicht gehorche oder zu viele dumme Fragen stelle. Ich will nicht, dass das auch mit dir passiert."

Peggy nahm Justys Hände in ihre. Drehte sie, konnte ein streicheln mit dem Daumen nicht verhindern. *Und ich habe geglaubt, einen schlimmen Stiefvater zu haben,* dachte sie.

Justy riss die Hände aus Peggys. Ihr Blick hätte morden können. Erschreckt trat Peggy einen Schritt zurück. Irgendwas stimmte nicht mit dem Mädchen. Sie musste vorsichtig bleiben.

„Und dem Kerl willst du helfen? Den willst du zurück? Der gehört abgeknallt", fauchte sie strenger als beabsichtigt. Aber sie musste den inneren Abstand zu Justy zurückgewinnen, den sie gerade eben blöderweise aufgegeben hatte.

„Ich hab doch sonst niemand. Er ist mein alles“, kam in Justys bestem monotonen Tonfall zurück.

„Auf so jemanden kann man verzichten. Das darf niemand einem anderen antun. Hörst du? Schon gar kein Vater.“

„Wie ist denn dein Vater?“

„Oh, der ist jetzt ein ganz schlechtes Beispiel.“

„Siehst du?!?“

„Naja, es gibt immer Ausnahmen von der Regel.“

Sie trat zur nächsten Tür, um weiteren Fragen auszuweichen. Ein Badezimmer.

„Bitte, bitte nicht“, flehte Justy.

Peggy ging rein.

Sie beschlossen, die Nacht in der Villa zu verbringen. Peggy kuschelte sich in einen superweichen Fleece-Bademantel in schwarz, der ihr nur unwesentlich zu groß war. Justy starrte das Ding an, als wäre es etwas ekliges, widerliches.

„Was“, fragte Peggy auf den Bademantel deutend.

Justy würgte. Was war denn jetzt schon wieder los?

„Raus damit, was ist los?“ Peggy hasste sich für den Schullehrerton, in den sie verfallen war.

„Den hat Vater immer an.“

„Sag mir was Neues. Das ist ein Herrenbademantel und er stammt aus dem Badezimmer deines Vaters. Also wo ist das Problem?“

„Er hat nie was drunter an.“

Entsetzt starrte Peggy auf das Ding und sprang auf. „Was? Gib mir sofort was anderes! Ist das widerlich…“

Sie zerrte an dem Bademantel, bis sie in Unterwäsche vor Justy stand. „Gib mir den Overall, alles ist besser als dieses Ding.“

Gemeinsam eilten sie ins zweite Obergeschoss in Justys Zimmer.

Kapitel 39

Justy

Peggy kichert. „Jetzt sehen wir schon wieder aus wie Zwillinge.

Ich sehe an mir runter. Tatsächlich. Die gleichen blauen kurzen Haare, fast gleichgroß, gleich gekleidet. Doch der Gesichtsausdruck unterscheidet uns: Peggy lacht. Etwas, was ich noch lernen muss. Wie andere Lebensdinge. Ich versuche, sie nachzuahmen. Ziehe den Mund in die Breite.

„Was ist denn mit dir los?“, Peggy starrt mich mit hochgezogenen Augenbrauen an.

Ich gebe den Versuch auf und zucke die Schultern. Wie immer, wenn ich die Antwort nicht kenne. Was soll ich auch sonst tun? Ich weiß so vieles nicht.

„Okay. Ich hab Hunger. Was habt ihr denn so im Kühlschrank?“, fragt Peggy.

„Nichts.“

„Nichts?“

„Gar nichts. Deswegen musste ich ja raus aus dem Haus.“

„Stimmt, hatte ich ganz vergessen. Schauen wir trotzdem mal nach. Vielleicht hast du ja was übersehen. Ich nehme alles, was ich kriegen kann. Zur Not auch die Müsliriegel. Die aber nur in der allergrößten Not.“

Wieder eilt sie vor mir her ins Erdgeschoss. Bis ich sie erreicht habe, hat sie bereits den Kühlschrank geöffnet.

„Na also! Ich weiß zwar nicht, wie du das übersehen konntest, aber ich schmier mir gleich eine Stulle.“

Ein Brot? Völlig baff gehe ich zu Peggy und sehe hinein: eingeschweißte Salami, meine Lieblingssalami, geschnittenes Graubrot, Butter, Milch, Käse. Es ist alles wieder da. So wie immer. Sogar ein Glas saure Gurken steht im Kühlschrank. Peggy öffnet es gerade und angelt mit den Fingern eine Gurke heraus.

„Das macht man nicht so, nimm eine Gabel", befehle ich ihr, wie es sonst Vater bei mir macht, wenn ich mich nicht beherrschen kann. Verblüfft sieht sie mich an. Ich ziehe die Schublade rechts neben mir auf und gebe ihr eine. Dazu ein Messer zum Brotschmieren. Das mache ich automatisch. Das ist einfacher als mich zu fragen, woher das Essen gekommen ist. Was das bedeutet.

„Willst du auch?"

Ich nicke. Das Denken fällt mir plötzlich so schwer wie in Vaters Gegenwart.

„Gib mir mal einen großen Teller."

Erst als der ganze Essteller voller Brote ist, hört sie auf zu schmieren. „Gehen wir in die Bibliothek, da finde ich es am gemütlichsten, wenn man in diesem Kasten überhaupt von Gemütlichkeit sprechen kann."

Sie schnappt den Teller und das Gurkenglas und geht vor mir her in das andere Zimmer. Ich hole zwei kleine Teller und Papierservietten aus einem anderen Schrank und folge ihr.

„Mach doch mal die Fenster auf. Das riecht ja ekelhaft hier", fordert mich Peggy auf.

„Das kann ich nicht, also darf ich nicht."

Peggy schüttelt den Kopf. „Mag sein, aber ich darf das!", knurrt sie, steht auf und zieht die Vorhänge beiseite.

Ich kann sie gerade noch davon abhalten, bevor sie den Fensterflügel öffnet. „Lass das. Niemand darf merken, dass ich hier bin. Auf keinen Fall."

„Nun stell dich doch nicht so an, verdammt nochmal. Es stinkt."

„Ich rieche nichts." So hat es hier immer gerochen. Ich mag den Geruch. Er bedeutet für mich zu Hause sein. Ich ziehe die Vorhänge wieder zu.

„Widerlich", verkündet Peggy, zieht sich aber mit Schnute auf den alten Ohrensessel vor dem Kamin zurück und beginnt zu essen.

„Ganz schön gruselig ist das hier. Ich bin froh, dass dein

Vater noch im Knast ist, sonst würde ich nicht hierbleiben!", murrt sie zwischen zwei Bissen.

„Wie ist denn nun dein Vater?", frage ich, um sie abzulenken. Und mich selbst abzulenken von der Frage, wie das Essen in den Kühlschrank gekommen war. Ich bin müde, kann nicht mehr klar denken. Zuviel ist in den letzten Tagen passiert. Unglaubliche Dinge. Wieso sollte mich da ein plötzlich gefüllter Kühlschrank noch erschüttern?

„Vergiss meinen Vater, nein Stiefvater."

„Was ist ein Stiefvater?"

„Oh Gott, Smombie, du bekommst wirklich nichts mit, weißt gar nichts." Sie lässt den Blick durch den Raum schweifen. „Na ja, wenn du nur immer hier warst, ist das auch kein Wunder."

Ich zeige auf die Regale. „Ich weiß eine Menge aus den Büchern hier. Jeden Tag hab ich eins gelesen. Aber in keinem kam *Stiefvater* vor."

„Du hast sie alle gelesen?"

„Natürlich nicht. Nur die Wand dahinten." Ich weise auf die Regale links und rechts vom Fenster. Aus einem mir unerklärlichen Grund wird Peggys Blick weicher.

„Also gut." Sie stellt ihren Teller mit zwei Käsebroten ab. „Ein Stiefvater ist kein echter Vater. Sondern ein Ersatzvater. Kein Mann, der dich gezeugt hat, einer, der deine Mutter geheiratet hat, wenn du schon auf der Welt bist. So war es jedenfalls bei mir. Mein Papa ist gestorben. Vor knapp drei Jahren. Hirntumor. Ich dachte immer, meine Mama und ich wären uns genug. Sie hat mich verwöhnt, um mich zu trösten. Klar war sie auch streng, ist ja schließlich Schullehrerin. Aber ich wusste genau, wie ich bekam, was ich wollte. Hab ihr schlechtes Gewissen, dass sie mich wegen der Arbeit allein lassen musste, ganz schön ausgenutzt. Das war nicht nett von mir, ist mir schon klar. Die Strafe kam dann, als ich vierzehn war. Mama lernte den Typen bei der Arbeit kennen. Er war mein neuer Klassenlehrer. Am Anfang war er unheimlich nett. Bis er einzog.

Und Mama das erste Mal allein ausging."

„Was ist passiert? Was war so schlimm?" Ich verstehe nicht, wieso sie ihr Gesicht verzieht, als sei ihr übel, als müsse sie sich gleich übergeben.

„Er hat mich geschlagen, die Sau. Aber nicht angefasst."

„Ist doch normal, wenn ein Vater einen anfasst."

„Sei nicht so blöde, das haben wir doch schon mal besprochen. Schon vergessen?"

Ich zucke die Schultern. Klar hat sie mir das schon mal erzählt, aber ich habe es auch beim ersten Mal nicht verstanden.

„Ein letztes Mal für ganz Doofe: Väter dürfen einen umarmen, Küsschen auf die Wange geben, den Rücken streicheln. Dir vielleicht noch den Hintern abwaschen, wenn du in die Hose gekackt hast. Das ist der Job von Väter und Mütter. Was sie nicht dürfen, ist, dir an den Busen", sie zeigt auf ihren, „oder zwischen die Beine", nun zeigt sie auf ihren Schritt, „fassen oder einen Zungenkuss geben. Und bevor du nun noch nach dem Zungenkuss fragst: Das ist ein Kuss auf den Mund, bei dem man mit der Zunge im Mund des anderen mit dessen Zunge spielt."

Mir wird schlecht.

Sie sieht mir das offenbar an. „Das ist eine schöne Sache mit einem Menschen, in den man verliebt ist. Aber nicht beim eigenen Vater."

Ich wende mich ab. Will nicht, dass sie in meinem Gesicht liest, dass ich Vater immer so begrüßen musste.

„Genug von mir. Wir sind hier um zu klären, was mit deinem Vater los ist. Erzähl mal, was ihr zusammen gemacht habt, wenn ihr im Caddy unterwegs wart." Sie beißt in das nächste Käsebrot.

„Wir haben Mädchen gerettet."

Peggy verschluckt sich und spuckt das halb gekaute Brot auf ihren Teller. Ich springe auf und klopfe ihr auf den Rücken, wie Vater mir das beigebracht hat.

Sie ringt noch nach Luft, als sie „Mädchen gerettet?", herauspresst.

Ich verstehe ihre Reaktion nicht. Wie so oft.

Ich nicke. „Ich hab dir doch erzählt, dass mein Vater ein guter Mensch ist. Deswegen hat er Mädchen von der Straße gerettet."

„Warum um alles in der Welt hast du mir das nicht gleich erzählt?"

„Weil du mich nicht gefragt hast!"

„Natürlich habe ich dich gefragt, selbstverständlich!"

Ich schüttele den Kopf, bin mir absolut sicher, dass sie mich das nie gefragt hat.

Peggy starrt in mein Gesicht, als hätte sie mich noch nie gesehen.

„Ich habe dich gefragt, ob dein Vater Mädchen entführt hat, als ihr nachts unterwegs wart. Und da hast du nein gesagt."

„Und du hast mir erklärt, was es bedeutet, jemanden zu entführen: Bei einer Entführung wird ein Mensch gestohlen, er wird seiner Freiheit beraubt. Er darf nicht mehr machen, was er will, und er darf nicht mehr dahin, wo er hinwill. Weil man Geld oder Sex von ihm will."

„Du papageist. Hast du das auswendig gelernt?"

„Nein, ich hab nur ein gutes Gedächtnis."

„Du bist ein Korinthenkacker. Das ist ein Mensch der ..."

„Ich weiß, was ein Korinthenkacker ist."

„Prima, dann kann ich mir die Spucke sparen."

„Warum hat dein Vater dich geschlagen, Peggy?"

„Weil es ihm Spaß gemacht hat. Mama hat mir nicht geglaubt."

„Und deshalb bist du abgehauen?"

„Ja. Aber nun erklär mir mal, was ihr beide genau mit den Mädchen gemacht habt."

„Vater meint, dass es Mädchen gebe, denen es nicht so gut geht wie mir. Dass sie Hilfe und ein ebenso wunderbares Zuhause bräuchten, wie ich eins habe. Wir sind dann losgefahren und haben diese Mädchen auf der Straße gesucht. Mädchen, die nachts allein in finsteren Ecken herumlungerten oder unterwegs waren. Um in dunkle Löcher zu kriechen, wo es Ratten und Mäuse gibt. Hat Vater gesagt. Wenn wir dann eins entdeckt haben, hat er das Fenster auf meiner Seite runtergelassen und ich musste sie rufen, leise rufen, damit sie an mein Fenster kommen mussten, um mich zu verstehen. Diese Mädchen sind sehr schüchtern, sagt Vater. Wenn man sie zu laut anspricht, laufen sie weg und man kann ihnen nicht helfen. Hat er gesagt. Vater ist dann leise auf der anderen Seite ausgestiegen und hat hinten aufgemacht, damit wir sie mitnehmen konnten. Er hat sie dann von hinten umarmt und ihnen ein Taschentuch auf den Mund gedrückt, damit sie ihn nicht anstecken können. Viren werden durch Spucke übertragen und diese Mädchen sind meistens krank. Das ist zu unserem Schutz, hat er gesagt. Dann hat er sie vorsichtig in den Kofferraum gelegt und wir sind zu uns nach Hause gefahren. Manche werden nicht verstehen, dass sie gerettet werden müssen, hat Vater gesagt. Manche haben sich dagegen gewehrt. Aber es musste sein."

„Es musste…?"

„Ja natürlich. Sie müssen doch gerettet werden. Sie wissen doch nicht, was für sie gut ist. Aber Vater weiß das."

Peggy schweigt, sieht mich an, als sei ich giftig. Ich verstehe nicht, warum. Nach einem Moment, der mir unendlich vorkommt, fragt sie: „Und was habt ihr dann gemacht?"

„Wir sind nach Hause gefahren und ich musste auf mein Zimmer."

„Und die Mädchen?"

Ich zucke die Schultern.

„Was ist mit den Mädchen passiert?" Peggys Stimme überschlägt sich.

„Ich weiß es nicht."

Kapitel 40

Peggy

„Warte mal, warte mal“, presste Peggy zwischen ihren zusammengebissenen Zähnen hindurch. „Ihr habt die Mädchen in dieses Haus gebracht? Bist du sicher?“

Justy nickte.

Peggy sah sich panisch um. Wenn sie nicht wüsste, dass dieser Drecksack im Knast war, würde sie alles stehen und liegen lassen und abhauen. Aber er war in Untersuchungshaft, konnte nicht plötzlich in diesem Horrorhaus auftauchen, beruhigte sie sich.

„Hast du ihn nie danach gefragt, wo die Mädchen bleiben? Wenn sie hiergeblieben wären, hättest du sie doch irgendwann treffen müssen.“

Justy zuckte die Schultern, wieder mal. Diesmal jedoch brachte es etwas in Peggy zum explodieren. „Verdammt noch mal. Ist dir denn wirklich nicht klar, was du da gemacht hast? Du hast diesem Widerling, der sich als dein Vater ausgibt, bei der Entführung von Mädchen hier in München geholfen. Wahrscheinlich hat er sie umgebracht! Und du willst von all dem nichts mitbekommen haben? Das glaub ich dir nicht. Du bist mindestens so pervers wie er! Deswegen hast du dieses kranke Arschloch auch gesucht. Wahrscheinlich war dir *wack* in diesen Bunker und du wolltest ihn zurückhaben für eure kranken Spielchen! Langweilst dich ohne deinen Overcut-Daddy!“

Justy sprang auf und machte einen Schritt auf sie zu.

„Bleib stehen, du Miststück, sonst kratz ich dir die Augen aus.“ Peggy vergaß vor lauter Panik den Teller mit den Broten auf ihrem Schoß, der bei ihrem eigenen Aufspringen auf den Boden knallte und in tausend Teile zersprang.

Justy blieb stehen und starrte sie an. Ihr Ebenbild, wie

Peggy wiedererkannte. Stockstarr schien sie sich nicht bewegen zu können. Ihr Mund öffnete sich in einem fort und schloss sich wieder, ohne dass ein Wort herauskam. Letztlich presste sie ein „Aber…“ heraus.

„Es gibt kein Aber. Wie konnte ich Idiotin bloß so blöde sein und dir hierher folgen? Sollte ich das nächste Opfer für deinen tollen Vater, dieses perverse Schwein, werden? Hast du mich deswegen hierher gelockt?“

Hatte sie nicht, das war auch Peggy klar. Aber sie musste ihrer Empörung, ihrem Entsetzen einfach lautstark Luft machen, sonst wäre sie geplatzt.

Justy sank zurück auf ihren Sessel und hielt den gesenkten Kopf zwischen den Händen. Sie atmete inzwischen wieder ruhiger. „Glaubst du das wirklich von mir?“

Doch Peggy war noch nicht fertig mit ihr. „Ich hab dir doch glatt diese Nummer mit der naiven Nichtswisserin abgenommen. Ich bin ja noch dümmer als du! Wie blöde kann man nur sein.“ Peggy holte tief Luft. „Ich geh jetzt hoch, zieh mir meine Klamotten wieder an und dann verschwinde ich. Und du holst mir jetzt das Geld aus dem Rucksack. Das hab ich mir redlich verdient. Jetzt weiß ich nämlich ganz genau, was und wie dein Vater ist. Und du!“ Sie drehte sich um.

„Bitte bleib“, hörte sie leise hinter sich.

Sie wollte weitergehen. Wirklich! Ganz klar. Ganz sicher. Und doch blieb sie stehen.

„Ich weiß, dass ich dumm bin und das alles nicht verstehe. Und ich verstehe auch nicht, warum du jetzt so böse bist. Ich wollte doch nur helfen. Und ich muss doch machen, was Vater mir sagt.“

Peggy drehte sich um. „Das haben auch die KZ-Wächter immer gesagt um zu erklären, warum sie Millionen Juden vergast haben. Sorry, kleiner geht’s gerade nicht.“

„Was …“

„Verdammt noch mal. Nerv nicht. Lies selbst in einem dieser unzähligen Büchern nach, was Konzentrationslager sind. Ich bin nicht kein verdammtes Wikipedia."

Justy sackte noch mehr in sich zusammen. „Ich weiß, was Konzentrationslager sind. Ich habe `Auschwitz´ gelesen. So bin ich nicht!"

„Das haben die alle auch gesagt und waren doch dabei."

„Ich bin so nicht", wiederholte Justy. „Ich will doch niemandem was Böses und hab auch noch nie sowas getan. Ich weiß ja noch nicht mal, was ich getan haben soll. Ich versteh das alles nicht. Bitte erklär es mir doch!"

Konnte jemand so überzeugend lügen? Peggy wollte nur noch weg. Aber irgendetwas hielt sie zurück. Sie verstand selbst nicht, was. Dabei war ihr Justy vollkommen egal. Was ging sie das fremde Mädchen an, das sie zuerst für einen Jungen gehalten hatte und das offenbar selbst nicht wusste, ob sie Männlein oder Weiblein war. Sie konnte für niemand anderen die Verantwortung übernehmen, sie hatte genug mit sich selbst zu tun. Sie drehte sich wieder um, wollte zur Treppe.

„Bitte, bitte, bleib. Ich weiß gar nichts mehr."

Irgendwo in ihrem Hirn stellte sich die Erkenntnis ein, dass sie selbst schuld an Justys Verwirrung war. Stimmte, was sie sagte, dann hatte sie bis vor einigen Tagen in diesem Kokon gelebt und nichts von der Welt draußen mitbekommen. Aber nein, ihr Vater, dieser Drecksack war schuld, der sie nicht nur offenbar jahrelang von der Außenwelt abgeschirmt, sondern sie auch noch ohne Essen zurückgelassen hatte. Um in Haft zu gehen, wie Peggy bewusst war. Weil er Mädchen entführt hatte. Und nun stellte sich heraus, dass ihm Justy dabei geholfen hatte. Keine Sekunde glaubte sie die wirre Geschichte vom Retten der Mädchen. Sie kannte solche Typen.

Aber war Justy nicht auch sein Opfer?

Mist, Mist, Mist. Peggy setzte sich wieder und sah zu Justy, deren Mamorgesicht sich verändert hatte. Waren es die Tränen? Oder die vorher nie dagewesenen tiefen Falten auf ihrer Stirn, die den Eindruck vermittelten, als denke sie intensiv nach? Konnte sie die richtigen Schlüsse ziehen ohne ihre Unterstützung? Und interpretierte sie selbst überhaupt alles richtig? Konnte es nicht doch sein, dass alles ganz anders war? Und mochte sie nicht in Wahrheit dieses seltsame Mädchen? Es gab nur einen Weg, das herauszufinden.

„Okay, ich bleibe und helfe dir unter einer Bedingung: Wir durchsuchen das ganze Haus nach Beweisen dafür, ob dein Vater ein Mädchenkidnapper ist. Ohne Tabus und ohne verbotene Zimmer. Das ist meine Bedingung. Einverstanden?"

„Du meinst, dass wir in alle Zimmer in diesem Haus gehen sollen, auch in die verbotenen?", kam kläglich von Justy.

„Ja, das ist die Bedingung. Deal?"

Nach kurzem Zögern nickte Justy. Das Gesicht angespannt, aber nicht mehr maskenhaft. Es schien, als sei endlich Leben, Farbe in sie eingekehrt.

„Gut. Wo fangen wir an? Hast du eine Idee, wohin dein Vater die Mädchen gebracht haben könnte?"

„Nein, ich musste sofort auf mein Zimmer. Und da bis zum nächsten Abend bleiben. Erst dann durfte ich wieder in die Küche und ins Esszimmer."

„Hast du was gehört? Irgendwas?"

Kopfschütteln. Doch auch das war nicht mehr so automatisch, puppenspielartig wie bisher.

„Wo parkt dein Vater überhaupt seinen Wagen?"

„An der Seite vom Haus. Beim Kellereingang. Ich muss dann durch die Tür rein, die wir vorhin auch benutzt haben. Er wartet immer, bis ich drin bin."

„Einen Keller habt ihr also. Perfekt. Hätte ich auch drauf kommen können bei so einer alten Bude. Okay, wie kommen wir da rein?"

„Gar nicht. Der ist verboten."

„Halt, stopp! Was haben wir vereinbart? Wie lautet der

Deal?“ Sie hielt ihren gestreckten rechten Zeigefinger genau vor Justys Nase. „Genau. Keine Tabuzone. Also, wie kommen wir da rein?“

„Durch die Küche.“

„Gut, dann los.“ Peggy eilte die wenigen Meter durch den Flur voran. Schon bei ihrer Ankunft hatte sie die Tür bemerkt, der kräftige Gestank nach altem Essen hatte sie jedoch abgelenkt. Sie drückte den Griff, doch nichts geschah.

„Abgeschlossen“, verkündete sie. „Wo ist der Schlüssel?“

Justy zuckte die Schultern. „Weiß ich nicht.“

„Ah, Ah, Ah, keine faule Ausrede. Wir haben eine Vereinbarung. Also nochmal, wo ist der Schlüssel?“

„Ich weiß es wirklich nicht. Ich habe ihn noch nie gesehen. Vielleicht hat ihn Vater in seinem Arbeitszimmer oben.“

„Gut, dann schreite voran. Ich bin schon sehr darauf gespannt, wie es dort aussieht.“

Justy marschierte die Treppe hinauf in den Flur mit dem Schlafzimmer und Badezimmer ihres Vaters. Peggy hinterher. Am Ende des Flurs blieb Justy vor einer schweren Holztür stehen.

„Hier.“

Auch diese Tür ließ sich nicht öffnen.

„Klasse. Ist das ein Trick von dir, mich davon abzuhalten?“

„Nein“, brachte Justy im Brustton der Überzeugung hervor, lauter als ihre ganzen letzten Sätze.

Peggy glaubte ihr. Offenbar hatte dieser Wichser von Vater seiner angeblichen Tochter doch nicht geglaubt und vertraut. Das sprach für sie, fand Peggy. Die Tür sah solide aus, das Schloss einfach. Peggy hatte mit solchen Schlössern Erfahrung.

„Hast du einen Draht? Irgendwas Dünnes, was ich biegen kann? Oder einen Drahtkleiderbügel?“

Justy nickte und eilte die Treppe runter. Nach einem

kurzen Moment kam sie zurück mit dem geforderten Kleiderbügel. Peggy bog ihn auseinander, versah das lange, begradigte Drahtstück mit einem neunzig Grad Winkel und quetschte es zwischen Türzarge und Tür etwas oberhalb des Griffes. Zog es rauf und runter, bis die Tür aufsprang. Zufrieden mit sich grinste sie Justy an, die sie bewundernd ansah.

„Gelernt ist gelernt", verkündete sie, bevor sie sich die Nase zuhalten musste wegen des Gestanks, der dem Raum entwich. „Igitt, puh, was ist denn hier los?"

Selbst Justy hielt sich die Hand vor die Nase. Peggy schob die Tür ganz auf und tastete nach einem Lichtschalter in dem stockfinsteren Raum, während sie mit dem anderen Arm ihre Nase bedeckte.

Für den massiven Gestank sah der Raum auffallend unauffällig aus. Zur Villa passend dominierte ein übergroßer, mit Schnitzereien versehener Eichenschreibtisch das Zimmer. Passende Bücherregale und eine Anrichte vervollständigten das Interieur.

Nur eins passte nicht dazu: ein schwarzes Abendkleid, hauteng, selbst für Peggys schlanke Figur, hing in einem offenen Schrank. Daneben lag in einem Regal schwarze Spitzenunterwäsche: BH, Slip, Strapse. Und Seidenstrümpfe. Auf dem Schrankboden stand ein Paar schwarze Pumps. „Wow, dein Vater hat offenbar eine Frau oder eine besondere Vorliebe."

„Wieso?"

Peggy wies auf das Kleid, ersparte sich aber weitere Erklärungen.

„Hier muss dringend gelüftet werden. Das stinkt ja, als wäre eine ganze Rattenfamilie hier drin gestorben."

„Oh bitte nicht aufmachen."

Peggy zögerte. „Na gut. Aber wenn ich in fünf Minuten nicht den Schlüssel gefunden habe, mach ich auf. Das hält ja niemand aus hier."

Zielstrebig ging sie zu dem Schreibtisch und öffnete die

oberste Schublade. In ihr lagen lediglich Kontoauszüge. Peggy sah sich einen genauer an. „Ach du Scheiße", rief sie. „Kein Wunder, dass du so viel Geld bei dir hast. Dein Alter ist mehrfacher Millionär. Schau mal."

Doch Justy winkte ab. „Such doch bitte die Schlüssel, ich will hier raus."

Das wollte auch Peggy. Sie legte den Auszug zurück, schloss die Schublade und zog die nächste auf. In Ihr befand sich nur eine gemusterte Schachtel. Peggy nahm den Deckel ab. „Das wird ja immer doller", verkündete sie Justy, die sich vor das Bücherregal gestellt hatte und ein Buch herausgezogen hatte. „Dein Alter hat auch noch Schmuck gesammelt. Leider Tinnef, wertloses Zeug. Noch nicht mal echtes Silber. Komisch, nach all dem, was ich von ihm gesehen habe, hätte ich ihm einen besseren Geschmack zugetraut.".

Sie legte den Deckel zurück und öffnete die nächste Schublade.

„Was ist Sadomaso?", fragte Justy, bevor Peggy die Schlüssel, die sie entdeckt hatte, rausziehen konnte.

„Wie kommst du denn jetzt darauf?"

„Ich hab hier ein Buch, das so heißt. Und die Menschen darin haben so komische Sachen an und Peitschen in der Hand. Was machen die damit? Schlagen die sich? Warum?"

„Glaub mir, das willst du nicht wirklich wissen. Es beweist mir nur einmal mehr, dass dein Vater pervers ist. Aber komm, ich hab einen Schlüsselbund gefunden. Den probieren wir an der Kellertür aus."

Tatsächlich passte einer der Schlüssel und die Kellertür schwang geräuschlos auf. Ihnen schlug Gestank entgegen, der nach einer Mischung aus dem Geschmack einer Mango, dem metallischen Geruch von Blut, Wundschorf und verdorbenem Schweinefleisch roch.

„Boah, wie hast du es hier nur so lange ausgehalten?", fragte Peggy mit Übelkeit kämpfend.

Diesmal verzog Justy keine Mine. „Ich weiß nicht. Für mich riecht das normal. So hat es schon immer bei uns gerochen. Ich finde das nicht schlimm."

Peggy schüttelte fassungslos den Kopf. Gleich rechts am Eingang zu dem schmalen Treppenhaus, das nach unten führte, entdeckte sie den Lichtschalter, der eine Neonröhre flackernd zum Leben erweckte. Nach kurzer Zeit hörte das Flackern auf und die Treppe lag in Festbeleuchtung vor ihnen. „Na prima, dann sehen wir wenigstens die Hölle, die vor uns liegt."

Ihr entschlüpfte ein Kichern, das so gar nicht zu ihrer Angst passte. Schritt für Schritt ging es tiefer. Am Ende standen sie in einem unspektakulären Flur, von dem diverse Türen abgingen und der ebenfalls neonbeleuchtet war. Alles ordentlich geweißt, alles besenrein sauber. Das hatte sie sich anders vorgestellt. Vielleicht lag sie ja doch falsch mit ihrem Verdacht.

Peggy öffnete die erste Tür zu ihrer rechten. Eine weitere Neonröhre flackerte auf und gab den Blick auf Regale an den Wänden frei, in denen Dosen und Einmachgläser ordentlich sortiert standen.

„Hier ist doch genug Essen für Wochen, Justy. Wenn du dich nur getraut hättest, hättest du nicht hungern müssen. So ist das, wenn man zu brav ist."

Justy war ebenfalls in den Raum getapst, offenbar immer bereit, ihn mit einem Satz wieder zu verlassen. *Ihre Angst muss ganz schön tief sitzen*, dachte Peggy.

Sie schob Justy, die ein Einmachglas genau studierte, aus dem Raum, löschte das Licht und ging zur nächsten Tür. Gartenliegen aus Korb, ein Plastiktisch, alte Reifen und Gartenschläuche. Nichts Aufsehenerregendes. Peggy zweifelte immer mehr an ihrer Intuition. Konnte sie so falschliegen? Doch der Geruch war intensiver geworden.

Sie folgte ihrer Nase zur Tür am Ende des Ganges.

Kapitel 41

Mo

Mo folgte Hardenhoven zum Problemviertel *Am Harthof*, wo der Mann vor einer Autowerkstatt anhielt. Gezielt ging er um die rechte Ecke herum. Nach einem Moment ging ein Licht im Obergeschoss an. Hardenhoven musste sich hier auskennen, folgerte Mo, sonst wäre er nicht so zielsicher zur Haustür gekommen, die von der Straße aus nicht sichtbar war. Den Namen *David Kowalski* unter dem Namen *Autokosmetik* über der Werkstatteinfahrt kannte sie nur allzugut.

Sie rief Nico Braun an, der mittlerweile wieder bei seiner Tochter angekommen war.

„Neben geklauten Autos ist er mittlerweile auch spezialisiert auf Ausweise, falsche Ausweise. Und er ist in einer Drogengeschichte verwickelt. Nachweisen konnte man ihm bisher beides nicht", klärte der sie auf ihre Frage hin auf.

Mo fragte sich, ob ihr Freund Fred auch davon wusste. Vermutlich. „Und was macht Ihr gerade?"

„Kelly und ich knabbern am Kopf eines Schokohasen."

„Ha, na dann. Das würde ich auch gerne. Viel Spaß noch. Ich muss dieses Schwein im Auge behalten. Nicht, dass er mich noch entwischt."

„Pass auf dich auf, Mo. Wenn dir irgendetwas komisch vorkommt, dann ruf mich an. Ich kann jederzeit weg. Der Babysitter hat sich bereit erklärt, notfalls auch in der Nacht auf Kelly aufzupassen."

„Okay. Bis morgen, Nico."

„Bis morgen." Er legte auf.

Hardenhoven kannte also den Kriminellen David Kowalski, den er bei Dunkelheit aufsuchte. Er musste wirklich ahnungslos sein, was seine Überwachung anging.

Mo suchte sich gegenüber vor einer Heizungsbaufirma einen Parkplatz. Eine Viertelstunde später sah sie hinter dem erleuchteten Fenster ein Blitzlicht, dann zwei weitere. Was passierte da? Hatte Nico recht, dann wurde Hardenhoven gerade fotografiert. Und das von einem stadtbekannten Ausweisfälscher.

Hardenhoven war frei gelassen worden. Niemand konnte ihm was. Zumindest Zurzeit! Es gab keinen Grund für den Typen, sich falsche Ausweispapiere zu besorgen. Offensichtlich tat er das aber. Hatte ihm sein Anwalt etwas berichtet, was ihn nervös machte? Dann wusste der mehr als die Polizei. Was mochte das sein?

Mo konnte trotz jahrelanger Übung im Observieren kaum ruhig sitzen bleiben. Wenn sie das Richter Hoffmann, der von der Unschuld des Mannes getönt hatte, berichtete, dann bekam sie einen neuen Haftbefehl wegen Fluchtgefahr. Allerbestens. Sie sah auf ihre Uhr. 21:30 Uhr. Heute würde das allerdings nichts mehr.

Sie zückte ihr Handy und schoss diverse Aufnahmen von der Werkstatt, von Hardenhovens Jaguar davor und dem erleuchteten Fenster. Einmal erwischte sie tatsächlich das Blitzlicht. Das sollte reichen. Zufrieden spürte sie, wie sich ein Grinsen auf ihrem Gesicht breitmachte.

Bevor sie das Handy weglegte, entdeckte sie die vielen Anrufe von ihrer Mutter, die sie nicht gehört hatte, weil sie deswegen das Telefon stumm geschaltet hatte. Ihr Lächeln erstarb. Sie beschloss, ihre Nachrichten nicht abzuhören. Doch der Entschluss schwand im Fünfminutentakt, den sie wartend in ihrem dunklen Wagen gegenüber der Werkstatt auf das weitere Geschehen verbrachte. Sie musste wissen, wohin Hardenhoven anschließend fuhr, um ihn mit dem Haftbefehl, den sie morgen früh todsicher bekam, zu verhaften.

Sie hörte die Mailbox ab: „Entschuldige, dass ich vorhin aufgelegt habe, Bambina. Wir machen uns große Sorgen."

Das war vor zwei Stunden gewesen. Mo drückte die Nachricht weg. *Nur noch eine Viertelstunde*, schwor sie sich. Dann würde sie nach Hause fahren und ihre Mutter anrufen.

Das Außenlicht der Werkstatt leuchtete auf. Hardenhoven kam um die Ecke, stieg in seinen Jaguar und fuhr los. Er bog nach kurzer Fahrt auf die A 13 in Richtung Olympiapark und folgte dann zu Mos Verblüffung die A 304 in Richtung Moosach. Hätte er zu seiner Villa in Grünwald gewollt, wäre er besser der Autobahn weiter gefolgt. Jetzt wurde es spannend. Nach etwa zehn Minuten bog er in die Gärtnerstraße und blieb vor einer Gründerzeitvilla mit vier Stockwerken stehen. Offenbar bevorzugte er diese Bauperiode bei Häusern. An der Tür klingelte er nicht, sondern schloss auf, wie Mo beim langsamen Vorbeifahren sah. Sie fuhr ein Stück die Straße runter, konnte aber sehen, dass in Parterre kurze Zeit später das Licht anging und die Silhouette eines Mannes die Vorhänge zuzog.

Sie zückte wieder das Handy und rief in der Dienststelle einen Kollegen an. „Kannst du mal prüfen, ob Hardenhoven in der Gärtnerstraße 12 noch eine Wohnung besitzt, Bernd?"

„Bist du immer noch an dem dran? Mensch, Mo, du solltest dich lieber ins Bettchen legen", nuschelte Kollege Bernd, der als Single heute Abend Dienst machen musste.

„Mach schon, lass dich nicht bitten", fuhr Mo ihn an.

„Schon gut, schon gut. Moment."

Mo beobachtete das Fenster, konnte aber nichts mehr erkennen. Kein Lichtschein drang durch die Vorhänge.

„Nö, der ist nur in der Heckenrosenstraße gemeldet."

„Hast du die Namen der anderen Bewohner in dem Haus?"

„Wart mal. Meyer, Schmitt, Opacak, Rössler und Hindenburg. Gibt es tatsächlich heute noch Leute, die Hindenburg heißen?"

„Offenbar. Danke. Dir einen schönen Abend."

„Machst du Witze?“, hörte sie gerade noch, bevor sie den Anruf wegdrückte. Sie warf einen Blick auf das Display. 22:30 Uhr. Jetzt war ohnehin alles zu spät.

„Mama, ich werde dir den schönsten Blumenstrauß mitbringen, den ich bekomme“, flüsterte sie. Darauf stand ihre Mutter.

Dann wäre alles wieder gut.

Eine Stunde später fuhr Hardenhoven wieder an ihr vorbei. Mo hängte sich dran in Richtung Grünwald. Er fuhr direkt zu seiner Villa. Das schmiedeeiserne Tor in der mannshohen Steinmauer zur Straßenseite öffnete sich elektrisch und schloss direkt wieder hinter dem Jaguar. Hardenhoven war zu Hause.

Mo beschloss, dass es für heute genug wäre. Ob sie Nico informieren sollte? Um ihm von Hardenhovens Wohnung zu erzählen? Oder war es ein Vorwand, die Stimme ihres Kollegen noch einmal zu hören?

Kein guter Plan, fand sie. Da klingelte ihr Handy. Kollege Bernd war dran. Mo hörte die Schadenfreude in seiner Stimme, als er sie über einen Hausbrand mit einem Toten informierte. „Die anderen sind zu betrunken, du musst hinfahren.“

„Ich muss nach Hause. Wie du mir eben noch geraten hast. Ich habe morgen einiges vor.“

„Änderst du deine Meinung, wenn ich dir erzähle, dass es sich um das Haus und die Kanzlei von diesem Rechtsverdreher von Tatzenhayn handelt und der Tote vermutlich der Anwalt höchstpersönlich ist?“

„Okay, ich fahre sofort hin. Ruf Nico zuhause an. Er soll auch gleich kommen“, fügte sie mit schlechtem Gewissen, aber einem Herzklopfen an.

Kapitel 42

Peggy

„Mist, stockdunkel. Und kein Deckenlicht“, fluchte Peggy. Dann stutzte sie, hatte ein Geräusch gehört, ein komisches.

„Was ist das denn?“

War das ein leises Wimmern?

„Scheiße, mach Licht! Hier ist jemand.“

Doch Justy stand nur wie versteinert hinter ihr.

„Los mach schon, ich brauch Licht!“

Endlich öffnete Justy die Tür weiter. Doch der Lichtschein drang nicht weit genug in den Raum, um alles zu erkennen. Peggy tastete sich vor, bis sie gegen Holz stieß. Grobes, unbearbeitetes Holz. Unterbrochen von Stahlgittern. Dicken Stahlgittermatten. Ihr entschlüpfte ein „Aua“, als sie sich einen Splitter in den Finger jagte.

„Hilfe“, hörte sie plötzlich ein Krächzen dicht an ihrem Ohr. Sie machte einen Satz weg von dem etwas, an dem sie sich entlang gehangelt hatte.

Nach einem Schockmoment flüsterte sie „Hallo“, in die Dunkelheit.

„Hilfe“, wiederholte sich nun ein wenig deutlicher das Wort, das Peggy eben verstanden zu haben glaubte.

„Wer ist da?“

„Ich bin hier. Hilf mir, ich habe so großen Durst“, kam mit hektischer Stimme, die immer wieder nach oben wegkippte, zurück.

„Sag mir erst, wer du bist!“

„Ich bin Greta. Greta Bleibtreu. Kannst du mir helfen?“

Peggy kam der Name bekannt vor. „Das weiß ich noch nicht. Wo steckst du überhaupt?“ Das Licht von der Tür reichte trotz des weiter Öffnens nicht mal in die Nähe von Peggys Standort.

„Hol eine Taschenlampe oder sowas“, beauftragte sie

Justy, die sie wenige Sekunden später die Treppe hocheilen hörte.

„Nun hilf mir doch, bitte, bitte. Ich hab solche Angst. Und so großen Durst. Ich verdurste…"

Peggy hörte Justy die Treppe wieder herunterstürmen. „Und bring Wasser mit!", brüllte sie hinterher. Die Schritte entfernten sich wieder, um kurze Zeit später erneut näher zu kommen.

„Ich hab oben was gehört", flüsterte die in Peggys Ohr, während sie versuchte, die mitgebrachte Kerze mit einem Einwegfeuerzeug zu entzünden. Als es gelang, wich Peggy einen Schritt vor Justys weit aufgerissenen Augen im leichenblassen Gesicht zurück. Man hätte sie für ein Gespenst halten können.

„Schon gut, schon gut. Da kann niemand sein. Schon vergessen? Dein Alter ist im Knast!"

„Ich weiß nicht," kam lahm zurück.

„Hilfe", meldete sich die körperlose Stimme wieder.

„Schon gut, ich komme!", wiederholte Peggy in die andere Richtung und hielt die Kerze über ihren Kopf, um den ganzen Raum, der deutlich größer war als erwartet, auszuleuchten. Wie sie schon beim Gehen gespürt hatte, bestand der Fußboden nicht aus Beton wie im Gang und in den anderen Räumen, sondern aus Erde. Festgestampfter Erde. Die hatte ihre Schritte komplett weggedämpft.

Sie sah zu dem Stahlgitter. „Ach du…"

Aus einem Drahtkäfig, gerade groß genug für einen großen Hund, starrten sie zwei riesige Augen an.

„Hilfe, ich verdurste", stöhnte das dazugehörige Mädchen.

Peggy entriss Justy, die wie versteinert stur in die Schatten in der entgegengesetzten Richtung starrte, das Wasserglas und eilte zu dem Käfig. Es passte nicht durch das Gitter. Verzweifelt schob das Mädchen, das wohl irgendwann mal blonde Haare gehabt haben musste, die nun von Schweiß und Dreck am Ansatz wie geschwärzt aussahen, ihre Zunge durch das Gitter. Peggy brachte das Glas ganz nahe an den Stahl und kippte es leicht, so dass die Zungenspitze hineinkam.

Das Mädchen war nackt, bemerkte Peggy im diffusen Licht. Der Käfig stank nach Pisse und Scheiße. Es würgte sie.

„Warte, ich mach das Ding auf." Sie umrundete den Käfig, bis sie auf der Seite eine kleine Tür entdeckte, die mit einem Hängeschloss gesichert war. Peggy war baff, dass durch eine so kleine Pforte ein ausgewachsener Mensch passte. Das Mädchen darin musste sehr klein und dünn sein. Und sehr jung, der Stimme nach zu urteilen.

„Komm her und hilf mir", fauchte sie Justy an, die noch immer mit abgewandtem Gesicht in die Dunkelheit schaute. „Los komm endlich!"

In dem Schlüsselbund befand sich tatsächlich ein kleiner Schlüssel, der aussah, als würde er in das Schloss passen. Sie steckte ihn ein und drehte. Das Vorhängeschloss sprang auf, Peggy zog es aus der Überfalle. Das Mädchen schob die Pforte auf, schnappte sich das Wasserglas, das Peggy neben sich und der Kerze abgestellt hatte, und trank es in einem Zug leer.

„Komm endlich her", fauchte Peggy Justy an. „Was ist denn bloß los mit dir?"

Langsam drehte sich Justy um und trat näher an die Öffnung. Das Mädchen hielt Peggy das leere Glas mit flehentlichem Blick hin. "Krieg ich mehr?"

„Klar! Los Justy, füll es nochmal auf", forderte Peggy und hielt es Justy hin. Die musste nahe an sie ran um an das Glas zu kommen.

Das Mädchen kreischte schrill auf. „Mach ihn weg, mach ihn weg!"

„Wen denn?"

„Den da", der auf Justy gerichtete Zeigefinger zitterte so stark, dass sie kaum die Richtung halten konnte. „Der ist schuld, dass ich hier bin. Wegen dem bin ich ans Fenster gekommen von dem Wagen. Und dann hat mich dieses Monster geschnappt. Mach ihn weg…“

Erst jetzt wurde Peggy bewusst, dass sich Justy in den Jungen von ihrem ersten Treffen zurückverwandelt hatte. Nur das blaue Haar war neu.

Die trat einen Schritt zurück und drehte sich weg.

„Dreh dich um und komm her. Schau dir an, was dein Alter, dieser Drecksack, mit den Mädchen gemacht hat, nachdem du sie angelockt hast.“ Peggy konnte nicht an sich halten. Das war zu viel.

„Alles in Ordnung. Sie muss sich nur eingewöhnen“, flüsterte Justy.

„Eingewöhnen? Spinnst du? Komm verdammt nochmal her und schau dir wenigstens an, was du angerichtet hast!“

Langsam drehte sich Justy wieder zu dem Käfig, den Blick hielt sie allerdings auf den Boden gerichtet. „Ist doch nicht schlimm. Das kann man doch aushalten.“

„Das soll nicht schlimm sein? Bist du jetzt völlig durchgedreht? Sieh sie dir an! Schau genau hin. Nackt in einem Hundekäfig ohne was zu trinken. Von dem Rest rede ich besser gar nicht“, fügte sie leise an, damit das Mädchen sie nicht verstehen konnte.

„Na und? Ich war da auch drin.“

„Du warst auch…? In diesem Käfig?“

„Ja natürlich. Das macht man doch so, um Kinder an ihr neues Zuhause zu gewöhnen. Bis sie selbst begreifen, dass es ihr Zuhause ist, dass sie hierher gehören. Damit sie nicht wegrennen in ihr Unglück, aus dem Vater sie gerettet hat.“ Mit hängendem Kopf drehte sie sich wieder weg zu den Schatten.

„Ihr Zuhause? Ich glaub´s ja nicht.“ Peggy drehte sich zu Greta, die inzwischen nur noch leise vor sich hin weinte, was man an dem Schniefen und Hochziehen der Nase hören konnte. „Wie lange steckst du schon hier drin?“

„Ich weiß nicht. Vielleicht eine Woche, vielleicht vier?

Wann ist Ostern?"
„Ende der Woche."
„Ende der Woche? Oh Gott, dann sind es mindestens drei Wochen, ich weiß nicht mehr so genau. Irgendwann habe ich aufgehört zu zählen."
„Drei Wochen! Ganze drei Wochen. Und du findest das nicht schlimm?", wandte sie sich erneut an Justy.
Die zuckte die Schultern. „Nein, ich hab schließlich so lange darin gelebt, bis ich groß war. Bis ich nicht mehr rein passte."
Peggy verstummte, das Mädchen wimmerte: „Ich hab Durst!"
Es schüttelte Peggy. Doch das brachte nichts. Der Gedanke, die Vorstellung, dass ein Mensch, ein Kind, jahrelang in diesem Käfig gelebt hatte, war zu groß für sie. Zu unerträglich. Zu erschlagend.
Sie spürte ein Zupfen an ihrem Ärmel. „Bitte, ich hab Durst!"
Peggy riss sich zusammen, nahm das Glas und ging zu Justy. Die erhobene Hand, um sie durch eine Berührung zu trösten, ließ sie wieder sinken, als sie das Zucken von Justys Schatten vor sich an der Wand sah. Stattdessen reichte sie ihr das Glas. „Kannst du noch mehr Wasser holen? Und was zum Anziehen. Und eine Decke zum einwrapen! Das Mädchen braucht was. Bring auch noch etwas Brot mit, sie hat bestimmt Hunger, okay?", fügte sie sanfter an.
Justy war nicht Täterin, das hatte sie eben erkannt. Sie war das Opfer.
Justy nickte ohne sich umzudrehen und ging zur Treppe.

Kapitel 43

Justy

Meine Welt steht still. Vor uns liegt ein Körper. Fast leblos in dem Käfig. Ich sehe nur noch Haut und Knochen, umgeben von zotteligen, langen schmutzigen Haaren. Die Augen liegen in tiefen Höhlen. Augen, die mich entsetzt ansehen. Die Gestalt ist schmal und so mager, ein Kind.

Ein Kind, das lebt.

Ein Mädchen mit blondem Haar. Ich kenne sie.

Peggy streckt die Hand nach ihr aus, berührt sie aber nicht, aus Angst, sie zu verletzen.

Ich kann mich nicht bewegen. Ich schlucke. Es gelingt mir nicht, sie länger anzusehen.

Ich erinnere mich an meinen Schmerz.

Meine Fassungslosigkeit.

Meine Qual.

An das Grauen.

Mir schwinden die Sinne. Erinnere mich an Vater, der mit seiner Hand mein Gesicht berührte, mir eine Träne von der Wange wischte, als ich im Käfig war.

Rote und schwarze Flecken wabern in meinem Kopf. Ich kämpfe gegen meine Übelkeit an.

Die Wände kommen auf mich zu, drohen umzustürzen, die Decke dreht sich.

Einatmen. Ausatmen. Mich strecken.

Funktionieren.

Durchhalten.

Ich sehe etwas neben dem Mädchen auf dem auf dem Boden glitzern.

Urin? Blut? Hat es sich verletzt?

Ich rieche Exkremente.

Ich eile die Treppe rauf, noch immer tränenblind. Bin froh, weg aus diesem Raum zu kommen. Weg von diesem

Mädchen und von Peggy. Ihre Worte hallen mir noch überlaut in den Ohren: *Du bist schuld! Du bist schuld! Du bist schuld!*

Bin ich das?

Ist es nicht normal, Kinder in Vaters Häuschen, wie er das Ding im Keller nennt, zu stecken? Sicher, ich habe dort gefroren, bin vor Angst fast vergangen, habe mich vor dem leisen Piepsen, von dem ich erst später lernte, dass es Töne von Ratten und Mäusen waren, zu Tode gefürchtet.

Habe vor Hunger und Durst die Metallstäbe abgeleckt. Mich in den Schlaf geweint. Nicht gewusst, wer oder was ich bin. War ein atmendes Etwas, das nach Trinken und Essen lechzte und seine Notdurft unter sich erledigte, bis es den Gestank nicht mehr wahrnahm. Ihn für normal hielt.

Bis Vater mich für alt genug hielt. Ich zu groß für das Häuschen gewachsen war. Und mich rausholte. Ich erinnere mich daran, wie ich versuchte, mich durch das Türchen rauszuschlängeln, meine Hüften an dem Metall aufkratzte, nicht auf die Beine kam, die ganz verkrümmt mein Körpergewicht nicht tragen konnten.

Anfangs konnte ich nur robben, dann lehrte Vater mich aufzustehen und zu gehen. Eine Toilette zu benutzen. Zu duschen. In einem Bett zu schlafen. Zu lesen. An einem Tisch zu sitzen.

Ich weiß nicht, wie lange ich dort unten war. Gehaust habe. Erst als ich lesen und schreiben gelernt hatte, begann ich, einen Kalender zu verstehen. Die Bedeutung von Zeit. Obwohl ich die noch immer nicht fassen kann. Für mich verschwimmen die Tage ineinander. Werden von meinen Bedürfnissen unterteilt in Essen, Schlafen, Lesen. Ich hörte mir Vaters Erzählungen an und weinte um meine Mutter, die ich nie kennengelernt habe. Nicht, weil ich sie vermisste. Ich kannte sie nicht, weiß nicht, welche Funktion eine Mutter erfüllt. Theoretisch schon. Doch was bedeutet das tatsächlich? Was man von einer Mutter zu erwarten hat. Ich weinte um sie, weil ich nach dem Lesen der vielen Bücher ahnte, dass sie wichtig für Kinder ist.

Ich vermisste überhaupt nichts. Bis vor sechs Tagen. Bis ich das Haus verlassen musste. Bis ich andere Menschen sah, bis ich bei Peggy eine Wärme kennenlernte, die mir fremd war. Sie tut weh, und doch kann ich mir nicht mehr vorstellen, wie ich zukünftig ohne sie leben soll.

Ich liebe Vater, ich achte ihn. Ich bin, was Vater sagt. Das hat mein ganzes bisheriges Leben bestimmt. Das muss ich glauben, um mich nicht gänzlich zu verlieren. Um nicht das letzte Band, das mein bisheriges Leben zusammenhält, zu lösen. Um mich nicht mit der Frage auseinandersetzen zu müssen, wer und was ich wirklich bin.

Doch es ist kalt um Vater. Er lacht nie wie Peggy, er versucht nie, mich anzufassen, wenn mich diese seltsame Trauer überkommt, die ich nicht verstehe. Auf Peggys Art anzufassen. Seine Berührungen sind mir zuwider. Was ich ebenfalls nicht verstehe. Vielleicht fasst er mich einfach an den falschen Stellen an. Ich habe keine Chance, das zu verstehen.

Noch mehr verwirrt mich Peggys Reaktion auf meine Erzählung davon. Wie sie mich danach angesehen hat. Ganz anders als zuvor. Als sie versteht. Dieser neue Blick. Er hat etwas in mir zum Einsturz gebracht. Eine Mauer, die ich lieber aufrechterhalten hätte. Mir wird schwindelig von der Ahnung, was mich dahinter erwartet.

Doch jetzt braucht das Mädchen was zu essen, sie muss genauso lange gehungert haben wie ich. Ich eile die Treppe hinauf und durch die Tür in die Küche.

„Hallo Sohn. Hast du mich vermisst?“

Kapitel 44

Mo

Mo betrachtete entsetzt gemeinsam mit Nico die zuvor weiß gestrichene Villa, die jetzt stellenweise rußig schwarz eingefärbt war.

Die Feuerwehrmänner durchsuchten in ihren Schutzanzügen das ganze Haus auf der Suche nach weiteren Opfern, hatte Hauptbrandmeister Ahrens berichtet. „Der Anwalt lag gleich unten in seiner Kanzlei".

Mo und er kannten sich schon lange von verschiedenen Einsätzen. Und achteten sich, jeder den anderen ob seiner Fähigkeiten und seines Engagements.

„Brandwunden habe ich keine gesehen. Soweit hatte sich das Feuer ja auch noch nicht verbreitet. Es muss im Kaminofen im ersten Stock ausgebrochen sein. Es sieht so aus, als wäre ein brennendes Holzscheit auf einen Teppich direkt davor gefallen. Die Leute lernen einfach nicht, offenes Feuer nie allein zu lassen und vor Kaminen nichts Brennbares auszulegen." Er schüttelte den Kopf. „Vielleicht ist er aber auch gestürzt und war dadurch verwirrt. Vielleicht hat er es gar nicht absichtlich allein gelassen", sagte er mehr zu sich selbst.

„Wieso", hakte Mo ein.

„Was?"

„Wieso hast du gesagt, dass er das Feuer vielleicht nicht absichtlich allein gelassen hat?"

„Er hat eine Wunde auf der Stirn. Und seine Kleidung war unordentlich. Als wäre sein Hemd aus der Hose gezerrt worden. Ein Knopf fehlt und der Kragen ist leicht eingerissen."

„Wie bitte?"

„Ja, und dann fiel uns noch seine Position auf. Wir hatten natürlich keine Zeit, sie zu fotografieren. Dachten da ja noch, dass wir ihn retten könnten. Er lag im Flur direkt am Fuß der Treppe. Beine nach oben. Als wäre er runtergestürzt. Ich war selbst dabei. Ich glaube dieses Szenario aber nicht. Hab noch nie jemanden gefunden, der so lag, nachdem er eine Treppe heruntergestürzt ist. Und im Rauch passiert es öfter, dass die Leute auf der Flucht und in der Panik die Treppe runterknallen. Du glaubst nicht, wie oft ich das schon zu sehen bekommen habe, leider."

„Du meinst...?"

„Ja, ich würde dem an eurer Stelle nachgehen. Auf jeden Fall wird das in der Gerichtsmedizin genau untersucht. Dafür werde ich schon sorgen. Wenn es nicht mit rechten Dingen zugegangen ist, werden die das herausfinden."

„Und was sagt dein Gefühl?", hakte Mo nach.

„Dass ihr aus gutem Grunde hier seid."

Mo nickte. Das reichte. Ahrens würde sich nicht vorschnell festlegen, dazu war der Mann zu vorsichtig. Was Mo an ihm schätzte. Doch das Ergebnis des Gerichtsmediziners abzuwarten, dauerte ihr zu lange. Schließlich wusste sie, wer der letzte Besucher von dem Anwalt gewesen war.

„Habt ihr ihn schon weggebracht?"

„Nein, dahinten liegt er." Ahrens wies auf den Vorgarten der Villa.

„Komm, den schauen wir uns an", forderte Mo Nico auf.

Zusammen gingen sie auf eine ausgebeulte schwarze Plane zu. Ohne diese anheben zu müssen, erkannte Mo, an welchem Ende der Kopf des Anwalts lag und hob dort einen Zipfel an. Zum Vorschein kam das wächserne Gesicht des toten Anwalts. Die Wangen waren bereits eingefallen und die Augen geschlossen. Mitten auf der Stirn klaffte eine Wunde, die eingetrocknet war. Leichen bluteten nicht mehr.

Mo bückte sich näher ran, auch Nico beugte sich vor.

„Was meinst du?", fragte Mo ihren Kollegen, die Antwort für sich hatte sie gefunden.

„Und jetzt?“, fragte Nico zurück. Über das ob mussten sie sich nicht mehr austauschen. Obwohl ihr Kollege die Räumlichkeiten der Rechtsmedizin nicht mochte, hatte er sich nicht geschont und war bei unzähligen Obduktionen dabei gewesen. Ebenso wie Mo. Wenn sie eine solche Wunde sahen, wussten sie Bescheid.

„Versuchen wir es. Wenn wir Glück haben, hat Richter Verhofen Bereitschaftsdienst.“

Kapitel 45

Peggy

Peggy erfasste eine Schockstarre. Hatte sie tatsächlich von oben eine Männerstimme gehört? *Scheiße, Scheiße, Scheiße.* Was sollte sie nur machen, wo sich verstecken? Das konnte nur Justys Vater sein, der völlig verbuggt war. Wenn er sie hier auf verbotenem Terrain, in dieser Sackgasse, entdeckte, war sie geliefert.

„Schnell, wieder rein mit dir", forderte sie Greta auf, die sich gerade erst aus ihrem Käfig gewunden hatte. Mühsam hatte sie sich wie ein Wurm rausschlängeln müssen.

„Nein, ich will nicht. Ich geh da nicht wieder rein. Lass mich", kreischte sie.

„Hast du nicht gehört? Dieses Arschloch ist zurück. Wenn der uns hier erwischt, sind wir verratzt. Also rein mit dir!"

Mit Händen und Füßen wehrte sich Greta mit erstaunlicher Kraft, die ihr Peggy nach den Tagen ohne Licht, Trinken und Essen gar nicht zugetraut hätte. Doch letztlich blieb ihr nichts anderes übrig.

„Aber nicht abschließen", heulte Greta.

„Nein, nein, keine Angst", beschwichtigte Peggy. Es beruhigte sie, dass Greta wegen des engmaschigen Gitters keine Chance hatte, von innen das Schloss zu entfernen. „Sei still, lass dir nichts anmerken, verstanden?" Sie zog den Schlüssel ab.

Die Antwort hörte sie nicht, zu sehr war sie abgelenkt von den Schritten im Flur vor der Tür zu diesem Verlies. Panisch schnappte sie das Wasserglas und die Kerze und blies sie aus. Dann brachte sie sich mit einem Satz hinter dem Käfig in Deckung.

Schon kam mehr Licht durch die Tür, die Justy offenbar

nur angelehnt hatte. Peggy hielt den Atem an. Eine Männersilhouette erschien in dem Eingang vor dem erleuchteten Gang.

„Hast du mich vermisst, Süße?"

Die Stimme dazu klang erstaunlich hoch. Und eiskalt.

Greta reagierte mit einem Wimmern.

„Aber, aber, jetzt bin ich doch zurück."

Peggy spürte, wie es zwischen ihren Beinen nass wurde. Sie war nicht in der Lage, den Urin zurückzuhalten. Ihr ganzer Körper war nur darauf konzentriert, einen Aufschrei zu verhindern. Weiter zu atmen. Sich nicht zu bewegen.

Eine Taschenlampe leuchtete auf und zerrte die nackte Greta ins Zentrum des Raumes. Peggy sah, wie das Mädchen versuchte, ihre Blößen zu bedecken, sich kleiner zu machen, wegzukriechen von dem Schein.

Auf der anderen Seite des Käfigs ging das Monster in die Hocke und starrt hinein. Peggy legte sich flach auf den Boden, in ihre eigene Pisse. Presste ihr Gesicht in den Lehm. Nur um nicht gesehen zu werden. Hätte sie doch wenigstens ihre Punkerkluft an. Die war völlig schwarz und hätte sie hier gut tarnen können.

„Na gut", hörte sie von der anderen Seite. „Dann will ich mal nicht so sein. Gleich gibt es was zu essen und zu trinken. Nicht, dass du mir hier vorzeitig krepierst. Ich habe noch ein paar schöne Sachen mit dir vor."

Das Licht ging in die Höhe und Peggy hörte die von der Erde gedämpften Schritte sich in Richtung Tür entfernen. Dann verschwand das Neonlicht aus dem Flur. Sie atmete aus und zog gierig neue Luft ein, richtete sich auf und rückte an die Wand hinter sich, gegen die sie sich lehnte. Weg aus der stinkenden Pfütze unter sich.

Sie hörte Greta weinen. „Lass mich raus, bitte, bitte, lass mich raus."

„Das geht nicht, er kommt doch gleich wieder. Er will dir

doch Essen und Trinken bringen. Wenn er dich dann draußen entdeckt, ist alles zu spät."

Und dann fiel es ihr siedend heiß ein: Hardenhoven musste längstens wissen, dass etwas nicht stimmte. Schließlich hatte er die Kellertür und die Tür zu diesem Raum vor Tagen abgeschlossen zurückgelassen. Sie war verratzt.

Kapitel 46

Justy

„Was hast du da unten gemacht?“, fragt mich Vater oben in der Küche. Die Tür zum Keller hat er nur angelehnt.

„Ich hatte Hunger, hab Essen gesucht.“

Er lacht auf. „Sohn, Sohn. Ich wusste gar nicht, dass man in so kurzer Zeit so gut lügen lernt. Glaubst du ernsthaft, ich hätte nicht erfahren, dass du draußen warst? Dass du dieses Haus verlassen hast, obwohl ich es dir strikt verboten habe?“

Ich schaue zu Boden, dann vorsichtig zu ihm auf mit weiterhin gesenktem Kopf. Und entdecke ein überraschtes Flackern in seinem sonst so festen Blick. Seine Gesichtshaut wird fleckig rot. Als wäre er unsicher. Das ist noch nie passiert. Er kann Peggy nicht gesehen haben, sonst hätte er ganz anders reagiert. Wie, mag ich mir nicht ausmalen.

„Was ich wirklich erstaunlich finde, ist, dass du sogar telefonieren gelernt hast. Wie um alles in der Welt bist du auf die Idee gekommen, bei der Polizei anzurufen und denen zu sagen, dass ich dein Vater bin?“, fährt er fort.

Mit weiterhin gesenktem Blick versuche ich, eine sinnvolle Antwort zu finden. Ihm zu sagen, dass ich Angst hatte und hungrig war. Aber das muss er doch eigentlich selbst wissen. Er kennt unsere Vorräte und weiß, wie lange er weggeblieben ist. Wie soll ich ihm sagen, dass ich ihm helfen wollte? Er ist böse auf mich, das ist mir klar. Trotzdem fehlen mir die Worte. Worte, um zu erklären, dass ich nicht anders konnte.

Also strecke ich die Hände vor.

„Lass das. Ich entscheide, wann du Strafe verdient hast. Und welche“, zischt er. „Aber dass du dann auch noch bei meinem Anwalt aufgekreuzt bist, ist unentschuldbar. Was hast du dir nur dabei gedacht, ihm das alles zu erzählen?

Wegen dir ist er jetzt tot. Du bist schuld. Das ist dir doch klar?“

Tot? Der Rechtsanwalt, bei dem wir waren? Wie kann das sein? Und warum bin ich daran schuld? Ich verstehe weniger denn je, doch ein weiterer vorsichtiger Blick in das zornesrote Gesicht meines Vaters sagt mir, dass ich besser reagieren sollte.

Ich nicke. Ganz wie immer. Die Reaktion, die mein Vater von mir erwartet. Die einzige, die ich beherrsche. Wieder strecke ich die Hände aus, Handflächen nach oben.

Vater wischt meine Hände mit einem Schlag beiseite. „Was habe ich dir eben gesagt? Ich entscheide, wann du Strafe verdient hast. Habe ich dir das nicht immer gesagt? Eingetrichtert wie einem blöden Stück Vieh?“

Wieder nicke ich, doch die Hände verstecke ich hinter meinem Rücken.

„Und was hast du nun dazu zu sagen, hä?“

„Ja, Vater. Ich bin schuld.“

Das Rot verschwindet aus Vaters Gesicht. Ich atme auf. Muss aufpassen, wieder alles richtig zu machen.

„Gut, Sohn. Dann gib mir jetzt die Schlüssel.“

Die Schlüssel. Die, die eben noch in dem Vorhängeschloss von dem Käfig mit dem Mädchen steckten. Jetzt sind sie offenbar weg. Wie soll ich eine Antwort finden, ohne Peggy zu verraten?

Und ohne zu lügen. Denn das kann ich nicht, habe es nie gelernt.

Kapitel 47

Peggy

„Lass mich wieder raus. Bitte, lass mich raus. Hier drin kann er mit mir machen, was er will. Mich sogar verhungern und verdursten lassen. Ich halte das nicht mehr aus.“

Mit jedem Wort war ihre Stimme schriller geworden, kreischiger, lauter, sicher unüberhörbar für den Mann da oben.

„Ist ja gut, sei still, ich mach die Tür auf. Aber halt Ruhe oder willst du, dass er wieder runterkommt, bevor du draußen bist?“

Das wirkte. Greta verstummte.

Peggy schlich zu der Seite des Käfigs mit der Pforte und hängte das Vorhängeschluss, das sie vor dem Auftauchen Hardenhovens so weit zusammengedrückt hatte, dass man nicht auf den ersten Blick erkennen konnte, dass es offen war, aus. Sofort drückte Greta von innen dagegen und wand sich durch die schmale Tür. Noch bevor Peggy reagieren konnte, kroch sie in erstaunlichem Tempo auf die angelehnte Tür zu, durch die noch immer ein leichter Neonschein vom oberen Ende der Treppe drang. Hardenhoven hatte das Licht im Flur gelöscht.

„Bleib hier, bist du verrückt geworden?“ Doch das Mädchen reagierte nicht, war nicht zu bremsen. Peggy sah sie durch die Tür robben noch bevor sie selbst auch nur auf den Beinen war.

Scheiße, Scheiße, Scheiße. Sie musste Greta aufhalten, sonst waren sie beide verloren. Wenigstens konnte sie wegen des langen Aufenthaltes in dem Käfig, in dem sie nur hatte sitzen können, noch nicht aufrecht gehen oder gar rennen. Peggy hastete hinterher, während ihr die urinfeuchte Hose an den Schenkeln klebte. In ihrer Hektik stolperte sie über die eigenen Füße und knallte der Länge nach hin. Rappelte sich auf und rannte los, kaum auf die Beine gekommen. Doch Greta war schon die halbe Treppe rauf.

„Halt, bleib, das kannst du nicht…“ Flüstern hatte keinen Sinn mehr, doch trotzdem waren ihre Worte kaum zu hören. Selbst für sie. Peggy beschleunigte, hatte die erste Stufe erreicht, da öffnete sich oben die Tür vor Greta. Peggy sah zum ersten Mal in das Gesicht Hardenhovens.

Kapitel 48

Justy

„Ach, wen haben wir denn da?“

Vater sieht auf das nackte Mädchen vor ihm auf dem Boden. Kaum ist es durch die Kellertür auf allen vieren gestürmt, dabei hat Greta mehr an eine Spinne oder Krabbe als einen Menschen erinnert, hat er sie mit einem Schlag auf den Rücken gestoppt. Noch immer schnappt Greta nach Luft.

„Boah, stinkst du! Wie Müll.“ Vaters Nase verzieht sich, sein ganzes Gesicht zerknautscht um die Nase. „Widerlich!“

Das Mädchen vor ihm ist wieder zu Luft gekommen und hat sich zu einer Kugel zusammengerollt. Macht sich so klein, wie nur geht. Erst jetzt, im vollen Licht der Küchenlampe, sehe ich den Dreck vom Lehmboden auf ihr und die strähnigen Haare deutlich. Habe ich damals auch so ausgesehen? Vater hat fast die gleichen Worte auch bei mir benutzt. Und mich unter die Dusche gestellt. Das wird er jetzt sicherlich auch mit ihr machen. Ganz bestimmt. Ich schiele an Vater vorbei auf die Treppe. Doch Peggy ist nicht zu sehen.

„Was macht man mit Müll?“, fragt Vater das Mädchen.

Hoffentlich antwortet Greta nicht. Vater mag es nicht, wenn man auf rhetorische Fragen etwas erwidert. Das hat er mir beigebracht. Nur hat er mich nicht gelehrt zu unterscheiden, wann eine Frage rhetorisch ist und wann er eine Antwort erwartet. Das hat mir viele Striemen auf den Händen eingebracht, bis ich es unterscheiden lernte. Jetzt weiß ich genau, dass er keine will.

Greta antwortet nicht. Gut so. Vater stupst sie mit dem Schuh an. Sie bleibt fest zusammengerollt liegen. Ein Fehler, wie ich schmerzlich erfahren habe.

Er beugt sich über sie. „Du widerst mich an. Du bist der letzte Dreck. Du hast kein Recht, in meiner Küche zu sein. Du gehörst in den Keller, in die Mülltonne. Hast du das verstanden?“

Jetzt muss sie antworten, sonst wird es übel.

Sie reagiert nicht.

Er verpasst ihr einen Tritt in die Seite, der sie aufheulen lässt. Ganz schlecht. Ein weiterer Tritt folgt. Und noch einer. Sie hat aufgehört zu jammern. Besser.

Vater richtet sich auf, geht zum Küchenschrank und holt aus einer Schublade ein dickes Seil. Wirft es mir zu. „Fessel ihr die Hände.“

Ich starre ihn an, dann das Seil. Schaffe es kaum, die Hände nach vorne zu halten, um den Strick entgegenzunehmen. Mir schwant Übles.

„Wird das heute noch was?“, pflaumt er mich an.

Ich greife nach dem Seil.

Greta hebt den Kopf. „Bitte nicht. Bitte, bitte nicht.“ Dabei sieht sie mir direkt in die Augen. Etwas, was ich nicht ertrage. Ich schaue auf das Seil in meinen Händen, entwirre es und gehe hinter Greta in die Hocke. Versuche vorsichtig, ihren Arm nach hinten zu ziehen. Sie presst ihn an sich. Ich ziehe fester, sie presst fester.

„Nun mach schon, Sohn.“ Vaters Stimme klingt gereizt. Ich weiß, was passiert, wenn ich jetzt nicht richtig handle und zerre die Arme von Greta nach hinten. Gegen mich hat sie keine Chance.

„Gut, jetzt auch noch die Beine.“

Was hat Vater vor? Zum Duschen muss man doch niemand fesseln. Doch ich gehorche. Habe keine andere Wahl. Wenn Vater sagt, ich müsse etwas tun, dann muss ich es tun. Ich kann nicht anders.

„Sehr schön. Na also, geht doch.“ Er nimmt mir das restliche Stück Seil aus der Hand und macht es an der Heizung fest.

„Und nun, Sohn, sagst du mir, wo die andere ist.“

Kapitel 49

Peggy

Justy antwortete nicht, konnte ihren Blick aber auch nicht von dem Türspalt abwenden, hinter dem Peggy hockte. Wie von einem Magnet angezogen starrte sie umgekehrt Justy in die Augen und hielt den Zeigefinger vor den Mund. Ob das wirkte? Ob Justy schwieg? Nachdem Peggy beobachtet hatte, wie Justy geradezu mechanisch den Befehlen ihres Vaters gehorcht hatte, zweifelte sie daran.

Was sollte sie jetzt machen? Peggy wusste, dass nur die Türen des Vorratsraumes und des Verlieses nicht abgeschlossen waren. Wenn sie nach unten flüchtete, hätte dieses Monster sie binnen kürzester Zeit gefunden und sie keine Fluchtmöglichkeit mehr. Das war eine Sackgasse. Nein, falsche Richtung.

Blieb nur die Flucht nach vorne. Justy würde ihr schon helfen. Würde sie das tun? Sie hatte keine Wahl.

Peggy richtete sich auf, gab der Tür einen Schubser und rannte los. Wenigstens hatte sie den Vorteil der Überraschung auf ihrer Seite. Tatsächlich schrak Hardenhoven einen Schritt zurück, war völlig auf Justy konzentriert gewesen. Das Mädchen stand noch immer mit gesenktem Kopf vor ihm. Zwischen Hardenhoven und dem Flur, in den Peggy laufen wollte. Sie gab sich nicht der Illusion hin, dass die Tür zum Hinterhof offen wäre. Nein, ihre Rettung konnte nur in den vielen Räumen der großen Villa liegen.

Hardenhoven erholte sich viel zu schnell von seinem Schrecken, wie Peggy mit Entsetzen feststellte. Sie war noch keine fünf Schritte in der Küche, da streckte er die Hände nach ihr aus. Sie wich seitlich aus, übersah die am Boden liegende gefesselte Greta und stolperte. Im letzten Moment konnte sie sich fangen, doch das reichte, damit

Hardenhoven ihren Arm erwischte, den er schraubstockartig umklammerte.

„Hilf mir", flehte sie Justy an. Sie war doch ihre Freundin. „Hilf mir."

Doch Justy blieb stocksteif stehen.

Peggy zerrte und zog, so fest sie konnte. Wand sich und versuchte, sich aus dem Griff zu winden. Doch Hardenhoven war stärker, hatte mit der zweiten Hand ihren Arm umschlungen und zog Peggy näher. Sie war verloren. Und Justy reagierte noch immer nicht.

Plötzlich veränderte sich Hardenhovens Gesicht, es wurde rot und sein Mund öffnete sich zum Schrei.

Dann ließ er Peggy los.

Kapitel 50

Justy

Ich bin wie gelähmt, als Peggy durch die Kellertür gestürmt kommt. Bin regungslos, als sie über Greta stolpert. Kann mich auch nicht rühren, als Vater sie am Arm packt. Und fassungslos, als ich sehe, wie Greta, die verletzte schwache Greta, Vater ins Bein beißt. So fest, dass er aufschreit und Peggy loslässt.

Wie auch könnte ich helfen? Vater ist derjenige, dem ich verbunden bin. Sein Wort ist Gesetz. Wenn er bestimmt, was zu tun war, tue ich es. Wenn er mir Befehle gibt, befolge ich sie, wenn er mir etwas verbietet, lasse ich es. Woher nur nimmt Greta die Kraft, den Willen und die Freiheit, das zu tun?

Und doch bin ich überglücklich, als Peggy sich losreißt.

Vater tritt um sich und schlägt Greta, deren Gebiss noch immer im Fleisch seines Beines feststeckt. Dann lässt sie los. Damit hat sie Peggy genügend Zeit verschafft zu fliehen.

Ich weiß, was jetzt kommt: Das wird Greta büßen müssen. Schon tritt Vater auf sie ein: gegen die Beine, in die Taille, gegen den Kopf. Peggy habe ich nicht helfen können, weil Vaters Willen dagegen stand. Aber Gretas Buße kann ich auf mich nehmen.

Vater brüllt und tritt weiter zu. Ich werfe mich über Greta und lasse mich an ihrer statt treten. Gebe keinen Ton von mir. In die Seite, gegen die Schulter. Meinen Kopf schütze ich mit den Armen, bis das Schlimmste vorbei ist. Die Schläge werden schwächer.

„Was soll das", brüllt er mich an. „Warum tust du das? Habe ich dir das nicht verboten?"

Das ist keine rhetorische Frage. Deswegen antworte ich mit einem klaren „Nein".

„Willst du jetzt besonders schlau sein, oder was?", donnert er weiter.

„Nein, Vater." Ich setze mich auf, schaue zu Boden und heimlich zu Greta, die unter ihrem Arm hervorlugt. Ich schiebe mich in eine Position, dass Vater das nicht sehen kann. Sonst würden weitere Tritte folgen. Vater schaut man nicht in die Augen. Das mag er nicht.

Ein letzter Tritt gegen meinen Oberschenkel, dann dreht er sich fluchend dem Flur zu. „Gut, ich habe es nicht ausdrücklich verboten, dass du dieses Stück Scheiße schützt. Doch jetzt bekommst du von mir den ausdrücklichen, hörst du, ausdrücklichen Befehl, dieses andere Miststück im Haus zu suchen und zu mir zu bringen. Hast du das verstanden?"

Er dreht sich um und eilt durch den Flur auf die Treppe zu.

Hinter mir höre ich ein leises: „Danke."

Verständnislos drehe ich mich um.

„Danke", kommt nochmals von Greta. „Bitte mach mich los, bitte. Ich muss hier weg. Der Kerl bringt mich um. Das hast du doch eben erlebt."

„Ich kann nicht", gebe ich zur Antwort, erhebe mich und mache mich auf die Suche nach Peggy.

Kapitel 51

Peggy

Sie war gerannt wie der Teufel. Erstmal aus der Küche, durch den dunklen Flur ins Treppenhaus und dann rauf. Zu spät fiel ihr ein, wie idiotisch das war. Von da oben kam sie nicht raus aus der Villa. Dämlich. Doch es war zu spät, umzukehren.

Dass Greta das für sie gemacht, gewagt hatte, konnte sie noch immer nicht fassen. Und Justy hatte nur blöde rumgestanden. Nichts getan. Hatte sich zurückverwandelt in die Tochter, die dieses Monster Sohn nannte. Hörig ihrem Vater folgend. Alles vergessend, was sie in den letzten Tagen gemeinsam erlebt hatten. Unglaublich. Als sie Justy in die Augen gesehen hatte, hatte sie das Gefühl gehabt, dass Rollos runtergelassen worden waren.

Peggy hatte das zweite Obergeschoss erreicht, als sie die ersten rennenden Schritte unter sich hörte. Hastig zog sie ihre Schuhe von den Füßen und gab Gas. Vorsichtig trotzdem, damit ihr Verfolger nicht hören konnte, wo sie war. Rannte weiter hinauf. Blieb stehen, lauschte. Schritte, langsam, schwerfällig und vorsichtig, die hinauf tapsten. Dann war auf der Treppe nichts mehr zu hören. Ihr Verfolger hatte das erste Obergeschoss erreicht.

Ob er an der Treppe auf sie wartete? Oder im sich daran anschließenden Flur die Zimmer durchsuchte? Runter traute sie sich trotzdem nicht. Zu groß war das Risiko, dass er sie erwischte.

Das Treppenhaus endete hier. Dieser Korridor führte zu Justys Zimmer. In deren Zimmerchen würde sie nicht gehen, in diese Sackgasse. Doch wohin? Türen gingen jede Menge von dem Gang ab. Doch ahnte sie, dass sie alle in solchen Mönchsklausen endeten in diesem ehemalige Bediensteten-Trakt.

Nur die Tür am Ende des Flures sah anders aus. Peggy eilte so leise wie möglich hin. Vorsichtig drückte sie den Griff runter. Doch sie ging nicht auf, war abgeschlossen.

Scheiße, Scheiße, Scheiße.

Hinter sich hörte sie erneut Schritte auf der Treppe. Sie wechselte die Schuhe in die andere Hand. Da fiel ihr auf, dass sie den Schlüsselbund noch in der Hand hielt. Unbewusst hatte sie ihn wohl die ganze Zeit mitgeschleppt. Eilig sah sie das Schloss an, dann die Schlüssel. Drei waren groß genug dafür.

Viele Stufen konnten es nicht mehr sein, die sie von diesem Teufel trennten. Peggy schob den ersten Schlüssel ins Schloss, er passte nicht. Der zweite ließ sich drehen. Die Schrittgeräusche waren deutlich näher gekommen. Peggy zog die Tür vorsichtig auf, bedacht darauf, kein unnötiges Geräusch zu verursachen. Schlüpfte durch und schob sie ebenso leise hinter sich zu. Und betete. Nahm sich nicht die Zeit sich zu vergewissern, ob ihr Verfolger gesehen hatte, wohin sie gegangen war.

Brauchte sie auch nicht. Nur Sekunden später wurde von der anderen Seite an der Tür gerüttelt, die sie sofort wieder abgeschlossen hatte. Nicht einen Moment zweifelte sie daran, dass Hardenhoven die einfache Holztür öffnen könnte. Womit auch immer.

Sie drehte sich um und erkannte die erhoffte Treppe auf den Dachboden. Eilig lief sie sie hinauf. Nun musste sie wenigstens nicht mehr darauf achten, leise zu sein.

Oben angekommen öffnete sich ein Raum in der Größe des gesamten Erdgeschosses. Vollgestopft mit Gerümpel, alten Möbeln, Kisten und Koffern. Dazwischen Truhen wie aus einem alten Gespensterfilm. Peggy versuchte sich als Balletttänzerin, schlängelte sich auf Zehenspitzen durch das Gewirr. Bloß keine Fußabdrücke im dicken Staub auf dem alten Holzboden hinterlassen. Trotzdem zog sie ihre Schuhe an. Damit konnte man besser fliehen.

Vom Ende der Treppe hörte sie Schläge von Eisen auf

Holz. Wohin nur? Sie öffnete einen alten Schrank voller Kleider. Musste sofort niesen. Schlechte Wahl. Hier würde sie gefangen sein wie Greta vorhin im Keller. Und sich sofort durch weiteres Niesen verraten.

Klar, könnte sie sich hinter den Kisten verstecken, doch auch da würde jeder klar denkende Mensch zuerst nachschauen.

Nein, sie brauchte etwas Besseres. Etwas, worauf man nicht sofort kam. Groß genug, dass sie reinpasste. Und unauffällig genug, dass der Blick nicht sofort darauf fiel. Ein Versteck, in dem sie trotzdem der Treppe möglichst nahe war.

Sie schaute sich um. Dann entdeckte sie es.

Kapitel 52

Justy

„Nun komm schon", brüllt Vater, nachdem er die Dachbodentür mit einer Axt eingeschlagen hat. Ich folge ihm. Langsam. So langsam, dass er es mir nicht vorwerfen kann, Peggy aber ein wenig Zeit verschafft. Was könnte ich auch anderes machen? Ich bin zerrissen. Einerseits kann ich mich nicht Vaters Befehlen widersetzen, andererseits hat mir Peggy geholfen. Ich fühle mich auch ihr verpflichtet. Wenn auch nicht in dem Maße wie Vater.

Doch dann fällt mir ein, dass Peggy nur an das Geld im Rucksack rankommen wollte. Mit mir einen Deal geschlossen hat, bei dem sie sich für ihre Hilfe bezahlen lässt. Hat Vater doch recht? Ist nur er für mich wirklich da? Ich weiß es nicht, kann das nicht unterscheiden. Also halte ich mich an das, was mein ganzes Leben gegolten hat.

„Such sie!", befiehlt er mir, kaum dass wir auf dem Dachboden angekommen sind.

Ich sehe mich um, schaue auf den Holzboden, spähte nach Fußabdrücken, kann aber nichts entdecken. Langsam quetsche ich mich durch die Kisten, vorbei an Schränken, schaue unter alte Sofas und hebe angegraute Laken an, die noch intakte Möbel schützen sollen.

„Hier ist sie nicht", sage ich Vater.

„Natürlich ist sie hier, du Idiot! Such weiter. Und gib dir mehr Mühe. Sonst muss ich das Kabel holen."

Ich suche weiter.

Kapitel 53

Peggy

Dieser Mistkerl war direkt an der Treppe stehen geblieben. Keine Chance, an ihm unbemerkt vorbeizukommen. Peggy konnte nur hoffen und beten, dass sie in ihrem genialen Versteck nicht entdeckt wurde und Justy sie nicht verraten würde, sollte das Mädchen sie sehen. Darauf würde sie allerdings nach der letzten Stunde nicht mehr wetten.

Irgendwas geschah mit Justy, wenn ihr Vater in der Nähe war. Oder besser: verwandelte sie in ein willenloses Wesen. Vielleicht verstand sie aber auch nicht, was sie tat. Das hatte Peggy zur Genüge bei ihr erlebt. Deswegen konnte sie auch nicht richtig böse auf Justy sein. Nun hoffte sie, dass das Mädchen sie gar nicht erst entdeckte. Das war für sie beide das Beste.

Krampfhaft hielt sich Peggy am Rahmen der Dachluke fest – von außen. Sie hatte Glück gehabt und das Fenster ohne quietschen und verhaken öffnen können. Der alte Stuhl, auf den sie steigen musste um raus zu klettern, hatte sie mit dem noch unten hängenden Bein ein Stück wegbugsiert.

Nun hing Peggy im eisigen Wind und betete, dass die beiden möglichst schnell den Dachboden wieder verlassen würden. Und dass Hardenhoven nicht hochschaute, sonst würde er genau in ihr Gesicht sehen. Wenigstens war es draußen dunkel, so dass ihr Schatten nicht durch das Fenster auf den Boden fiel.

Peggy sah Justy lustlos in Schränke wühlen, Truhen öffnen, Bettlaken anheben. Nun kam sie zur Treppe, doch ihr toller Vater packte sie am Arm und schien sie zu beschimpfen. Dann schlug er ihr ins Gesicht. Justy fiel nach hinten. Ihr Blick streifte das Fenster. Peggy hätte schwören können, dass sich ihre Blicke kreuzten, bevor sie auf dem Boden aufschlug.

Scheiße, Scheiße, Scheiße.

Peggy ließ den Fensterrahmen los.

Kapitel 54

Justy

Ich habe einen Schatten gesehen. Etwas hat auf der Fensterscheibe der kleinen Luke gelegen. Auch glaube ich, Augen erkannt zu haben. Kann das sein? Sicher bin ich nicht.

Vater hat mich geschlagen, nicht fest diesmal. Sicherheitshalber habe ich mich fallen lassen. Meistens gibt er dann Ruhe und hört auf. Als ich einen Moment später wieder hinschiele, entdecke ich Sterne, die vorher nicht zu sehen waren. Ich zwinkere, versuche, meinen Blick zu fokussieren. Doch da sind tatsächlich Sterne. Seit Tagen war der Himmel wolkenverhangen.

„Warum starrst du auf das Fenster? Hast du was gesehen?"

Ich denke nach. Vater belügen kann ich nicht. Das ist unmöglich. Aber habe ich denn wirklich etwas entdeckt? Eigentlich kann das nicht sein. Die Luke ist zu klein und das Fenster zu schmutzig, um etwas erkennen zu können.

„Nein."

„Du lügst doch schon wieder." Vater holt aus und verpasst mir einen Schlag ins Gesicht, kaum dass ich wieder auf den Beinen stehe. Das schon blau und grün sein muss, so wie es sich anfühlt. Doch ich stöhne nicht auf, zucke auch nicht. Sonst legt er richtig los.

Er tritt an die Dachluke und hebt den Bügel, der das Fenster justiert. „Offen", sagt er. „Na also." Er zieht einen Stuhl heran und steigt darauf. Schiebt den Fensterflügel hoch. Späht raus.

Doch er ist zu dick für die Luke. Also kommt er wieder runter.

„Hoch mit dir", befiehlt er und winkt mich heran.

„Los hoch", drängt er.

Ich klettere auf den alten Plastikstuhl, schiebe meinen

Kopf durch die Dachluke und schaue mich um. Zunächst sehe ich gar nichts. Nur Dunkelheit. Ich blicke hoch zu den Sternen, freue mich über die Mondsichel und atme tief ein. „Hier ist nichts", sage ich erleichtert.

„Schau runter, Idiot", herrscht mich Vater an.

Also schaue ich runter.

Und entdecke Peggy auf einer Dachgaube hocken, als würde sie reiten. Ihren Oberkörper hat sie ans Dach gepresst und mit dem Zeigefinger auf dem Mund scheint sie mich anzuflehen, nichts zu sagen. Ich erstarre. Will sie nicht verraten, muss aber.

Muss ich wirklich?

„Was ist? Was siehst du? Warum brauchst du so lange?"

Ich starre zu Peggy und weiß nicht, was ich tun soll. Die hält sich immer wieder den Finger vor den Mund. Dabei habe ich längstens verstanden. Aber ich kann Vater doch nicht belügen. Und Peggy nicht hier in der Kälte hängen lassen. Dann wird sie erfrieren oder runterfallen. Oder ist das eine Ausrede vor mir selbst, sie zu verraten? Ich bin ratlos. Also sage ich nichts.

„Komm runter, Idiot", befiehlt Vater.

Ich verstehe nicht, warum, habe doch noch gar nicht geantwortet. Aber es entbindet mich von der Entscheidung. Ich klettere runter wie befohlen.

Dann steigt er wieder auf den Stuhl und verschließt das Fenster mit dem Riegel, so dass Peggy nicht mehr reinkommen kann.

Sie sitzt in der Falle. Ist verloren da draußen.

Kapitel 55

Peggy

Immerhin hatte Justy sie nicht verraten. Das war aber auch das Beste, was sie der Situation abgewinnen konnte. Nun hockte sie in eisiger Kälte bei sternenklarer Nacht, die den ewigen Nieselregen endlich verdrängt hatte, rittlings auf einer Dachgaube und wusste nicht weiter. Sie hatte den Riegel der Luke, durch die sie raus gestiegen war, zuschnappen hören. So kam sie nicht mehr rein. Aber wie dann? Wenn sie das nicht schaffte, war das ihr Ende. Ganz sicher!

Peggy ließ den Blick über das Dach schweifen. Fünf Meter weiter war eine andere Dachluke. Aber davon versprach sie sich wenig. Auch die, aus der sie gekrochen war, war vorher verriegelt gewesen. Dann konnte sie gleich versuchen, durch die über ihr wieder hineinzugelangen. Zudem war die andere Luke zu weit weg. Das Dach war steil, wurde erst direkt über den Gauben flacher. Sie sah seitlich runter. Dort, wo sie endete, endete auch das Dach. Sie saß fest.

Welche Richtung blieb? Sie löste sich von dem Dach, auf das sie sich gepresst hatte, drehte sich ganz langsam und vorsichtig um und robbte sich krampfhaft am Dachfirst festhaltend nach außen Richtung Fenster. Am Ende angekommen sah sie über die Kante. Ein Fehler! Ihr wurde schwindelig, als sie erkannte, dass es mindestens zehn Meter senkrecht runterging. Und das direkt vor ihr. Sie robbte zurück und hing nun auch mit dem Oberkörper auf dem First. Streckte beide Arme und Beine beidseitig an der Dachgaube runter, um ja nicht das Gleichgewicht zu verlieren. Schloss die Augen, holte tief Luft und atmete wieder aus. Mehrfach hintereinander. So lange, bis sich ihr Puls beruhigt hatte.

Sie wäre ewig so liegen geblieben, wenn die Kälte nicht durch die dünne Arbeitshose und den fadenscheinigen Pullover von Justy gekrochen wäre.

Sie brauchte eine Lösung. Und die lag vor ihr.

Langsam robbte sie wieder nach vorne und beugte sich nochmals über den Rand. Vermied es, zum Boden zu schauen. Blickte nur bis zu dem Fenster der Gaube. Es war keine große Gaube und kein großes Fenster. Mit Holzrahmen. Die weiße Farbe blätterte ab. Obwohl es in dem dahinter liegenden Raum dunkel war, erkannte sie den altmodischen Riegel, der das Fenster verschloss. Wieder ein Reinfall. Aber was hatte sie erwartet?

Da gab es nur eins. Der obere Fensterrahmen endete nur einen halben Meter unter ihr. Soweit reichten ihre Arme. Vorsichtig, um nicht das Gleichgewicht zu verlieren, zog sie einen Boat aus und wickelte sich den Schnürsenkel ums Handgelenk. Bloß nicht verlieren! Wie lange mochte es her sein, dass die Dachluke über ihr geschlossen worden war? Fünf Minuten? Zehn? Egal. Sie konnte nicht mehr warten, war schon steifgefroren. Also holte sie aus.

Die Scheibe zersplitterte schon beim Schwung mit dem Schuh dagegen. Deutlich lauter als erhofft. Doch sie hatte keine Wahl, wollte sie nicht hier und jetzt gleich sterben. Entweder erfrieren in der eisigen Kälte und steifgefroren irgendwann abrutschen und zehn Meter tief fallen. Das war keine Alternative.

Vorsichtig versuchte Peggy sich umzudrehen, so dass sie die Beine über den Rand schwingen konnte. Die Hälfte der Drehung hatte sie geschafft, lag nur noch mit dem Bauch über dem First, da fing sie an mit dem Oberkörper runterzurutschen. Unaufhaltsam. Doch nicht ganz. Ihre Hand erwischte eine scharfe Kante, die ihr zwar ins Fleisch schnitt, aber das Abrutschen stoppte. Mühsam zog sie sich wieder in die richtige Position. Wenigstens hatte sie dabei die Drehung geschafft. Ihre Beine zeigten nun nach außen. Völlig außer Atem verharrte sie. Lauschte, ob sie aus dem eingeschlagenen Fenster etwas hörte. Doch es bleib still.

Sie gab sich eine Minute. Dann ließ sie langsam die Beine runter gleiten, bis sie unter dem rechten Fuß das Fensterbrett spürte, stellte den linken daneben. Dann ließ sie los.

Hinterher wusste sie nicht mehr, wie sie in das Zimmer gekommen war. Ihr Bewusstsein kehrte zurück, als sie den Holzboden unter sich spürte. In ihrer Hand steckte ein Glassplitter. Ihre Füße waren unverletzt, mit dem unbeschuhten hatte sie Glück gehabt. Den passenden Schuh hielt sie noch in der Hand. Sie setzte sich auf.

Das Zimmer ähnelte dem von Justy: eine karge Mönchsklause mit Schrank, Bett, Kommode und winzigem Tisch. Hoffnungsvoll öffnete Peggy die Schranktür, nur um enttäuscht feststellen zu müssen, dass er absolut leer war. Ebenso die Kommode. Doch dann fiel ihr Blick auf das Bett. Eine dünne Decke war darüber gebreitet. Peggy riss zwei Streifen ab und band sie um die blutende Hand. Dann ging sie zur Tür. Unverschlossen.

Jetzt musste sie nur noch einen Ausgang finden.

Kapitel 56

Mo

Richter Verhofen hatte nicht Bereitschaftsdienst gehabt. Statt seiner mussten Mo und Nico zu Richter Hoffmann, der ihnen, äußerst schlecht gelaunt ob seines Notdienstes in der Nacht, die Gründe für den Haftbefehl um die Ohren gehauen hatte. Nonsens, war noch das freundlichste Urteil. Mo war sich vorgekommen wie ein Idiot.

Frustriert hatte sie Nico nach Hause geschickt – zum zweiten Mal war ihr das an diesem Abend passiert – und für sich beschlossen, dass es genug sei für einen Tag. Dass sie sich nun endlich auf dem Nachhauseweg begeben sollte.

Als Mo endlich in ihrer Wohnung stand war es kurz vor Mitternacht.

Mo saß regungslos im Wagen vor ihrem Kaffee. Dieser Fall ließ ihr keine ruhige Minute mehr. Sie machte sich Vorwürfe, dass sie nicht bei David in der Autowerkstatt angeklopft hat, verdrängte den Gedanken aber schnell aus ihrem Kopf. Nein, dann hätte Hardenhoven Verdacht geschöpft. So konnte sie ihn unbehelligt beschatten.

Das Telefon klingelte.

„Mo?"

„Staatsanwalt Berger. Sie müssen sofort ins Präsidium kommen. Ich weiß, es ist schon spät, aber ich brauche Sie hier." Der Anruf klang wie ein Termin für das Schafott.

„Ich komme."

Regen prasselte auf die Windschutzscheibe, als sie mit ihrem Clio durch die Nacht fuhr. Der Anruf bedeutete nichts Gutes entstehen, sagte Mo ihre Intuition.

Sie fuhr auf den Hof des Polizeipräsidiums und stieg aus.

Die Empfangshalle war nur schwach beleuchtet. Die wenigen noch anwesenden Polizeibeamten warfen ihr mitleidige, manche hämische Blicke zu. Die Nachricht über ihr Versagen im Fall Hardenhoven hatte sich gewiss wie ein Lauffeuer rumgesprochen.

Ihre Ankunft in der Mordkommission war deutlich herzlicher. Bernd lächelte sie an, hob wortlos die Hand und deutete dann auf die offene Tür zu einem um diese Uhrzeit leeren Büro.

„Weißt du, warum er mich um diese Uhrzeit sehen will?", fragte Mo.

„Keine Ahnung, aber er hat wohl wichtige Informationen für dich."

„Okay, dann lass mich angeln gehen."

Mo trat vor bis zur nur angelehnten Tür des Büros.

„Kommen Sie herein, Frau Celta. Setzen Sie sich!" Er räusperte sich. „Ich werde nicht um den heißen Brei herumreden. David Kowalski plant in drei Tagen einen großen Drogendeal. Darüber hat er heute mit einer Frau telefoniert. Wir hören Kowalski seit einigen Tagen ab. Sie sprach von einem abgelegenen Haus im Johanniskirchener Moos, das ideal wäre für den Deal. Dabei fiel der Name Hardenhoven. Ich weiß, dass Sie mit dem Typen bis jetzt kein Glück hatten. Diese Frau kennt den Ort, weil sie und Hardenhoven dort den *‚Dreck'* entsorgen. Da wurden wir hellhörig. Wenn wir Kowalski auf frischer Tat ertappen, finden wir vielleicht auch Beweise, die zu Hardenhovens Verhaftung führen könnten. Das ist ihre Chance, Frau Celta. Wenn Ihr Verdacht stimmt, dann hat er eine Frau als Komplizin. Unglaublich! Wussten Sie, dass Hardenhoven auch im Drogengeschäft seine Finger hat?"

Mo fühlte sich plötzlich unwohl. „Hardenhoven und Drogen? Das glaube ich nicht, der entführt kleine Mädchen, missbraucht und tötet sie."

„David Kowalski und diese Frau behaupten etwas anderes. Hardenhoven soll den Millionendeal finanzieren."

„Mir wäre eine Verhaftung wegen Kindesentführung und Mord lieber."

„Mensch Celta, so ein Drogendeal in Millionenhöhe ist doch kein Kavaliersdelikt. Das bringt ihn für Jahre hinter Gitter."

„Warum macht die Drogenfahndung das nicht?"

„Teamwork. Die macht das, aber Sie sollen dabei sein. Also, bereiten sie sich auf den Einsatz in Johanniskirchen vor. Die Einzelheiten erfahren Sie morgen von den Kollegen der Drogenfahndung. Noch Fragen?"

Kopfschütteln.

„Ihnen kommt dieses Telefonat doch auch gelegen."

„So etwas in der Art."

„Wusste ich es doch!"

Sie setzte sich in ihren Wagen. Der Regen tropfte noch immer auf die Frontscheibe, als der Clio vom Parkplatz fuhr. Sie überlegte verzweifelt, wohin. In ihre Wohnung wollte sie noch nicht. Zu aufgewühlt war sie. Also tat sie, was sie immer tat: Arbeiten! Sie fuhr zurück zur Heckenrosenstraße und überwachte weiter Hardenhovens Haus. Bis sie steif vor Kälte war. Sie hatte vergessen zu tanken, deshalb den Motor nur kurzzeitig laufen lassen. Die Tankanzeige stand inzwischen auf Reserve und es war noch lange bis zum nächsten Morgen. Außerdem brauchte sie dringend einen Kaffee. Nicht so einen Cappuccino oder Espresso. Alles moderner Schnickschnack. Ein ordentlicher rabenschwarzer Kaffee mit drei Löffeln Zucker würde sie durch die Nacht bringen.

Mo holte tief Luft. Da blieb ihr wohl nichts anderes übrig, als loszufahren. Sie startete den Motor und schlug das Lenkrad ein. Musste erst zurücksetzen, weil so ein Trottel zu dicht vor dem Clio eingeparkt hatte. Legte den Vorwärtsgang ein und schaffte es, den Kotflügel des Wagens vor sich nicht zu streifen. Die nächste Tankstelle lag hinter ihr. Sie wendete um hundertachtzig Grad und fuhr los.

Gerade als sie Hardenhovens Haus passierte, sah sie aus den Augenwinkeln etwas im Garten neben dem Haus. Sicher nur ein Schatten von den Bäumen. Oder ein Dobermann, den Hardenhoven auf seinem Grundstück nachts Wache halten ließ.

Sie gab Gas.

Kapitel 57

Justy

„Nun holst du dir einen Stuhl, schlingst das Seil um den Balken und bindest es fest."

Mitten in der Küche gibt es einen Balken, an dem früher Kräuter, Fleisch und Wurst zum Trocknen aufgehängt wurden. Vater zeigt auf ihn, während er mir ein neues Stück Seil reicht, das er an einem Ende zu einer Schlaufe gebunden hat. Was hat er vor?

Ich hole einen Esstischstuhl und stelle ihn in die Mitte des Raumes, steige hinauf und mache, was er befohlen hat. In der Zwischenzeit bereitet Vater ein zweites Seil vor. Auch das gibt er mir.

„Das daneben", befiehlt er.

Ich erledige auch das, ratlos, was es zu bedeuten hat und was kommen mag.

„Dichter beisammen."

Ich schiebe die Seile nebeneinander.

„Das hast du sehr schön gemacht, Sohn. Jetzt nimmst du dieses Stück Dreck zu meinen Füßen und steigst mit ihm auf den Stuhl."

Ich verstehe noch immer nicht, was wir beide da oben sollen, doch ich folge seinem Befehl, der mir Gesetz ist. Lege mir Greta über die Schulter und steige auf den Stuhl.

„Leg ihr die Schlinge um den Hals."

Ich mache es. Dafür muss ich sie vor mich ziehen. Ganz nahe, viel näher, als ich normalerweise ertrage. Gesicht vor Gesicht. Doch ich will Vater unbedingt besänftigen. Wild schüttelt Greta den Kopf. Weiß sie mehr als ich? Ahnt sie, was geschehen wird? Ich wünschte, sie würde es mir erklären. Doch sie bekommt keinen Ton aus dem geöffneten Mund, in dem ein Teil eines Geschirrhandtuches steckt. Ihre Füße und Hände sind noch immer gefesselt.

Zusätzlich sind sie hinter ihrem Rücken zusammengebunden, so dass sie sich kaum rühren kann.

„Und jetzt dir das andere."

Auch das erledige ich ohne Zögern.

„Und jetzt schubs den Stuhl unter deinen Füßen weg."

„Aber dann falle ich", stelle ich fragend in den Raum.

„Das ist auch so gewollt", verkündet Vater. Mit einem Ruck zerrt er den Stuhl unter mir weg und ich sacke nach unten. Im letzten Moment kann ich meine freie rechte Hand nach dem Balken strecken und mich festhalten. Gretas Gewicht zieht mich runter. Doch ich schaffe es, uns hochzuhalten. Aber nicht lange. Greta rutscht aus meinem Arm ein Stück tiefer gen Fußboden.

Ich sehe in ihr Gesicht, die Augen sind panisch aufgerissen, das Gesicht läuft langsam blau an. Ihre Augen quellen aus den Höhlen.

Irgendwie schafft sie es mit ihrem Blick, mir Vorwürfe zu machen. Den geöffneten Mund zum Herausschreien meiner Schuld zu formen. Und sie hat ja recht. Ich habe sie angelockt. Und nun hängt sie hier wegen mir und bekommt keine Luft, weil sich der Strick, den ich ihr umlegte, in das Fleisch ihres Halses frisst.

Ich löse meine Hand vom Balken, spüre, wie sich der Strick um meinen Hals festzieht, ich nicht mehr atmen kann. Gleichzeitig umfasse ich sie mit der zweiten Hand und schiebe sie hoch. Doch ihr Strick löst sich nicht, wird auch nicht lockerer. Immer verzweifelter zapple ich und versuche, sie weiter hochzuheben, doch nichts ändert sich. Auch mir bleibt die Luft weg.

Sterben wir jetzt?

Ich versuche ein letztes Mal, das Seil um ihren Hals zu lockern, indem ich sie anhebe. Es hilft nicht. Sie wird immer blauer im Gesicht. Die Augen werden trübe.

Dann wird mir schwarz vor Augen.

Kapitel 58

Peggy

Sie konnte nicht fassen, was sie aus der Küche hörte.

Vorsichtig war Peggy die Treppe runtergeschlichen, nachdem sie in dem Stockwerk mit Justys Zimmer alle Räume nach Fenstern untersucht hatte, aus denen sie sich beim Sprung nicht alle Knochen brechen würde. Ergebnislos. Fand sie. Andere mochten aus einer solchen Höhe unten heil ankommen. Sie nicht.

Sie war ins Erdgeschoss geschlichen. Hatte in der Bibliothek ihr Glück versucht. Doch alle Fensterschlösser waren abschließbar. Und abgeschlossen. So war sie auch in das große Zimmer neben der Küche gekommen, als sie Hardenhovens Stimme vernahm.

Eigentlich wollte sie nicht hinhören. Schließlich hatte Justy ihr auch nicht geholfen. Auch wenn sie ihrem Vater nichts von ihr auf dem First der Dachgaube erzählt hatte, so hatte sie doch zugelassen, dass er die Luke verriegelte. Peggy hätte erfrieren können. Oder abstürzen. Oder beides. Warum also sollte sie nun etwas für Justy tun?

Bis sie hörte, dass dieser tolle Vater Justy dazu brachte, Henkersseile aufzuhängen und auf einen Stuhl hochzusteigen. Das klang nicht gut. Gar nicht gut. Dieses Lamm ahnte offenbar nicht, wozu das dienen sollte, und tat wie befohlen. Wie immer.

Peggy schlich zur Küchentür und sah gerade noch, wie Hardenhoven den Stuhl unter Justys Füßen wegzerrte. Wie die beiden Mädchen mit den Beinen zappelten, Justy sich noch am Balken über sich festklammern konnte. Bis sie nicht mehr konnte und losließ. Nein, sie hatte freiwillig losgelassen. Jetzt hob Greta sie hoch, statt sich selbst zu halten. Peggy war fassungslos. Statt sich zu retten, opferte sich Justy.

Alles war anders. Ganz anders. Sie schoss herum, rannte wie von tausend Teufeln gehetzt ins Esszimmer, schnappte sich einen silbernen, fünfarmigen Kerzenleuchter, den sie am Abend bewundert hatte, und rannte zurück. Hardenhoven stand mit dem Rücken zu ihr. Ohne zu zögern lief sie hinter ihn mit über dem Kopf erhobenem Leuchter.

Offenbar war er so fasziniert von dem Todeskampf der beiden Mädchen, dass er sie nicht bemerkte. Im letzten Moment drehte er sich um und riss die Arme schützend vor den Kopf. Zu spät. Peggy ließ den schweren Silberleuchter auf seinen Kopf sausen.

Hardenhoven fiel um. Wie ein Baum, der gefällt wird. Eben stand er noch da, dann lag er, gekappt an seinen Wurzeln. Fassungslos über sich selbst, starrte Peggy auf seinen blutigen Hinterkopf. War er tot?

Die Frage ließ sie unbeantwortet. Über ihr zappelte es. Peggy schnappte sich den Stuhl und schob ihn unter Justys Füße. Die zerrte an der Schlinge, die sich fest um Gretas Hals gelegt hatte, während sie selbst blau anlief.

Scheiße, Scheiße, Scheiße. Peggy lief zu dem Küchenschrank und durchwühlte die Schubladen nach einem Messer. Viel zu langsam. Endlich, als sie hochsah, entdeckte sie eine Messerbank. Sie schnappte sich das größte und eilte zum Stuhl, quetschte sich neben Justy auf den Sitz und fing an, an deren Seil zu sägen. Währenddessen hatte Justy, selbst halbtot, so lange an der Schlinge um Gretas Hals gezerrt, bis sie sich endlich gelockert hatte.

Peggy hörte Gretas Wimmern und nahm wahr, dass sie auf den Boden sackte.

Sie sägte und sägte im Eiltempo, immer noch zu langsam für ihre Angst. Schließlich riss Justys Schlinge. Beide fielen auf den Küchenboden. Peggy zerrte an der Schlinge, bis die sich lockerte und zog sie auseinander. Endlich. Sie schaute in Justys Gesicht. Es war reglos und blau. Sie atmete nicht mehr. Scheiße, Scheiße, Scheiße, was sollte sie tun?

Greta schrie und schob an Justy, die auf ihren Beinen gelandet war. Zappelte so lange, bis sie frei war. Die rührte sich noch immer nicht.

„Hilf mir", rief Peggy Greta zu. Die schüttelte den Kopf und schob sich weiter weg. „Los, hilf mir, wir haben dir auch geholfen."

Doch Greta drehte sich um auf Beine und Hände, während sie in Richtung der Tür nach draußen kroch.

„Scheiße, atme verdammt noch mal, Justy", flehte Peggy.

Ob Beatmung half bei einem Menschen, der erstickt war? Peggy wusste es nicht. Wusste aber auch nicht, was sie sonst machen sollte. Also presste sie ihren Mund auf Justys und versuchte, deren Lungen vollzupumpen. Zwischendurch drückte sie ihre gekreuzten Hände auf Justys Brust und drückte rhythmisch, so, wie sie es im Erste-Hilfe-Kurs in der Schule gelernt hatte.

Nichts geschah. Weiter, weiter, befahl sich Peggy. Ihre Hände, ihr Mund reagierten automatisch. In einer kurzen Pause schien es ihr, als hätte sich das Blau in Hellblau gewandelt.

„Du musst leben, hörst du? Atme endlich!", brüllte sie Justys an.

Wieder kreuzte sie die Hände auf deren Brust, als etwas sie an ihren Haaren packte und nach hinten zog. Sie kreischte los. Packte nach den Händen in ihren Haaren, hämmerte mit den Fäusten auf das Monster hinter ihr ein. Nichts half. Die Hände zogen sie auf dem Rücken weg von Justy.

Peggy versuchte, sich zu drehen, um zu sehen, wohin Hardenhoven sie zerren wollte. Sie schaffte es, einen Blick in sein schmerzverzerrtes Gesicht zu werfen. Blut rann durch seine Augenbrauen bis in die Augenwinkel. Er blinzelte heftig, um sehen zu können. Aus dem leicht geöffneten Mund tropfte Speichel. Sein Jackett war rot vom Blut. Doch er zog und zog. Unaufhaltsam. In Richtung Kellertreppe. Das wäre das Ende. Für sie Justy und sie. Peggy hörte auf, sich zu wehren. Versuchte stattdessen, ihre Beine in Richtung Hardenhovens zu schwingen. Keine leichte Aufgabe. Sie war auch erst halb rum, als sie die Kellertüröffnung erreichten.

Hardenhoven musste seine Position verändern, um nicht selbst die Kellertreppe hinunterzufallen. Dafür richtete er sich ein wenig auf. Einen kurzen Moment lang ließ er Peggys Haare etwas lockerer. Das genügte. Peggy schwang sich ganz herum und verpasste Hardenhoven einen Tritt in seine Weichteile. Dahin, wo es Männer am meisten schmerzte, wie Peggys Mutter ihr beigebracht hatte. Doch sie sah nicht den erwarteten Schmerz in Hardenhovens Gesicht, sondern Überraschung, als er rückwärts die Treppe hinunterfiel.

Gleichzeitig mit einem hässlichen Knacken des Fallenden hörte sie hinter sich eine weibliche Stimme.

„Was ist denn hier los?“

Kapitel 59

Mo

Sie war schon ein Stück entfernt auf der um diese Uhrzeit menschenleeren Straße, da hatte sie im Rückspiegel etwas gesehen. Jemanden taumelte auf die Straße. Etwa auf Höhe von Hardenhovens Villa. Sie machte eine Vollbremsung, riss das Steuer rum, dankte ihrem sie offenbar liebenden Gott, der verhinderte, dass Mo sich überschlug, und raste in die Gegenrichtung. Im Scheinwerferlicht entdeckte sie ein Mädchen, das sich nur mühsam auf den Beinen zu halten schien und mit einem Arm winkte. Dann brach es mitten auf der Straße zusammen.

Mo stoppte neben dem Mädchen, riss die Fahrertür auf und eilte zu ihm. Vor ihr auf dem nassen und kalten Asphalt lag es auf dem Bauch, nackt, mit halblangen Haaren, deren Farbe sie unter dem vielen Schmutz nicht erkennen konnte.

Konnte das sein? Sie drehte das Mädchen vorsichtig an den Schultern um, bis es auf dem Rücken lag. Behutsam strich sie das in seinem Gesicht klebende Haar beiseite und erkannte Greta. Greta Bleibtreu. Verschwunden seit drei Wochen. Tot geglaubt.

Sie hatte es ja gewusst. Dieser Drecksack. Dieses Schwein. Dieses Monster. Mo zog ihren Anorak aus und bedeckte die Blößen des Mädchens, das bewusstlos zu sein schien. Zückte aus ihrer Hosentasche ihr Handy, drückte die Kurzwahl des Polizeipräsidiums und forderte Verstärkung an. Und einen Krankenwagen. Und vorsorglich einen Rettungswagen, als sie die Würgemale an seinem Hals entdeckte.

Mo eilte zu ihrem Wagen, holte das Warnlicht aus dem Kofferraum, das sie direkt neben Greta aufstellte, und eine Wolldecke, die sie über und unter das Mädchen legte. In der Ferne hörte sie Martinshörner.

Mo beugte sich über das Mädchen. Greta schlug die Augen auf. „Hilfe“, flüsterte sie. „Hilfe“.

„Du bist jetzt in Sicherheit. Ganz ruhig“, beschwichtigte sie.

Greta versuchte, auf die Beine zu kommen. „Hilfe“.

„Bleib ruhig. Mädchen. Alles in Ordnung, du bist jetzt in Sicherheit.“

„Nein, nicht ich. Die anderen...“

„Welche anderen?“

„Na die anderen, da oben. Hilfe!“

„Sind da noch mehr?“

„Ja!“

Zum Glück erreichte sie gerade der erste Streifenwagen. „Helft ihr“, befahl sie ihren Kollegen, „und dann kommt schnellstens nach.“

Mo überzeugte sich nicht, dass sie verfolgten, wohin sie eilte. Irgendwie musste das verletzte Mädchen die Mauer überwunden haben. Nur wo? Sie war übermannshoch. Dann entdeckte sie Blut an der Mauer. Hier musste sie runtergekommen sein. Doch wie sollte sie hinaufkommen?

„Komm her“, brüllte sie einem Kollegen zu. „Einer. Ihr müsst mir hochhelfen!“

Der größere Streifenpolizist erhob sich und eilte zu ihr.

„Hühnerleiter“, befahl Mo knapp. Der Kollege faltete die Hände vor dem Bauch und lehnte sich mit dem Rücken an die Wand. Mo nahm Anlauf und schwang sich mit Unterstützung des Kollegen auf die Mauerkrone. Ein kurzer Blick auf das Gras auf der anderen Seite bestätigte ihre Vermutung, dass der Garten zum Haus aufgeschüttet war. Hier reichte die Mauer nur bis zu ihrer Hüfte. Sie schwang sich runter und eilte auf das Haus zu.

Alle Fenster und Türen zur Straße waren geschlossen. Sie hastete zur Hausseite. Dort war der Jaguar vor einer über zwei Treppenstufen nach unten zu erreichenden Kellertür geparkt. Mo testete sie, sie war abgeschlossen. Hier war Greta nicht rausgekommen.

Sie rannte zur Rückseite der Villa und dann über einen gepflasterten Hinterhof bis zu einer offenstehenden Tür, hinter der grelles Licht brannte.

Mo trat ein.

Kapitel 60

Peggy

Peggy sah eine junge, sehr schlanke Frau. Sie kannte sie nicht. Bedrohlich sah sie nicht aus. Also ignorierte sie die junge Frau. Stattdessen robbte sie im Eiltempo zu Justy und pustete wieder Luft in ihren Mund.

„Was ist hier los", wiederholte die fremde Frau.

Zwischen zwei Pustern wies Peggy auf Justys noch immer bläuliches Gesicht. „Sie ist tot. Sie ist erstickt."

„Lass mich ran", befahl die Frau und schob sie weg. Peggy wehrte sich. Doch die Frau war zu stark. Mit einem Plumps landete sie auf dem Hintern neben Justy. Ihr schossen Tränen in die Augen, als sie das wächserne Gesicht ihrer Freundin und den sich langsam dunkel verfärbenden Streifen um ihren Hals sah.

Der Fremde presste Justys Brust zusammen, statt sie zu beatmen.

„Sie braucht Luft", erklärte Peggy ihr. Doch die Frau hörte nicht. Peggy beugte sich über Justys Mund und wollte ihre Lippen wieder auf ihre pressen.

„Weg da, Mädchen", befahl die Frau erneut und schubste sie zur Seite.

Bevor sich Peggy beschweren konnte, hörte sie von Justy einen Rülpser, gefolgt von einem rachitischen Atemzug, und das Blau begann, aus ihrem Gesicht zu verschwinden. Als würde ein Maler Acrylfarbe auftragen, kehrte erst Blässe, dann zarte Röte zurück.

„Sie lebt", jauchzte Peggy und streichelte ihrer Freundin über das Gesicht.

Durch die Tür kamen mehr Leute in weiß-roten Leuchtjacken in den Raum gepoltert. Einer trug einen Koffer bei sich und rannte auf Justy zu. Peggy wurde wieder beiseite gestupst. Doch das störte sie nicht mehr.

Das Einzige, was Peggy interessierte war, dass Justy lebte.

„Und wer bist du?", fragte die fremde Frau, die sich als Hauptkommissarin Mo Celta von der Kripo München vorgestellt hatte. „Dich kenne ich doch irgendwoher."

Peggy zuckte die Schultern und antwortete nicht. Manchmal war Justys Strategie perfekt. Vor allem, wenn man nicht antworten wollte.

„Was machst du hier?"

Das fragte sich Peggy auch. Dann fiel ihr Hardenhoven ein und sie deutete auf die Kellertür.

Die Hauptkommissarin erhob sich und ging zur Tür. Nach einem kurzen Blick brüllte sie nach einem Sanitäter.

Peggy nutzte den Moment des Chaos und schlich zu der Durchgangstür zum Flur. Außer Sichtweite rannte sie los. Erst zur Treppe, dann in das zweite Obergeschoss, bis sie in Justys Zimmer stand. Ihre Klamotten hingen auf einem Bügel über einem vorsintflutlichen Heizkörper. Sie waren getrocknet. Hastig entledigte sich Peggy des alten Arbeitsoveralls von Justy und stülpte sich ihre eigene schwarze Kluft über, schnappte sich Justys Rucksack und eilte die Treppe wieder runter.

Aus der Küche hörte sie laute Befehle und hektische Antworten. Wenn nicht jetzt, dann nie. Sie rannte los zur Haustür, drehte den Schlüssel, den Hardenhoven bei seiner Heimkehr offenbar stecken gelassen hatte und rannte raus. Wie dumm von ihr, vorhin nicht diese Tür probiert zu haben.

Eine sich erweiternde Treppe mit sechs Stufen führte auf einen Kiesweg, hinter dem ein Park lag. Sie rannte mitten durch, bis sie zu einer hüfthohen Mauer gelangte. Dahinter sah sie Blaulicht. Sie ging in Deckung. Vorsichtig lugte sie darüber, sah, dass der dazugehörige Polizeiwagen gute zwanzig Meter entfernt neben einem Rettungswagen stand. Mehrere Leute standen drum herum, doch keiner schaute auf.

Jetzt oder nie, dachte Peggy wieder, schwang sich über die Mauer, fiel deutlich tiefer als erwartet, rappelte sich auf und rannte in die entgegengesetzte Richtung in die Nacht.

Dienstag, 4. April 2023

Kapitel 61

Justy

Ich wache in einem weißen Raum auf. Neben mir steht ein Vogelnest mit bunten Eiern. Und ein Hase aus Schokolade. So welche habe ich in den großen Fensterscheiben in der Stadt gesehen, da, wo ich Peggy kennengelernt habe. Wo sie wohl ist? Wenn ich an sie denke, spüre ich ein Ziehen im Bauch. Ein ungewohntes Gefühl. Ein schmerzliches Gefühl. Als fehle mir ein Arm oder Bein. Was das wohl bedeutet?

Anders bei Vater. Warum hat er den Stuhl unter meinen Füßen weggezogen? Wusste er denn nicht, dass sich das Seil um unsere Hälse zuziehen würde? Dass wir keine Luft mehr bekämen?

Stelle ich mir diese Frage ernsthaft? Auch bei ihm spüre ich das Ziehen, aber ein schmerzhafteres. Wie kurz vor Durchfall.

Ich verstehe das alles nicht. Wie immer. Aber Peggy ist nicht da, um mir das zu erklären. Was soll ich nur machen ohne sie? Wie mich zurechtfinden in dieser fremden Welt? Ich muss doch das Leben erst neu lernen.

„Ah, unser Wunderkind," sagt eine Stimme von der Tür. Eine weißgekleidete Frau, bei der selbst die Schuhe weiß sind, kommt zu mir ans Bett. *Wer ist sie?*

„Na, wie fühlen wir uns denn heute?

Ich weiß nicht, wie die Frau sich fühlt. Warum fragt sie mich das?

Sie zeigt auf den Schokohasen. „Den hat jemand für Dich abgegeben."

Mir fällt keine Antwort ein, also schweige ich. Sie sieht nicht so aus, als würde sie gleich das Kabel holen, wenn ich falsch reagiere.

„Willst du nicht antworten? Oder kannst du nicht? Auch

in Ordnung. Jetzt bist du jedenfalls aufgewacht und siehst munter aus. Tut dir der Hals noch sehr weh?"

Sie sagt das in samtigem Tonfall, der nicht gefährlich klingt. Und die Frage ist einfach zu beantworten. Ich nicke den Kopf, ich habe höllische Halsschmerzen.

Sie lächelt und reicht mir einen Plastikbecher mit Strohhalm.

„Ich weiß, dass das Schlucken auch nicht angenehm ist. Und dass das Zeug gallebitter ist. Aber du musst trinken, unbedingt. Danach werden die Schmerzen besser, glaub mir."

Ihre Augen haben ebenfalls etwas Weiches, Warmes. Etwas, was ich so noch nie bei einem Menschen gesehen habe.

Wieso sieht mich diese wildfremde Frau so an?

„Hast du Verwandte? Können wir jemanden für dich verständigen?"

Was meint sie damit? Wen verständigen? Ich kenne die Antwort wieder nicht. Doch diesmal tut es mir leid, dass ich für sie keine habe. Ist sie doch so freundlich zu mir. Da fällt mir Vater ein. Wo ist er? Vater ist ein Verwandter.

„Vater?", stelle ich krächzend als Antwort in den Raum.

Ihr Gesicht verfinstert sich. Ich habe die falsche Antwort gegeben. Das Weiche aus ihren Augen verschwindet, sie werden so hart und kalt wie bei Vater. Ich ziehe die Decke hoch bis über meine Nase.

Wieder öffnet sich die Zimmertür. Herein kommen eine junge, schlanke Frau und ein ebenso junger Mann. Sie lächeln mich an. Warum lächeln alle, wenn sie mich sehen? Ich verstehe die Welt nicht mehr, das neue Leben darin schon gar nicht. Wie geht Lächeln?

„Schön, dass du aufgewacht bist", sagt der Mann. „Wir sind von der Kriminalpolizei München. Ich bin Nico Braun und das ist meine Kollegin Mo Celta. Wie geht es dir?"

Inzwischen bin ich so verwirrt, dass mir alles zu viel wird. Ich zucke vorsichtig die Schultern. Ist er wirklich so freundlich wie die weiß gekleidete Frau? Oder hält er hinter seinem Rücken ein Kabel in den Händen für den Fall, dass ich mich dumm anstelle und die falsche Antwort gebe? Und was ist mit der Frau neben ihm?

„Ich kann mir gut vorstellen, dass du verwirrt bist. Am besten erzähl ich dir, was passiert ist", sagt die Frau, die sich Mo nennt. Irgendwie kommt sie mir bekannt vor.

„Wir, also ich, hab dich im Haus Hardenhovens gefunden. Du warst leblos, wir mussten dich reanimieren. Als ich ankam, war ein Mädchen bei dir. Eins mit so blauen Haaren wie du sie hast. Weißt du, wer sie ist?"

Ich zucke wieder die Schultern. Das ist zwar eine Lüge, aber sie ist schließlich nicht mein Vater. Und das Schulterzucken ist eigentlich gar keine Antwort, sondern eine Gegenfrage, wie ich gelernt habe.

„Na gut, nicht so wichtig. Sie hat dir jedenfalls das Leben gerettet. Hat dich beatmet, bis ich und die Sanitäter kamen. Am Fuß der Treppe zum Keller lag Hardenhoven, dem das Haus gehört. Und auf der Straße haben wir ein nacktes Mädchen gefunden. Kannst du uns etwas dazu sagen?"

Wieder zucke ich die Schultern. Das müssen Vater und Greta gewesen sein. Doch wie sie an die beschriebenen Stellen gekommen sind, weiß ich nicht.

„Na gut. Wahrscheinlich hast du von all dem in deinem Zustand nichts mitbekommen. Aber vielleicht kannst du uns sagen, wie du in die Villa gekommen bist."

Ich will mein Glück nicht überstrapazieren. Bisher hat der Mann neben Mo das Kabel nicht hervorgeholt, obwohl ich oft die Schulter gezuckt habe als Antwort. Mit heiserer Stimme, die mir selbst fremd ist, flüstere ich: „Ich lebe da."

Mo schaut den Mann mit hochgezogenen Augenbrauen an. Ist das die falsche Antwort? Was wird passieren? Zückt er jetzt das Kabel? Mo dreht sich wieder zu mir.

„Wie lange hast du dort schon gewohnt?"

Ich denke nach. Will endlich eine kluge Antwort geben.

Erinnere mich an den Kalender, auf dem ich die Tage angestrichen habe, nachdem ich aus dem Keller und dem Käfig gekommen bin und lesen und schreiben gelernt habe.

„Eintausendneunhundertdreiundvierzig Tage."

Mo wird blass, der Mann tritt plötzlich von einem Fuß auf den anderen.

„Warte mal, heißt das, du hast dort über 5 Jahre gelebt?"

Ich schüttele den Kopf. „Nein, so lange habe ich oben gelebt. Wie lange ich im Keller war, weiß ich nicht."

Mo hält sich am Bettrahmen fest. Der Mann holt ihr einen Stuhl und hilft ihr drauf.

Was ist mit ihr los?

Ihr geht es nicht gut. Das kann ich sehen. Der Mann atmet auch schwer, dann spricht Mo wieder zu mir.

„Weißt du denn, wie du heißt?"

Endlich eine leichte Frage.

„Sohn!"

Mittwoch, 5. April 2023

KAPITEL 62

Mo

Mo wäre fast umgekippt, hatte überhaupt nichts mehr rausgebracht. Nico hatte es ihr angesehen und gewusst, dass sie an ihre Schwester Elisa gedacht hatte. Doch auch Nico hatte Probleme zu verkraften, was das Mädchen im Bett von sich gab. Was es bedeutete. Hilfesuchend hatte Mo Nico angeschaut, doch auch in seinen Augen war auch nur absolute Fassungslosigkeit zu erkennen gewesen.

Gefürchtet hatte Mo sowas, als sie zum ersten Mal den Käfig im Keller gesehen und Greta Bleibtreu beschrieben hatte, wo sie die letzten drei Wochen gewesen war. Der Arzt hatte dem Mädchen vor sich zwei Tage absolute Ruhe verordnet. In der Zeit hatten sie nicht nur die Villa, sondern auch die Wohnung durchsucht, in der Mo Hardenhoven beobachtet hatte.

Im Keller der Villa hatten sie unter dem Lehmboden des Käfigraumes vier Leichen entdeckt. Fein säuberlich begraben. Der Boden war über den Gräbern genauso glatt wie der restliche Fußboden gewesen. Wenn der Leichenspürhund nicht angeschlagen hätte, wären die Mädchen vielleicht für immer verschwunden geblieben.

Hardenhoven erlag im Krankenhaus seinen Verletzungen. Mo hatte nur die Schultern gezuckt. Ein Monster weniger auf der Welt.

Zurück im Büro hatte sie ihren beratenden Polizeipsychologen Dr. Albers angerufen. Zwar bestand seine Kernaufgabe nicht in der Analyse von Serientätern, wie er hervorhob. „Jemand, der junge Menschen missbraucht und vergewaltigt, zeigt selbst oft in der Kindheit oder Jugend schon erste Neigungen zu Gewalt. Ihm war sicher das Ausmaß der Trauer und des Schmerzes seines Opfers bewusst gewesen, er hat es genossen. Denken Sie an Platons Höhlengleichnis. Wenn man sein Leben lang Schatten für das Echte hält, dann sind sie es irgendwann auch. Das ist keine Entschuldigung, aber eine mögliche Erklärung."

Mehr Antworten hatte Mo nicht bekommen. Also hielt sie sich an die Tatsachen. In einem der Räume der Villa fanden sie einen Zeitungsausschnitt, der von einer jungen Frau berichtete, die vor über zehn Jahren zusammen mit ihrer kleinen Tochter, die gerade einmal vier Jahre alt gewesen war, verschwunden war.

Mo hatte die Akte kommen lassen. Die Eltern von Heidrun Gerster hatten immer wieder betont, dass ihre Tochter nach der Geburt ihrer Enkelin absolut zuverlässig geworden war. Ja, sie habe als junge Heranwachsende mit Rauschgift experimentiert. Und ja, deswegen sei sie polizeibekannt gewesen. Trotzdem seien sie empört gewesen, als die Polizei die Suche einfach eingestellt hatte.

Heute Nachmittag wollten die Großeltern kommen, um eine DNA-Probe abzugeben und einen Blick auf das Mädchen, Patrizia hatte ihre Enkelin geheißen, zu werfen.

Mo fragte sich, was Justy alias Patrizia von all dem wusste. Und wie sie auf ihre Großeltern reagieren würde. Auf ihren Bericht hatte sie keine Reaktion bei dem Mädchen erkennen können.

„Wenn du das andere Mädchen, das mit den blauen Haaren wie deines, siehst, dann sag ihr, dass sie sich unbedingt bei ihrer Mutter melden soll. Hast du das verstanden?"

Patrizia hatte genickt.

Kapitel 63

Justy

Die Erzählung von Mo und dem Mann neben mir hat mich angestrengt. Und erschüttert. Die Frauenkleider in seinem Schrank deuten darauf hin, dass er mit einer Frau in der Wohnung gelebt hat. Haben sie gesagt. Mein Vater soll eine neue Frau gehabt haben? Dann habe ich eine Mutter, die nicht gestorben ist? Warum habe ich sie nie kennengelernt? Wo ist sie jetzt? Ist sie auch gestorben wie Vater? Und was bedeutet das für mich? Oder war sie nicht meine Mutter? Ich bin verwirrt. Mal wieder. Wie so oft.

Irgendwann muss ich eingeschlafen sein. Bis ich ein Tippen auf meinem Arm spüre. Als ich die Augen öffne, steht Peggy neben mir. Grinsend. Mein Herz wird leicht, ein Lachen drängt sich aus meinen Mund. Ein gänzlich neues Gefühl ist das, wenn sich der Mund in die Breite zieht. Ich lasse meinen Körper entscheiden, was er tun möchte. Habe doch gerade erst gelernt, dass mein Wissen, mein Kopf, alles falsch macht.

Sie zieht mich in ihre Arme. Ich stupse sie weg. Das halte ich nicht aus.

„Alles klar bei dir, Dummkopf?“, fragt sie mit einem liebevollen, sanften Gesichtsausdruck, den ich von ihr nicht kenne. Sie scheint kein bisschen böse wegen meiner Reaktion zu sein.

Mir fällt fast der Kopf von den Schultern vom vielen Nicken. Zu gerne hätte ich jetzt *‚ja‘* gesagt. Doch das bekomme ich nicht raus. Noch nicht.

„Hast du denen von mir erzählt?“

Ich schüttele den Kopf. „Aber da war eine junge Frau. Die hat mir befohlen dir zu sagen, dass du dich bei deiner Mutter melden sollst.“

„Ja klar, damit sie mich wieder zurückholen kann in dieses ach so traute Heim, das keins ist. Damit die Leute zufrieden sind, dass die verlorene Tochter zurückgekehrt ist. Und Mama wieder die tolle Mutter sein kann, die perfekte Mutter. Nicht mit mir! Die können mich mal."

„Heute Nachmittag kommen meine Großeltern. Was ist das? Was bedeutet das?"

Peggy lacht auf. „Ich hatte schon fast vergessen, was für ein Trottel du bist. Das sind die Eltern deiner Eltern. Wie schön für dich. Dann hast du ja bald ein *echtes* Zuhause." Dabei wird ihr Gesicht ernst.

„Das will ich aber nicht!"

„Was willst du denn?"

„Ich will bei dir bleiben. Mit dir nach Cadaqués gehen. Nimmst du mich mit?"

Peggy grinst, zieht aus ihrem neuen schwarzen Rucksack zwei Perücken und Ausweise und hält sie mir unter die Nase.

„Dann komm!"

Glücklich schlüpfe ich in die Klamotten aus Peggys mitgebrachter Plastiktüte, stülpe mir die blonde Perücke über und eile ihr hinterher zur Tür, vorangetrieben durch ihr: „Los, los, los!".

Gerade als Peggy den Türgriff runterdrücken will, geht er wie von Zauberhand von allein runter. Die Tür schwingt nach innen auf, Peggy versteckt sich mit einem Satz hinter ihr. Vor mir steht die junge Frau, diese Mo, und ein grau gekleidetes, altes Paar direkt hinter ihr.

„Was machst du denn da?", fragt sie mich.

Ich stehe sprachlos vor ihr, starre aber nur das Paar dahinter an. Irgendwas regt sich in mir. Ich kann es nicht definieren, auch nicht fassen, aber da ist etwas, was an meinem Herzen zerrt.

„Wo hast du die Sachen her?", fragt mich Mo.

Was soll ich antworten? Lügen kann ich noch immer nicht, aber verraten darf ich Peggy auf keinen Fall. Das habe ich inzwischen verstanden. Also halte ich ihr die Hände hin.

Mit verblüfftem Blick starrt sie darauf. „Was soll das?"

Ich strecke die Hände näher zu ihr.

„Warum tust du das?", fragt sie.

Weiß sie denn nicht, dass ich Strafe verdient habe, weil ich nicht ehrlich geantwortet habe?

Ich starre ebenfalls auf meine Hände, habe Angst, dass ich sonst auf die Tür schaue, hinter der sich Peggy versteckt. Aus den Augenwinkeln bemerke ich, wie sie sich bewegt, ein wenig in unsere Richtung kommt. Dann stellt sie sich neben mich.

„Schon gut, Justy. Für mich musst du nicht lügen und dich auch nicht bestrafen lassen!" Sie zieht mich in ihre Arme. Entsetzt springe ich zurück, doch sie hält mich fest, klopft mir sanft auf den Rücken und flüstert mir: „Daran arbeiten wir noch" ins Ohr. Ich gebe meinen Widerstand auf. Ihr kann ich vertrauen, das wird mir in genau diesem Moment klar.

„Bist du Margaret, also Peggy Münkner?"

Peggy lässt mich los und dreht sich zu der jungen Frau.

„Ja, aber wenn Sie glauben, dass Sie mich zurück zu meiner Familie schleppen können, haben Sie sich gewaltig geirrt. Damit das klar ist. Dahin gehe ich nie mehr zurück! Und auch nicht in die Klapsmühle."

Die Frau lacht auf.

„Da gibt es nichts zu lachen, verstanden?", faucht Peggy sie an.

„Entschuldige. Ich wollte nicht lachen. Das war nur meine Erleichterung. Ich habe mit deiner Mutter telefoniert. Sie hat deinen Stiefvater rausgeschmissen und will dich unbedingt zurückhaben."

Peggy starrt sie an. „Im Ernst?"

„Ja, im Ernst. Sie hat am Telefon geweint vor Sorge um dich."

„Ist nicht wahr. Wieso glaubt sie mir auf einmal? Oder

tut sie das gar nicht, sondern will nur wegen der Leute ihr Übermutterdasein beweisen?"

„Nein, sie glaubt dir. Muss dir glauben. Er hat auch andere Kinder geschlagen. Das haben die betroffenen Kids in der Schule ausgesagt. Du warst nicht das einzige Opfer von deinem Stiefvater. Er wird auch nie wieder als Lehrer arbeiten."

„Tja, das fällt ihr aber spät ein", verkündet Peggy in einem Tonfall, den ich nicht von ihr kenne. Raue Stimme, hervorgepresste Worte. Da ist nichts von ihrer üblichen Leichtigkeit.

„Hör zu, Peggy. Ich kann dich gut verstehen. Das war keine Glanzleistung deiner Mutter. Aber sie hat ihre Fehler eingesehen. Das kannst du mir glauben."

Mo dreht sich zu mir. „Und das Patrizia, das sind deine Großeltern. Sie wollen dich abholen. Du kannst jetzt bei ihnen leben."

Ich blicke Peggy an. Das kann ich nicht aushalten. Fremde Leute und keine Peggy, die mir alles erklärt. Ich schüttele den Kopf. „Ich will nicht."

Die alte Frau tritt vor und streckt die Hand nach mir aus. Ich weiche zurück hinter Peggy. Das darf niemand außer ihr.

„Okay, wir werden getrennt nirgendwohin gehen. Stimmts?", fragt Peggy in meine Richtung.

Ich nicke so heftig, dass mir schwindelig wird. Doch ich klammere mich an ihr fest. Sie gibt mir die Kraft, stehenzubleiben.

„Also, damit das klar ist", betont Peggy noch einmal. „Wir bleiben zusammen. Entweder gehen wir zusammen zu Ihnen", sie nickt in Richtung des alten Paares, „oder zusammen zu mir nach Hause. Was anderes kommt nicht in Frage. Sonst sind wir schneller wieder verschwunden, als Sie gucken können. Deal?"

Peggy sieht der Reihe nach die drei Menschen vor sich

an. Die alte Frau wischt ein paar Tränen aus ihrem runzeligen Gesicht.

Warum weint sie nur? Zu gerne würde ich Peggy fragen, selbst auf die Gefahr hin, von ihr wieder Trottel genannt zu werden. Doch die Frau nickt, nur zaghaft, aber es reicht. Der alte Mann, der neben ihr steht, schaut ihr einen Moment lang in die Augen, dann nickt auch er.

Mo schaut erst zu dem Paar, dann Peggy an. „Deal!“, antwortet sie.

„Für mich bleibst du Justy. Patrizia, was ist das denn für ein bescheuerter Name!“ Peggy dreht sich zu mir um, zieht mich wieder an sich, was ich diesmal einfach geschehen lasse. Daran muss ich mich unbedingt gewöhnen, es gefällt mir.

„Pass auf, Dummkopf“, flüstert sie in mein Ohr. „Das Geld habe ich totsicher versteckt. Wir geben der Bande eine Chance, eine einzige. Wenn es nicht gut läuft, hauen wir ab. Zusammen. Nach Cadaqués. Einverstanden?“

„Deal!“

Donnerstag, 6. April 2023

Kapitel 64

Johanniskirchener Moos

Der Weg, der zu dem verlassenen Haus im Johanniskirchener Moos führte, hatte sich nicht verändert. Er führte über Felder und dann durch den dunklen, wilden Wald, in dem sie als Kind oft gespielt hatte. Die gleichen Brombeerranken machten sich über die Polizeifahrzeuge her, wie sie es siebenundzwanzig Jahre zuvor bei dem alten Pick-up getan hatten. Menschen änderten sich, Orte manchmal, aber die Natur nicht. Die Kühle des Aprils, der Mondschein, die Stille. Mo fühlte sich zurückversetzt in einer Vergangenheit, die nicht ihre war. Bis auf ein Detail. Ihre Schwester Elisa war nicht mehr da.

Das langsame Vorankommen der Fahrzeuge gab Mo Zeit, sich ein letztes Mal an den Abend zu erinnern. Sie hatte das Gefühl, dass es sein musste, um das ganze Ausmaß zu verstehen. Die von einer trüben Stimmung beeinträchtigten Erinnerungen waren nie ganz zurückgekehrt und würden es wahrscheinlich auch nie wieder tun. Dennoch war dieser Abend eine Gelegenheit, sich an die Tragödie zu erinnern.

In der Wohnung Hardenhovens hatte die Spurensicherung Aufzeichnungen gefunden: Hinweise auf Orte, an denen Hardenhoven und seine Komplizin die entführten toten Kinder vergraben hatten.

Mo war davon überzeugt, dass die Nähe zum Ort des Geschehens ihr helfen könnte, ihrem Gedächtnis auf die Sprünge zu helfen. Hatte Hardenhoven auch ihre Schwester Elisa damals zu sich geholt, nachdem sie zufällig gesehen hatte, dass er im Wald ein anderes Mädchen getötet hatte? Elisa hatte sich an dem Abend, an dem Mo das Gespräch der Eltern belauscht hatte, so merkwürdig verhalten. Dann ihr dumpfer Schrei in der Nacht, den Mo im

Halbschlaf schwach vernommen hatte. Und die Vision von Elisa, wie sie sich Hardenhoven immer wieder anbot. Zwei Tage später verschwand ihre Schwester von der Bildfläche. Hatte er Elisa eingesperrt, sie in seinem Käfig gebrochen, bis sie keinen eigenen Willen mehr besaß und die Erinnerung an uns, ihre Familie gelöscht? So musste es gewesen sein. Es war die einzige plausible Erklärung. Als er ihr überdrüssig war, hatte Hardenhoven vermutlich auch Elisa getötet. Das erklärten die DNA-Spuren auf dem Stofffetzen. Und um Mo in die Irre zu führen, hatte das Monster Jahre später die sterblichen Überreste ihrer Schwester an Plätzen deponiert, die mit Obdachlosen in Verbindung gebracht werden konnten. Der wütende, gewalttätige, bewusste Moment einer psychopathischen Bestie. Aber warum das alles?

Mo seufzte und schloss die Augen. Sie sah sich selbst als Kind draußen stehen und bitterlich weinen, als sie von Elisas Verschwinden erfahren hatte. Und es nicht verstand. Heute Abend kehrte sie an den Ursprungsort des Geschehens zurück. Dort, wo in einem Sarg die Überreste eines kleinen Mädchens lagen, das Elisa zum Verhängnis geworden war. Dort, wo Mo hoffte, auch Elisas verbleibende Überreste zu finden.

Mo wusste, dass sie von diesem letzten Ort nicht als dieselbe zurückkehren würde, denn es ging um Elisa, um den Schmerz ihrer Eltern, um ihren Schmerz. Die Wahrheit würde am Ende der Nacht ans Licht kommen.

Kapitel 65

Mo

Ein kleines Licht leuchtete dreimal in der Dunkelheit auf. Das Blinken dauerte nur wenige Augenblicke, aber Mo, die Ausschau hielt, entging es nicht. Das waren ihre Kollegen, die gleich eintreffen sein würden. Sie wartete gute hundert Meter vom Haus entfernt, wollte aber das Haus nicht allein betreten. Kein Risiko eingehen. Von ihrem Standort hatte sie einen guten Überblick.

All ihre Sinne waren wach, als am Waldrand eine Gestalt auftauchte. Von hier aus hätte Mo sie problemlos erschießen können. Wer könnte das sein? Kowalski war bereits im Haus. Den hatte sie im Auge behalten.

Der Schemen bewegte sich vorsichtig auf sie zu. Zum ersten Mal seit langer Zeit schlug Mos Herz schneller.

„Keinen Schritt näher“, rief Mo und hielte ihre Pistole auf das Wesen vor sich gerichtet. „Wer sind Sie? Was machen Sie hier?“

Die Gestalt machte einen weiteren Schritt auf Mo zu.

„Bleiben Sie sofort stehen! Bei der kleinsten Bewegung werde ich sofort schießen. Nicht dorthin, wo es tödlich ist. Aber es gibt da ein paar ganz unangenehme Stellen wie zum Beispiel das Knie. Sehr wirkungsvoll, glauben Sie mir!“

Trotzdem glitt die Gestalt weiter auf sie zu. Der Eindruck entstand durch den Umhang mit der großen Kapuze, der ihr als Mantel diente und über den Boden schleifte. Mo hob die Waffe noch ein wenig an. Kurz vor Mo blieb sie stehen.

„Bitte, lassen Sie den Unfug mit der Waffe. Ich bin unbewaffnet und keine Gefahr für Sie. Es wäre schade, wenn das unsere aufkeimende Beziehung belasten würde.“

Eine weibliche Stimme! Mo steckte ihre Waffe zurück in ihr Gürtelholster. *Hardenhovens Komplizin.*

„Ich nehme an, dass Sie nicht allein gekommen sind?"

Mo ignorierte die Frage.

„Ich habe dieses Treffen in die Wege geleitet. Es gibt keinen Drogendeal. Ich wusste, dass David abgehört wird. Es geht um etwas anderes. Aber dazu kommen wir gleich, bitte haben Sie etwas Geduld."

Mo runzelte die Stirn. „Ich verstehe das nicht. Sagen Sie mir, was es zu sagen gibt! Was soll das Ganze? Was macht Kowalski hier?"

„Er war mir einen Gefallen schuldig und hat Sie hierher gelockt."

Die Frau schwieg einige Sekunden, reichte Mo dann eine kleine Box. „Die Fernbedienung entriegelt die Befestigung. Damit ziehen Sie eine Kiste aus dem Wasser. Es sind die Überreste eines Mädchens, das 1996 verschwand."

„Ist es ... Ist es meine Schwester Elisa?"

„Nein."

Mo zuckte entsetzt zusammen, schnappte sich dann den Gegenstand und rannte zum Ende des Stegs am kleinen See. Dort zerrte sie aus dem trüben Wasser eine kleine Kiste auf den Steg und befreite sie vom Beton, der sie beschwert hatte.

„Wieso tun Sie diese abscheulichen Dinge?"

„Was wissen Sie über die Schändlichkeit, Mo Celta? Nichts, gar nichts!"

„Ich habe gesehen, was Sie und Hardenhoven getan haben."

„Ach, haben Sie? Die kleine Greta. Das ist gar nichts. Und jetzt? Sie werden mir jetzt folgen, Mo Celta. Die Zeit ist gekommen, dass wir eine kleine Reise in die Vergangenheit unternehmen."

„Ihnen folgen? Das ist ein Witz! Ich werde Sie jetzt festnehmen."

„Nein."

Mo ließ die Gestalt nicht aus den Augen. Sie war offensichtlich unbewaffnet. Mo beschloss, ihr Glück zu versuchen, machte eine plötzliche Bewegung und griff nach dem Umhang der Unbekannten. Die Arme schossen unter dem Stoff hervor. Im nächsten Moment flog Mo durch die Luft und landete auf ihre Schulter. Der Schmerzensschrei, den sie nicht unterdrücken konnte, brachte ihr ein hämisches Lachen ein.

„Sie verschwenden meine Zeit, Frau Hauptkommissarin. Ich habe das Mädchen in der Kiste nicht getötet. Aber ich weiß, wer es war."

Mo stand verblüfft auf. „Wie können Sie das wissen?"

„Weil ich dort war. Ich weiß, wer sie 1996 getötet und wer diese Skelette in der Stadt verteilt hat."

„Wer?"

Die Gestalt lachte als Antwort seltsam auf.

„Als Zeugin haben Sie nichts zu befürchten."

„Glauben Sie mir, dass ich darüber ..." Sie zeigte auf das Haus, „...trauriger bin, als Sie glauben ..."

„Hören Sie auf. Das Ganze hat lange genug gedauert. Meine Kollegen kommen gleich, sagen Sie mir, wer dieses Mädchen getötet hat."

Wieder lachte sie. „Immer noch so ungeduldig. Nun gut, das Mädchen war ein Opfer Hardenhovens. Die anderen finden Sie im Haus."

Die Gestalt schlug ihre Kapuze zurück. Eine dunkle Maske bedeckte ihr Gesicht.

„Ich bin es, Mo."

„Wer sind Sie?"

„Blonde Haare, helle blaue Augen, hervorstehende Wangenknochen, herzförmiges Gesicht. Erkennst du mich nicht? Ich bin diejenige, die dich so lange beschützt hat, Mo."

Die Frau nahm die Maske ab. Mos Mund öffnete sich, als sie das Gesicht der jungen Frau im hellen Mondlicht erkannte. Ihre Schönheit war überwältigend. Es waren nicht so sehr diese hervorstechenden Wangenknochen oder diese zarte Nase, auch nicht das blonde Haar, das ihr in Kaskaden über die Schultern fiel. Nein, was Mos Herz zu Tränen rührte, waren diese unwirklich klaren, traurigen mandelförmigen Augen. Diese Augen würde sie auf der ganzen Welt erkennen.

„A... Aber.“ Mo schüttelte den Kopf. „Das alles kannst du nicht getan haben...“

Die Frau kam auf sie zu und nahm ihre Hände.

„Elisa...“

Kapitel 66

Nico

Im Überwachungswagen gab Nico Braun dem Techniker die Kopfhörer wieder zurück. „Ich kann nichts hören, Claas. Was ist das für ein Knistern?"

„Störungen", antwortete der Techniker, „die durch die Feuchtigkeit verursacht werden. Es tut mir leid. Wir werden wahrscheinlich erst in ein paar Minuten eine Verbesserung des Signals haben. Wir arbeiten dran."

„In ein paar Minuten könnte es zu spät sein."

„Frau Celtas Mikrofon gibt immer noch nichts her. Ich denke, wir sollten eingreifen, Kommissar Braun."

„Das kommt nicht in Frage. Sie weiß, was sie tut. Wenn die Zeit gekommen ist, gibt sie uns ein Zeichen, das Signal zum Eingreifen geben. Ohne das bleiben wir hier."

Der Techniker drängte nicht weiter.

„Immer noch nichts?", konnte sich Nico nach wenigen Minuten nicht bremsen.

„Nein."

Nico gab dem Einsatzleiter der Spezialeinheit ein Zeichen. „Okay, ich gehe zu ihr. Kein Wort an Celta."

„Kommissar Braun, nein … warten Sie!"

Ohne auf den Rat des Einsatzleiters zu hören, stieg Nico Braun aus dem Überwachungsfahrzeug. Jetzt war der richtige Zeitpunkt, dachte er. Zumindest für ihn alleine, ohne die Kavallerie. Er schlich gebückt zwischen den Fahrzeugen hindurch und in den Wald, in dem Mo vor einer halben Stunde verschwunden war. Die Dunkelheit erschwerte das Vorankommen massiv. Nach knappen dreihundert Metern sah er den See. Seine Oberfläche war glatt wie ein Spiegel und spiegelte das Bild eines verfallenen Hauses am anderen Ufer wider. Nico musste dem Ufer folgen, um zum Treffpunkt zu gelangen.

Wenn Mo glaubte, dass er sie allein mit dieser Verrückten lassen würde, hatte sie sich geschnitten. Schon längst hatte er sich eingestanden, dass er mehr als nur Sympathie für Mo empfand.

„Ich werde da sein, wenn immer du mich brauchst, Mo", flüsterte er.

Schließlich befand er sich nur noch etwa hundert Meter vom Steg entfernt. Da sah er sie, zusammen mit einer Gestalt in einem Umhang, deren blondes Haar unter einer dunklen Maske hervorlugte.

Er konnte nicht verstehen, worüber die Beiden sprachen. Ihm blieb nichts anderes übrig, als umzukehren. Alles andere hätte Mo gefährdet. Doch das fiel ihm bei aller Vernunft wahnsinnig schwer und er überlegt mehr als einmal, zurückzukehren, um ihr zu helfen, sie zu beschützen.

Er öffnete die Tür des Einsatzfahrzeuges.

„Nico?", rief sein Kollege. „Ich bin froh, dass du es dir anders überlegt hast."

„Was ist los, Claas?"

„Wir haben wieder Empfang. Diese Frau hat gerade gesagt: blonde Haare, sehr helle blaue Augen, hervorstehende Wangenknochen, herzförmiges Gesicht. Dann fragte sie, ob Mo sie nicht wiedererkennen würde. Verstehst du das?"

Bei der Nennung der Merkmale verfinsterte sich Nicos Gesicht. Der Schleier riss auf, als er sich an das Foto erinnerte, das er in der Vermisstenakte Elisa Celta gesehen hatte.

„Verdammt, das ist ihre Schwester. Sie ist Mos Schwester", rief Nico aus. „Wie ist das möglich. Wir haben ihre DNA auf die Kleidungsstücke gefunden, sie waren in Johanneskirchen um das Skelett gewickelt. Die Spusi hat bestätigt, dass das Kleid ähnlich lange in der Erde gelegen haben muss wie das Skelett. Auch wurde sie für tot erklärt."

„Jemand, der sehr schlau ist, hat es geschafft, dass alle

das glaubten“, erwiderte Claas.

Nico schlug mit der flachen Hand auf den Tisch. „Okay Leute. Zugriff.“

Kapitel 67

Mo

Mo wiederholte den Namen.

„Elisa ... Elisa ..."

Es schien, als würden diese einfachen Laute nicht ausreichen, um die Person, die vor ihr stand, wieder zum Leben zu erwecken. Doch es war der Name, den Mo so oft gerufen hatte, als der Albtraum dieser dunklen Nacht alles um sie herum verdeckte.

„Aber wie ist das möglich? Wir haben deine DNA an Stofffetzen gefunden. Dachten, du seist tot. Wie kannst du hier sein?"

„Ich habe bewusst genetische Spuren auf dem Stofffetzen hinterlassen. Und ... Hardenhoven hat sich um mich ... *gekümmert.*"

Mo zuckte zusammen. „Hardenhoven ... gekümmert?"

„In gewisser Weise, ja."

Mo traute ihren Augen nicht. Elisa, die neueste Facette dieses machiavellistischen Mörders? Ihre Schwester Hardenhovens Handlangerin, der sie seit zwei Wochen hinterhergejagt waren. Elisa, die vor siebenundzwanzig Jahren verschwunden und vor vierzehn Jahren für tot erklärt worden war.

„Und dieses Mädchen in der Kiste?"

„Ich habe zufällig gesehen, wie Hardenhoven sie getötet hat. Wir haben sie gemeinsam hier verbuddelt. Das wurde mir zum Verhängnis. Es würde zu lange dauern, dir das zu alles erklären. Dazu haben wir später noch Zeit."

Ob absichtlich oder nicht, Mo ignorierte diese letzte Bemerkung.

„Beantworte gefälligst meine Frage!"

Mo ließ Elisa Hände los.

„Ich bin Hardenhoven vor einigen Nächten gefolgt. Habe

gesehen, wie er in seinem Caddy wieder ein Mädchen entführt hat. Eine gewisse Greta. Sie ... sie hat mich irgendwie an dich erinnert."

„Sag mir nicht..."

„Ja. Ich habe Urban geholfen, ihn umsorgt."

„Großer Gott, Elisa ... Warum bist du nicht zu mir gekommen?"

Elisa biss die Zähne zusammen, was sie nicht hässlich, sondern unheimlich erscheinen ließ.

„Urban hat immer wieder von dir erzählt, hat dich all die Jahre heimlich beobachtet. Ich wusste aber nicht, von wem er sprach. Er ahnte, dass du eines Tages eine Gefahr für ihn bedeuten würdest. Vor einigen Wochen habe ich ein Telefonat mitbekommen, hörte, in dem er von diesem alten Haus sprach, das abgerissen werden soll, weil auf dem Grundstück mehrere Mehrfamilienhäuser entstehen sollen. Hardenhoven sagte, wo und wie man die Skelette von den Kindern verschwinden lassen könnte, um die Polizei – damit meinte er dich – zu täuschen. Hardenhoven ist mit mir zu dem Haus gefahren. Dort haben wir einige Knochen in den Caddy geladen, die anderen in der Kiste versenkt. Ich war es, die sie dann an verschiedenen Orten in München verteilt hat."

„Ist dir überhaupt bewusst, was du getan hast?", fragte Mo entsetzt.

Elisas Gesicht verhärtete sich wieder. „Urban hat mir beigebracht, dass er die Mädchen retten, sie erziehen müsse, damit sie wissen, was gut und was schlecht für sie ist. So hat er auch mich ... *erzogen*. Für mich ist das alles normal. Mir ging es gut bei ihm. Er hat für mich gesorgt. Aber wer nicht gehorchte, wurde wieder weggeschickt. *Du* warst die Bedrohung. Hat er immer wieder gesagt. Er wollte dich loswerden. Ich wusste nicht, wer du warst, bis ich dich dann in Johanniskirchen sah ... Dort wurden die Beinknochen gefunden .... Und urplötzlich war die Erinnerung wieder da: unsere Kindheit, unsere Eltern, unser Zuhause. Ein Zuhause ohne Grauen. Eine glückliche Jugend."

Mo nickte. Sie erinnerte sich jetzt. Die zu lange verdrängten Erinnerungen kamen zurück wie Blitze an einem stürmischen Abend. Elisa entfernte die Arme, Beine und den Kopf ihrer Puppen und versteckte die Teile auf dem ganzen Dachboden. Mo musste sie finden, um das Spiel zu gewinnen. Ihr Vater musste etwas von der Grausamkeit seiner Tochter geahnt haben, denn das war es, was er in der Nacht vergraben hat. Puppenteile.

„Hardenhoven hat mir die Erinnerung an meine Kindheit genommen. Er sagte immer wieder, dass du dich auf eine *Quest*-Reise begeben würdest, um mich zu treffen. Und jede *Quest* beginnt mit einem Feind. Also hatte er beschlossen, du wärst dieser Feind. Und Vater, Mutter. Und eines Tages war ich nicht mehr Elisa Celta sein, sondern das No-Name Girl von Urban Hardenhoven, das ihm half. Ich wurde sogar seine Frau, wenn auch nicht offiziell, legal. Aber heute Abend bin ich wieder Elisa und trotze Hardenhoven, der mir alles genommen hat: meine Identität, meine Würde, meine Familie und meine Fähigkeit, zu empfinden. In Wohnung, von der niemand wusste, wurde ich zum Zombie, zur Ehefrau und Mittäterin, nur um etwas zu schützen, woran ich keine Erinnerung mehr hatte: meine kleine Schwester Mo."

„Wir sind keine Kinder mehr, Elisa."

„Glaubst du das wirklich? Ich habe meine Identität wegen dir offenbart, Mo. Ich bin schon lange tot, aber ich wollte nicht, dass er auch noch dich tötet."

*

„Hast du Papa davon erzählt, dass du gesehen hast, dass Hardenhoven das Mädchen getötet hat, Elisa?"

„Nein." Sie lächelte. „Papa hat früher immer meine zerstörten Puppen verbuddelt. Sie wollten mich damals in Therapie schicken, hatten Angst, dass ich an den Puppen üben würde, was kleine Jungs mit Katzen machen. Ich vermute, dass sie sogar Angst hatten, dass das Verschwinden dieses Mädchens in der Kiste letztendlich auf mich zurückfallen könnte. Oder ich mit Dir etwas anstelle. Nein, Papa wusste es nicht."

„Was ist mit Mama?"

„Sie hätte die Wahrheit nicht ertragen, sonst hätte ich ihr gesagt, was ich gesehen habe."

„Du hast uns so viel Leid zugefügt."

„Ich weiß und ich bin nicht stolz darauf. Aber das alles ist mir erst vor kurzem klargeworden, als ich mich endlich erinnerte. Ich wusste ja nicht, dass es euch gibt."

„Ich habe dich sehr geliebt, Elisa, du warst meine große Schwester. Ich habe dir vertraut. Aber jetzt fällt mir das schwer. "

Diesmal blieb Elisa stehen. Ihr Gesicht, das Mo immer puppenhaft gefunden hatte, glänzte im Mondlicht. Hier, in diesem diffusen Sternenlicht, strahlte es in erwachsener Schönheit.

„Du verstehst es nicht. Mo. Während Urban das Mädchen verbuddelt hat, dachte ich an Papa, der das mit meinen Puppen machte. Ich fand es normal und zeigte mich Hardenhoven. Zwei Tage später hat er mich zu sich geholt."

Mo war sprachlos. Bilder setzten sich vor ihrem geistigen Auge wieder zusammen, aber sie weigerte sich noch immer, ihnen zu glauben. Das alles konnte, durfte nicht wahr sein. Doch sie konnte es vor sich nicht leugnen.

„Du…"

„Ja, ich war das in jener Nacht."

Das letzte Puzzlesteil purzelte endlich an seinen Platz! Das traumhaft schöne Mädchen in den Armen eines älteren Mannes, das Tuch, das um den Kopf geknotet war und aus dem ein paar helle Strähnen quollen Die Arme um seinen Hals geschlungen, hatte Elisa Hardenhoven willkommen geheißen.

Mo runzelte die Stirn. Sie zitterte von Kopf bis Fuß.

„Keine weiteren Fragen, Mo. Du weißt alles, wenn du nur in dein Inneres schaust."

Die unmögliche Wahrheit drang in jeden ihrer Gedanken ein. Ein Albtraum, der noch dunkler war als alles, was Mo für möglich gehalten hatte.

Mo sprach ihre Frage dennoch aus. „Du hast mit Hardenhoven all diese Kinder entführt, gequält und missbraucht?"

Ein stilles Nicken.

Mo sackte hilflos auf die Knie. Ihre ganze Energie war durch dieses Geständnis geraubt worden. Elisa kam auf sie zu und kniete ebenfalls ihr gegenüber nieder.

„Alles, was ich in den letzten Monaten getan habe, Mo, tat ich, um dich zu schützen. Du bist Urban auf die Schliche gekommen. Er wollte dich töten. Das konnte ich nicht zulassen."

„Du wirst dich für deine Taten verantworten müssen. Diejenigen, die du getötet hast, waren keine Puppen. Es waren Mädchen. Du musst dich stellen, Elisa! Oder ich werde dich verhaften. Du bist krank!"

Elisa schwieg und senkte den Kopf. Als sie ihn wieder hob, liefen zwei Tränen aus ihren blauen Augen. „Das hat Papa auch gesagt. Manchmal habe ich mir gewünscht, dass es dich nicht gibt, damit du niemals erfährst, was ich für ein Monster bin. Und welche anderen kleinen Monster Urban und ich durch unsere Behandlung erschaffen haben."

Mo rührte sich nicht. Sie hatte heute Abend zu viel gehört, um Elisa antworten zu können.

Ihre Schwester stand plötzlich auf.

„Du wirst jetzt nicht gehen, Elisa. Du musst stellen. Ich werde dir helfen, wir werden den besten Anwalt nehmen ..."

Elisa fing an zu lachen.

„Ich brauche keinen Anwalt, Mo. Ich bin frei und du wirst

mich nicht in einen Käfig sperren. Niemand wird das jemals wieder mit mir machen."

Elisa begann, auf dem Steg rückwärtszugehen, ihr Blick fest auf Mo gerichtet.

„Stopp, Elisa, sonst..."

„Sonst was?"

Sie öffnete den Reißverschluss, an dem ein seltsamer blauer Stein funkelte. Ihr Umhang fiel ihr zu Füßen und enthüllte eine Gestalt, die in einen Tauchanzug gepresst war.

Elisa ging weiter zurück, Mo folgte ihr, schweigend, die Blicke fest ineinander verankert.

„Halt! Stehenbleiben oder ich schieße!", kam plötzlich von rechts eine Stimme, nur wenige Meter entfernt. Eine Stimme, die zu Nico gehörte, wie Mo klar wurde. Ihr Blick huschte zur Seite und wie erwartet stand dort ihr Kollege mit der Beretta im Anschlag, seine andere Hand stützte die Schusshand.

Elisa trat einen weiteren Schritt zurück. Sie war am Ende des Stegs angekommen.

„Wir werden uns wiedersehen, Mo, früher als du denkst." Sie griff nach einem Gegenstand an ihrem Gürtel, den sie auf Mo richtete. In dem Moment knallte es hinter ihr. Wie Mo sehen konnte, stand hinter Nico ihr Kollege Claas, die Waffe, die er gerade abgefeuert hatte, noch immer im Anschlag.

„Nein!", schrie Mo und drehte sich zu ihrer Schwester. „Nein!"

In Zeitlupe fiel Elisa rücklings in das schwarze Wasser, bis zum Eintauchen den Blick fest auf Mo gerichtet, ein trauriges Lächeln auf den Lippen.

Mo stürzte nach vorne an die Kante. „Elisa! Elisa, nein!"

Ihre Schwester war verschwunden.

Mo sprang hinterher.

Kapitel 68

Mo

Die Sonne ging über dem See und den Schilfgürteln auf. Eine fahle Sonne, die weitgehend von den Wolken verdeckt wurde, die am Ende der Nacht den Himmel überzogen hatten. Ein feiner, kalter Regen hatte seine Arbeit wieder aufgenommen und zwang die Polizeiteams, sich in die aufgebauten Zelte zu flüchten.

Mo dachte nicht einmal daran, sich zu schützen, stand einfach nur da. Das Wasser, das über ihren Kopf rann, beruhigte die Gefühle, die in ihr brodelten, nicht. Elisa, die sie immer für tot gehalten hatte, war zurückgekehrt. Aber nur für eine Stunde. Und wieder verschwunden, diesmal endgültig, wie Mo spürte. Die Taucher, die unermüdlich den Grund des Teiches absuchten, würden sie irgendwann aus dem Wasser ziehen.

Unweigerlich würde sich Reue einstellen, dass sie ihr nicht gefolgt war, dass sie ihre Schwester nicht beschützt hatte. Es nicht geschafft hatte, deren Amoklauf zu stoppen. Diese Engelsaugen, wie sie als Kind immer gesagt hatte, hatten Mo wieder verlassen.

„Mo", rief Nico, „die Taucher haben etwas."

„Ich komme."

Ihr Herz raste. Elisas ein zweites Mal zu verlieren, auch wenn ihre kriminellen Taten keine Gnade rechtfertigten, war ein Schmerz, auf den Mo nicht vorbereitet war. Sie trat an das Ufer. Zwei Taucher noch im Wasser reichten gerade ein Seil an ihre Kollegen an Land. Dann war das Brummen der Seilwinde an einem der Einsatzfahrzeuge zu hören. Ein seltsames Gerät tauchte aus dem Wasser auf. Es war verbogen und mit Schlamm bedeckt war es kaum erkennbar.

„Was ist das", fragte Nico.

„Ein Fahrrad. Es ist ein Kinderfahrrad", rief ein Polizist.

Mo stand plötzlich das Foto vor Augen, das vor Freds Haus aufgenommen worden war und dort die Wand schmückte. Im Hintergrund war Elisas Fahrrad zu sehen. Sie brauchte keine Bestätigung. Sie erkannte es auf den ersten Blick und schluchzte auf.

Nico kam auf sie zu und legte tröstend den Arm um ihre Schulter.

„Noch immer keine Spur von ihr…?"

Er schüttelte den Kopf. „Dieser Fall ist unglaublich, unerträglich. Besonders für dich. Die Entführung von Greta, Hardenhovens Taten, dieser Keller, die beiden Mädchen, und nun das Verschwinden deiner Schwester, die für eine Nacht wieder zum Leben erweckt wurde. Alles ein bisschen viel. Wie kommst du damit klar?"

„Ich weiß es nicht. Mir ist, als würde ich aus einem langen Albtraum erwachen", brachte Mo mühsam heraus.

„Schon klar."

Sie legte ihren Arm um Nicos Hüfte, um sich zu stützen und zu wärmen.

„Die vergangenen Jahre, in denen ich die Last der Ungewissheit und den Schmerz meiner Eltern ertragen musste, weil wir dachten, sie sei tot, waren ein einziger Albtraum."

Er zog sie an sich heran und hielt sie einen Moment ganz fest. „Komm, Mo, ich bring dich zum Sanitäter. Du stehst unter Schock."

Nico stieg mit ihr in den Rettungswagen und setzte sich einen Moment neben sie.

„Das mit deiner Schwester tut mir leid."

Mo nickte. „Mit erst. Aber sie ist … war auch eine Mörderin, ein Monster. Ich weiß nicht, was Hardenhoven mit ihr gemacht hat, aber das war auch sein Werk."

„Auch? Ich will sie nicht in Schutz nehmen, aber immerhin hat sie dir das Leben gerettet. Ohne Elisa würdest du nicht neben mir sitzen. Und vor allem war sie damals noch ein Kind. Wie diese Justy. Und schau dir an, was für eine kaputte Seele er aus dem Mädchen gemacht hat. Mich wundert gar nichts mehr."

„Elisa hat mir von dem Mord an den Mädchen direkt vor ihrem Verschwinden damals erzählt. Und das Hardenhoven sie danach zu sich genommen, sie *erzogen* hat. Sie sagte, sie sei schon vor langer Zeit gestorben. Aber weißt du was..."

„Du fragst dich, wie viel davon wahr ist?"

Mo zögerte eine Sekunde.

„Ja. Meine Schwester hat schon als Kind ihre Puppen zerstückelt. Sie mochte Gewalt. Hardenhoven hat ihre Neigung erkannt. Sie hat mir so viele Details genannt..."

„Du musst dich jetzt ausruhen, ich werde dich in deine Wohnung fahren. Ich sage nur den Kollegen Bescheid."

Er küsste sie nach einem Moment des Zögerns auf die Stirn. Dann lächelte er sie an und stieg wortlos aus dem Wagen.

Mo wusste: Alles Reden war sinnlos, das konnte warten. Die Entdeckung, die sie in den Ruinen des Hauses gemacht hatten, hatte ihre Zuneigung für Elisa einen tödlichen Schlag versetzt.

Inzwischen hatte die Spurensicherung in einem der Räume eine Ausbuchtung, die parallel zur Wand verlief, gefunden, in die skelettierten Rümpfe und die Schädel zweier Kinder lagen: die fehlenden Skeletttteile der Kinder.

Kapitel 69

Italien – ein Monat später

Die prächtige Sonne überflutete alles, von den weißen Marmorkieseln am Strand bis zu den Olivenhainen, die reife Früchte trugen. Nur hundert Meter vom Strand entfernt stand in der einsamen Landschaft ein Haus aus den flachen Sandsteinen der Region mit weiß getünchten Fensterläden. Es wirkte, als habe es sich geschworen, sich der Hitze zu trotzen. Dazu diente ihm eine Pergola, die mit feinem Schilfrohr bedeckt war. Ein riesiger Holztisch stand auf großen, unbearbeiteten Platten aus demselben Stein wie das Dach. Es gehörte ihren Eltern.

Nur ein paar hundert Meter entfernt deckte eine Frau in der Strandbar am Meer den Tisch für Mo: ein Teller, Besteck, ein Weinglas mit rubinrotem Inhalt. Derweil schrieb sie ein paar Zeilen an ihren Vater. Sie blickte kurz auf die Wellen direkt zu ihren Füßen und holte schwer Luft. Nachdem sie ihren Eltern Elisas Geschichte erzählt hatte, fanden sie nach einer Zeit des Entsetzens und der Trauer endlich ihren Frieden. Sie wollten nichts mehr von dem wissen, was sie viele Jahre verdrängt hatten. Das war alles und das genügte den beiden.

Ein paar Meter weiter war ein Mann damit beschäftigt, den am Morgen gefangenen Fisch auf einer riesigen Feuerstelle zu grillen. Im Schatten eines großen Feigenbaums hatte seine Frau einen kleinen Tisch aufgestellt.

Mo machte sich wenig Gedanken über die Zubereitung der Mahlzeiten oder andere Dinge. Noch nicht. Aber das musste sich ändern, wenn Nico mit seiner Tochter anreisen würden.

Tatsächlich hatte sie, auch wenn sie es gut verbarg, panische Angst davor gehabt, sich zu Nico zu bekennen. Dabei war es so einfach gewesen.

Am Ende der Nacht, in der Elisa erschossen wurde und ins Wasser stürzte, hatte er sie nach Hause begleitet und war bei ihr geblieben.

Mo warf einen letzten Blick auf ihre Zeilen.

Lieber Papa,

wie du weißt, habe ich mich für ein Jahr beurlauben lassen. Mein Boss hat meinen Antrag bewilligt, etwas widerwillig, wie mir schien. Ich vermisse Nico und mein Team mehr, als ich anfangs gedacht hätte. Auf jeden Fall konnte ich mich nicht an den weiteren Ermittlungen des alten Falls beteiligen, insbesondere an der bevorstehenden Anklageerhebung von David Kowalski. Angesichts dessen sollte ich nicht mehr beunruhigt sein, auch wenn alle wissen, dass es sich nicht um die ganze Wahrheit handelt. Er schweigt zu den Vorwürfen seiner Mittäterschaft.

Vielleicht werde ich diese Auszeit nutzen, Papa, um die Geschichte der letzten Wochen aufzuschreiben. Sie ist so unglaublich, vielleicht schreibe ich ein Buch darüber, wer weiß?

Ich nehme Übermorgen den Zug nach Florenz, meine Traumstadt. Es dauert länger als per Flugzeug, aber du weißt, wie ich die Fliegerei hasse. Werde mich dort ablenken, die Schönheit der Stadt genießen, ins Museum gehen.

Ich habe lange gebraucht, um mich zu entscheiden, weil das, was tief in meinem Inneren verborgen ist, mir immer noch Angst macht.

Ich träume manchmal, dass Elisa in dem alten Haus auf mich wartet. Obwohl ich weiß, dass das nicht sein kann. Aber unsere Taucher haben ihre Leiche nicht gefunden. Was nichts bedeuten muss. Sie könnte abgetrieben sein. Der Gedanke zermürbt mich. Werde ich hier endlich meinen Frieden finden?

Bis vor einem Monat wusste ich nicht, dass sich mein Leben so sehr verändern würde. Ich weiß nicht einmal, wie ich reagieren werde, wenn diese Auszeit zu Ende ist. An manchen Tagen plagt ich noch immer Wut, dieselbe Wut, die mich in den Wochen der Verfolgung angetrieben hat. An anderen Tagen wünsche ich mir, dass ich vergeben könnte.

Ich weiß auch, dass ich dabei bin, eine Grenze zu überschreiten, von der ich nur schwer zurückkehren kann, denn meine Seelenruhe ist in Gefahr. Ich muss Gewissheit haben, dass Elisa tot ist. Wenn nicht, kann es sein, dass keiner von uns jemals zurückkehren wird, falls wir uns begegnen. Ich hoffe, dass du uns verzeihen kannst, wenn dies der Fall sein sollte.

Ich umarme dich. Grüße Mama.

Deine Tochter Mo

Mo schaute auf. Soweit das Auge reichte, war der Himmel azurblau und das Meer türkis. Neben ihr saß eine junge Frau mit einem Cappuccino vor sich. Ihre Augen waren auf eine alte Zeichnung gerichtet. Es war ein Haus. Ein altes, verfallenes Haus, ganz in der Nähe eines Sees mit kaltem, dunklem Wasser. Am Ufer stand die Silhouette einer Frau, die den Mondschein betrachtete.

Anmerkungen

Wenn Kinder einfach verschwinden

In Kalifornien waren 13 Geschwister monatelang verschwunden. Ihre eigenen Eltern hielten sie gefangen. Sie bekamen kaum zu essen, einige waren angekettet. Ein extremer und besonders grausamer Kriminalfall.

Monatelang waren sie wie vom Erdboden verschluckt: 13 Geschwister im Alter von zwei bis 29 Jahren aus Perris, eine kleine Stadt zwei Stunden südöstlich von Los Angeles. Die Eltern hatten sie mit Vorhängeschlössern an ihre Betten gekettet. Sie durften niemals das Haus verlassen. Eines der unterernährten, verwahrlosten Opfer konnte sich befreien und den Notruf wählen. Die Eltern wurden wegen Folter und Kindeswohlgefährdung festgenommen.

Auch in Deutschland verschwinden Kinder und Jugendliche jeden Tag. Die Gründe dafür sind vielfältig, in bis zu 98% dieser Vermisstenfällen verlassen sie aus eigenem Antrieb ihr familiäres Umfeld, reißen also aus und können durch die Ermittlungsbehörden früher oder später wieder gefunden und wohlbehalten zu den Eltern zurückgeführt werden. 2 % Prozent hingegen bleiben vermisst, ihr Schicksal ungeklärt.

Viele Fälle sind inzwischen *Cold Cases*, also Fälle, die nach mehreren Jahr noch nicht gelöst werden konnten. Die Ermittlungen werden in solchen Fällen nicht eingestellt, sondern regelmäßig auf neue Ermittlungsansätze geprüft.

Menschen gelten als vermisst, wenn sie ihren gewohnten Lebenskreis verlassen haben, ihr Aufenthalt unbekannt ist und für sie eine Gefahr für Leib oder Leben angenommen werden kann. Das bedeutet, sie können Opfer einer Straftat geworden sein oder es liegen ein Unglücksfall, Hilflosigkeit oder eine Selbsttötungsabsicht vor. Sind die

Verschwundenen minderjährig, gehen die Ermittler zunächst grundsätzlich von einer Gefahr für Leib oder Leben aus.

Jedes Jahr werden bei der Polizei bundesweit etwa 100.000 Vermisstenanzeigen erstattet, die allein Kinder und Jugendliche betreffen. Nach Angaben des Bundeskriminalamts (BKA) wurden 2021 14.454 Kinder vermisst, 13.973 Fälle wurden aufgeklärt. Im Jahresverlauf 2020 wurden 14.614 Kinder vermisst gemeldet. 14.223 wurden wieder angetroffen oder aufgefunden. (Pressemitteilung des Bayrischen Landeskriminalamtes).

Doch wo sind die anderen 872 anderen geblieben? Eine Zahl, die uns mehr als traurig stimmt. All diesen Kindern haben wir unser Buch gewidmet!

Wir danken Ihnen, dass sie, liebe Leserinnen und Leser, unseren Roman gelesen haben und würden uns über ein Feedback freuen.

Frühlingshafte Grüße senden
Astrid Korten und Eva-Maria Silber

Danksagung

Wenn die Zeit des Schreibens vorbei ist, ist es hilfreich, an all jene zu denken, die diese Reise möglich gemacht haben. An erster Stelle mein Mann, der immer den Glauben bewahrt, Zweifel lindert und viele Qualen ausgelöscht hat. Dann meine Kinder, die die verrinnende Zeit akzeptiert haben, die von diesem Monster aus Papier verschlungen wurde.

Dann kommen diejenigen, die als erste die Seiten umgeschlagen haben. Karla für ihre unerschütterliche Unterstützung und Ermutigung in den ersten Momenten. Chrissi für ihr Zuhören und ihre wertvollen Ratschläge, Eva-Maria Silber, meine liebe Kollegin, wir haben eine kleines Wunder vollbracht.

An dieser Stelle möchte ich auch der absolut genialen Coverlady Kristin Pang danken, die mir immer wieder ihre geniale Ideen präsentiert.

Eine Arche voller Hoffnung dank der Aufnahme durch das Tolino-Team, insbesondere Martina Raschke.

Und schließlich sind da noch die Protagonisten:

Charis, die *Unvollendete* aus Band I,

Elisa aus Band II,

und

Mo Celta und Nico Braun.

Wir wissen, welche Jahre vor euch liegen. Wir werden da sein.

Über die Autoren

Astrid Korten

Die Autorin studierte Wirtschaftswissenschaften an der Universität Maastricht und machte 2008 das Schreiben zu ihrem Beruf. Das Spezialgebiet der Bestseller-Autorin sind Thriller, Psychothriller, Romane und Drehbücher. Ihre Thriller erreichen die Top-Ten-Bestsellerlisten vieler E-book-Plattformen, darunter mehrere Platz 1-Bestseller. Die Autorin schreibt für Verlage und veröffentlicht auch selbst. In den USA wurde Astrid Korten mehrfach ausgezeichnet. Sibirien und Zeilengötter wurden verfilmt.

Eva-Maria Silber

Eva-Maria Silber lebt als freie Schriftstellerin an der Nordseeküste und im Harz. Sie studierte in Gießen Jura und arbeitete als Rechtsanwältin und Strafverteidigerin im Großraum Frankfurt sowie als Hauptgeschäftsführerin eines Bundesverbandes in Wiesbaden. Ihre Bücher, ausnahmslos Krimis und Thriller, wurden in verschiedenen Verlagen veröffentlicht.

Weitere Bücher der Autorinnen

Astrid Korten

DER SÜNDENFALL - OVERKILL BAND I

„Der Anstoß, von den Früchten des verbotenen Baumes zu essen, kommt nicht von Adam oder Eva, sondern durch die verführenden Worte der Schlange."
(Buch Genesis, Der Sündenfall)

Ein grausames Verbrechen, das die Menschen in Atem hält, erschüttert die Kleinstadt Berg am Starnberger See. Kurz zuvor beobachtete Julia Hagen, wie die Vorhänge in der Wohnung der Familie Tauber bewegt wurden, obwohl die Familie verreist war. Auch ist Julia sich sicher, dass von Zeit zu Zeit merkwürdige Dinge in dem Mehrfamilienhaus geschehen. Mo Celta von der Kripo Starnberg übernimmt die Ermittlungen.

Davon überzeugt, dass die Zeit drängt und der Fall, der unfassbar Böses verheißt, sich zum Albtraum entwickeln könnte, setzt die Hauptkommissarin alles daran, den Mord aufzuklären. Der Zustand der Leiche lässt nur einen Rückschluss zu: Der Täter plant ein zweites Opfer. Mo stößt auf ein Geflecht aus listiger Verführung und sinnlicher Begierde und auf den Zorn eines teuflischen Menschen.

DER SÜNDENFALL ist der erste Fall der Ermittlerin Mo Celta.

Astrid Korten

POPPY - Eine wahre Geschichte

„Das ist unser neues Zuhause", sagt Mama.

„Poppy, du musst dich nie vor mir verstecken, weißt du das denn nicht?", sagt *er.*

„Der hat ein Gesicht wie eine Bowlingkugel", sagt Oma Becker.

„Euch klar ausdrücken, Leute, sagt einfach klar und deutlich, was ihr meint", sagt der Lehrer.

Hilfe, denkt Poppy.

Die sechsjährige Poppy lebt mit ihrer Mutter in einem heruntergekommenen Vorstadtviertel. Eines Tages ziehen sie in eine prachtvolle Villa zu dem neuen Mann ihrer Mutter.

Der neuer „Papa" erfüllt Poppy jeden Wunsch. Er sagt, er liebt sie, kann mit ihr Erwachsenengespräche führen, und überhäuft sie mit Geschenken.

Poppys Mutter ist glücklich. Sie kann sich endlich kaufen, was immer sie möchte.

Alles wäre gut, gäbe es da nicht die eine Sache ...

Erste Stimmen:

Die Geschichte von Poppy hat mich tief berührt und auch unglaublich wütend gemacht. Auf der anderen Seite besticht das Buch durch eine oft brillante Situationskomik, die nie im Widerspruch zu den erschütternden Begebenheiten, die Poppy ertragen musste, steht.

Ich spreche Astrid Korten und der heute erwachsenen Poppy meine Hochachtung aus für ihren Mut, die wahre Geschichte der kleinen Poppy zu erzählen.

Christine Hochberger, Buchreif

Eva-Maria Silber

MOORGRAB

Sechs Moorleichen und ein über Jahrzehnte gehütetes Geheimnis ...

Lukas Bauer findet im "Toten Moor" am Steinhuder Meer zwei vor Jahrzehnten versenkte Autos - mit fünf Leichen darin. Kurz darauf muss er selbst mit seinem Leben bezahlen. Und eins steht fest: Unfälle waren das nicht. Die Kofferräume sind voller Steine und die Fahrersitze leer. Kriminalhauptkommissar Montag, Spitzname Monday, und Effi Lu, die einzigen Mitglieder der Cold Case Unit Niedersachsen nehmen sich dem Fall an. Doch sie müssen schnell feststellen, dass der Mörder noch heute über Leichen geht, um sein Geheimnis zu schützen ...

Der spannende erste Fall für das Cold Case Ermittlerduo Montag und Effi Lu

Erste LeserInnen-Stimmen

"Hochspannend und atmosphärisch erzählt, große Empfehlung für Krimi-Fans!"

"Monday und Effi sind sympathische sowie authentische Ermittler, die man sehr gerne beim Lösen des geheimnisvollen Falls begleitet."

"Liest sich schnell und flüssig weg, da der Schreibstil angenehm und die Handlung durchgehend fesselnd ist!"

"Spannender Kriminalroman mit unvorhergesehenen Wendungen."

Eva-Maria Silber

FÖHR IN FLAMMEN
(erscheint im Juli 2023)

Familienmord auf Föhr Hochspannend und atmosphärisch erzählt. In einer Holzhütte auf Föhr werden fünf Tote entdeckt. Sie gehörten alle derselben Familie an und wurden erschossen. Gemeinsam mit Polizeianwärterin Maja Storm rekonstruiert Kriminalhauptkommissar Jan Andretta die Tat und stellt sich die Frage, wer der fünf das eigentliche Ziel des Mörders war. Doch sie kommen der Lösung erst näher, als ein sechster Toter gefunden wird – und sich die verworrenen Spuren zu einem erschreckenden Bild zusammensetzen.

Ausdrücke der Jugendsprache

Bambusleitung: langsame Internetverbindung, träge

Bildschirmbräune: Ironischer Ausdruck für blasse Menschen

cringe: Englisch für „zusammenzucken" oder „erschaudern". Bezeichnung für Fremdscham

darthvadern: den Vater raushängen lassen

fermentieren: kontrolliertes Rumgammeln

fernschimmeln: nicht am gewohnten Platz chillen

Lauch: Trottel

Niveaulimbo: Begriff für sinkendes Niveau, zum Beispiel auf einer Party oder bei Gesprächen.

Overcut: Halbglatze

Rotzbremse: Schnurrbart

sheesh: Ausdruck von Erstaunen

Smombie: Mischwort aus Smartphone und Zombie. Begriff für Menschen, die ständig auf ihr Smartphone schauen und dadurch meistens abgelenkt sind und nichts mitbekommen

verbuggt: Ableitung von „Bug" *(Programmierfehler),* Ausdruck für „fehlerhaft" oder gestört

tight: großartig, cool

aufpimpen: aufmotzen

de Luxe: großartig

Horst: Idiot

Für Ihre Notizen

Printed in Poland
by Amazon Fulfillment
Poland Sp. z o.o., Wrocław

20497835R00201